Sword Art Online

Online

Early and Late

008

TEXT:
REKI KAWAHARA

ZEICHNUNGEN:
abec

DESIGN:
bee-pee

»Was ist das ...? Ramen?«

Asuna § Vizekommandantin der »Ritter des Blut-schwurs«. Als Meisterin mit dem Rapier trägt sie den Spitznamen »Der Blitz«.

»Also, Kommandant,
hast du irgendeine Idee?«

Kirito § Der schwarze Schwertkämpfer, der die Spieler aus dem tödlichen Spiel *SAO* rettete. Ein Solo-spieler mit dem Unique Skill »Dualschwerter«.

»Nun gut, dann gebe ich dir eine Antwort, die des Geschmacks dieses falschen Ramen würdig ist.«

Heathcliff § Kommandant der stärksten Gilde »Ritter des Blutschwurs«. Hat den Unique Skill »Heiliges Schwert« und rühmt sich überwältigender Kraft. Mit Kirito versteht er sich nicht so gut.

Lisbeth § Sie verbesserte Kiritos Schwert in *SAO*. In *ALO* ist sie eine Leprechaun-Schmiedir

Sinon § Ein Mädchen, das in *GGO* von Kirito gerettet wurde. In *ALO* spielt sie eine Cait-Sith-Bogenschützin.

Silica § Ein Mädchen, das in *GGO* von Kirito gerettet wurde. In *ALO* spielt sie eine Cait-Sith-Bogenschützin.

»Okay! Alle Waffen sind komplett repariert!«

»Super!«

»Danke, dass ihr so kurzfristig alle hergekommen seid! Irgendwann werde ich mich bei euch allen revanchieren – mit ewiger Verbundenheit! Also, lasst uns reinhauen bei der Jagd nach ›Excalibur‹!«

»Yeah!«

Leafa § Kiritos kleine Schwester. Ihr echter Name ist Suguha. In *ALO* ist sie als Magiekriegerin der Sylphen aktiv.

Asuna § Kiritos Freundin. In *ALO* eine Undinen-Magierin.

Klein § Seit ihrer verhängnisvollen Begegnung ein guter Freund von Kirito. In *ALO* spielt er einen Salamander-Krieger.

Yui § Eine AI in Gestalt eines kleinen Mädchens, dem Kirito in *SAO* begegnete. In *ALO* unterstützt sie die Gruppe als Navigationsfee.

»Gehen wir. Ich zieh die Aggro von dem mit der Frucht, und dann erledigst du den mit der Blüte schnell.«

Coper § Ein Spieler, den Kirito kurz nach Spielstart bei einer Quest kennenlernt.

»Alles klar ...«

Kirito § Ein Junge, der im tödlichen Spiel *SAO* gefangen wurde und zu den Betatestern gehörte.

Antikriminalitätscode-Gebiet

Allgemein als »sichere Zone« bezeichnet.
Die Welt von *Sword Art Online* ist aufgeteilt
in die gefährlichen Monstergebiete und
die Hauptstädte, in denen sich Spieler
vorbereiten und ausruhen können. Innerhalb dieser Hauptstädte ist eine »sichere
Zone«, wo Spieler einander auf keinen
Fall verletzen können. Waffenangriffe erzeugen zwar die üblichen Lichteffekte,
verringern jedoch nicht die HP, und auch
Gift-Items haben keine Wirkung. Mit anderen Worten, wie die Bezeichnung »Antikriminalität« schon sagt, kann innerhalb
dieser Zone kein direktes Verbrechen an
einem anderen Spieler verübt werden.

Allerdings gibt es diverse Schlupflöcher.
Eines davon besteht darin, einem tief
schlafenden Spieler eine Anfrage für ein
Duell im »Volle HP«-Modus zu schicken
und mit dessen Finger auf OK zu klicken,
um ihn dann im Schlaf zu töten. Eine andere Möglichkeit wäre, den Spieler – ob
bei Bewusstsein oder nicht – außerhalb
der sicheren Zone zu befördern und auf
dem Monstergebiet anzugreifen. Ohne
solche besonderen Umstände und Methoden ist ein Mord innerhalb des Anti-
kriminalitätscode-Gebietes nicht möglich.

Sword Art Online

Early and Late

008

TEXT:
REKI KAWAHARA

ZEICHNUNGEN:
abec

DESIGN:
bee-pee

»Das hier ist zwar ein Game, aber es ist kein Spiel.«
– Akihiko Kayaba, *Sword Art Online*-Programmierer

Ein Vorfall in der sicheren Zone

57. Ebene von Aincrad
April 2024

1

Was ist nur los mit diesem Mädel?

Ja, ich hatte selbst gesagt, sie solle ein Schläfchen machen, weil das Wetter so schön war, und ja, ich war selbst mit gutem Beispiel vorangegangen und lang ausgestreckt auf der Wiese eingeschlafen.

Allerdings hätte ich nie im Leben erwartet, sie tatsächlich tief und fest schlafend neben mir vorzufinden, als ich nach einem nicht einmal dreißigminütigen Nickerchen wieder aufwachte. Entweder war sie todesmutig, unglaublich stur, oder sie litt einfach unter Schlafmangel.

Also echt mal. Vor lauter Verwunderung schüttelte ich den Kopf und betrachtete das Gesicht der mit ruhigen Atemzügen schlafenden Fechterin – Asuna, Vizekommandantin der Ritter des Blutschwurs, auch bekannt als »der Blitz«.

Die ganze Sache hatte damit begonnen, dass ich wegen des schönen Wetters keine Lust gehabt hatte, in irgendeinem modrigen Labyrinth zu versacken, und mich stattdessen für diesen Tag dazu entschieden hatte, lieber die Schmetterlinge auf den flachen Hügeln um das Teleportgate der Stadt zu zählen.

Es war wirklich großartiges Wetter. In der virtuellen schwebenden Festung Aincrad verliefen die vier Jahreszeiten synchron zur Wirklichkeit. Allerdings nahm das Spiel es mit der Wiedergabe etwas zu genau, sodass es im Sommer ständig brütend heiß war, während die Winter eisig kalt waren. Abgesehen von der Temperatur gab es noch eine Menge weiterer Klimaparameter, wie Niederschlag, Wind, Feuchtigkeit,

Staub oder sogar Insektenschwärme. Wenn einer davon für gute Bedingungen sorgte, war in der Regel ein anderer Parameter ungünstig.

Doch nicht so heute. Es war behaglich warm, sanftes Sonnenlicht erfüllte die Luft, eine angenehme leichte Brise streifte mich, und keine lästigen Insekten schwirrten umher. Auch wenn gerade Frühling war, gab es im gesamten Jahr vermutlich nicht mehr als fünf Tage, an denen alle Klimaparameter so günstig eingestellt waren.

Das interpretierte ich als Wink des digitalen Gottes, mich an diesem Tag bei einem Mittagsschläfchen von den Strapazen der ständigen Raids zu erholen, also folgte ich seinem Zeichen gehorsam.

Ich legte mich an einer Böschung ins weiche Gras und war gerade eingedöst, als direkt neben meinem Kopf ein Stiefel aus weißem Leder auftrat. Gleichzeitig hörte ich eine wohlbekannte, strenge Stimme sagen: »Wie kannst du hier herumliegen und ein Nickerchen halten, während die anderen aus der Raid-Gruppe so hart arbeiten, um das Labyrinth zu erobern?«

Mit geschlossenen Lidern erwiderte ich: »Das Wetter am heutigen Tag mag wohl das schönste des ganzen Jahres sein. Das nicht zu genießen, wäre Frevel.«

Die strenge Stimme widersprach: »Das Wetter gleicht dem an jedem anderen Tag.«

Worauf ich antwortete: »So lege dich an meine Seite, dann sollst du es selbst verstehen.«

Natürlich war das tatsächliche Gespräch in weitaus informellerem Ton abgelaufen. Jedenfalls hatte sich dieses Mädel daraufhin aus unerfindlichen Gründen allen Ernstes neben mich gelegt und war dann wirklich auch noch eingeschlafen.

Nun.

Es war noch vor Mittag, und die Spieler, die am Teleportgate kamen und gingen, gafften ungeniert zu mir und dem »Blitz« herüber, wie wir nebeneinander im Gras lagen. Manche rissen überrascht die Augen auf, andere kicherten, und ein besonders unverschämter Spieler fotografierte uns sogar mit einem Screenshot-Kristall.

Aber das war nicht weiter verwunderlich. Asuna, die Vizekommandantin der Ritter des Blutschwurs, war ein Raid-Teufel, dessen Anblick selbst weinende Kinder zum Verstummen gebracht hätte, ein Turbomotor, der den Spielfortschritt in stürmischem Tempo vorantrieb. Dagegen war der Solospieler Kirito – auch wenn ich es nicht gern zugab – der Problemschüler der Raid-Gruppe, der sich mit leichtfertigen Leuten umgab und nichts als dumme Späße ausheckte.

Ich fand es selbst zum Lachen, dass solch ein Duo zusammen ein Nickerchen hielt. Aber wenn ich sie geweckt hätte, hätte ich nur wieder Ärger bekommen, also blieb mir eigentlich nichts anderes übrig, als sie zurückzulassen und nach Hause zu gehen.

Zumindest würde ich das nur zu gern, aber das kann ich leider nicht machen.

Solange »der Blitz« tief und fest schlief, konnte sie nicht nur zum Opfer von allen möglichen Belästigungen werden – im schlimmsten Fall bestand sogar das Risiko, dass sie durch einen PK getötet wurde.

Zwar befanden wir uns in der sicheren Zone des Platzes der Hauptstadt der 59. Ebene.

Genauer gesagt also in einem »Antikriminalitätscode-Gebiet«.

Innerhalb dieses Bereichs konnte kein Spieler einen anderen verletzen. Selbst bei einem Waffenangriff leuchteten nur die violetten Lichteffekte auf, aber die HP-Leiste fiel nicht einen Millimeter, und auch sämtliche Gift-Items hatten keine Wirkung. Selbstverständlich stand auch ein Diebstahl von Items außer Frage.

Mit anderen Worten, wie die Bezeichnung »Antikriminalität« schon verriet, konnte innerhalb dieser Zone kein direktes Verbrechen an einem anderen Spieler verübt werden. Diese Regel war in *SAO* ebenso unumstößlich wie diejenige, die besagte, dass ein Spieler starb, wenn seine HP auf null fielen.

Doch leider gab es ein paar Schlupflöcher.

Eines davon war der Fall, wenn ein Spieler schlief. Wenn Spieler erschöpft von den langen Kämpfen in einen fast komatösen Schlaf fielen, wachten manche selbst durch kleinere Reize nicht auf. Diese Situation konnte ausgenutzt werden, um demjenigen eine Anfrage für ein Duell im »Volle HP«-Modus zu schicken und mit der Hand des Schlafenden den OK-Button zu betätigen. Dann konnte derjenige wortwörtlich im Schlaf getötet werden.

Verwegener war die Methode, das Opfer außerhalb der sicheren Zone zu befördern. Solange ein Spieler aufrecht mit beiden Beinen auf dem Boden stand, wurde er durch den Code geschützt und konnte nicht gewaltsam bewegt werden, aber auf einer Trage konnte er nach Belieben transportiert werden.

Beide Fälle waren in der Vergangenheit bereits in die Praxis umgesetzt worden. Die kranke Passion der »Red Players« kannte keine Grenzen. Die Spieler hatten aus diesen Tragödien ihre Lehre gezogen und schliefen ausschließlich in Spielerhäusern oder Gasthäusern mit abschließbaren Türen.

Ich selbst hatte meinen Aufspür-Skill so eingestellt, dass ich bei jedem sich nähernden Spieler gewarnt wurde, bevor ich mich ins Gras gelegt hatte, und zudem schlief ich nicht fest.

Doch der tief schlummernde »Blitz« neben mir sandte ganz offensichtlich Delta-Wellen aus. Sie wäre vermutlich nicht einmal dann aufgewacht, wenn ich ihr Gesicht mit Make-up-Items angemalt hätte. Entweder war sie todesmutig, unglaublich stur oder …

»Sie muss wohl ziemlich erschöpft sein …«, murmelte ich zu mir selbst.

Je nach Build konnte es zum Leveln am effektivsten sein, solo zu spielen. Aber dieses Mädchen behielt den Levelfortschritt aller Gildenmitglieder genau im Auge und verbesserte dabei auch noch ihre eigenen Werte in einem ähnlichen Tempo wie ich. Vermutlich hatte sie auf Schlaf verzichtet, um bis spät in die Nacht Mobs zu jagen.

Ich wusste, wie hart das sein konnte. Als ich mich vier oder fünf Monate zuvor genauso eifrig dem Sammeln von Erfahrungspunkten gewidmet hatte, hatte ich gleich für mehrere Stunden geschlafen wie ein Toter, sobald ich mich einmal hingelegt hatte.

Mit einem unterdrückten Seufzer nahm ich ein Getränk aus meinem Inventar und setzte mich wieder ins Gras, gefasst auf eine lange Wartezeit.

Ich hatte ihr gesagt, sie solle sich hinlegen. Also war es jetzt auch meine Pflicht, bei ihr zu bleiben, bis sie wieder aufwachte.

Als das Licht der orangen Abendsonne durch eine Öffnung in der Außenwand der schwebenden Festung hereinfiel, wachte

»der Blitz« Asuna mit einem kleinen Nieser endlich wieder auf.

Sie hatte tatsächlich gute acht Stunden geschlafen. Das hatte nichts mehr mit einem kleinen Nickerchen zu tun. Nachdem ich ihr ohne Mittagessen Gesellschaft geleistet hatte, starrte ich sie nun erwartungsvoll an, neugierig, welches Gesicht die unerbittliche Vizekommandantin machen würde, sobald sie sich der Situation bewusst wurde.

»Hmm ...«, murmelte Asuna unverständlich, dann blinzelte sie ein paarmal und sah zu mir auf.

Ihre wohlgeformten Brauen zogen sich leicht zusammen. Mit der rechten Hand im Gras richtete sie sich schwankend auf und blickte mit schwingenden kastanienbraunen Haaren nach rechts, dann nach links und wieder nach rechts.

Schließlich sah sie wieder zu mir, der neben ihr im Schneidersitz saß.

Ihre klare, helle Haut färbte sich augenblicklich rot (wahrscheinlich Scham), wurde dann blass (wahrscheinlich Besorgnis) und schlussendlich wieder rot (wahrscheinlich Zorn).

»Wa... du ... wie ...«, stieß »der Blitz« stammelnd hervor, worauf ich mit meinem strahlendsten Lächeln antwortete: »Guten Morgen. Gut geschlafen?«

Ihre Hand im weißen Lederhandschuh zuckte.

Aber wie nicht anders zu erwarten von der Vizekommandantin der stärksten Gilde im Spiel, gelang es Asuna offenbar, ihre Selbstbeherrschung zu wahren, sodass sie weder ihr Rapier zog noch davonstürmte.

Zwischen ihren fest zusammengebissenen, perfekten Zähnen presste sie knapp hervor: »Ein Essen ...«

»Was?«

»Ich lade dich zu einem Essen ein, was oder wie viel du magst. Dann sind wir quitt. Okay?«

Ihre direkte Art gefiel mir irgendwie. Selbst mit ihrem noch verschlafenen Kopf hatte sie sofort begriffen, warum ich die ganze Zeit über bei ihr geblieben war. Ich hatte sie nicht nur vor einem PK innerhalb der sicheren Zone beschützt, sondern ihr auch ermöglicht, sich einmal richtig auszuschlafen, um sich von ihrer geistigen Erschöpfung zu erholen.

Ich grinste schief – dieses Mal von Herzen – und bejahte ihre Frage. Fast hätte ich mich hinreißen lassen, nach einem selbst gekochten Essen in ihrem Zuhause zu verlangen, aber ich hielt mich zurück. Ich holte mit ausgestreckten Beinen Schwung und kam auf die Füße, dann reichte ich ihr meine Hand.

»Auf der 57. Ebene gibt es einen Laden, der für ein NPC-Restaurant echt gut ist. Lass uns dorthin gehen.«

»Gut.«

Mit abweisendem Gesicht ließ sich Asuna von mir aufhelfen, dann wandte sie brüsk den Blick ab und streckte sich ausgiebig, als wolle sie die Abendröte in ihre Lungen saugen.

Seit dem Start von *Sword Art Online*, diesem Spiel auf Leben und Tod, waren bereits ein Jahr und fünf Monate vergangen.

Anfangs war der Weg bis zur hundertsten Ebene der schwebenden Festung Aincrad noch unglaublich weit erschienen. Doch ehe wir es uns versahen, hatten wir schon fast sechzig Prozent durchquert, und inzwischen lag die vorderste Front auf der 59. Ebene. Grob überschlagen brauchten wir also etwa zehn Tage pro Ebene. Auch als Frontkämpfer konnte ich nicht sagen, ob das nun eher schnell oder langsam war, aber seitdem sich ein stetiges Tempo eingependelt hatte, war auf den mittleren Ebenen bei den Spielern eine gewisse Gelassenheit eingekehrt, endlich wieder ein wenig das Leben zu genießen.

Auch Marten, die Hauptstadt der 57. Ebene, war erfüllt von dieser Atmosphäre. Die große Stadt nur zwei Ebenen unterhalb der vordersten Front diente den Raid-Gruppen als Basislager und war außerdem ein beliebter Touristenort. Wenn es Abend wurde, tummelten sich hier die von der Front zurückgekehrten Kämpfer, genauso wie Spieler von den unteren Ebenen, die zum Abendessen hierher kamen.

Asuna und ich reisten durch das Teleportgate auf der 59. Ebene nach Marten und gingen Seite an Seite die überlaufene Hauptstraße entlang. Ich amüsierte mich köstlich darüber, wie viele der an uns vorbeigehenden Spieler bei unserem Anblick schockiert die Augen aufrissen. Das war aber auch selbstverständlich, wenn ein zwielichtiger Solospieler mit wichtigtuerischer Miene an der Seite dieser stolzen und einsamen Blume ging, die sogar ihren eigenen Fanclub hatte. Asuna wäre wohl am liebsten so schnell zum Zielort gerannt, wie es ihr Agilitätsparameter zuließ, aber zu ihrem Pech – und meinem Glück – wusste nur ich, wohin wir gingen.

Während ich in vollen Zügen dieses Gefühl genoss, das ich zweifelsohne bis zum letzten Tag von *SAO* nie wieder erleben würde, gingen wir für fünf Minuten weiter, bis am rechten Straßenrand ein großes Restaurant auftauchte.

»Hier?«, fragte Asuna erleichtert und beäugte das Restaurant argwöhnisch. Ich nickte.

»Ja. Ich empfehle den Fisch mehr als das Fleisch.«

Als ich die Schwingtür aufdrückte und offenhielt, schlüpfte die Fechterin mit unbewegter Miene hindurch.

Auch während wir von der Stimme einer NPC-Kellnerin begrüßt wurden und durch das überfüllte Restaurant liefen, spürte ich, wie wir etliche Blicke auf uns zogen. Allmählich wurde es eher ermüdend als lustig. Es war sicher nicht leicht, jeden Tag so viel Aufmerksamkeit auf sich zu ziehen.

Doch Asuna ging mit würdevollen Schritten mitten durch den Raum zu einem abgelegenen Tisch hinten am Fenster. Unbeholfen zog ich ihr den Stuhl zurück, und sie setzte sich mit einer eleganten Bewegung.

Obwohl sie eigentlich mich zum Essen einlud, bekam ich langsam das Gefühl, dass sie sich von mir eskortieren ließ. Ich setzte mich ihr gegenüber und beschloss, dafür zumindest ihre Einladung voll auszukosten. Nachdem ich Aperitif, Vorspeise, Hauptgericht und Dessert bestellt hatte, holte ich tief Luft.

Asuna setzte das unverzüglich herbeigebrachte flötenförmige Glas an die Lippen, dann stieß sie ebenfalls einen langen, erleichterten Seufzer aus.

Ihre hellbraunen Augen sahen mich etwas weniger scharf an als zuvor, und mit gerade noch hörbarer Stimme flüsterte sie: »Nun ... wie soll ich sagen ... danke für heute.«

»Hä?!«, entfuhr es mir verblüfft.

Sie starrte mich an und wiederholte: »Danke, habe ich gesagt. Dass du auf mich aufgepasst hast.«

»Ach ... tja, also, äh, gern geschehen.«

Da wir bei den Strategiebesprechungen der Raid-Gruppen ständig heftig aneinandergerieten, wenn es um die Schwachpunkte der Bosse oder die Aufteilung der Truppen ging, fing ich bei diesen unerwarteten Worten von ihr unwillkürlich an zu stammeln. Da kicherte Asuna und lehnte sich auf ihrem

Stuhl zurück. Mit jetzt noch sanfteren Augen sah sie nach oben und murmelte: »Ich glaube ... das war das erste Mal, dass ich richtig gut geschlafen habe, seitdem ich hier bin ...«

»Jetzt übertreibst du aber.«

»Nein, im Ernst. Normalerweise wache ich nach etwa drei Stunden wieder auf.«

Ich befeuchtete meinen Mund mit der süßsauren Flüssigkeit im Glas und fragte: »Und das ohne Wecker?«

»Ja. Ich würde es nicht eine Schlafstörung nennen ... aber ich habe oft Albträume und schrecke dann hoch.«

»Verstehe ...«

Plötzlich spürte ich einen scharfen Stich tief in meiner Brust. Das Gesicht von jemandem, der mir einmal etwas ganz Ähnliches erzählt hatte, kam mir in den Sinn.

Auch »der Blitz« war nur ein Mensch wie jeder andere. Nachdem mir diese Selbstverständlichkeit nun endlich bewusst geworden war, suchte ich nach den richtigen Worten.

»Äh ... also ... na ja, wenn du mal wieder draußen ein Nickerchen halten willst, sag Bescheid.«

Mir war selbst bewusst, wie dämlich das klang, aber Asuna lächelte mir zu und nickte.

»Ja, wenn es wieder mal so einen Tag mit perfektem Wetter gibt, werde ich das tun.«

Ihr Lächeln machte mir auch bewusst, wie unfassbar schön sie war, und mit einem Mal war ich vollkommen sprachlos.

Glücklicherweise wurde die aufkommende unangenehme Situation von einem NPC unterbrochen, der zwei Teller mit Salat brachte. Sofort streute ich ein paar der mysteriösen Gewürze auf dem Tisch über das ebenso mysteriöse, farbenfrohe Gemüse und stopfte mir mit der Gabel den Mund voll.

Ich kaute geräuschvoll und schluckte laut, dann versuchte ich die Situation zu überspielen, indem ich murrte: »Ich frage mich, warum ich überhaupt noch rohes Gemüse esse, obwohl hier Nährwerte keine Rolle spielen.«

»Wieso, ist doch lecker«, gab Asuna zurück, während sie vornehm auf etwas Kopfsalatartigem kaute.

»Ich sagte ja nicht, dass es nicht schmeckt ... Aber ich hätte zumindest gern Mayonnaise dazu.«

»Oh, ja. Ganz deiner Meinung.«

»Und Dressing ... und Ketchup ... und ...«

»Sojasoße!«, riefen wir wie aus einem Mund und lachten.

In diesem Moment war aus der Ferne ein unverkennbarer Angstschrei zu hören.

»Kyaaaaaaaah!«

Mit angehaltenem Atem erhob ich mich leicht und legte eine Hand an mein Schwert auf dem Rücken.

Auch Asuna hatte ihre Hand an die Scheide ihres Rapiers gelegt und flüsterte in nun scharfem Tonfall: »Das kam von draußen!«

Gleich darauf stieß sie ihren Stuhl zurück und rannte zum Ausgang. Hastig lief ich dem Mädchen im weißen Rittergewand nach.

Gerade waren wir auf die Hauptstraße getreten, als erneut ein markerschütternder Schrei ertönte.

Wahrscheinlich kam er von dem Platz einen Häuserblock entfernt. Asuna warf mir einen kurzen Blick zu und rannte mit voller Geschwindigkeit los in Richtung Süden.

Ich tat mein Bestes, mit dem rasenden, weißen Blitz Schritt zu halten. Die Spikes an den Sohlen meiner Stiefel sprühten Funken, als wir um eine Ecke nach Osten abbogen und auf den runden Platz direkt voraus zurannten.

Dort angekommen, erblickte ich etwas Unfassbares.

Am Nordende des Platzes stand ein Steingebäude, das an eine Kirche erinnerte.

Aus dem mittleren Zierfenster im Obergeschoss hing ein Seil, dessen eines Ende zu einer Schlinge geknüpft war – und daran hing ein Mann.

Es war kein NPC. Wahrscheinlich war er gerade auf dem Heimweg von der Jagd gewesen, denn er trug eine vollständige schwere Plattenrüstung und einen großen Helm. Das Seil grub sich tief in die Halsregion seiner Rüstung, aber das war es nicht, was die dicht gedrängte Menge auf dem Platz vor Grauen nach Luft schnappen ließ. In dieser Welt war es nicht möglich, durch ein Seil zu ersticken.

Die Quelle des Schreckens war ein schwarzer Kurzspeer, der sich tief in die Brust des Mannes gebohrt hatte.

Der Mann hatte den Schaft des Speers mit beiden Händen gepackt, sein Mund öffnete und schloss sich. Währenddessen strömten unaufhörlich flackernde rote Lichteffekte wie Blut aus der Wunde in seiner Brust.

Das bedeutete, dass in genau diesem Augenblick die HP des Mannes kontinuierlich Schaden nahmen. Es war ein spezieller Damage-over-Time-Effekt, also Schaden über Zeit, der nur bei bestimmten Spießwaffen auftrat.

Allem Anschein nach war dieser schwarze Kurzspeer also eine Waffe mit eben diesem Spezialeffekt. Am Speerschaft konnte ich unzählige Widerhaken erkennen.

»Zieh den Speer heraus, schnell!«

Der Mann warf mir einen kurzen Blick zu. Seine Hände bewegten sich langsam und versuchten, den Speer herauszuziehen, aber die Klinge steckte zu tief in seiner Brust und rührte sich nicht. Die Todesangst raubte ihm alle Kraft.

Er hing mindestens zehn Meter über dem Boden an der Wand. Mit meinem Agilitätswert konnte ich ihn in dieser Höhe auf keinen Fall mit einem Sprung erreichen.

Konnte ich das Seil mit einer Wurfnadel zerschneiden? Aber was, wenn ich das Ziel verfehlte und stattdessen den Mann traf? Was, wenn das seine restlichen HP auf null senkte?

Logisch betrachtet befanden wir uns innerhalb der sicheren Zone, also konnte das nicht passieren. Aber eigentlich hätte es genauso unmöglich sein sollen, dass dieser Speer ihm Schaden zufügte.

Während ich noch hin und her überlegte, hörte ich Asunas scharfe Stimme.

»Fang du ihn hier unten auf!«

Gleich darauf rannte sie in irrsinniger Geschwindigkeit los zum Eingang der Kirche. Sie wollte drinnen zum Obergeschoss hinauflaufen und das Seil zerschneiden.

»Alles klar!«, rief ich ihr hinterher und sprintete zu der Stelle genau unterhalb des herabhängenden Mannes.

Doch als ich gerade die halbe Strecke zurückgelegt hatte, starrten seine Augen unter dem Helm so angestrengt auf einen Punkt in der Luft, dass sie ihm fast aus dem Kopf zu fallen schienen. Intuitiv begriff ich, was er da anstarrte.

Es war seine eigene HP-Leiste. Oder genauer gesagt, den Moment, als diese auf null fiel.

Inmitten all der angsterfüllten und überraschten Schreie auf dem Platz schien er irgendetwas zu rufen.

Und mit einem Geräusch, als würden zahllose Gläser zersplittern, erhellte ein blauer Blitz den Nachthimmel. Wie geistesabwesend starrte ich zu den Fragmenten der zerberstenden Polygone hinauf.

Ohne das Gewicht baumelte das Seil nun schlaff an der Wand. Eine Sekunde später fiel der schwarze Speer – die Mordwaffe – herunter und bohrte sich mit einem harten, metallischen Klirren aufrecht in die Pflastersteine vor mir.

Die Schreie zahlreicher Spieler übertönten die friedliche BGM, die in der Stadt spielte.

Obwohl ich unter Schock stand, ließ ich mit weit geöffneten Augen den Blick über den großen Platz um die Kirche schweifen. Ich suchte nach etwas ganz Bestimmtem – etwas, das auf jeden Fall auftauchen musste, nämlich die Meldung über den Sieger des Duells.

Wir waren in der Stadt, mit anderen Worten, mitten innerhalb des Antikriminalitätscode-Gebiets. Es gab nur einen Weg, wie ein Spieler hier Schaden erleiden konnte, erst recht, wenn er dabei starb: ein Duell im »Volle HP«-Modus anzunehmen und zu verlieren.

Es gab keine andere Möglichkeit, auf keinen Fall.

Und dann musste im Moment seines Todes in der Nähe ein großes Systemfenster auftauchen, das den Namen des Siegers und die Duelldauer verkündete. Wenn ich es sehen würde, wüsste ich sofort, wer diesen Mann in voller Rüstung mit einem einzigen Speer getötet hatte.

Aber ...

»Wo ist es ...?«, murmelte ich zu mir selbst.

Es gab kein Systemfenster. Nirgendwo auf dem Platz war es zu entdecken. Und es würde nur für dreißig Sekunden angezeigt werden.

»Leute! Sucht nach der Meldung des Duellsiegers!«, schrie ich über den Lärm ringsum hinweg. Die Spieler begriffen meine Absicht sofort und begannen sich in alle Richtungen umzusehen.

Doch keiner rief, dass er etwas entdeckt hätte. Schon fünfzehn Sekunden waren verstrichen.

Dann also im Gebäude? Vielleicht tauchte die Meldung in dem Raum im Obergeschoss auf, von wo das Seil herabhing? Dann müsste Asuna sie sehen.

Gerade als ich das dachte, erschien das weiße Rittergewand des »Blitzes« am fraglichen Fenster.

»Asuna! War dort eine Siegermeldung?!«, wollte ich wissen.

An jedem anderen Tag hätte ich es nicht gewagt, so salopp mit ihr zu sprechen, aber jetzt fehlte mir die Zeit für Förmlichkeiten. Sie schüttelte nur ihren Kopf. Ihr Gesicht war fast genauso weiß wie ihr Gewand.

»Nein! Auch kein Systemfenster, hier drinnen ist niemand!«

»Wie kann das sein ...?«, stöhnte ich und sah mich erneut vergeblich um. Ein paar Sekunden später hörte ich jemanden leise murmeln: »Das bringt doch nichts, die dreißig Sekunden sind längst vorbei ...«

Ich schlüpfte an der NPC-Nonne vorbei, die permanent im Erdgeschoss der Kirche postiert war, und rannte die Treppe im hinteren Teil des Gebäudes hoch.

Das Obergeschoss war in vier kleine Zimmer aufgeteilt, ähnlich den Zimmern eines Gasthauses. Anders als dort konnten die Türen jedoch nicht abgeschlossen werden. In den ersten drei Zimmern, an denen ich vorbeikam, war weder mit dem bloßen Auge noch meinem Aufspür-Skill ein versteckter Spieler zu entdecken. Ich biss mir auf die Lippe und betrat das vierte Zimmer.

Am Fenster drehte sich Asuna zu mir um. Sie bewahrte eine gefasste Miene, doch innerlich schien sie geschockt zu sein. Auch ich konnte meine Anspannung, die sich in einer harten Furche zwischen meinen Augenbrauen zeigte, nicht verbergen.

»In der Kirche ist niemand außer uns«, berichtete ich.

Sofort fragte die Vizekommandantin der Ritter des Blutschwurs: »Wäre es möglich, dass sich jemand mit einem Tarnumhang versteckt?«

»Selbst an der vordersten Front droppen keine Items, die meinen Aufspür-Skill unwirksam machen würden. Außerdem habe ich den Ausgang der Kirche zur Sicherheit von Spielern blockieren lassen. Selbst wenn sich derjenige unsichtbar gemacht hat, würde er sie beim Verlassen der Kirche berühren und damit automatisch sichtbar werden. Einen Hinterausgang hat dieses Gebäude auch nicht, und das hier ist das einzige Zimmer mit einem Fenster.«

»Hm ... verstehe. Sieh dir das hier mal an.« Asuna nickte mir zu und zeigte mit einem weiß behandschuhten Finger in eine Ecke des Zimmers.

Dort stand ein schlichter Holztisch, ein sogenanntes »Objekt mit festen Koordinaten«, das sich nicht bewegen ließ.

An eines der Tischbeine war ein recht dünnes, aber robust wirkendes Seil gebunden. Das hieß nicht, dass es tatsächlich mit den Händen festgebunden worden war. Um ein Seil festzubinden, rief man das Pop-up-Fenster für das Seil auf, klickte erst auf den Button zum Festbinden und dann auf das entsprechende Objekt, wodurch das Seil automatisch daran befestigt wurde. Einmal festgebunden, löste sich das Seil nicht, bevor es über seine Haltbarkeit hinaus belastet oder mit einer Klinge zerschnitten wurde.

Das dunkel glänzende Seil spannte sich etwa zwei Meter durch den Raum und hing aus dem südlichen Fenster. Von mir aus war das andere Ende nicht zu sehen, das zu einer Schlinge geknüpft und an dem der Mann erhängt worden war.

»Hmm ...«, brummte ich grübelnd. »Was hat das alles zu bedeuten?«

»Logisch betrachtet«, antwortete Asuna ebenso nachdenklich, »hat sein Duellgegner dieses Seil hier festgebunden, ihm den Speer in die Brust gestoßen, dann hat er ihm die Schlinge um den Hals gelegt und ihn aus dem Fenster gestoßen ...«

»Als abschreckendes Beispiel, oder was ...? Nein, vor allem ...« Ich holte tief Luft und erklärte klar und deutlich: »Es ist nirgendwo eine Siegermeldung aufgetaucht. Von den Dutzenden Spielern da unten auf dem Platz hat keiner die Meldung entdecken können, obwohl sie bei einem Duell garantiert in der Nähe angezeigt worden wäre.«

»Aber ... das kann doch nicht sein!«, protestierte sie heftig. »Ein Duell ist die einzige Möglichkeit, in der sicheren Zone den HP eines Spielers Schaden zuzufügen. Das weißt doch wohl auch du!«

»Ja, genau so ist es ...«

Schweigend sahen wir uns an.

Es war genau wie Asuna sagte, hier war etwas absolut Unmögliches geschehen. Wir wussten nur, dass ein Spieler in aller Öffentlichkeit getötet worden war, hatten aber nicht die geringste Ahnung, von wem, wieso und wie.

Vom Platz unter dem Fenster war unaufhörlich die lärmende Menschenmenge zu hören. Auch sie mussten mittlerweile die Abnormität dieses Vorfalls bemerkt haben.

Schließlich sah mich Asuna direkt an und sagte: »Wir können das jedenfalls nicht ignorieren. Falls jemand eine Methode für PK innerhalb der sicheren Zone entdeckt hat, müssen wir das schnellstens herausbekommen und Gegenmaßnahmen bekannt geben, sonst gibt es noch eine Katastrophe.«

»Das kommt zwar selten vor, aber dieses Mal stimme ich dir voll und ganz zu.«

Ich nickte ihr zu und lächelte grimmig. »Der Blitz« streckte mir die rechte Hand entgegen.

»Dann lass uns zusammenarbeiten, bis die Sache geklärt ist. Aber ich sag's dir gleich, wir werden keine Zeit für Nickerchen haben.«

»Du hast doch selbst geschlafen …«, murmelte ich und streckte ebenfalls die Hand aus.

Und so wurde mit einem festen Händeschütteln eines weißen und eines schwarzen Handschuhs kurzerhand ein Duo aus Detektiv und Assistent gebildet – auch wenn unklar war, wer von uns welche Rolle hatte.

2

Wir stellten das Seil als Beweisstück sicher, verließen das kleine Zimmer und gingen zurück zum Eingang der Kirche. Den Speer als zweites Beweisstück hatte ich zuvor bereits in meinem Inventar verstaut.

Ich bedankte mich bei den beiden Spielern, die dort Wache gehalten hatten, und sie bestätigten mir, dass niemand an ihnen vorbeigekommen war. Als ich auf den Platz trat, hob ich eine Hand zu den Schaulustigen, die zu uns herübersahen, dann rief ich laut: »Entschuldigung, wenn irgendjemand den Vorfall von Anfang an beobachten konnte, würden wir uns gerne mit demjenigen unterhalten!«

Einige Sekunden später trat eine Spielerin zögerlich aus der Menschenmenge hervor. Ich konnte mich nicht erinnern, sie schon einmal gesehen zu haben. Ihre Waffe war ein normales, von einem NPC gemachtes Schwert, was vermuten ließ, dass sie zu den Touristen von den mittleren Ebenen gehörte.

Leider schien mein Anblick sie etwas einzuschüchtern, also trat Asuna vor und sprach sie freundlich an: »Es tut mir leid, das war sicher schrecklich mit anzusehen. Wie heißt du?«

»Äh... Ähm, ich heiße Yolko.«

Ihre dünne Stimme kam mir bekannt vor, und ich schaltete mich ein: »Der erste Schrei vorhin ... kam der etwa von dir?«

»Ja ...« Die Spielerin namens Yolko nickte, wobei ihre leicht gewellten, dunkelblauen Haare wippten. Dem Aussehen ihres Avatars nach schätzte ich sie auf etwa siebzehn oder achtzehn Jahre.

In ihre großen unschuldigen Augen, ebenso dunkelblau wie ihre Haare, stiegen plötzlich Tränen.

»Ich ... ich war befreundet mit dem Spieler, der gerade ... ermordet wurde. Wir wollten heute zusammen essen gehen, aber dann haben wir uns hier auf dem Platz aus den Augen verloren ... und ... dann ...«

Offenbar nicht in der Lage weiterzusprechen, presste sie beide Hände vor den Mund.

Asuna fasste sie sanft an den zitternden, schmalen Schultern und führte sie in die Kirche. Dort setzte sie sich mit Yolko auf eine der Bänke, die in mehreren Reihen aufgestellt waren.

Ich blieb ein Stück entfernt stehen und wartete, dass sich das Mädchen beruhigte.

Wenn sie mit angesehen hatte, wie ihr Freund auf grausame Art und Weise ermordet worden war, musste sie einen unermesslichen Schock erlitten haben.

Asuna strich ihr über den Rücken, bis Yolko schließlich aufhörte zu weinen und sich mit schwacher Stimme entschuldigte.

»Nein, schon gut«, sagte Asuna sanft zu ihr. »Ich warte so lange wie nötig, und du erzählst mir einfach alles in Ruhe, wenn du so weit bist, ja?«

»Okay ... es geht schon wieder.«

Yolko war wohl doch tapferer als gedacht, sie rückte von Asunas Hand weg und nickte.

»Sein Name ... war Kains. Wir waren mal in derselben Gilde ... Und manchmal haben wir noch eine Gruppe gebildet oder uns zum Essen getroffen ... Heute wollten wir hier essen gehen ...«

Sie schloss einmal fest die Augen und fuhr dann mit zitternder Stimme fort.

»Aber es war so voll hier, dass wir uns auf dem Platz aus den Augen verloren haben ... Und als ich mich umgesehen habe, sah ich jemanden – Kains – plötzlich aus dem Kirchenfenster in der Luft hängen ... und in seiner Brust steckte ein Speer ...«

»Hast du noch jemanden gesehen?«, fragte Asuna.

Yolko schwieg einen Moment lang. Dann nickte sie langsam, aber deutlich.

»Ja ... Es war nur für einen Augenblick, aber ich glaube, ich habe jemanden hinter Kains stehen sehen ...«

Unbewusst ballte ich meine Hände zu Fäusten.

Der Täter war also tatsächlich in dem Zimmer gewesen. Dann musste er ganz gelassen in aller Öffentlichkeit entkommen sein, nachdem er das Opfer Kains aus dem Fenster gestoßen hatte.

In dem Fall musste der Täter tatsächlich einen Ausrüstungsgegenstand mit Tarnfunktion verwendet haben, aber der Effekt solcher Items wurde während der Bewegung schwächer. Hatte derjenige etwa einen derart hohen Tarn-Skill, dass er diesen Nachteil ausgleichen konnte?

Der bedrohliche Begriff »Assassine« schoss mir durch den Kopf.

Existierte in *SAO* womöglich eine Kategorie von Waffen-Skills, von der nicht einmal ich oder Asuna wussten? Was, wenn mit einer besonderen Eigenschaft solch eines Skills der Antikriminalitätscode außer Kraft gesetzt werden konnte ...?

Asuna erschauderte kurz, als hätte sie gerade denselben Gedanken gehabt. Doch gleich sah sie wieder auf und wandte sich an Yolko: »Kam dir diese Person bekannt vor?«

Yolko dachte für einen Moment mit zusammengekniffenen Lippen nach, schüttelte dann aber verneinend den Kopf. Dieses Mal stellte ich ihr so sanft wie nur irgend möglich eine Frage: »Also ... ich frage das nur ungern, aber hast du vielleicht einen Verdacht, warum es jemand auf Kains abgesehen haben könnte ...?«

Wie befürchtet erstarrte Yolko bei dieser Frage augenblicklich. Das war zu erwarten gewesen. Ihr Freund war gerade getötet worden, und jetzt fragte ich sie, ob er etwas getan hatte, um das zu verdienen. Es war eine taktlose Frage, doch eine, die gestellt werden musste. Falls sie eine Ahnung hatte, wer einen Groll auf Kains hegte, wäre das unser bester Anhaltspunkt.

Doch Yolko schüttelte abermals nur leicht mit dem Kopf.

Ich war etwas enttäuscht. »Verstehe, entschuldige die Frage.«

Natürlich war es auch möglich, dass Yolko einfach nur nichts darüber wusste. Doch derjenige, der Kains getötet hatte, war zum einen ein tatsächlicher Mörder, zum anderen aber auch ein PKer in einem MMO-Spiel. Und im Grunde war das Töten anderer Spieler an sich Motiv und Lebensinhalt der PKer. Die Red Players, die sich neuerdings in den dunklen Ecken von Aincrad verbreiteten, waren das beste Beispiel dafür.

Mit anderen Worten, als Verdächtige an diesem rätselhaften Mord an Kains innerhalb der sicheren Zone kamen neben den Orange und Red Players, von denen es mehrere Hundert geben sollte, auch noch alle Spieler infrage, die potenziell diese Tendenz hatten. Ehrlich gesagt hatte ich momentan keine Ahnung, wie wir den Schuldigen aus dieser Menge bestimmen sollten.

Wieder schien auch Asuna gleichzeitig zu demselben Schluss gekommen zu sein und seufzte kraftlos.

Da Yolko Angst hatte, allein zu den niedrigeren Ebenen zurückzukehren, begleiteten wir sie zum nächsten Gasthaus und gingen dann zurück zum Platz mit dem Teleportgate.

Seit dem Vorfall war eine halbe Stunde vergangen, und allmählich zerstreute sich die Menschenmenge wieder. Trotzdem warteten immer noch fast zwanzig Spieler, vor allem Frontkämpfer, auf unseren Bericht.

Asuna und ich teilten ihnen mit, dass der Name des verstorbenen Spielers Kains war und die Mordmethode zum derzeitigen Zeitpunkt noch vollkommen unklar. Auch von unserer Befürchtung, dass jemand einen Weg für PK in der sicheren Zone gefunden hatte, erzählten wir ihnen.

»Deswegen wär's gut, wenn ihr möglichst viele Leute warnt, dass wir fürs Erste auch innerhalb der Städte vorsichtig sein sollten«, schloss ich. Die anderen nickten mit ernsten Gesichtern.

»Alles klar. Dann werde ich einen Infohändler bitten, dass sie in ihrem nächsten Flugblatt eine Warnung veröffentlichen«, antwortete ein Spieler einer der größeren Gilden stellvertretend für die Gruppe. Danach gingen wir auseinander.

»Also ... was machen wir jetzt?«, wandte ich mich an Asuna neben mir.

Ihre Antwort kam prompt. »Lass uns die Informationen überprüfen, die wir haben, insbesondere das Seil und den Speer. Wenn wir herausfinden, wo die herkamen, könnte uns das vielleicht zum Täter führen.«

»Verstehe ... du meinst, wenn wir keinen Anhaltspunkt zum Motiv haben, halten wir uns an die Sachbeweise. Dafür bräuchten wir allerdings den Gutachten-Skill. Hey, hast du den gelevelt ... eher nicht, was?«

»Natürlich nicht, genauso wenig wie du. Und außerdem ...« Asuna verzog das Gesicht und sah mich scharf an. »Könntest du mich vielleicht mal vernünftig anreden?«

»Wie? Äh, klar ... dann also ... mein Fräulein? Vizekommandantin? Edler Blitz?«

Letzteres war die Bezeichnung, die in der Vereinszeitschrift ihres Fanclubs benutzt wurde. Deren Erwähnung führte unmittelbar dazu, dass sie mir einen bohrenden Blick wie Laser zuschoss und sich dann brüsk von mir abwandte.

»Nenn mich einfach Asuna. Vorhin hast du mich doch auch so genannt.«

»Okay.« Ich willigte demütig ein und kehrte dann schnell zum ursprünglichen Thema zurück. »Also, was den Gutachten-Skill angeht – kennst du vielleicht jemanden, der den beherrscht ...?«

»Hmm.« Sie dachte für einen Moment nach, schüttelte dann aber den Kopf. »Ich kenne eine Waffenhändlerin, die den Skill hat, aber um diese Zeit hat sie am meisten zu tun, also wird sie uns vermutlich nicht sofort helfen können ...«

In der Tat war gerade die Zeit, in der die Spieler nach den Abenteuern des Tages ihre Ausrüstung warten oder neu anfertigen ließen.

»Verstehe. Dann lass uns zuerst einen Bekannten von mir fragen, den Itemhändler mit der Axt, auch wenn ich fürchte, dass sein Skilllevel zu wünschen übrig lassen wird.«

»Meinst du diesen Riesenkerl ...? Agil hieß er, richtig?«, fragte Asuna, während ich schon ein Fenster öffnete und begann, eine Nachricht an ihn zu tippen. »Aber als Itemhändler wird er doch gerade auch alle Hände voll zu tun haben?«

»Mir doch egal«, erwiderte ich und drückte erbarmungslos auf Senden.

Algade, die Hauptstadt der 50. Ebene, empfing uns mit ihrem üblichen Lärmen und Treiben, als Asuna und ich aus dem Teleportgate traten.

Obwohl es noch nicht allzu lang her war, dass das Gate aktiviert worden war, hatten auf der Hauptstraße schon zahllose Spielerläden eröffnet und drängten sich dicht an dicht. Das lag vor allem daran, dass die Kosten für ein Ladenlokal hier verglichen mit den unteren Ebenen überraschend günstig waren.

Natürlich waren die Läden hier auch vergleichsweise klein und unansehnlich, aber es gab viele Spieler, die Gefallen fanden an dem asiatischen Flair – oder auch diesem geschäftigen Treiben, das sehr an ein gewisses Elektronikviertel in Tokyo erinnerte. Auch ich gehörte zu diesen Spielern und beabsichtigte, in absehbarer Zeit hier ein Spielerhaus zu kaufen.

Exotische BGM, die Rufe der Verkäufer und der Geruch von Fastfood mischten sich in der Luft, als ich Asuna schnellen Schrittes durch die Straße führte. In ihrem weißen Minirock, der einen großzügigen Blick auf ihre nackten Beine freigab, fiel sie in dieser Stadt etwas zu sehr auf.

»Komm schon, beeilen wir uns ...«, sagte ich nach hinten. Als ich bemerkte, wie sich das Geräusch ihrer Absätze entfernte, drehte ich mich um, nur um dann überrascht auszurufen: »Wieso kaufst du dir jetzt was zu futtern?«

»Der edle Blitz« geruhte gerade, an einem fragwürdigen Verkaufsstand ebenso fragwürdiges gegrilltes Fleisch am Spieß zu kaufen. Sie nahm einen Bissen davon und erwiderte gelassen: »Na, wir hatten doch vorhin gerade erst mit dem Salat angefangen, als wir rausgerannt sind ... Hm, das ist ziemlich gut.«

Kauend reichte sie mir einen zweiten Spieß.

»Huch, für mich?«

»Na, das war doch unsere Abmachung.«

»Oh ... ach so ...«

Aus Reflex verbeugte ich mich leicht beim Entgegennehmen des Fleischspießes. Erst dann begriff ich, dass ihre Einladung zu einem Mehrgängemenü gerade zu einer Einladung zum Fleischspieß herabgestuft worden war. Nebenbei bemerkt war die Restaurantrechnung uns zu gleichen Teilen abgezogen worden, als wir aus dem Lokal gerannt waren.

Während ich mir den Mund vollstopfte mit dem exotisch gewürzten, rätselhaften Fleisch, fasste ich im Weitergehen den festen Entschluss, sie eines Tages auf jeden Fall dazu zu bringen, für mich zu kochen.

Wir hatten unsere Spieße gerade aufgegessen, als wir unser Ziel erreichten. Nachdem die abgenagten Spieße lautlos verschwunden waren, wischte ich meine Hand am Ledermantel ab, obwohl sie nicht einmal schmutzig war. Der Ladeninhaber hatte uns den Rücken zugewandt, also rief ich laut: »Hi! Ich bin's.«

»Da du kein Kunde bist, werde ich dich auch nicht willkommen heißen«, brummte Agil, der Itemhändler und Axtkämpfer, wobei sein beleidigter Tonfall nicht so recht zu seiner hünenhaften Statur und den imposanten Gesichtszügen passen wollte. Der Kundschaft in dem beengten Laden rief er zu: »Sorry, für heute hat der Laden geschlossen.«

Mit entschuldigenden Verbeugungen seines massiven Körpers scheuchte er die murrenden Spieler hinaus und schloss das Geschäft dann über das Verwaltungsmenü.

Die völlig chaotischen Ausstellungsvitrinen wurden automatisch eingelagert, und nachdem sich der Front-Rollladen quietschend und ratternd geschlossen hatte, drehte sich Agil endlich zu uns um.

»Hör mal, Kirito, für den Lebensunterhalt eines Händlers kommt Vertrauen an erster Stelle und auch an zweiter Stelle. Der große Reibach kommt nicht an dritter oder vierter, sondern erst an fünfter Stelle …«

Als er die Spielerin neben mir erblickte, verstummte der Vortrag seiner fragwürdigen Lebensweisheit. Der Kinnbart des Glatzkopfes erzitterte, und Agil erstarrte zur Salzsäule. Asuna verbeugte sich mit einem adretten Lächeln. »Lange nicht gesehen, Agil. Es tut mir sehr leid, dass wir dich so unangemeldet stören müssen, aber wir benötigen dringend deine Unterstützung …«

Sofort wurden Agils strenge Gesichtszüge weich, er klopfte sich mit einem »Verlass dich auf mich« auf die Brust und brachte sogar Tee.

Wir Männer waren schon eine armselige Gattung, unseren angeborenen Parametern konnten wir uns einfach nicht widersetzen.

In einem Zimmer im Obergeschoss berichteten wir Agil in groben Zügen von dem Vorfall. Wie zu erwarten, begriff er sofort, wie ernst die Angelegenheit war, und seine Augen unter dem hervortretenden Brauenbogen wurden schmal.

»Also sind seine HP innerhalb der sicheren Zone auf null gefallen? Und ihr seid euch sicher, dass es kein Duell war?«, knurrte der Hüne in seinem tiefen Bariton.

Ich nickte ihm von meinem Platz im Schaukelstuhl zu. »Ich kann mir nicht vorstellen, dass in der Situation niemand die Siegermeldung entdeckt hätte, also sollten wir das erst mal annehmen. Außerdem ... selbst wenn es ein Duell war, hätte er doch niemals eine Anfrage angenommen, wenn er eigentlich gerade zum Essengehen verabredet war, noch dazu für eines im Volle-HP-Modus.«

»Und wenn er kurz davor noch mit diesem Mädchen ... ich meine, mit Yolko unterwegs war, kann es auch kein Schlaf-PK gewesen sein«, ergänzte Asuna, während sie über dem kleinen Tisch ihre Teetasse schwenkte.

»Vor allem war die Vorgehensweise zu komplex für ein spontanes Duell. Ich denke, wir können davon ausgehen, dass der PK im Voraus geplant wurde. Und ... da wäre noch das hier.«

Mit diesen Worten holte ich das Seil aus meinem Inventar und überreichte es Agil.

Den Knoten, mit dem das Seil am Tischbein festgebunden war, hatte ich natürlich lösen müssen, aber das andere Ende war noch immer zu einer großen Schlinge geknüpft.

Agil ließ die Schlaufe vor seinem Gesicht baumeln und schnaubte verächtlich, dann tippte er es mit einem breiten Finger an.

In dem Fenster, das sich daraufhin öffnete, wählte er das »Gutachten«-Menü. Asuna und mir wäre dabei aufgrund des fehlenden Skills nur eine Fehlermeldung angezeigt worden, doch der Händler Agil sollte in der Lage sein, zumindest ein paar Informationen herauszufinden.

Tatsächlich erläuterte uns der Hüne anschließend mit tiefer Stimme den Inhalt des Fensters, der nur für ihn sichtbar war.

»Leider wurde das Seil nicht von einem Spieler hergestellt, sondern ist ein ganz gewöhnliches Item aus dem Shop. Der Rang ist auch nicht sonderlich hoch. Die Haltbarkeit ist etwa zur Hälfte verbraucht.«

Ich rief mir die schreckliche Szene wieder ins Gedächtnis und nickte. »Wundert mich nicht, nachdem ein Spieler in einer schweren Rüstung daran hing. Das muss ein gewaltiges Gewicht gewesen sein.«

Doch für den Mörder musste das Seil nur die paar Dutzend Sekunden halten, bis das Opfer sämtliche HP verloren hatte und in Polygone zerborsten war.

»Na ja, von dem Seil habe ich mir sowieso nicht viel erhofft. Jetzt kommt der aussichtsreichere Kandidat.« Ich tippte auf mein geöffnetes Inventar und materialisierte das nächste Item.

In dem kleinen Zimmer schien der schwarz glänzende Kurzspeer eine noch gewichtigere Aura auszustrahlen. Der Waffenrang war vermutlich nicht einmal annähernd so hoch wie Asunas und meine Hauptwaffen, aber das war nicht der Punkt. Dieser Speer hatte auf brutale Art das Leben eines Spielers geraubt, es war eine »Mordwaffe« im wahrsten Sinne des Wortes.

Darauf bedacht, nirgendwo anzustoßen, übergab ich den Speer an Agil.

Die gesamte Waffe war aus dem gleichen dunklen Metall gefertigt, was ungewöhnlich für Waffen dieser Kategorie war. Der Speer war etwa anderthalb Meter lang, hatte einen dreißig Zentimeter langen Griff und am anderen Ende des Schaftes eine scharfe Spitze von fünfzehn Zentimetern Länge.

Eigentümlich waren die Widerhaken, mit denen der Schaft dicht besetzt war. Sie hatten den Spezialeffekt, dass der Speer nur noch schwerlich herausgezogen werden konnte, wenn er sein Ziel erst einmal tief durchbohrt hatte. Daher war ein recht hoher Stärkewert erforderlich, um den Speer aus dem Körper zu ziehen.

In diesem Fall bezog sich der Stärkewert neben dem numerischen Parameter des Spielers auch auf die Intensität der vom Gehirn erzeugten Signale, die vom NerveGear im verlängerten Mark abgefangen wurden. Doch Kains, der Mann in der Panzerrüstung, war im entscheidenden Moment so von seiner Todesangst überwältigt gewesen, dass er keinen klaren Befehl an seinen virtuellen Körper hatte senden können, damit dieser sich bewegte. Es war demnach nicht verwunderlich, dass er selbst mit beiden Händen nicht in der Lage gewesen war, den Speer herauszuziehen.

Das verstärkte erneut meine Annahme, dass es kein spontaner PK gewesen war, sondern vorsätzlicher Mord. Durch Schaden über Zeit zu sterben, war ein besonders grausamer Tod. Denn man starb weder durch eine Schwerttechnik des Angreifers noch durch die Macht von dessen Waffe, sondern durch seine eigene Furcht.

Agil hatte sein Gutachten fertiggestellt und unterbrach meinen Gedankengang: »Der wurde von einem Spieler hergestellt.«

Asuna und ich fuhren gleichzeitig auf und riefen: »Wirklich?!«

Wenn die Waffe von einem Spieler hergestellt worden war, also jemandem mit Schmiede-Skill, musste sie auch die Inschrift desjenigen tragen. Und dieser Speer war vermutlich eine Sonderanfertigung zu einem bestimmten Zweck gewesen. Wenn wir den Hersteller direkt befragen würden, standen die Chancen gut, dass er sich noch an den Spieler erinnern konnte, der den Speer in Auftrag gegeben und gekauft hatte.

»Und wer hat ihn angefertigt?«, fragte Asuna angespannt.

Mit Blick auf sein Systemfenster antwortete Agil: »»Grimlock« ... den Namen hab ich noch nie gehört. Ist jedenfalls kein erstklassiger Schmied. Na, es gibt genug Spieler, die den Schmiede-Skill leveln, um ihre eigenen Waffen zu verbessern ...«

Wenn nicht einmal Agil als Händler diesen Schmied kannte, würden Asuna und ich ihn erst recht nicht kennen. Erneut kehrte ein kurzes Schweigen in dem beengten Raum ein.

Dann ergriff Asuna wieder mit entschlossener Stimme das Wort.

»Aber wir sollten trotzdem in der Lage sein, ihn ausfindig zu machen. Wenn er den Skill so hoch gelevelt hat, dass er damit eine Waffe dieser Klasse herstellen konnte, kann er unmöglich immer nur solo gespielt haben. Wenn wir uns in den Städten auf den mittleren Ebenen umhören, finden wir bestimmt jemanden, der schon mal in einer Gruppe mit diesem Grimlock war.«

»Stimmt. Allzu viele Idioten wie ihn dort wird's wohl nicht geben«, pflichtete Agil ihr lebhaft bei. Dann sahen die beiden zu mir, dem idiotischen Solospieler.

»Was denn ...? Ich trete doch auch manchmal Gruppen bei.«

»Aber auch nur bei Bosskämpfen«, warf Asuna kühl ein. Darauf wusste ich nichts zu erwidern, also schwieg ich gezwungenermaßen.

Asuna schnaubte und sah wieder auf den Speer in Agils Hand. »Na ... um ehrlich zu sein, auch wenn wir Grimlock finden, habe ich nicht wirklich viel Lust, mit ihm zu reden ...«

Da war ich ganz ihrer Meinung.

Kains' Mörder musste ein noch unbekannter Red Player sein, der diesen Speer in Auftrag gegeben hatte, nicht der Schmied Grimlock. Jemanden zu töten mit einer selbst angefertigten Waffe, die also die eigene Inschrift trug, wäre das Gleiche gewesen, wie in der Wirklichkeit jemanden mit einer Mordwaffe zu erstechen, auf die man seinen Namen geschrieben hatte. Doch andererseits musste jeder Handwerker mit einem gewissen Maß an Wissen und Erfahrung zumindest eine Vermutung haben, zu welchem Zweck eine solche Waffe dienen sollte.

Schaden über Zeit war gegen Monster nur wenig effektiv. Denn vom Algorithmus gesteuerte Mobs fühlten keine Angst. Selbst wenn sie von einer Spießwaffe getroffen wurden, packten sie einfach die Waffe und zogen sie heraus, sobald der Breakpoint ausgelöst wurde. Natürlich gaben sie die Waffe nicht zurück, sondern warfen sie weit fort, sodass man sie nicht zurückerhielt, bis der Kampf vorbei war.

Was bedeutete, dass dieser Speer für den PvP-Gebrauch angefertigt worden war. Alle mir bekannten Schmiede hätten solch einen Auftrag sofort abgelehnt, sowie ihnen die Spezifikationen mitgeteilt worden wären.

Grimlock dagegen hatte diesen Speer geschmiedet.

Auch wenn er wohl kaum selbst der Mörder war – angesichts der Leichtigkeit, mit der sein Name durch ein Gutachten ermittelt werden konnte –, war er eine Person von schwacher Moral oder gehörte womöglich heimlich zu einer roten Gilde.

»Jedenfalls werden wir unsere Antworten wahrscheinlich nicht umsonst bekommen. Falls er eine Informationsgebühr von uns verlangt ...«, murmelte ich.

Agil schüttelte den Kopf, und Asuna warf mir einen scharfen Blick zu. »Dann halbieren wir die Kosten eben.«

»Alles klar, dann gibt's jetzt kein Zurück mehr.«

Ich zuckte mit den Schultern und stellte dem durchtriebenen Händler vor mir eine letzte Frage: »Ich glaube zwar nicht, dass es uns weiterhilft, aber könntest du mir noch den Namen der Waffe sagen?«

Der glatzköpfige Hüne sah zum dritten Mal auf sein Fenster hinunter.

»Ähm ... ›Guilty Thorn‹. Also Dorn der Schuld.«

»Hmm ...«

Erneut betrachtete ich die dicht stehenden Widerhaken auf dem Speerschaft. Natürlich wurde der Waffenname zufällig vom System vergeben. Es steckte also keine persönliche Intention hinter diesen Worten selbst.

Und dennoch ...

»Dorn ... der Schuld ...«, wisperte Asuna, und ihr Flüstern verlieh dem Namen einen eisigen Klang.

3

Asuna und ich sowie Agil reisten nacheinander von Algades Teleportgate in die Stadt der Anfänge auf der untersten Ebene von Aincrad.

Dort wollten wir das Monument des Lebens im Eisernen Palast überprüfen. Wenn wir den Schmied Grimlock finden wollten, musste er zunächst einmal am Leben sein.

Obwohl es Frühling war, wirkte die weitläufige Stadt der Anfänge etwas trist.

Das lag nicht nur an den Klimaparametern. Auf den abendlichen Straßen waren nur wenige Spieler zu sehen, und selbst die NPC-Musikanten schienen nur BGMs in schwermütigen Molltonarten zu spielen.

Mir waren lächerliche Gerüchte zu Ohren gekommen, dass die Aincrad-Befreiungsarmee, die als größte Gilde die untere Ebene kontrollierte, eine nächtliche Ausgangssperre verhängt hatte, aber allem Anschein nach waren diese Gerüchte vielleicht sogar wahr. Die einzigen Personen, denen wir begegneten, waren Patrouillen der Armee in ihren einheitlichen metallgrauen Rüstungen.

Zudem war es nervenaufreibend, wie sie zu uns herübergerannt kamen, sobald sie uns entdeckten – wie Streifenpolizisten, die Mittelschülern die Leviten lasen. Allerdings reichte meist ein eiskalter Blick von Asuna aus, um sie wieder in die Flucht zu schlagen.

»Kein Wunder, dass in Algade so viel los ist, trotz der hohen Preise ...«, brummte Agil unwillkürlich und erzählte uns von einem noch erschreckenderen Gerücht. »Ich hab gehört, dass die Armee bald auch noch Steuern von den Spielern verlangen will.«

»Was?! Steuern? Das kann doch nicht sein, wie wollen sie die denn eintreiben?«

»Das weiß ich auch nicht … Vielleicht ziehen sie automatisch einen Teil der Monsterdrops ein.«

»Oder sie beschlagnahmen den Ertrag deines Ladens.«

So schwadronierten Agil und ich weiter, doch sobald wir auf die Pflastersteine des Eisernen Palastes traten, verstummten wir.

Wie der Name schon sagte, war das kolossale Gebäude aus Eisensäulen und Eisenplatten konstruiert, und die Luft war hier drinnen deutlich kühler als draußen.

Asuna ging mit eiligen Schritten voran und rieb sich fröstelnd ihre nackten Arme.

Außer uns war niemand im Palast, wohl wegen der fortgeschrittenen Stunde. Tagsüber waren hier unaufhörlich die Wehklagen der Spieler zu hören, die kamen, um sich ungläubig des Todes ihrer Freunde oder Geliebten zu vergewissern und dann beim Anblick der nüchtern eingravierten Linien über den Namen der Verstorbenen in Tränen auszubrechen. Wahrscheinlich würde auch Yolko, die den Mord an ihrem Freund Kains mit eigenen Augen gesehen hatte, an einem der nächsten Tage herkommen, um sich zu überzeugen. So wie auch ich es vor gar nicht allzu langer Zeit getan hatte. Selbst jetzt hatte ich diese schmerzhaften Erinnerungen noch nicht vollständig verwunden.

Mit schnellen Schritten durchmaßen wir die menschenleere Halle, die von bläulichen Flammen beleuchtet wurde.

Als wir das mehrere Dutzend Meter breite Monument des Lebens erreichten, starrten wir auf den Abschnitt »G« der unzähligen alphabetisch sortierten Namen.

Agil lief ohne anzuhalten weiter nach rechts. Asuna und ich gingen mit angehaltenem Atem die aufgelisteten Spielernamen durch und entdeckten den Namen fast gleichzeitig.

Grimlock – nicht durchgestrichen.

»Er lebt also ...«

»Sieht so aus.«

Wir seufzten beide erleichtert. Agil, der ein Stück weiter den Abschnitt »K« betrachtet hatte, kam gleich wieder zurück und sagte mit ernstem Gesicht: »Kains ist definitiv tot. Todeszeitpunkt war der 22. Tag im Monat der Kirschblüte, also April, 18:27 Uhr.«

»Der Tag und die Zeit passen. Es war, gleich nachdem wir heute Abend aus dem Restaurant gekommen sind«, murmelte Asuna und wandte sich ab, die langen Wimpern niedergeschlagen. Auch Agil und ich verfielen für einen kurzen Moment in eine andächtige Stille. Es bestand kein Zweifel, Yolko hatte uns die richtige Schreibweise von Kains' Namen mitgeteilt.

Nachdem all unsere Angelegenheiten dort erledigt waren, verließen wir den Eisernen Palast wieder und stießen draußen alle den angehaltenen Atem aus. In der Zwischenzeit hatte die BGM zu dem ruhigen Walzer der nächtlichen Stadt gewechselt. Auch die Rollläden aller NPC-Shops waren geschlossen, und nur die vereinzelten Laternen erleuchteten die Straßen. Selbst die Patrouillen der Armee waren nicht mehr zu sehen.

Schweigend kehrten wir zum Teleportgate-Platz zurück, wo sich Asuna zu uns umdrehte und sagte: »Lasst uns morgen nach Grimlock suchen.«

»Gute Idee ...«, stimmte ich zu.

Agil zog seine kräftigen Brauen hoch. »Hört mal ... in erster Linie bin ich nicht Krieger, sondern Händler, wisst ihr ...?«

»Schon klar. Du bist hiermit aus dem Dienst als Gehilfe entlassen.«

Ich klopfte ihm auf den Rücken, worauf er etwas erleichtert brummte: »Danke.«

Der gutmütige Hüne dachte nicht wirklich, sein Handel hätte oberste Priorität oder die Untersuchung wäre ihm zu lästig, er wollte nur nicht dem Spieler begegnen, der diesen unheilvollen Kurzspeer angefertigt hatte. Nicht, dass er Angst vor ihm gehabt hätte, ganz im Gegenteil: Ich wusste, er befürchtete, dass sein Zorn, den er sonst ausschließlich gegen Monster richtete, explodieren könnte.

Er wünschte uns beiden gutes Gelingen und verschwand durch das Teleportgate. Asuna musste erst einmal in das Hauptquartier ihrer Gilde zurückkehren, also trennten sich für den Tag unsere Wege.

»Treffen wir uns doch morgen um neun Uhr vor dem Teleportgate auf der 57. Ebene. Verschlaf nicht!«

Sie redete mit mir wie eine Lehrerin oder eine ältere Schwester – auch wenn ich in der Realität keine ältere Schwester hatte –, also grinste ich gequält und nickte.

»In Ordnung. Sieh zu, dass du heute Nacht ordentlich Schlaf bekommst. Wenn du willst, kann ich ja wieder auf dich aufpassen ...«

»Kein Bedarf!«, blaffte die Vizekommandantin der Ritter des Blutschwurs, drehte sich schwungvoll um und sprang in einem weiß-roten Blitz durch das Teleportgate.

Nun allein, blieb ich vor dem bläulich wabernden Tor stehen und ließ die Ereignisse des Tages Revue passieren.

Er hatte einfach nur als ein Tag mit schönem Wetter begonnen, dann hatte ich gezwungenermaßen über Asunas Nickerchen Wache gehalten, und als wir gerade zusammen zu Abend essen wollten, waren wir in einen unerwarteten Mordfall in der sicheren Zone verwickelt worden, und nun untersuchten wir diesen rätselhaften Vorfall als Detektiv und Gehilfe.

Natürlich war jeder einzelne Tag in der schwebenden Festung Aincrad ungewöhnlich, aber seit dem Spielstart am 6. November 2022 waren mittlerweile bereits fast anderthalb Jahre vergangen. Wie auch ich hatte der größte Teil der Spieler – zumindest diejenigen, die oberhalb der mittleren Ebenen lebten – das Leben in der wirklichen Welt bewusst vergessen und lebte einen Alltag zwischen Schwertern und Kampf, Gold und Dungeons.

Aber der heutige Vorfall hatte mich erneut zu einer Ungewöhnlichkeit geführt. Ob das womöglich zu irgendeiner permanenten Veränderung führen würde ...?

Während ich noch darüber nachdachte, trat ich einige Schritte vor durch das blaue Portal. Per Stimmbefehl gab ich Lindus auf der 48. Ebene als Zielort an, wo sich momentan mein Stammquartier befand. Das Leuchten um mich herum wurde stärker, und mein Körper wurde von einem Gefühl des Schwebens erfasst.

Als meine Sohlen wieder den Boden berührten und ich auf den anders gefärbten Steinboden hinaustrat, hatte sich die Umgebung vollkommen verändert.

Erst vor etwa einer Woche hatte ich Lindus zu meinem Hauptquartier gemacht. Mir gefiel das Stadtbild mit seinen vielen Kanälen, die in allen Richtungen durch die Stadt liefen, und den sich ruhig drehenden Wasserrädern allerorten.

Um diese Tageszeit, nach zehn Uhr abends, hatte sich der Vorhang der Nacht über die Stadt gesenkt, und es waren nicht die üblichen Hammerschläge der Schmiede zu hören, die tagsüber durch die Stadt hallten.

Während ich den Teleportgate-Platz verließ, überlegte ich, ob ich die Anweisung des Fräulein Vizekommandantin befolgen und schnurstracks zum Schlafen ins Gasthaus gehen oder ob ich mir vorher noch in einer NPC-Taverne einen Drink genehmigen sollte.

Plötzlich umzingelten mich sechs oder sieben Spieler.

Für einen Augenblick wollte ich fast das Schwert auf meinem Rücken ziehen. Die Gewissheit, dass innerhalb der sicheren Zone selbst in solch einer Situation keine Gefahr drohte, war in den letzten Stunden ein wenig ins Wanken gekommen.

Meine Finger zuckten kurz, aber ich unterdrückte den Impuls. Ich erkannte die Gesichter der Spieler wieder. Sie gehörten zu einer der anerkannten großen Front-Gilden, der Heiligen Drachenallianz. Die Gruppe hatte sich im Halbkreis um mich herum aufgestellt, also wandte ich mich an den Spieler, den ich als ihren Anführer erkannte.

»Guten Abend, Schmitt«, begrüßte ich ihn lächelnd und kam ihm damit zuvor.

Für einen Moment fehlten dem hochgewachsenen Lanzenträger die Worte, dann bildete sich eine tiefe Furche zwischen seinen Brauen, und er sprach hastig: »Wir haben auf dich gewartet, weil ich dich etwas fragen wollte, Kirito.«

»Aha? Ich schätze mal, es geht nicht um meinen Geburtstag oder meine Blutgruppe ...«, spöttelte ich reflexartig. Seine markanten Augenbrauen zuckten leicht unter dem Kurzhaarschnitt, der an den Mannschaftskapitän eines Sportklubs erinnerte.

Wir waren alle gleichermaßen Frontkämpfer, also waren wir uns nicht direkt feindlich gesinnt, trotzdem kam ich mit den Mitgliedern der Heiligen Drachenallianz nicht sonderlich gut aus. Mit den von Asuna angeführten Rittern des Blutschwurs verstand ich mich vergleichsweise besser.

Der Grund war, dass die Ritter des Blutschwurs das Ziel hatten, schnellstmöglich das Spiel zu beenden, während die Drachenallianz den Kurs eingeschlagen hatte, als starke Gilde Ehre zu erlangen. Sie bildeten grundsätzlich keine Gruppen mit Spielern außerhalb ihrer Gilde und teilten ihre Informationen zu Jagdgebieten nur äußerst ungern mit anderen. Außerdem waren sie bei Bosskämpfen geradezu versessen auf den Last-Attack-Bonus – der dem betreffenden Spieler bei der Verteilung der Drops ein Bonusitem einbrachte.

Je nach Blickwinkel konnte man wohl auch sagen, dass sie von allen das Spiel am meisten genossen, daher hatte ich mich zwar nie über sie beschwert, Einladungen zu ihrer Gilde aber bereits zweimal entschieden abgelehnt. Man konnte also nicht behaupten, dass wir besonders gute Freunde waren.

Selbst jetzt, als sie mich mit dem Rücken zur Steinmauer des Teleportgate-Platzes im Halbkreis umringten, blieben sie noch auf Abstand. Auch wenn sie mich nicht derart einkesselten, dass es als Belästigung bezeichnet werden konnte, war es dennoch eine Art Zangenmanöver. Denn um aus dem Ring zu treten, hätte ich einen von ihnen anrempeln müssen, was ebenfalls ein Verstoß gegen gute Umgangsformen gewesen wäre und mich daher zurückhielt.

»Ich werde eure Fragen beantworten, so gut ich kann. Was wollt ihr wissen?«

»Es geht um den PK-Fall, der sich heute Abend auf der 57. Ebene ereignet hat«, kam es prompt zurück.

Genau das hatte ich erwartet. Ich nickte leicht und lehnte mich mit verschränkten Armen an die Steinmauer, bevor ich ihn mit einem Blick aufforderte, fortzufahren.

»Ist das Gerücht wahr ... dass es kein Duell war?«, fragte er mit gedämpfter, tiefer Stimme.

Ich überlegte kurz und zuckte dann mit den Schultern. »Zumindest hat keiner die Siegermeldung gesehen. Obwohl wir nicht ganz ausschließen können, dass aus irgendeinem Grund alle vor Ort die Meldung übersehen haben.«

Schmitt presste seinen kantigen Kiefer fest zusammen. Die Rüstung um seinen Hals klirrte. Wie alle Mitglieder der Heiligen Drachenallianz trug auch er eine silberne Panzerrüstung mit blauen Akzenten. Der Speer auf seinem Rücken, seine Hauptwaffe, ragte fast zwei Meter auf, und an dessen scharfer Spitze flatterte ordentlich die dreieckige Flagge der Gilde.

Nach kurzem Schweigen fragte Schmitt noch leiser: »Ich habe gehört, der getötete Spieler hieß Kains ... ist das sicher?«

»Das sagte eine Freundin des Opfers, die den Vorfall mit angesehen hat. Wir haben es vorhin im Eisernen Palast überprüft, die Zeit und die Todesursache stimmen überein.«

Als ich sah, wie er schwer schluckte, kam mir ein Verdacht. Ich legte den Kopf zur Seite und fragte zurück: »Kanntest du ihn?«

»Das geht dich nichts an.«

»Hey, mich erst mit Fragen zu löchern und meine dann abzuwimmeln, so geht's aber nicht ...«, setzte ich an, da brüllte er mit einem Mal los: »Du bist doch wohl nicht die Polizei! Nur weil du heimlich mit der Vizekommandantin der Ritter des Blutschwurs zusammenarbeitest, hast du noch lange kein Recht, Infos für dich zu behalten!«

Seine laute Stimme musste selbst außerhalb des Platzes noch zu hören gewesen sein. Die übrigen Gildenmitglieder sahen sich leicht verunsichert an. Allem Anschein nach hatte Schmitt nur ein paar Leute zusammengetrommelt, ihnen aber nichts Genaueres erklärt.

In dem Fall war es nicht die Gilde als Ganzes, die in einer möglichen Beziehung zu dem Vorfall stand, sondern Schmitt selbst. Ich machte mir eine gedankliche Notiz, als plötzlich eine Hand im Panzerhandschuh direkt auf meine Nase zeigte.

»Ich weiß, dass du am Tatort die Waffe mitgenommen hast, die für den PK benutzt wurde. Du hattest genug Zeit, sie zu untersuchen, also händige sie aus.«

»Jetzt mach aber mal halblang ...« Das war eindeutig ein Verstoß gegen die Etikette.

In *SAO* wurde die Zugehörigkeit einer Waffe nach dreihundert Sekunden zurückgesetzt, wenn eine nicht ausgerüstete Waffe gedroppt, jemandem ausgehändigt oder in einem Monster stecken gelassen wurde. Es war sowohl vom System so festgelegt als auch die allgemein anerkannte Regel, dass das Item danach dem nächsten zufiel, der es aufnahm. Als der schwarze Speer Kains' Leben beendet hatte, war seine Zugehörigkeit bereits getilgt worden. Daher war er jetzt dem System nach in meinen Besitz übergegangen.

Es war anmaßend, von seinem Gegenüber zu verlangen, dessen Waffe auszuhändigen. Allerdings war dieser Speer in erster Linie ein Beweisstück. Zumindest ein kleiner Teil von mir dachte, dass es vielleicht nicht ganz rechtens war, wenn ich den Speer unterschlug, obwohl ich offiziell weder ein Polizist noch vom Militär war.

Also seufzte ich ganz unverhohlen und öffnete mit einem Wink mein Inventar. Ich hob den materialisierten Kurzspeer mit meiner rechten Hand heraus und – um wenigstens ein bisschen cool zu wirken – rammte ihn in das Steinpflaster zwischen uns.

Mit einem lauten Klirren und einem prächtigen Funkenregen blieb der Speer aufrecht im Boden stecken, und Schmitt wich wie eingeschüchtert einen halben Schritt zurück.

Beim erneuten Betrachten fiel mir wieder auf, wie unheilvoll die Waffe wirkte. Aber da sie einzig und allein zum Mord an Spielern diente, war das auch nur selbstverständlich. Ich löste meinen Blick von dem Drop-Counter, der nur mir angezeigt wurde, und teilte dem Lanzenträger im Flüsterton mit: »Ich erspare euch mal die Mühe eines Gutachtens. Der Name dieses Speers ist Guilty Thorn. Hergestellt hat ihn ein Schmied namens Grimlock.«

Dieses Mal gab es eine eindeutige Reaktion.

Schmitt riss seine schmalen Augen weit auf, sein Mund öffnete sich halb und er stieß einen heiseren Laut aus.

Ganz ohne Zweifel hatte dieser Sportlertyp etwas mit dem Schmied Grimlock und wahrscheinlich auch mit dem Opfer Kains zu tun. Und irgendetwas musste in der Vergangenheit zwischen ihnen vorgefallen sein.

Wenn der damalige Vorfall das Motiv für die Tötung von Kains war, war der Mord in der sicheren Zone kein wahlloser PK durch irgendeinen Red Player gewesen, wie ich befürchtet hatte. Ich wollte nur zu gern wissen, was in der

Vergangenheit passiert war, aber Schmitt würde es mir auch auf Nachfrage kaum verraten.

Während ich noch darüber nachdachte, was ich nun tun sollte, streckte er die gepanzerte Hand schwerfällig aus und zog den Speer aus dem Boden.

Mit einer ungestümen Bewegung öffnete Schmitt sein Inventar und schleuderte den Speer geradezu hinein, als wolle er ihn keine Sekunde länger als unbedingt nötig berühren. Dann drehte er sich energisch um.

Zum Abschied warf er mir über die lange Lanze auf seinem Rücken hinweg eine allzu vorhersehbare Bemerkung zu: »Schnüffel nicht so viel herum. Gehen wir!«

Damit verschwanden die Männer der Drachenallianz eilenden Schrittes durch das Teleportgate.

Na sieh mal einer an.

4

»Die HDA?«, fragte Asuna stirnrunzelnd, kaum dass sie meinen Bericht gehört hatte.

HDA waren die Initialen der Heiligen Drachenallianz und die Abkürzung für den Gildennamen. Diese drei Buchstaben hatten auf viele eine derart einschüchternde Wirkung, dass sie den Weg freimachten, sobald die HDA vorbeikam, doch als Vizekommandantin der Ritter des Blutschwurs war Asuna davon unbeeindruckt.

Am 23. Tag im Monat der Kirschblüte waren die Klimaparameter mies, schon seit dem Morgen herrschte Nieselregen.

Asuna und ich trafen uns um exakt neun Uhr auf dem Teleportgate-Platz der 57. Ebene, dem Ort des Verbrechens, und ordneten danach zunächst beim Frühstück in einem nahe gelegenen Straßencafé die Informationen. Das Hauptthema waren natürlich Schmitt und die anderen Mitglieder der Drachenallianz, die mich abgepasst hatten und mir dann auch noch Informationen und die Mordwaffe abgenötigt hatten.

»Ach, der. So ein großer Lanzenkämpfer, oder?«

»Genau. Der so ein bisschen wirkt wie der Kapitän einer Highschool-Lanzenstechen-Mannschaft.«

»So einen Sportklub gibt es nicht«, wies sie meinen schon am frühen Morgen vortrefflichen Sinn für Humor zurück, dann griff sie nachdenklich ihre Tasse Milchkaffee. »Dass er in Wahrheit der Mörder ist, können wir ausschließen, oder?«

»Voreilige Schlüsse zu ziehen ist zwar riskant, aber ich denke nicht, dass er es ist. Wenn er sich die Mordwaffe zurückgeholt hat aus Sorge, dass man ihm auf die Schliche kommt, dann hätte er sie erst gar nicht am Tatort zurückgelassen. Ich glaube eher, dass dieser Speer eine Nachricht vom Täter war.«

»Verstehe ... kann gut sein. Bei dieser Mordmethode und noch dazu dem Namen dieses Speers, ›Dorn der Schuld‹ ... Es wirkt weniger wie ein einfacher PK, sondern eher wie eine öffentliche Hinrichtung ...«, murmelte Asuna mit finsterer Miene, und ich nickte zustimmend.

Es war kein wahlloser PK gewesen, sondern eine geplante Hinrichtung von Kains. Und vermutlich war in der Vergangenheit irgendetwas zwischen Kains, Grimlock und Schmitt vorgefallen.

Mit gedämpfter Stimme erklärte ich ihr meine Vermutung, die ich aus diesen Überlegungen geschlussfolgert hatte.

»Kurz gesagt, das Motiv war Rache – oder besser gesagt, Sühne. Der Täter will uns sagen, dass Kains sich in der Vergangenheit irgendwie schuldig gemacht hat und zur Strafe dafür getötet wurde.«

»In dem Fall würde Schmitt nicht zu den Tatverdächtigen gehören, sondern zu den möglichen Zielpersonen. Er hat zusammen mit Kains irgendetwas gemacht und ist in Panik verfallen, weil Kains getötet wurde ...«

»Wenn wir dahinterkommen, was dieses Etwas war, werden wir auch den Rächer finden, glaube ich. Aber es könnte auch alles nur eine Inszenierung des Täters sein. Wir müssen aufpassen, nicht voreingenommen zu sein.«

»Stimmt. Besonders, wenn wir mit Yolko reden.«

Wir nickten uns zu, und ich warf einen schnellen Blick auf die Uhrzeit. Um zehn Uhr wollten wir uns in dem Gasthaus ganz in der Nähe noch einmal ausführlicher mit Yolko unterhalten.

Nachdem ich mein schlichtes Frühstück aus Roggenbrot und Gemüsesuppe verzehrt hatte, hatten wir immer noch reichlich Zeit. Gedankenverloren sah ich die mir gegenübersitzende Vizekommandantin an.

Heute trug sie nicht ihr übliches Rittergewand mit rotem Muster auf weißem Grund, wohl weil sie in privater Sache unterwegs war. Über einem T-Shirt mit einem feinen pinkgrauen Streifenmuster trug sie eine schwarze Lederweste, dazu einen schwarzen, rüschenbesetzten Minirock und eine glänzende, graue Strumpfhose.

Kombiniert mit pinken Lackschuhen und einer Baskenmütze in der gleichen Farbe wirkte ihr Outfit sorgfältig aufeinander abgestimmt – so schien es mir zumindest, obwohl es auch einfach das durchschnittliche Alltagsoutfit eines weiblichen Spielers sein konnte. Leider fehlte mir das modische Gespür, um das beurteilen zu können. Jedenfalls konnte ich mir nicht einmal annähernd vorstellen, wie viel das gesamte Outfit gekostet haben musste.

Zudem war es doch unnötig, sich für die Untersuchung eines Mordfalls so herauszuputzen, überlegte ich geistesabwesend, als Asuna plötzlich aufsah und sich dann brüsk abwandte.

»Was guckst du so ...?«

»Äh ... ach, nichts ...«

Ich konnte sie kaum nach dem Preis ihrer Kleidung fragen, und wenn ich stattdessen etwas gesagt hätte wie »Hübsches Outfit, steht dir gut«, wäre sie unweigerlich entweder vor Wut oder vor Lachen geplatzt, daher lenkte ich schnell ab.

»Ähm ... ist dieses dickflüssige Zeug da gut?«

Asuna sah auf die undefinierbare, dicke Suppe hinunter, in der sie mit ihrem Löffel herumgerührt hatte, dann wieder zu mir, zog eine komische Grimasse und stieß einen langen Seufzer aus.

»Nein, ist es nicht«, nuschelte sie und schob den Teller beiseite. Die Fechterin räusperte sich leicht, dann schlug sie einen geschäftsmäßigeren Ton an. »Ich habe gestern Abend ein wenig nachgedacht über diesen DoT-Effekt des schwarzen Speers ...«

Erst jetzt fiel mir auf, dass ich sie wahrscheinlich zum ersten Mal ohne ihr Rapier sah. Ich nickte. »Ja?«

»Könnte er nicht außerhalb der sicheren Zone von dem Speer erstochen worden sein? Weißt du, was passiert, wenn man mit einem DoT-Effekt in die sichere Zone wechselt?«

»Hmm ...« Angestrengt dachte ich darüber nach. Ich hatte solch eine Situation bisher nie erlebt, noch hatte ich sie auch nur in Betracht gezogen. »Nein, keine Ahnung ... Aber Schaden durch Gift oder Verbrennungen werden beim Betreten der sicheren Zone doch sofort aufgehoben, oder? Sollte es bei Schaden durch Spießwaffen nicht das Gleiche sein?«

»Aber was passiert mit der Waffe, die noch im Körper steckt? Fällt die einfach von selbst heraus?«

»Das klingt irgendwie gruselig. Weißt du was, wir haben immer noch etwas Zeit, lass uns ein kleines Experiment machen.«

Bei meinem Vorschlag weiteten sich ihre Augen. »Ein ... Experiment?«

»Ein Bild sagt mehr als tausend Worte«, antwortete ich geheimnisvoll und stand auf. Dann rief ich die Map der Stadt auf und suchte den Weg zum nächstgelegenen Tor heraus.

Direkt außerhalb von Marten, der Hauptstadt der 57. Ebene, war eine Grasebene, in der vereinzelt ein paar knorrige, alte Bäume standen.

Erst vor wenigen Wochen, als hier noch die vorderste Front gelegen hatte, hatte ich diese Gegend oft durchquert, doch meine Erinnerungen verblassten schon. Das lag zum Teil auch daran, dass nun mit der Ankunft des Frühlings alles viel grüner war als damals, doch im Grunde hatten die Frontkämpfer einfach nicht mehr viel auf den Gebieten außerhalb der Städte zu tun, nachdem die jeweilige Ebene erobert war.

Wir bahnten uns unseren Weg durch den sanft fallenden Nieselregen, und sobald wir durch das Stadttor nach draußen traten, wurde uns die Warnung »Outer Field« angezeigt.

Obwohl sich nicht direkt Monster auf uns stürzen würden, ging ein Teil meines Bewusstseins instinktiv in Alarmbereitschaft.

Asuna hatte inzwischen wieder ihr gewohntes Rapier ausgerüstet. Etwas unwirsch wischte sie die Regentropfen weg, die sich in ihrem Stirnhaar sammelten, dann fragte sie misstrauisch: »Also ... wie soll dieses Experiment aussehen?«

»So.«

Ich suchte an meinem Gürtel nach den drei Wurfnadeln, die ich stets ausgerüstet hatte, und zog eine heraus.

Jede der vielen unterschiedlichen Waffen in Aincrad gehörte zu einer der vier Kategorien: Hiebwaffen, Stichwaffen, Schlagwaffen und Spießwaffen. Das einhändige Schwert, das ich hauptsächlich benutzte, war eine Hiebwaffe, während Asunas Rapier zu den Stichwaffen zählte. Keulen und Hämmer gehörten zu den Schlagwaffen, und der Speer, der Kains getötet hatte und jetzt in Schmitts Besitz war, war eine Spießwaffe.

Schwieriger war die Einteilung der unzähligen Wurfwaffen in eine der Kategorien. Obwohl sie alle zu den Wurfwaffen gehörten, waren zum Beispiel Bumerangs oder Chakrams mit ihren runden Klingen Hiebwaffen, Wurfdolche waren Stichwaffen, und meine Wurfnadeln gehörten zu den Spießwaffen. Was aussah wie eine simple, zwölf Zentimeter lange Metallnadel, war eine ordentliche Spießwaffe und konnte daher zumindest einen geringen Damage-over-Time-Effekt verursachen.

Auch wenn ich meine HP für das Experiment zur Verfügung stellte, wäre es idiotisch gewesen, dabei auch noch die Haltbarkeit meiner Rüstung zu verringern, also zog ich meinen linken Handschuh aus und zielte mit der Nadel in der Rechten auf die gespreizte Hand.

»Hey ... Hey, stopp!«

Asunas schrille Stimme ließ mich innehalten.

Als ich sah, dass sie dabei war, einen teuren Heil-Kristall aus ihrem Inventar zu holen, grinste ich unwillkürlich ironisch. »Übertreib doch nicht so. Ich verliere höchstens ein oder zwei Prozent meiner HP, wenn ich mir mit der Nadel in die Hand steche.«

»Idiot! Man weiß doch nie, was hier draußen passiert! Bilde sofort eine Gruppe mit mir, damit ich deine HP-Leiste sehen kann!«, donnerte sie wie eine ältere Schwester, die ihren dummen kleinen Bruder ausschimpft. Sie bediente ihr Menü und schickte mir sogleich eine Gruppeneinladung. Sofort akzeptierte ich kleinlaut, woraufhin unter meiner eigenen HP-Leiste in der oberen linken Ecke meines Sichtfeldes etwas kleiner Asunas Leiste angezeigt wurde.

Wenn ich es recht bedachte, war es das erste Mal, dass ich in einer Gruppe mit diesem Mädchen war. Natürlich hatten wir uns als Kämpfer der Raid-Gruppe etliche Male an der Front gesehen, aber dort war sie die erhabene Vizekommandantin der mächtigsten Gilde und ich nur ein bescheidener Solospieler, daher hatten wir kaum ein Wort miteinander gewechselt.

Nie hätte ich erwartet, dass wir so einfach – noch dazu nur zu zweit – das erste Mal eine Gruppe bilden würden. Dabei war es noch gar nicht lange her, dass wir wegen einer Meinungsverschiedenheit hinsichtlich der Strategie beim Bosskampf ein Duell ausgetragen hatten.

Als sie jetzt so mit angespannter Miene dastand, den pinken Kristall in ihrer Hand bereit, starrte ich sie ungewollt an.

»Was ...?!«

»Nichts ... Wie soll ich sagen, ich hätte nicht gedacht, dass du so besorgt um mich sein würdest ...«

Kaum hatte ich es ausgesprochen, färbten sich ihre blassen Wangen in der gleichen Farbe wie der Kristall in ihrer Hand, und erneut ging ein Donnerwetter auf mich nieder. »Das ... Das stimmt doch gar nicht! Na ja, schon, aber ... egal, mach einfach!«

Ich zuckte zusammen und machte die Wurfnadel wieder bereit. »Äh ... Okay, dann mal los!«, verkündete ich und holte tief Luft.

Ich visierte meine gerade ausgestreckte linke Hand an und aktivierte mit der entsprechenden Bewegung die Wurfwaffen-Anfängertechnik »Single Shot«.

Die Nadel zwischen meinen Fingern schoss mit einem blassen Lichteffekt los und bohrte sich gleich darauf durch meinen linken Handrücken.

Ein unangenehmes Kribbeln und ein leichter, dumpfer Schmerz liefen nach dem Aufprall durch meine Nervenbahnen.

Ich hatte mehr HP verloren als angenommen, meine Leiste war um etwa drei Prozent gesunken. Erst jetzt fiel mir wieder ein, dass ich die Wurfnadeln vor Kurzem gegen eine rare Drop-Version getauscht hatte.

Ich ertrug das unangenehme Gefühl und betrachtete die Stelle, wo sich die Nadel durch die Haut gebohrt hatte. Nach fünf Sekunden blitzte abermals ein roter Lichteffekt auf. Gleichzeitig verlor ich etwa ein halbes Prozent meiner HP. Es war nichts anderes als eben der Damage-over-Time-Effekt, der Kains das Leben gekostet hatte.

»Ab mit dir in die sichere Zone!«, hörte ich Asunas nervöse Stimme hinter mir rufen. Ich nickte und lief los zum nächsten Stadttor, meine HP-Leiste und die Nadel fest im Blick.

Im gleichen Moment, als meine Stiefel vom feuchten Gras auf harten Steinboden traten, tauchte in meinem Blickfeld die Meldung »Inner Area« auf.

Und – die Abnahme meiner HP stoppte.

Der rote Lichteffekt blitzte immer noch alle fünf Sekunden auf, doch ich verlor keinen einzigen HP mehr. Wie erwartet wurde in der sicheren Zone jede Art von Schaden aufgehoben.

»Es hat aufgehört, nicht wahr?«, murmelte Asuna, und ich nickte.

»Das heißt, der Schaden stoppt, obwohl die Waffe noch steckt.«

»Und wie fühlt es sich an?«

»Ich spüre die Nadel noch. Vielleicht, damit nicht irgendwelche Idioten mit einer Waffe im Körper in den Städten rumlaufen ...«

»So wie du jetzt, meinst du?«, erwiderte sie kühl, worauf ich ein wenig in mich zusammenschrumpfte. Kurz entschlossen zog ich die Nadel heraus und verzog das Gesicht zu einer Grimasse, als erneut ein unangenehmes Gefühl durch meine Nerven jagte. Auf meinem Handrücken blieb zwar keine Wunde zurück, aber das Gefühl von kaltem Metall wollte einfach nicht verschwinden, also blies ich ein paarmal darauf und murmelte: »Der Schaden hat aufgehört ... Aber wieso ist Kains dann gestorben ...? War es vielleicht ein Spezialeffekt dieses Speers ...? Oder ein unbekannter Skill ...? Uah?!«, schrie ich plötzlich auf, als Asuna unvermittelt meine linke Hand packte, an ihre Brust zog und fest drückte.

»Du ... Wa... Wa...?!«

Nach ein paar Sekunden ließ die Vizekommandantin meine Hand wieder los und warf mir einen Seitenblick zu. »Das sollte die Nachwirkungen beseitigt haben, oder?«

»Ähm, ja, also, danke.«

Dass mein Herz plötzlich wie wild klopfte, lag nur an meiner Verblüffung.

Zweifelsohne lag es nur daran.

Punkt zehn Uhr trat Yolko aus dem Gasthaus. Sie hatte offenbar kaum geschlafen, denn sie blinzelte immer wieder müde, als sie uns grüßte.

Ich grüßte zurück und entschuldigte mich gleich: »Tut mir leid, dass wir dich damit belästigen, obwohl dein Freund gerade gestorben ist ...«

»Nein ...« Das vermutlich etwas ältere Mädchen schüttelte den Kopf und ließ dabei ihr blauschwarzes Haar schwingen. »Schon gut. Ich möchte schließlich auch schnell den Täter finden ...«

Während sie das sagte, wanderte ihr Blick zu Asuna, und ihre Augen wurden groß.

»Oh, wow! Deine Sachen sind alle aus Ashleys Laden, oder? Ich sehe zum ersten Mal jemanden in einem kompletten Outfit!«

Schon wieder ein neuer Name, dachte ich und fragte nach: »Wer ist denn das?«

»Kennst du sie etwa nicht?!« Yolko sah mich an, als sei ich nicht ganz bei Trost, bevor sie mir erklärte: »Ashley ist die erste Näherin in Aincrad, die ihren Näh-Skill auf tausend maximiert hat! Sie nimmt keine Aufträge an, wenn man ihr nicht erstklassige und rare Stoffe und Materialien bringt.«

»Oha, echt?«, erwiderte ich ehrlich überrascht. Ich hatte bisher nichts anderes getan, als wie ein Idiot tagein, tagaus zu kämpfen, und trotzdem war es noch nicht allzu lang her, dass mein Einhandschwert-Skill den Maximalwert von tausend erreicht hatte.

Unbewusst musterte ich Asuna schnell von Kopf bis Fuß. Ihr Mundwinkel zuckte, und sie stiefelte los. »Es ist nicht, wie du denkst!«

Ich hatte nicht die geringste Ahnung, was ich ihrer Meinung nach angeblich dachte.

Asuna ging durch die Tür des Restaurants, in das sie mich am vorigen Abend hatte einladen wollen, gefolgt von einer äußerst beeindruckten Yolko und mir, der sich immer noch den Kopf zerbrach über ihre Bemerkung.

Wie zu erwarten, war um diese Tageszeit außer uns niemand im Lokal. Wir setzten uns an den abgelegensten Tisch, und ich überprüfte mit einem kurzen Blick die Distanz zur Tür. Aus dieser Entfernung würde man unsere Unterhaltung draußen vor dem Restaurant nicht hören können, sofern wir nicht laut schreien würden. Zuvor hatte ich geglaubt, dass es für geheime Gespräche am besten war, sich in ein Zimmer im Gasthaus einzuschließen, doch vor Kurzem hatte ich gelernt, dass dabei eine noch größere Gefahr bestand, von einem Spieler mit hohem Lausch-Skill abgehört zu werden.

Da auch Yolko bereits gefrühstückt hatte, bestellten wir drei uns nur Tee, der unverzüglich serviert wurde, sodass wir gleich zum eigentlichen Thema kamen.

»Erst einmal haben wir dir etwas zu berichten … Gestern Abend haben wir noch das Monument des Lebens überprüft. Kains ist gestern Abend wirklich gestorben.«

Yolko sog leicht die Luft ein, dann schloss sie die Augen und nickte. »Verstehe ... danke, dass ihr euch die Mühe gemacht habt, dorthin zu gehen ...«

»Nichts zu danken. Außerdem wollten wir auch noch einen weiteren Namen überprüfen.«

Asuna schüttelte sacht den Kopf und stellte dann die wichtigste Frage: »Yolko, kommen dir diese Namen bekannt vor? Der erste ist Grimlock, wahrscheinlich ein Schmied. Und dann wäre da noch ein Lanzenkämpfer namens ... Schmitt.«

Yolkos gesenkter Kopf zuckte kurz.

»Ja, ich kenne sie. Sie waren beide Mitglieder in derselben Gilde wie Kains und ich«, sagte sie leise. Asuna und ich wechselten einen kurzen Blick.

Es stimmte also tatsächlich. In dem Fall mussten wir auch unsere zweite Annahme überprüfen – dass irgendetwas in dieser Gilde geschehen war, das die Ursache für den gestrigen Vorfall gewesen war.

Die zweite Frage stellte ich: »Yolko, das ist sicher nicht leicht zu beantworten ... Aber zur Lösung dieses Falls musst du mir die Wahrheit sagen. Wir glauben, dass dieser Mord entweder Rache oder eine Strafe war und dass Kains wegen irgendeines Zwischenfalls in eurer Gilde den Hass des Täters auf sich gezogen hat und aus Rache getötet wurde. Ich hab dich das zwar schon gestern gefragt, aber denk bitte noch einmal darüber nach. Fällt dir nicht irgendetwas ein, was uns als Anhaltspunkt dienen könnte ...?«

Dieses Mal antwortete sie nicht sofort. Mit gesenktem Blick schwieg sie eine ganze Weile, bis sie mit zitternder Hand ihre Teetasse nahm. Nachdem sie ihre Lippen befeuchtet hatte, nickte sie schließlich.

»Ja ... da war etwas. Es tut mir leid, dass ich euch gestern nicht davon erzählen konnte ... Ich wollte die ganze Sache am liebsten vergessen ... und nie wieder daran denken. Ich wollte glauben, dass es nichts damit zu tun hat, deswegen habe ich es nicht gleich erwähnt ... Aber ich werde es euch erzählen. Dieser Vorfall ... hat unsere Gilde zerstört.«

Der Name unserer Gilde war »Goldener Apfel«. Es war eine kleine Gilde mit nur acht Mitgliedern, die es nicht unbedingt auf das Beenden des Spiels anlegten und nur auf sichere Jagden ging, um genug Geld für die Gasthäuser und Essen zusammenzubekommen.

Aber vor einem halben Jahr, Anfang Herbst ...

Wir waren in einem unbedeutenden Nebendungeon auf einer der mittleren Ebenen, und dort sind wir auf ein Monster gestoßen, dem wir noch nie zuvor begegnet waren. Es war eine kleine, schwarze Eidechse, superflink und schwer zu sehen ... wir wussten auf den ersten Blick, dass es ein seltenes Monster war. Wir waren total aufgeregt und sind wie verrückt hinterhergerannt ... Einer unserer Wurfdolche hat zufällig, mit einer Riesenportion Glück, getroffen und es getötet.

Der einzige Drop war ein schlichter Ring. Aber als wir ihn begutachtet haben, gab es eine Überraschung. Er hat die Agilität um ganze zwanzig Punkte erhöht. Ich glaube, nicht einmal an der derzeitigen Front werden so mächtige Accessoires gedroppt.

Ihr könnt euch bestimmt vorstellen, was dann geschah ...

Wir waren in zwei Lager gespalten – diejenigen, die den Ring für die Gilde nutzen wollten, und die anderen, die den Ring verkaufen und den Erlös unter allen aufteilen wollten. Wir haben uns so in die Haare gekriegt, dass wir am Ende darüber abgestimmt haben. Das Ergebnis war, dass wir mit fünf zu drei für den Ver-

kauf gestimmt haben. Da die Händler auf den mittleren Ebenen so ein seltenes Item womöglich nicht handhaben konnten, ging unser Leader damit in eine große Stadt an der Front, um dort einen Auktionator mit dem Verkauf zu beauftragen.

Weil es dauern würde, den Marktpreis und einen vertrauenswürdigen Auktionator herauszufinden, war eine Übernachtung dort eingeplant. Ich habe ganz aufgeregt auf die Rückkehr unseres Leaders nach Ende der Auktion gewartet. Auch wenn wir durch acht teilen mussten, sollten wir immer noch eine Menge Geld bekommen. Ich habe schon Kataloge durchgeblättert und mir ausgemalt, welche Waffe aus dem einen Laden oder welche Marken-Klamotten ich mir kaufen würde ... Ich hatte ja keine Ahnung, dass so etwas passieren würde ...

Unser Leader ist nie zurückgekommen.

Auch nach über einer Stunde nach der verabredeten Zeit am nächsten Abend kam keine einzige Nachricht. Als wir versucht haben, den Standort nachzuverfolgen, gab es keine Reaktion, und unsere Nachrichten wurden nicht beantwortet.

Da unser Leader sich niemals einfach mit dem Item davongemacht hätte, hatten wir eine schlimme Vorahnung, also sind wir zu mehreren zum Monument des Lebens gegangen, um nachzusehen.

Und dann ...

An dieser Stelle biss sich Yolko fest auf die Unterlippe und schüttelte ein paarmal den Kopf.

Asuna und ich fanden nicht die richtigen Worte.

Zu unserem Glück – wie man wohl sagen musste – wischte sich Yolko schließlich die Augenwinkel und hob wieder den Blick. Mit zitternder, aber klarer Stimme sagte sie: »Der

Zeitpunkt des Todes war nach ein Uhr nachts, nachdem unser Leader mit dem Ring auf die obere Ebene gegangen war. Die Ursache ... war eine Spießverletzung.«

»Mit solch einem seltenen Item würde sicher keiner die sichere Zone verlassen. Also muss es wohl ... ein Schlaf-PK gewesen sein.«

»Vor einem halben Jahr war diese Methode noch nicht verbreitet. Zu der Zeit haben noch viele an öffentlichen Plätzen geschlafen, um sich das Geld für ein Gasthauszimmer mit abschließbarer Tür zu sparen.«

»An der Front sind die Übernachtungen schließlich auch teuer ... Aber ich kann mir nicht wirklich vorstellen, dass es ein Zufall war. Der Spieler, der euren Anführer angegriffen hat, muss von dem Ring gewusst haben. Mit anderen Worten ...«

Yolko nickte mit geschlossenen Augen.

»Eines der anderen sieben Mitglieder von Goldener Apfel. Den Gedanken hatten wir natürlich auch. Aber da wir keine Möglichkeit hatten, zurückzuverfolgen, wer zu dem Zeitpunkt wo war, hat bald jeder jeden verdächtigt. Dann dauerte es nicht mehr lang, bis die Gilde auseinanderfiel.«

Erneut legte sich ein drückendes Schweigen über den Tisch.

Was für eine schreckliche Geschichte. Aber zur gleichen Zeit auch vollkommen plausibel.

Tatsächlich kam es gar nicht einmal so selten vor, dass ein gedropptes, rares Item gut befreundete Gilden spaltete, in denen es zuvor nicht einmal den kleinsten Keim der Zwietracht gegeben hatte. Dass man kaum Gerede darüber hörte, lag nur daran, dass die Beteiligten die Erinnerungen daran am liebsten auslöschen wollten.

Doch es gab eine Frage, die ich Yolko unbedingt stellen musste.

Das ältere Mädchen hielt den Blick mit bekümmerter Miene gesenkt, als ich ganz trocken fragte: »Sag mir bitte eins. Welche drei haben gegen den Verkauf des Ringes gestimmt ...?«

Yolko schwieg für ein paar Sekunden, dann sah sie entschlossen auf und antwortete gerade heraus: »Kains, Schmitt ... und ich.«

Diese Antwort hatte ich nun nicht erwartet. Sprachlos vor Überraschung blinzelte ich, da fügte sie noch leicht ironisch hinzu: »Allerdings hatten sie einen anderen Grund als ich, dagegen zu stimmen. Kains und Schmitt wollten den Ring selbst benutzen. Und ich ... war gerade Kains nähergekommen. Also habe ich meinen Freund über den Profit der Gilde gestellt. Idiotisch, was?«

Sie verstummte und senkte ihren Blick wieder auf den Tisch. Asuna, die lange geschwiegen hatte, fragte sanft: »Yolko, du und Kains ... wart ihr etwa auch noch nach der Auflösung der Gilde bis jetzt zusammen?«

Den Blick noch immer gesenkt, schüttelte Yolko leicht den Kopf.

»Als sich die Gilde aufgelöst hat, ist auch unsere Beziehung auseinandergegangen. Hin und wieder haben wir uns noch getroffen und erzählt, wie es uns so geht ... Aber wenn wir länger Zeit miteinander verbracht haben, haben wir uns immer wieder an die Sache mit dem Ring erinnert. Deswegen waren wir gestern auch nur zum Essen verabredet ... aber noch davor ...«

»Verstehe ... Es ist trotzdem ein schrecklicher Schock für dich. Bitte entschuldige, dass wir nach all diesen schmerzhaften Dingen fragen.«

Yolko schüttelte erneut den Kopf. »Nein, schon gut. Und was Grimlock angeht ...«

Als sie plötzlich diesen Namen erwähnte, setzte ich mich unwillkürlich kerzengerade hin.

»Er war der Vizeanführer der Gilde. Außerdem war er auch der Ehemann von unserem Leader. In *SAO* natürlich, meine ich.«

»Ach ... also war euer Anführer eine Frau?«

»Ja. Sie war sehr stark ... jedenfalls für eine Spielerin der mittleren Ebenen. Sie war eine tolle Schwertkämpferin, wunderhübsch und klug ... Ich habe sie sehr bewundert. Deswegen kann ich auch immer noch nicht fassen, dass jemand wie sie so brutal im Schlaf ermordet wird ...«

»Das muss für Grimlock auch ein Schock gewesen sein. Den Menschen zu verlieren, den er so sehr geliebt hat, dass sie sogar verheiratet waren ...«, murmelte Asuna, und Yolkos Körper durchlief ein Zittern.

»Ja. Bis dahin war er ein netter Schmied, der immer gelächelt hat ... Aber seit diesem Vorfall ist er total hart geworden. Nachdem sich die Gilde aufgelöst hat, hatte er zu niemandem von uns mehr Kontakt. Ich habe keine Ahnung, wo er momentan ist.«

»So ist das also ... Es tut mir leid, dich mit diesen Fragen quälen zu müssen, aber beantworte mir bitte noch eine letzte. Denkst du, es könnte Grimlock gewesen sein, der Kains getötet hat? Wir haben ein Gutachten von dem schwarzen Speer in Kains Brust erstellen lassen ... und herausgefunden, dass er von Grimlock hergestellt wurde.«

Diese Frage war im Grunde das Gleiche, wie zu fragen, ob der wahre Täter hinter dem Vorfall mit dem Ring vor einem halben Jahr Kains gewesen sein könnte.

Yolko zögerte erst lange, doch dann nickte sie kaum merklich. »Ja ... das könnte schon sein. Aber weder Kains noch ich hätten unseren Leader getötet, um den Ring zu stehlen. Auch wenn ich keinen Beweis für unsere Unschuld habe ... Falls Grimlock hinter dem Mord gestern stecken sollte, will er vielleicht alle drei Personen töten, die gegen den Verkauf des Ringes waren – also Kains, Schmitt und mich ...«

Nachdem wir Yolko zurück zu ihrem Gasthaus begleitet hatten, gaben wir ihr Nahrungsmittel für mehrere Tage und wiesen sie an, unter keinen Umständen ihr Zimmer zu verlassen.

Um die Situation zumindest etwas erträglicher zu gestalten, ließen wir sie in die größte Dreizimmer-Suite des Gasthauses umziehen und bezahlten für eine Woche im Voraus. Aber da man sich in Aincrad nicht einmal die Zeit mit Onlinespielen vertreiben konnte, hielt man es nur eine begrenzte Zeit eingesperrt in einem Zimmer aus. Wir versprachen, den Fall so schnell wie möglich aufzuklären, und verließen das Gasthaus.

»Ehrlich gesagt wäre mir wohler, wenn wir sie ins Hauptquartier meiner Gilde gebracht hätten ...«, sagte Asuna.

Bei ihren Worten erinnerte ich mich an den imposanten Anblick der neu errichteten Basis der Ritter des Blutschwurs in Grandzam, der »Stählernen Stadt« auf der 55. Ebene, und nickte.

»Stimmt schon ... Aber wenn sie das selbst nicht will, kann man sie nicht dazu zwingen.«

Um Yolko im Gildenhauptquartier Schutz zu gewähren, hätte man den Rittern des Blutschwurs zunächst die gesamte Angelegenheit erklären müssen. Und das hätte bedeutet, alle

Einzelheiten der Tragödie von der Auflösung von Goldener Apfel offenzulegen. Vermutlich hatte Yolko es abgelehnt, um Kains Ruf nicht zu schädigen.

Als wir zurück auf dem Teleportgate-Platz waren, schlug die Uhr gerade elf.

Der Regen hatte endlich aufgehört, stattdessen hing nun ein dichter Nebel in der Luft. Ich blickte durch den Dunst zu Asuna in ihrem Outfit in Schwarz und Grau-Pink und setzte an: »Also, dann ...«

»Hm ...?« Asuna sah mich fragend an, als ich mitten im Satz verstummte.

Obwohl mir klar war, dass es eigentlich zu spät dafür war, entschied ich, dass ich zumindest irgendetwas sagen sollte, also räusperte ich mich gekünstelt und fuhr fort. »Ähäm, na ja, also ... Das ... steht dir wirklich gut.«

Ich hatte es gesagt. Jetzt war ich ein richtiger Gentleman.

Kaum hatte ich das gedacht, da verzog sich Asunas Gesicht so bedenklich, dass es fast zu knirschen schien. Sie stieß mir ihren rechten Zeigefinger gegen die Brust und knurrte: »Pah! Das hättest du gleich am Anfang sagen sollen, als du mich gesehen hast!«

Sie verkündete, sie würde sich umziehen gehen, und wirbelte herum. Sie war bis über beide Ohren rot angelaufen, ohne Frage vor Wut.

Ich begriff es nicht. Ich konnte die weibliche Psyche einfach nicht verstehen.

Nachdem Asuna im nächsten unbewohnten Haus in ihr übliches Rittergewand gewechselt hatte, kam sie schnurstracks wieder auf mich zu und warf dabei ihr langes Haar zurück.

»Also, was machen wir jetzt?«

»Na ja, wir haben drei Alternativen. Erstens, uns auf gut Glück auf den mittleren Ebenen nach Grimlock umzuhören, um seinen Aufenthaltsort herauszufinden. Zweitens, die anderen Mitglieder von Goldener Apfel aufzusuchen und Yolkos Version der Geschichte zu überprüfen. Und drittens … eine gründliche Untersuchung der Methode, mit der Kains ermordet wurde.«

»Hmm …«

Asuna verschränkte die Arme und machte ein nachdenkliches Gesicht. »Bei der ersten Alternative werden wir zu zweit nicht allzu viel erreichen. Wenn Grimlock der Täter ist, wie wir momentan annehmen, wird er sich versteckt halten. Und was die zweite angeht … letzten Endes sind die anderen Mitglieder auch an der Sache beteiligt, also können wir die Geschichte auf die Art auch nicht wirklich überprüfen …«

»Hm? Wie meinst du das?«

»Okay, nehmen wir mal an, wir würden etwas zu hören bekommen, das Yolkos Version widerspricht. Wir haben keine Möglichkeit, festzustellen, was davon die Wahrheit ist. Es würde uns nur verwirren. Ich wünschte, wir hätten eine objektivere Entscheidungsgrundlage …«

»Dann also die dritte Möglichkeit …?«

Wir wechselten einen kurzen Blick und nickten entschlossen.

Auch wenn es gegenüber Yolko unentschuldbar war, arbeiteten Asuna und ich nicht so eifrig an der Lösung dieses Falls, um den wahren Sachverhalt des Mords an der Anführerin von Goldener Apfel aufzudecken, sondern um die Methode des »PK in der sicheren Zone« zu ermitteln, mit der Kains getötet worden war.

In Bezug auf das Ereignis, das sich gestern Abend direkt vor unseren Augen zugetragen hatte, hatten wir bisher nur herausgefunden, dass ein Damage-over-Time-Effekt, der außerhalb der Stadt verursacht wurde, nicht in die sichere Zone hineingebracht werden konnte. Welche anderen Möglichkeiten es noch gab, würden wir erst gründlich diskutieren müssen.

»Allerdings wäre es gut, wenn uns jemand mit mehr Wissen unterstützen würde ...«, murmelte ich.

Asuna runzelte die Stirn. »Aber leichtsinnig Informationen zu verbreiten, wäre unfair gegenüber Yolko. Und jemand, dem wir total vertrauen können und der sich noch dazu gut mit dem System auskennt, ist nicht leicht zu finden ...«

»Ja ...«

Plötzlich kam mir ein Name in den Sinn, und ich schnippte mit den Fingern. »Ich wüsste da schon jemanden. Schreiben wir ihn doch mal an.«

»Wen denn?«

Als ich ihr den Namen sagte, fielen ihr vor Schreck fast die Augen aus dem Kopf.

5

Es war wohl kaum der Nachtrag gewesen, dass ich ihn zum Mittagessen einladen würde, der ihn angelockt hatte, doch zu meiner Überraschung tauchte der Mann tatsächlich eine halbe Stunde nach Asunas Nachricht auf.

Etliche Spieler auf dem Platz fingen an zu tuscheln, sobald sie die hochgewachsene Gestalt sahen, die lautlos durch das Teleportgate im Zentrum von Algade trat. Seine langen, weißblonden Haare waren auf dem Rücken seines dunkelroten Gewands zusammengebunden, und weder an der Hüfte noch auf dem Rücken trug er eine Waffe. Ihn umgab die Aura eines Magiers – eine Klasse, die in *SAO* nicht existierte. Der heilige Ritter Heathcliff, Kommandant der Ritter des Blutschwurs und stärkster Schwertkämpfer von Aincrad, hob eine Augenbraue, als er uns erblickte, und kam mit geschmeidigen Bewegungen herüber.

Asuna salutierte, dass ihre Hacken hörbar zusammenschlugen, und entschuldigte sich hastig.

»Es tut mir sehr leid, dass wir Sie so plötzlich hergerufen haben, Kommandant! Dieser I... ich meine, er hat ein paar Fragen, die er Ihnen unbedingt stellen wollte ...«

»Nun, ich wollte ohnehin gerade zum Mittagessen. So oft bekomme ich wohl nicht die Gelegenheit, vom berüchtigten schwarzen Schwertkämpfer Kirito zum Essen eingeladen zu werden. Heute Abend habe ich eine Besprechung mit unserer Abteilung für Ausrüstung, aber bis dahin habe ich Zeit für euch«, sagte Heathcliff in seinem glatten und stählernen Tenor.

Ich sah zu ihm auf und zuckte mit den Schultern. »Na, ich habe mich auch noch nicht bedankt, dass du beim letzten Bosskampf für zehn Minuten die Aggro gehalten hast. Bei der Gelegenheit würde ich dir gern eine recht interessante Geschichte erzählen.«

Ich führte die beiden leitenden Mitglieder der mächtigsten Gilde im Spiel in die zwielichtigste NPC-Spelunke von Algade, die ich kannte. Nicht, dass mir das Essen dort besonders gut geschmeckt hätte, aber etwas an der allgemeinen Atmosphäre dort traf einen Nerv bei mir.

Für fünf Minuten liefen wir durch die labyrinthartigen Gassen, bogen nach rechts ab, schlüpften durch eine Passage, gingen nach links und stiegen eine Treppe hoch, dann tauchte endlich der schummerige Laden vor uns auf. Bei dessen Anblick meinte Asuna: »Du bringst uns aber auch wieder zurück, ja? Ich würde nicht mehr zum Platz zurückfinden.«

»Angeblich haben sich schon ein paar Dutzend Spieler hier verlaufen und mussten endlos lange herumirren, weil sie keinen Teleport-Kristall dabeihatten«, erwiderte ich bedrohlich, aber mit einem leichten Grinsen.

»Jeder NPC am Straßenrand führt einen für zehn Cor zurück zum Platz. Wenn man nicht einmal diese Summe hat ...« Schulterzuckend hob Heathcliff die Handflächen und betrat den Laden. Asuna machte ein undefinierbares Gesicht, und wir beide folgten ihm.

Der kleine Laden war wie erwartet vollkommen menschenleer. Wir setzten uns an einen billigen Tisch für vier Personen und bestellten bei dem finster aussehenden Ladeninhaber dreimal »Algade Soba*«, dann nippten wir an unserem Eiswasser aus beschlagenen Gläsern.

*Soba: Dünne Buchweizennudeln

Rechts neben mir murmelte Asuna mit noch vagerem Gesichtsausdruck: »Irgendwie fühlt es sich jetzt wie eine Trostrunde an ...«

»Das kommt dir nur so vor. Aber mal davon ab sollten wir deinem schwer beschäftigten Kommandanten zuliebe gleich zur Sache kommen«, sagte ich mit einem Blick zu Heathcliff, der mir mit ungerührtem Gesicht gegenübersaß.

Auch während er Asunas kurzer, aber präziser Zusammenfassung des gestrigen Vorfalls lauschte, veränderte sich sein Gesichtsausdruck kaum. Allein bei der Stelle von Kains Tod schnellte eine Augenbraue kurz in die Höhe.

»... und aus diesem Grund würden wir Sie gern um Rat bitten, wenn es nicht allzu viele Umstände macht ...«, schloss Asuna.

Heathcliff trank einen Schluck Eiswasser und brummte.

»Zunächst würde ich gern Kiritos Einschätzung hören. Was denkst du über die Methode bei diesem Mord in der sicheren Zone?«, wandte er sich an mich.

Ich hob das Kinn aus der Hand und streckte drei Finger hoch. »Tja ... im Großen und Ganzen gibt es drei Möglichkeiten. Die erste wäre ein reguläres Duell in der sicheren Zone. Die zweite wäre ein Schlupfloch im System durch eine Kombination aus bereits bekannten Methoden. Und die dritte ... wäre ein unbekannter Skill oder auch ein Item, mit dem der Antikriminalitätscode aufgehoben wird.«

»Die dritte Möglichkeit können wir ausschließen«, erwiderte Heathcliff so entschieden, dass ich ihn unwillkürlich anstarrte. Auch Asuna blinzelte ein paarmal verblüfft und sagte dann: »Sie scheinen sich sehr sicher zu sein, Kommandant.«

»Stellt es euch mal vor. Wenn ihr die Entwickler dieses Spiels wärt, würdet ihr dann solche Skills oder Waffen einbringen?«

»Na ja ... wohl eher nicht«, überlegte ich.

»Und warum nicht?«

Kurz erwiderte ich den magnetischen Blick seiner messingfarbenen Augen und antwortete: »Weil ... es nicht fair wäre. Auch wenn ich es nicht gerne zugebe, *SAO*s Regeln sind grundsätzlich fair. Mal abgesehen von deinem Unique Skill jedenfalls.«

Die letzte Bemerkung fügte ich mit einem schiefen Grinsen hinzu, das Heathcliff wortlos erwiderte.

Ich fuhr innerlich zusammen, ließ mir aber nichts anmerken. Auch als Kommandant der Ritter des Blutschwurs konnte er unmöglich von *diesem* Skill wissen, der erst vor Kurzem in meinen Skill-Slots hinzugekommen war.

Asuna sah von Heathcliff zu mir, während wir uns weiter unergründlich angrinsten, dann schüttelte sie seufzend den Kopf und warf ein: »Wie dem auch sei, in dieser Phase über die dritte Möglichkeit zu diskutieren, wäre reine Zeitverschwendung. Schließlich können wir es nicht überprüfen. Also sollten wir mit der Untersuchung der ersten Vermutung beginnen, dass es PK durch ein Duell war.«

»Nun gut ... Aber dieser Laden braucht wirklich lange, um das Essen zu servieren.«

Heathcliff sah stirnrunzelnd hinter den Tresen, und ich zuckte mit den Schultern.

»Meiner Erfahrung nach ist der Chef hier der unmotivierteste NPC von ganz Aincrad. Aber das hat auch seinen eigenen Charme. Und ihr könnt so viel Eiswasser trinken, wie ihr wollt.« Ich füllte das Glas des Kommandanten aus einer billigen Karaffe auf dem Tisch auf, bevor ich fortfuhr. »Wenn ein Spieler innerhalb einer sicheren Zone stirbt, muss es das Ergebnis eines Duells sein, das ist, nun ja, Allgemeinwissen. Aber ich kann dir versichern, dass es keine Siegermeldung gab, als Kains gestorben ist. Kann es solche Duelle überhaupt geben?«

Neben mir neigte Asuna nachdenklich den Kopf zur Seite. »Da fällt mir ein, ich habe mir bisher nie Gedanken darüber gemacht, aber wonach wird eigentlich die Position bestimmt, an der die Siegermeldung auftaucht?«

»Wie? Hmm ...«

In der Tat hatte ich selbst auch noch nie darüber nachgedacht. Doch Heathcliff antwortete prompt ohne zu zögern: »Die Meldung erscheint in der Mitte zwischen den beiden Duellanten. Falls sie bei der Entscheidung des Duells über zehn Meter voneinander entfernt sind, werden zwei Fenster in der Nähe beider Spieler angezeigt.«

»Du kennst dich aber gut aus mit diesen Regeln. Das bedeutet also ... die Meldung hätte in einem Umkreis von fünf Metern um Kains erscheinen müssen.«

Ich rief mir den Schauplatz der Tragödie wieder ins Gedächtnis und schüttelte den Kopf.

»Auf der freien Fläche rundherum ist kein Fenster erschienen. Da können wir uns sicher sein, bei so vielen Augenzeugen vor Ort. Falls die Meldung in der Kirche hinter Kains Rücken erschienen ist, hätte der Täter sich zu dem Zeitpunkt innerhalb der Kirche befinden müssen. Aber es ist schon sehr verwunderlich, dass er dann nicht Asuna über den Weg gelaufen ist, schließlich ist sie noch vor Kains Tod in die Kirche gerannt.«

»Außerdem gab es innerhalb der Kirche auch keine Siegermeldung«, fügte Asuna hinzu.

Ich brummte und murmelte: »Dann war es also doch kein Duell ...«

Ein dunkler Schatten schien sich über das heruntergekommene Restaurant zu legen.

»Hast du nicht vielleicht den falschen Laden ausgesucht ...?«, raunte Asuna mir zu, leerte ihr Wasserglas, als wolle sie sich auf andere Gedanken bringen, und knallte es auf den Tisch. Unverzüglich füllte ich ihr Glas wieder bis zum Rand auf. Sie bedankte sich mit einem unbestimmten Blick und hielt zwei Finger hoch.

»Damit bleibt nur noch die zweite Option: ein Schlupfloch im System. Es lässt mich einfach nicht los.«

»Was denn?«

»Damage-over-Time.« Asuna nahm einen der Zahnstocher auf dem Tisch – ein unnötiges Utensil, da Zähne in dieser Welt nicht verunreinigt wurden – und stach mit der winzigen Waffe durch die Luft.

»Ich glaube nicht, dass dieser Speer allein zur öffentlichen Hinrichtung diente. Der DoT-Effekt war notwendig, um den PK in der sicheren Zone durchzuführen ... vermute ich jedenfalls.«

»Ja, das denke ich auch«, stimmte ich zu, schüttelte dann jedoch langsam den Kopf. »Aber wir haben das doch vorhin getestet. Selbst wenn man außerhalb der Stadt von einer Spießwaffe durchbohrt wird, stoppt der Schaden, sobald man sich in die sichere Zone bewegt.«

»Wenn man zu Fuß hineinläuft, ja. Aber wie wäre es bei einem Korridor-Kristall? Wenn man den Ausgang eines

Korridors auf das Zimmer in der Kirche gelegt hätte und dann von außerhalb der Stadt hineinteleportiert wäre ... würde der Schaden dann auch stoppen?«

»Aber sicher«, antwortete Heathcliff abermals prompt. »Ob zu Fuß, per Teleport oder auch, wenn man hineingestoßen wird, sobald man in eine sichere Zone, also eine Stadt kommt, tritt ausnahmslos immer der Code in Kraft.«

»Moment mal. Gilt nur der Boden oder das Innere von Gebäuden als ›Stadt‹? Was ist mit der Luft?«, hakte ich einer plötzlichen Eingebung folgend nach.

Dieses Seil. Was, wenn der vom Speer durchbohrte Kains an dem Seil um seinen Hals hochgezogen und dann durch einen Korridor aus dem Kirchenfenster gehängt worden war, sodass seine Füße nicht den Boden berührten ...?

Selbst Heathcliff wirkte etwas unschlüssig. Aber nur zwei Sekunden später schwang sein zusammengebundenes, langes Haar zur Seite.

»Nein. Streng genommen ist die sichere Zone ein säulenförmiger Raum, der sich von den Stadtgrenzen vertikal nach oben bis zur Unterseite der nächsten Ebene erstreckt. Sobald man sich in den Bereich dieser dreidimensionalen Koordinaten bewegt, wird man vom Code beschützt. Selbst wenn man also den Ausgang eines Korridors hundert Meter über einer Stadt einrichten würde und dann von außerhalb der Stadt hineinstürzen würde, würde kein Fallschaden verursacht werden. Auch wenn man einen höchst unangenehmen Nervenschock erleiden würde.«

»Wow«, raunten Asuna und ich beeindruckt wie aus einem Mund.

Nicht etwa wegen der Form der sicheren Zone, sondern angesichts der umfangreichen Kenntnisse von Heathcliff, der sogar solche Details wusste. Mir kam der Gedanke, ob all dieses Wissen nötig war, um als Gildenleiter geeignet zu sein. Doch dann kam mir das stoppelbärtige Gesicht eines gewissen Katanakämpfers in den Sinn, und ich verwarf den Gedanken gleich wieder.

Doch ... das bedeutete, dass auch der Schaden durch die Spießverletzung hätte stoppen müssen, solange sich Kains innerhalb der sicheren Zone befand. Mit anderen Worten, die Schadensursache, die seine gesamten HP eliminiert hatte, war etwas anderes als der Kurzspeer »Guilty Thorn« gewesen. Befand sich also dort das Schlupfloch?

Nach gründlichem Nachdenken äußerte ich vorsichtig meine Vermutung.

»Auf dem Monument des Lebens stand neben Kains' Todeszeitpunkt eindeutig auch die Todesursache: eine Spießverletzung. Und bei Kains' Auslöschung blieb nur dieser schwarze Speer zurück.«

»Stimmt. Schwer vorstellbar, dass heimlich noch eine andere Waffe verwendet wurde.«

»Passt auf ...« Ich erinnerte mich an das Übelkeit erregende Gefühl, als ich einmal von einem starken Monster einen kritischen Treffer hatte erleiden müssen, und fuhr fort. »Was passiert mit der HP-Leiste, wenn man einen heftigen kritischen Treffer einsteckt?«

Asuna sah mich an, als könne sie sich nicht erklären, was ich mit dieser Frage bezwecken wollte, dann antwortete sie: »Sie sinkt gehörig, ist doch klar.«

»Es geht mir um das Wie. Die Leiste wird nicht einfach auf einen Schlag ausgemerzt, sondern nimmt gleichmäßig vom rechten Ende aus ab. Mit anderen Worten, zwischen dem

Treffer und dem dadurch verursachten HP-Verlust gibt es einen geringfügigen Lag.«

Nun schien Asuna begriffen zu haben, worauf ich hinauswollte. Heathcliffs Gesicht blieb derweil komplett ausdruckslos, sodass ich beim besten Willen nicht hätte sagen können, was in ihm vorging.

Ich sah sie beide nacheinander an und erklärte dann gestikulierend: »Nehmen wir mal an, ein Speerangriff außerhalb der Stadt hätte Kains' HP komplett eliminiert. Seiner Rüstung nach zu urteilen, war er ein Tank, also müsste er einiges an HP gehabt haben. Mal überlegen, bis seine Leiste ganz bis zum linken Rand gesunken wäre ... fünf Sekunden sollte es schon dauern. Und während dieser Zeit wurde Kains durch den Korridor zur Kirche teleportiert und aus dem Fenster gehängt ...«

»Moment mal«, unterbrach mich Asuna heiser. »Auch wenn er kein Frontkämpfer war, gehörte Kains im großen Mittelfeld zu den Topspielern. Die HP solch eines Spielers mit einem One-Hit-Skill komplett auszulöschen, wäre für mich ... und auch für dich unmöglich!«

»Tja, da hast du recht«, pflichtete ich ihr bei. »Selbst wenn ich mit dem Vorpal Strike einen kritischen Treffer landen würde, könnte ich vermutlich nicht mehr als die Hälfte der HP ausmerzen. Aber in *SAO* gibt es Tausende von Spielern. Wir können nicht ausschließen, dass irgendwo da draußen ein Spieler mit extrem hohem Level ist, der nichts mit der Raid-Gruppe am Hut hat und den wir deswegen gar nicht kennen.«

»Mit anderen Worten ... wir wissen nicht, ob es Grimlock selbst war, der Kains mit diesem Speer getötet hat, oder ein beauftragter Red Player, aber in jedem Fall ist derjenige stark genug, um einen Tank in voller Rüstung mit einem Angriff zu töten ...?«

Ich zuckte kurz mit den Schultern, um meine Zustimmung auszudrücken, und blickte dann zu dem Mann gegenüber, wie ein Schüler, der die Benotung des Lehrers erwartet.

Heathcliff sah durch halb geschlossene Lider für einen Moment auf den Tisch, bis er schließlich langsam nickte.

»Theoretisch wäre es nicht unmöglich. Wenn man im äußeren Gebiet die HP eines Spielers mit einem Treffer eliminieren und ihn dann sofort durch einen bereits geöffneten Korridor teleportieren würde, könnte man einen scheinbaren PK in der sicheren Zone inszenieren.«

Oha, lag ich etwa richtig?, dachte ich gerade, da hörte ich seine tragende Stimme einwenden: »Aber wie auch du sicher weißt, ist die Besonderheit an Spießwaffen zum einen ihre Reichweite und zweitens die Fähigkeit, Rüstungen zu durchbohren. Was die reine Durchschlagskraft angeht, sind sie den Schlagwaffen und Hiebwaffen allerdings unterlegen. Erst recht, wenn es keine schwere Lanze, sondern ein Kurzspeer ist.«

Damit traf er einen wunden Punkt. Als ich wie ein trotziges Kind einen Schmollmund zog, sah Heathcliff mich mit einem leichten Lächeln an und fuhr fort: »Um mit einem eher mittelmäßigen Kurzspeer einen Tank aus dem Mittelfeld mit einem einzigen Treffer zu töten ... müsste man zum gegenwärtigen Zeitpunkt schon Level hundert erreicht haben, denke ich.«

»Hundert?!«, rief Asuna mit sich überschlagender Stimme. Mit großen, haselnussbraunen Augen sah sie Heathcliff und mich nacheinander an und schüttelte dann schnell den Kopf. »So ... so jemanden kann es nicht geben. Ihr habt doch wohl nicht vergessen, wie hart wir bisher gelevelt haben? Level hundert ... das wäre nicht einmal möglich, wenn man 24 Stunden am Tag an vorderster Front im Labyrinth verbringt.«

»Das denke ich auch.«

Wenn beide Führungsmitglieder der Ritter des Blutschwurs es ausschlossen, konnte ich als einfacher Solospieler unmöglich dagegen argumentieren. Ich wurde selbst zu den Topspielern der Frontkämpfer gezählt, und mein Level war tatsächlich auch nur knapp über achtzig.

Trotzdem wollte ich mich nicht damit abfinden und entgegnete: »Es ... es könnte doch auch mehr mit der Stärke des Skills zusammenhängen, nicht mit dem Spielerstatus. Zum Beispiel, wenn jemand den dr... ich meine, den zweiten Unique Skill entdeckt hätte.«

Die Schultern unter der dunkelroten Robe bebten leicht, als der Kommandant in sich hineinlachte.

»Wenn solch ein Spieler existieren sollte, würde ich ihn auf der Stelle zu den Rittern des Blutschwurs einladen.«

Daraufhin sah er mich mit seinem undurchdringlichen Blick an, daher verzichtete ich lieber darauf, das Thema weiter auszuführen, und lehnte mich auf dem billigen Stuhl zurück.

»Hmm, ich dachte, es hätte sein können. Dann bleibt nur noch ...«

Bevor ich noch eine idiotische Idee aussprechen konnte, wie etwa, das Opfer von einem Fieldboss treffen zu lassen, tauchte neben mir eine schwerfällige Gestalt auf.

»Bitte sehr«, sagte der NPC-Chef mit lustloser Stimme und stellte drei weiße Schüsseln von seinem viereckigen Tablett auf den Tisch. Sein Gesicht war nicht zu erkennen hinter den langen Stirnfransen, die unter der schmierigen Kochmütze herabhingen.

Während er an seinen Platz hinter dem Tresen zurückkehrte, sah ihm Asuna fassungslos nach. Offenbar war sie nur an die äußerst reinlichen und höflichen NPCs auf den anderen Ebenen gewöhnt.

Ich nahm ein Paar minderwertige Wegwerf-Essstäbchen vom Tisch, brach sie auseinander und zog eine Schüssel zu mir heran. Asuna tat es mir gleich und murmelte dabei: »Was ist das ...? Ramen?«

»So etwas in der Art«, antwortete ich und zog ein paar gekräuselte Nudeln aus der blassen Suppe.

Für eine Weile war in dem schäbigen Laden nur unser Schlürfen zu hören.

Ein trockener Wind wehte durch den Ladenvorhang herein, und hinter dem Restaurant krähte ein unbekannter Vogel.

Nach ein paar Minuten schob ich die nun leere Suppenschüssel zum Tischrand und sah den Mann vor mir an. »Also, Kommandant, hast du irgendeine Idee?«

Heathcliff trank die Brühe bis zum letzten Tropfen aus und stellte die Schüssel ab. Er starrte auf das Muster aus Schriftzeichen am Schüsselboden und antwortete: »Das ist kein Ramen. Eindeutig nicht.«

»Ja, sehe ich auch so.«

»Nun gut, dann gebe ich dir eine Antwort, die des Geschmacks dieses falschen Ramen würdig ist.« Er sah zu mir auf und legte seine Essstäbchen ab. »Mit den derzeitigen Informationen kann nicht ermittelt werden, was genau geschehen ist. Aber eines kann ich euch sagen. Die einzige absolute Gewissheit in diesem Fall sind die Informationen aus erster Hand, die ihr mit eigenen Augen gesehen und mit eigenen Ohren gehört habt.«

»Was soll das bedeuten ...?«

»Kurz gesagt ...« Heathcliff blickte mit seinen messingfarbenen Augen von mir zu Asuna und sagte: »Alles, was man in Aincrad direkt hört oder sieht, sind digitale Daten, die in Code umgewandelt werden können. Dabei gibt es keinen Spielraum, visuelle oder akustische Illusionen einzuschleusen. Umgekehrt bedeutet das jedoch auch, dass jegliche Informationen, die nicht auf digitalen Daten beruhen, immer das Risiko von Illusionen oder Täuschungen bergen. Wenn ihr diesem Mord in der sicheren Zone nachgeht, solltet ihr nur euren eigenen Augen und Ohren vertrauen, also letztlich den Daten, die euer Gehirn direkt aufnimmt.«

Damit bedankte er sich bei mir für die Einladung zum Essen und erhob sich.

Während ich über die Bedeutung der Worte dieses unergründlichen Mannes nachdachte, stand ich ebenfalls von meinem Stuhl auf, rief dem Ladeninhaber noch einen Gruß zu und schlüpfte durch den Vorhang am Eingang.

Draußen hörte ich Heathcliff undeutlich murmeln: »Warum existiert hier solch ein Laden ...?«

Als der Kommandant in den labyrinthartigen Gassen verschwunden war, wandte ich mich zu Asuna neben mir und fragte: »Hast du verstanden, was er gerade meinte ...?«

»Ja ...«, antwortete sie. Ich war beeindruckt von der Vizekommandantin.

»Na, es war Tokyoter Shoyu Ramen ohne die Sojasoße. Deswegen war der Geschmack auch so dürftig.«

»Hä?«

»Ich habe eine Entscheidung getroffen. Ich muss unbedingt Sojasoße herstellen. Sonst wird dieses Gefühl der Unzufriedenheit nie verschwinden.«

»Aha, dann viel Erfolg ...«, murmelte ich nickend, dann platzte es aus mir heraus: »Das meine ich doch nicht!«

»Was ist denn los, Kirito?«

»Es tut mir leid, dass ich euch so komisches Essen vorgesetzt habe, ich entschuldige mich auch dafür, aber vergiss das jetzt bitte mal. Ich meinte, was Heathcliffs unverständlicher Monolog gerade bedeuten sollte.«

»Ach so ...« Asuna nickte wieder bestimmt und antwortete: »Das hieß im Grunde, dass wir Informationen aus zweiter Hand nicht einfach blauäugig schlucken sollten. Bei diesem Fall wäre es das Motiv ... der Vorfall mit dem seltenen Ring bei Goldener Apfel.«

»Was?!«, stöhnte ich unwillkürlich. »Willst du damit sagen, wir sollten Yolko misstrauen? Ich meine, ja, es gibt keine Beweise für ihre Geschichte ... aber hast du nicht vorhin noch selbst gesagt, dass wir es nicht überprüfen können und es deswegen auch keinen Sinn hat, daran zu zweifeln?«

Aus irgendeinem Grund sah sie mich verdutzt blinzelnd an, dann wandte sie gleich wieder den Blick ab und nickte ein paarmal.

»Na ja, das stimmt schon. Aber wie der Kommandant auch sagte, haben wir einfach noch nicht genug Infos, um die PK-Methode bestimmen zu können. Also sollten wir uns noch einmal mit einem anderen Beteiligten unterhalten. Wenn wir ihn mit der Ring-Sache konfrontieren, rutscht ihm vielleicht irgendetwas heraus.«

»Hm? Wen denn?«

»Denjenigen, der dir den Speer abgenommen hat, natürlich.«

6

Die Ziffern im unteren rechten Winkel meines Blickfelds zeigten genau zwei Uhr am Nachmittag an.

Für gewöhnlich war das die Zeit, in der das Mittagessen beendet war und die nachmittäglichen Labyrinth-Raids abgehalten wurden. Doch wir würden wohl heute nicht mehr dazu kommen, die Stadt zu verlassen. Bis wir die äußeren Gebiete durchquert und den unerforschten Teil des Dungeons erreicht hätten, würde die Sonne schon untergehen.

Für mich, der schon allein wegen schönen Wetters schwänzte, war das keine große Sache, doch es ging eindeutig gegen die innerste Überzeugung des »Blitzes«, der nun schon den zweiten Tag in Folge bei den Raids fehlte.

Bei diesen Gedanken sah ich Asuna forschend von der Seite an, doch überraschenderweise wirkte sie friedlicher als sonst. Sie schaute sich die seltsamen Geschäfte in den Gassen von Algade an, spähte in Abwasserkanäle, die wer weiß wohin führten, und als sie meinen Blick bemerkte, legte sie fragend den Kopf schief und lächelte mich doch tatsächlich an.

»Was ist denn?«

Ich schüttelte den Kopf. »Ach ... nichts, schon gut.«

»Komischer Kerl. Wobei das nun auch nichts Neues ist.«

Sie kicherte und verschränkte die Hände hinter ihrer Hüfte, während sie mit klappernden Absätzen munter voranschritt.

Ich fragte mich, wer von uns beiden komisch war. Konnte das derselbe Raid-Teufel sein, der gestern wegen meines Nickerchens ein Donnerwetter auf mich losgelassen hatte? Oder hatte ihr das »Algade Soba« trotz ihrer Beschwerden so gut geschmeckt? Dann musste ich sie beim nächsten Mal unbedingt den noch exotischeren Geschmack des »Algade Yaki*« probieren lassen.

Während ich so in Gedanken versunken war, näherten wir uns schließlich dem lauten Treiben auf dem Teleportgate-Platz. Glücklicherweise hatten wir dieses Mal ohne die Hilfe eines NPCs zurückkehren können.

Ich räusperte mich, um die seltsame Unruhe in mir zu vertreiben, und sagte: »Also ... als Nächstes steht die Unterhaltung mit Mannschaftskapitän Schmitt an. Aber wenn ich es recht bedenke, wird auch die HDA um diese Zeit auf Jagd sein, oder?«

»Hm, da wäre ich mir nicht so sicher«, antwortete Asuna mit einem Finger an ihrem zierlichen Kinn, ihr Lächeln war verschwunden. »Wenn wir Yolkos Geschichte Glauben schenken, gehörte Schmitt auch zu denen, die gegen den Verkauf des Ringes gestimmt haben ... womit er in der gleichen Position wie Kains wäre. Dass ihm das selbst auch bewusst ist, sollte nach seinem Auftritt vor dir letzte Nacht klar sein. Wenn er befürchten muss, im Visier eines unbekannten Red Players zu sein, wird er wohl kaum die sichere Zone verlassen.«

*Yaki: Gebratenes

»Oh … jetzt, wo du's sagst, da ist was dran. Aber dieser Red Player hat mit hoher Wahrscheinlichkeit eine Methode für PK in der sicheren Zone. Selbst innerhalb der Stadt wäre er nicht hundertprozentig sicher.«

»Dann wird er erst recht versuchen, in größtmöglicher Sicherheit zu bleiben. Er wird sich in einem Gasthauszimmer einschließen oder …«

Da begriff ich endlich, was Asuna sagen wollte. Ich schnippte mit den Fingern und beendete ihren Satz: »Oder sich im Hauptquartier der HDA verschanzen.«

Die Heilige Drachenallianz, eine der Topgilden im Spiel, hatte sich erst vor Kurzem eine prächtige Basis auf der 56. Ebene errichtet. Es war wohl kaum ein Zufall, dass ihr Stützpunkt eine Ebene über dem Hauptquartier der Ritter des Blutschwurs auf der 55. Ebene lag. Bei ihrer protzigen Einweihungsfeier, zu der ich vermutlich aus reiner Höflichkeit ebenfalls eingeladen gewesen war, war ich verblüfft gewesen von der übertriebenen Größe ihrer Basis, die weniger ein Heim als vielmehr ein Schloss oder Fort war. Um sie zumindest ein bisschen zu ärgern, hatten Klein, Agil und ich das Festmahl verputzt. Aber wegen des Inputs zu vieler Geschmackssignale war ich danach für drei Tage von einem unangenehmen Völlegefühl in der Bauchregion geplagt worden.

Nach dem Teleport vom Platz in Algade starrte ich zum Haus der Völlerei hinauf, das von einer Anhöhe die Stadt überblickte, wobei mir sogar ein Rülpser herausrutschte. Asuna dagegen wirkte eher unbeeindruckt und lief den Weg aus roten Backsteinen hinauf.

Während ich zu den kreideweißen Turmspitzen aufsah, auf denen die Gildenflaggen mit blauen Drachen auf silbernem Grund flatterten, brummte ich: »Aber selbst bei der ach so großartigen HDA finde ich es schon erstaunlich, dass sie genug Geld für so etwas hatten. Was denkst du darüber, Frau Vizekommandantin?«

»Na ja, die HDA hat immerhin auch doppelt so viele Gildenmitglieder. Trotzdem kommt es mir irgendwie komisch vor. Unser Finanzverwalter Daizen meint, die müssen zig supereffektive Farm-Spots haben.«

Farmen war ein MMO-Begriff für das wiederholte Töten einer großen Anzahl von Monstern. Ein typischer Farm-Spot war das Ameisental auf der 46. Ebene, wo ich im Winter vergangenen Jahres aus gewissen Gründen wie verrückt gelevelt hatte. Doch wenn die an diesem Ort gesammelten Erfahrungspunkte einen bestimmten Schwellenwert überschritten, korrigierte das Cardinal-System, der digitale Gott der *SAO*-Welt, die Rate nach unten.

Daher gab es unter den Frontkämpfern das Abkommen, dass die erstklassigen Farm-Spots für alle Spieler öffentlich zugänglich waren und gerecht geteilt wurden, bis deren Ressourcen erschöpft waren. Asunas Aussage bezog sich im Kern auf den Verdacht, dass die HDA entgegen dieses Abkommens mehrere Spots geheim hielt.

Es war zwar unfair, aber indem die HDA stärker wurde, wurde auch die Truppe der Frontkämpfer als Ganzes stärker, daher konnten sie dafür nicht direkt zur Rechenschaft gezogen werden.

Sonst wäre letztendlich der innere Widerspruch der Frontkämpfer zutage getreten: dass es unsere Egos waren, die eine erschreckend steile Hierarchie aufrechterhielten, in der wir unter dem Banner der Befreiung aus diesem tödlichen Spiel den Großteil der vom System bereitgestellten Ressourcen für uns beanspruchten.

Unter diesem Gesichtspunkt konnte man das Vorhaben der mit den Frontkämpfern rivalisierenden Aincrad-Befreiungs-armee, alle erlangten Ressourcen der Spieler zu beschlagnah-men und gerecht zu verteilen, vielleicht nicht als kompletten Unsinn abtun. Ja – falls dieses Vorhaben der Armee in die Tat umgesetzt worden wäre, wäre dieser Mord in der sicheren Zone wohl nicht geschehen. Der Ring wäre gleich nach dem Drop eingezogen und verkauft worden, und der Profit wäre genau aufgeteilt worden, womit die vermeintliche Ursache des ganzen Vorfalls verschwunden gewesen wäre.

»Also echt ... der Entwickler dieses Spiels muss einen richtig ätzenden Charakter haben ...«

Warum musste es nur ausgerechnet ein MMO sein? Es gab einen Haufen Spiele, wie Echtzeit-Strategiespiele oder Shoo-ter, die fairer, schneller und leichter zu lösen gewesen wären.

SAO hingegen stellte die Egos der High-Level-Spieler auf die Probe. Es zwang jeden, ein geringfügiges Überlegenheits-gefühl gegen das Leben seiner Freunde – oder sogar das aller Spieler in die Waagschale zu werfen.

Der Täter des Ring-Vorfalls war seinem Ego erlegen.

Auch ich konnte mich davon nicht vollkommen freispre-chen. Ich, der ein so unvergleichlich schwerwiegenderes Geheimnis als nur ein seltenes magisches Item in meinem Statusmenü verborgen hielt.

Als hätte sie mich murmeln gehört und geradezu meinen gesamten Gedankengang verfolgt, flüsterte Asuna: »Und des-wegen müssen wir diesen Fall aufklären.«

Dann drückte sie meine Hand kurz und schenkte mir ein unbeirrbares Lächeln, das all meine Zweifel vertrieb. Da ich ungewöhnlich konfus war, bedeutete mir Asuna, kurz zu warten, und schritt entschlossen zum riesigen Schlosstor. Ich steckte meine Hand, in der ich noch eine vage Wärme spürte, in meine Manteltasche und lehnte mich an einen Baum in der Nähe.

Das Gebäudegrundstück, das als Hauptquartier der Gilde registriert war, konnte generell nur von den zugehörigen Gildenmitgliedern betreten werden. Es wurde somit genauso gehandhabt wie ein Spielerhaus. Daher waren Torwächter zwar nicht nötig, doch viele Gilden mit genügend Arbeitskräften stellten schichtweise Wachen auf – wenn auch weniger aus Sicherheitsgründen, sondern um Besucher anzumelden.

Auch die Heilige Drachenallianz bildete da keine Ausnahme. Vor dem pompösen Tor standen zwei Lanzenkrieger in schwerer Rüstung wie die Statuen von Schutzgottheiten an Tempeleingängen.

Die sehen mehr aus wie Zwischenbosse in einem RPG als wie Wächter, dachte ich und machte mich unbewusst schon kampfbereit, während Asuna geradewegs auf den rechten Wächter zuging und ihn ohne weitere Umschweife grüßte.

»Hallo. Ich bin Asuna von den Rittern des Blutschwurs.«

Der stattliche Krieger lehnte sich leicht zurück und rief lebhaft: »Oh, hi! Tach auch! Was machst du denn hier bei uns?«

Er war weder eine Schutzgottheit noch ein Zwischenboss. Asuna schenkte auch dem heraneilenden linken Wächter ein charmantes Lächeln und verkündete ihr Anliegen.

»Ich habe etwas mit einem eurer Mitglieder zu besprechen. Könntet ihr wohl Schmitt für mich kontaktieren?«

Die Männer wechselten einen Blick, und einer von ihnen wiegte nachdenklich den Kopf.

»Müsste er nicht gerade an der Front im Labyrinth sein?«

Der andere antwortete: »Oh, aber hat er nicht beim Frühstück etwas gesagt von wegen, er würde sich heute ausruhen, weil er Kopfschmerzen hätte? Vielleicht ist er in seinem Zimmer – ich schreib ihn mal an.«

Ich war überrascht, wie überaus kooperativ sie waren. Die HDA und die Ritter des Blutschwurs standen als Gilden nicht gerade in freundschaftlichem Verhältnis zueinander, doch das galt offenbar nicht zwangsläufig auch für die Einzelpersonen – oder es lag an der Macht von Asunas Charme. Im letzteren Fall sollte ich mich besser bis zuletzt im Hintergrund halten.

An den Stamm des Baumes in der Nähe des Schlosstores gelehnt, erhöhte ich meinen Tarn-Level leicht, während eine der Wachen flink eine Nachricht eintippte und abschickte.

Anscheinend kam nach nur dreißig Sekunden schon eine Antwort, und die Wache ließ erneut ihre Finger über das Menüfenster huschen. Schmitt hatte sich also tatsächlich hier im Schloss verbarrikadiert. Wenn er im Kampf an der Front gewesen wäre, hätte er nie und nimmer so schnell antworten können.

Die Wache überflog den Textinhalt und runzelte dann betreten die Stirn. »Er will heute wirklich Pause machen ... Aber er schreibt, ich soll erst mal fragen, worum's eigentlich geht.«

Asuna überlegte kurz, dann antwortete sie knapp: »Dann sag ihm doch bitte, dass ich mit ihm etwas über die Sache mit dem Ring zu besprechen habe.«

Das wirkte sofort.

Der Mann, der angeblich mit Kopfschmerzen im Bett lag, kam in beeindruckender Geschwindigkeit zum Tor gerannt, sagte nur: »Gehen wir woanders hin«, und lief gleich weiter den Hügel hinunter. Asuna folgte ihm, und als sie an mir vorbeikam, trat ich mit unbekümmerter Miene aus dem Schatten des Baumes und schloss mich ihr an. Schmitt warf uns einen flüchtigen Blick zu, aber da er bereits wusste, dass Asuna und ich zusammenarbeiteten, beschleunigte er nur seinen Schritt, ohne eine besondere Reaktion zu zeigen.

Schmitt, der ein paar Meter voraus stampfte, trug die gleiche hochwertige Rüstung wie am Abend zuvor, als er mir den Speer abgenommen hatte. Sogar ein dünnes Kettenhemd trug er darunter. Auch wenn er seine riesige Lanze nicht auf dem Rücken trug, musste seine Ausrüstung ein beachtliches Gewicht haben. Wie er so vornübergebeugt marschierte, als würde er dieses Gewicht nicht einmal spüren, erinnerte er mehr an einen Spieler im American Football als an einen Tank.

Als der bullige Kerl, der die unter *SAO*-Spielern äußerst seltene Ausstrahlung eines Sportlers hatte, am Fuße der Anhöhe die Straßen der Stadt erreichte, blieb er endlich stehen. Mit klappernder Rüstung drehte er sich um und stellte nicht Asuna, sondern mich zur Rede.

»Wer hat dir davon erzählt?«

»Was?«, fragte ich zurück. Als ich begriff, dass er von dem Ring sprach, entgegnete ich mit Bedacht: »Ein ehemaliges Mitglied der Gilde Goldener Apfel.«

Da schnellten seine dicken Augenbrauen unter den kurzen, stacheligen Haaren kurz in die Höhe. »Wer?«

Hier zögerte ich zunächst, doch falls Schmitt der Täter im gestrigen Mordfall sein sollte, musste er ohnehin wissen, dass Yolko bei Kains gewesen war. Es war sinnlos, ihren Namen jetzt noch verheimlichen zu wollen.

»Yolko«, antwortete ich, worauf er für einen Moment gedankenverloren nach oben blickte und dann einen langen Seufzer ausstieß.

Ich bewahrte eine unbewegte Miene, doch meine Gedanken rasten. Falls diese Reaktion, wie es schien, Erleichterung ausdrückte, dann vermutlich deswegen, weil er wusste, dass Yolko auf der gleichen Seite war wie er, also gegen den Verkauf des Ringes gestimmt hatte.

Auch Schmitt musste bereits zu dem Schluss gekommen sein, dass der gestrige Mord womöglich die Rache des »Pro-Verkauf«-Lagers war, zu dem auch Grimlock gehört hatte. Eben deshalb hatte er sich krank gestellt, um sich vom Farmen mit der Gilde freizunehmen und in der Sicherheit der Basis zu bleiben.

Inzwischen schien es zunehmend unwahrscheinlich, dass Schmitt der Mörder von Kains war, aber das bedeutete nicht, dass er kein Motiv hatte. Falls sie beide Komplizen im Ring-Vorfall gewesen waren, bestand immer noch die Möglichkeit, dass einer den anderen getötet hatte, um ihn zum Schweigen zu bringen. Mit diesen Gedanken stellte ich ihm eine direkte Frage: »Schmitt, weißt du, wo Grimlock gerade ist, der den Speer hergestellt hat, den du gestern mitgenommen hast?«

»Keine Ahnung!«, rief Schmitt und schüttelte heftig den Kopf. »Seit der Auflösung der Gilde hatten wir überhaupt keinen Kontakt mehr. Ich wusste bisher nicht einmal, ob er noch am Leben ist!« Er sprach hastig, wobei sein Blick über die Häuser der Stadt irrte, als befürchte er, dass von irgendwoher ein Speer auf ihn zufliegen würde.

Asuna hatte bislang geschwiegen, jetzt sagte sie sanft: »Hör mal, Schmitt, wir suchen nicht den Mörder der Anführerin von Goldener Apfel. Wir wollen den Täter des Mords gestern ... oder besser gesagt, die Mordmethode ermitteln. Damit die sicheren Zonen so sicher bleiben, wie sie bisher waren.«

Nach einer kurzen Pause fügte sie noch ernster hinzu: »Leider ist Grimlock, der diesen Speer geschmiedet hat und mit eurer Anführerin verheiratet war, momentan der Hauptverdächtige. Natürlich besteht auch die Möglichkeit, dass uns das jemand glauben lassen will. Aber um das beurteilen zu können, müssen wir uns mit ihm direkt unterhalten. Wenn du also irgendeine Idee hast, wo er sein könnte oder wie wir ihn erreichen können, würdest du es uns bitte sagen?«

Unter dem Blick ihrer großen, haselnussbraunen Augen wich Schmitt leicht zurück. Allem Anschein nach waren Gespräche mit weiblichen Spielern nicht gerade seine Stärke. Da hatten wir etwas gemeinsam.

Er wandte sich schroff ab und presste die Lippen fest aufeinander. Wenn nicht einmal Asunas frontaler Angriff wirkte, würde es wirklich schwierig werden, dachte ich mit angehaltenem Atem, doch da murmelte Schmitt: »Ich weiß wirklich nicht, wo er ist. Aber es gibt da ein Restaurant, auf das Grimlock damals total abgefahren ist. Er ist fast jeden Tag dort hingegangen, also ist er vielleicht immer noch regelmäßig dort ...«

»Oh, wirklich?«, fragte ich und lehnte mich neugierig vor.

Essen konnte im Grunde als das einzige Vergnügen in Aincrad bezeichnet werden. Gleichzeitig fand man nur selten schmackhaftes Essen in den günstigeren NPC-Restaurants. Wenn Grimlock ein Laden so sehr gefiel, dass er jeden Tag dort hingegangen war, würde es ihm sicher schwerfallen, für immer darauf zu verzichten. Ich selbst rotierte für meine täglichen Mahlzeiten zwischen nur drei Restaurants. Der zwielichtige Laden zuvor gehörte übrigens nicht dazu.

»Würdest du uns dann verraten, wie dieses Restaurant ...?«

»Unter einer Bedingung«, unterbrach mich Schmitt. »Ich sag es euch, aber dafür müsst ihr mir einen Gefallen tun. Lasst mich Yolko treffen.«

Asuna und ich ließen Schmitt an einem Item-Shop in der Nähe warten und berieten uns kurz über seine Bedingung.

»Es ist ... doch nicht gefährlich, oder?«

»Hmm ...«, brummte ich nur, da auch ich das Risiko nicht auf der Stelle einschätzen konnte.

Falls Schmitt oder – noch unwahrscheinlicher – Yolko der Schuldige des gestrigen Mordes war, bestand eine hohe Wahrscheinlichkeit, dass der eine es als Nächstes auf den anderen abgesehen haben würde. Es war nicht auszuschließen, dass bei ihrer Konfrontation auf der Stelle diese rätselhafte »PK-Technik in der sicheren Zone« in Kraft treten würde und es erneut einen Toten gäbe.

Doch in dem Fall müsste derjenige erst eine Waffe ausrüsten und dann einen Sword Skill einsetzen. Für diese Handlung, das Menü zu öffnen, die Ausrüstung wieder anzulegen und den OK-Button zu drücken, bräuchte man mindestens vier oder fünf Sekunden.

»Wenn wir sie nicht aus den Augen lassen, sollte es keine Gelegenheit für einen PK geben. Aber wenn das nicht der Zweck dieses Treffens ist, warum besteht Schmitt dann jetzt darauf, Yolko zu treffen?«

Ich breitete fragend beide Hände aus, doch auch Asuna schüttelte den Kopf.

»Tja, wer weiß ... vielleicht war er unglücklich in sie verliebt oder so ... Na, das wohl eher nicht.«

»Was, ernsthaft?«

Unwillkürlich wollte ich mich zu Schmitt umdrehen, der äußerlich durchaus wie solch ein unbedarfter Kerl wirkte. Doch Asuna packte mich am Mantelkragen und stoppte mich.

»Ich sagte doch, das ist es nicht! Jedenfalls, wenn von ihm keine Gefahr droht, hängt es ganz von Yolko ab. Ich schreibe ihr eine Nachricht und frage sie mal.«

»Gut, mach das.«

Asuna öffnete ihr Menüfenster und tippte in beachtlicher Geschwindigkeit eine Nachricht auf ihrer Holo-Tastatur. »Freundesnachrichten« waren eine praktische Funktion, um Spieler an entfernten Standorten direkt zu kontaktieren. Doch selbst wenn der Name des Empfängers bekannt war, konnten diese Nachrichten nur an Spieler aus der Freundesliste, Mitglieder der gleichen Gilde oder Ehepartner versandt werden. Aus diesem Grund war diese Funktion unbrauchbar für die Kontaktaufnahme zu Grimlock. Es gab zwar auch sogenannte »Sofortnachrichten«, die an jeden verschickt werden konnten, solange man den Namen des Empfängers kannte. Doch sofern man sich nicht auf der gleichen Ebene befand, wurde die Nachricht nicht zugestellt, und es gab keine Empfangsbestätigung.

Offenbar kam Yolkos Antwort sofort, denn Asuna warf nur einen Blick auf ihr noch geöffnetes Fenster und nickte.

»Okay, sagt sie. Also ... mir ist nicht ganz wohl bei der Sache, aber bringen wir ihn zu ihr. Das Gasthaus, in dem sie übernachtet, ist in Ordnung als Treffpunkt, oder?«

»Ja. Es ist noch zu gefährlich für sie, nach draußen zu gehen«, stimmte ich zu und drehte mich nun ganz um zu Schmitt vor dem Item-Shop. Als ich einen Daumen hob, um ihm das Okay zu signalisieren, sah der riesige Kerl in seiner schweren Rüstung aufrichtig erleichtert aus.

Zu dritt teleportierten wir von der 59. Ebene nach Marten, Hauptstadt der 57. Ebene. Als wir aus dem blauen Portal traten, war die Stadt bereits in das Licht der Abenddämmerung getaucht.

Verkaufsstände von NPCs und Spielern reihten sich aneinander, und die lebhaften Rufe der Verkäufer erfüllten den Platz. Dazwischen gingen Gruppen von Kriegern umher, die hierherkamen, um sich von den Anstrengungen des Tages zu erholen. Doch eine Ecke des Platzes war leer und verlassen.

Es war der Abschnitt vor der kleinen Kirche, der Ort, wo vor etwa 24 Stunden ein Mann namens Kains unter ungeklärten Umständen einen gewaltsamen Tod gefunden hatte. Wie magnetisch wurde mein Blick von der Stelle angezogen, aber ich zwang mich, stur geradeaus zu sehen, als wir denselben Weg wie am Tag zuvor entlangliefen.

Nach wenigen Minuten erreichten wir das Gasthaus und gingen hinauf ins Obergeschoss. Ganz am Ende eines langen Ganges lag das Zimmer, in dem Yolko sich aufhielt – oder eher Schutz suchte.

Ich klopfte an die Tür und sagte meinen Namen.

Als gleich darauf ein dünnes Stimmchen antwortete, drehte ich den Knauf. Das Türschloss war so eingestellt, dass es nur von Freunden entriegelt werden konnte, und es klickte beim Öffnen leise.

Frontal hinter der offenen Tür in der Mitte des Zimmers standen sich zwei Sofas gegenüber, und auf einem davon saß Yolko. Still stand sie auf und verbeugte sich leicht, wobei ihre dunkelblauen Haare nach vorn schwangen.

Ohne mich von der Stelle zu bewegen, sah ich von Yolkos angespanntem Gesicht zu Schmitts ebenso nervöser Miene hinter mir und sagte: »Also ... erst mal möchte ich euch zur Sicherheit bitten, dass keiner von euch eine Waffe ausrüstet oder sein Menü öffnet. Ich weiß, es ist eine unangenehme Situation, aber haltet euch bitte daran.«

»Okay ...«

»In Ordnung.«

Yolkos schwache Stimme und Schmitts leicht irritierte Antwort kamen gleichzeitig. Ohne Hast betrat ich das Zimmer und bedeutete Asuna und Schmitt, hereinzukommen.

Die beiden ehemaligen Mitglieder von Goldener Apfel, die sich zum ersten Mal seit langer Zeit begegneten, sahen sich für eine Weile nur stumm an.

Einst hatten sie zur selben Gilde gehört, doch jetzt mussten über zwanzig Level zwischen ihnen liegen. Als einer der Frontkämpfer musste Schmitt zwangsläufig einen höheren Level haben. Trotzdem wirkte der stämmige Lanzenkämpfer auf mich sehr viel unruhiger als Yolko.

Tatsächlich war sie es, die zuerst das Wort ergriff.

»Lange nicht gesehen, Schmitt.«

Sie lächelte leicht. Schmitt dagegen biss sich einmal fest auf die Lippe, dann antwortete er mit heiserer Stimme: »Stimmt ... Ich dachte, ich würde dich nie wiedersehen. Darf ich mich setzen?«

Als Yolko nickte, ging Schmitt mit rasselnder Rüstung zum Sofa hinüber und setzte sich ihr gegenüber. Es war sicherlich unbequem, aber er machte keine Anstalten, seine Ausrüstung abzulegen.

Ich zog die Tür fest zu und vergewisserte mich, dass sich das Schloss wieder verriegelt hatte, dann postierte ich mich auf einer Seite der gegenüberstehenden Sofas, während Asuna sich auf die andere Seite stellte.

Yolko zuliebe, die zu einem mehrtägigen Aufenthalt hier gezwungen war, hatten wir das teuerste Zimmer gemietet, das selbst mit unserer Viererrunde immer noch geräumig wirkte. Die Zimmertür lag an der nördlichen Wand, im Westen führte eine weitere Tür zum Schlafzimmer, während im Osten und Süden große Fenster waren.

Das südliche Fenster stand offen, die letzten Sonnenstrahlen des Frühlingsabends fielen herein, und ein sanfter Wind bewegte die Vorhänge. Natürlich verfügten auch die Fenster über einen Systemschutz, sodass auch bei geöffneten Fenstern niemand eindringen konnte. Da das Gasthaus ein höheres Gebäude als die umliegenden Häuser war, hatte man aus dem Fenster einen weiten Blick über die Stadt, die in tiefes Purpur getaucht war.

Die vom Wind hereingetragenen Geräusche der Stadt wurden von Yolkos Stimme unterbrochen.

»Schmitt, ich habe gehört, du bist jetzt bei der Heiligen Drachenallianz. Das ist beeindruckend, sie gehören doch selbst unter den Frontkämpfern zu den Topgilden.«

Es wirkte wie ein ehrliches Kompliment, aber Schmitt verzog seine Augenbrauen noch argwöhnischer und knurrte leise: »Was willst du damit sagen? Dass ich dort nicht hineinpasse?«

Ich runzelte die Stirn angesichts seiner unverhältnismäßig bissigen Antwort, doch Yolko ließ sich nicht aus der Ruhe bringen. »Nicht doch. Ich dachte nur, dass du wirklich hart gearbeitet haben musst, nachdem sich die Gilde aufgelöst hat. Das ist toll. Kains und ich dagegen hatten nicht mehr den Mut zum Hochleveln und haben es aufgegeben, auf die oberen Ebenen zu gehen.«

Sacht strich sie ihre dunkelblauen Haare über die Schultern zurück und lächelte wieder.

Auch Yolko war heute Abend recht dick angezogen, wenn auch nicht annähernd vergleichbar mit Schmitts Plattenrüstung. Sie trug ein dickes Kleid und eine Lederweste, dazu noch eine violette Samttunika und sogar einen Schal um die Schultern. Auch ohne Metallrüstung summierte sich bei so vielen Schichten eine ansehbare Abwehrkraft. Obwohl sie äußerlich ganz ruhig wirkte, musste auch sie nervös sein.

Ohne auch nur zu versuchen, seine eigene Nervosität zu verbergen, lehnte sich Schmitt mit klappernder Rüstung vor.

»Das ist doch jetzt egal! Ich bin hier ... um nach Kains zu fragen.« Er dämpfte seine Stimme und fuhr fort. »Warum wurde Kains nach all dieser Zeit ermordet? Hat er etwa ... den Ring gestohlen? Hat er die Anführerin von GA getötet?«

Ich begriff sofort, dass GA die Abkürzung für Goldener Apfel war. Seine Worte waren quasi die Erklärung, dass er weder mit dem Ring-Vorfall noch mit dem Mord in der sicheren Zone etwas zu tun hatte. Falls es nur Schauspiel sein sollte, war es ziemlich beeindruckend.

Als Yolko seine Fragen hörte, änderte sich zum ersten Mal ihr Gesichtsausdruck. Ihr vages Lächeln erlosch, und sie starrte Schmitt durchdringend an.

»Natürlich nicht! Kains und ich haben Griselda aus tiefstem Herzen respektiert. Wir waren nur gegen den Verkauf des Rings, weil wir dachten, wir könnten ihn besser nutzen, um uns als Gilde zu verbessern, statt ihn zu Cor zu machen und zu vergeuden. Sicher wollte sie eigentlich dasselbe.«

»Na, aber das Gleiche habe ich doch auch gedacht. Vergiss nicht, ich habe auch gegen den Verkauf gestimmt. Und überhaupt: Nicht nur die, die dagegen gestimmt haben, hatten ein Motiv, den Ring zu stehlen. Gerade unter denen, die für den Verkauf waren, also denjenigen, die das Geld wollten, könnte es doch einen gegeben haben, der den ganzen Gewinn für sich behalten wollte!«

Laut scheppernd schlug er sich mit der Hand im Panzerhandschuh auf sein Knie und stützte dann den Kopf in beide Hände. »Aber ... warum sollte Grimlock Kains jetzt ...? Will er etwa alle drei töten, die gegen den Verkauf gestimmt haben? Ist er jetzt auch hinter dir und mir her?«

Es wirkte keineswegs wie geschauspielert. Ich sah ihn von der Seite an, er hatte die Zähne zusammengebissen, und in seinem Gesicht zeichnete sich deutliche Furcht ab.

Dem verschreckten Schmitt gegenüber hatte Yolko derweil wieder zu ihrer alten Haltung zurückgefunden und sagte stockend: »Es steht noch nicht fest, dass Grimlock Kains getötet hat. Möglicherweise hat sich ein anderes Mitglied von Grimlock den Speer anfertigen lassen. Oder vielleicht ...«

Mit ausdruckslosem Blick sah sie auf den niedrigen Tisch vor dem Sofa und raunte: »Könnte es nicht die Rache unseres Leaders sein? Ein normaler Spieler kann doch unmöglich jemanden in der sicheren Zone töten.«

»Wa...?«

Schmitt schnappte keuchend nach Luft. Auch ich konnte nicht leugnen, dass ich einen leichten Schauder spürte.

Schmitt starrte die lächelnde Yolko fassungslos an. »Aber gerade hast du doch gesagt, dass Kains den Ring niemals gestohlen hätte ...«

Ohne gleich zu antworten, stand Yolko lautlos auf und ging einen Schritt nach rechts. Die Hände hinter dem Rücken verschränkt und das Gesicht zu uns gewandt, ging sie langsam rückwärts zum südlichen Fenster. Mit dem leisen Geräusch ihrer Pantoffeln klangen ihre abgehackten Worte zu uns herüber.

»Ich war die ganze Nacht wach und habe nachgedacht. Ein Mitglied der Gilde hat Griselda getötet, aber eigentlich waren wir es im Endeffekt alle. Als der Ring gedroppt ist, hätten wir nicht abstimmen, sondern es einfach ihr überlassen sollen. Nein, eigentlich hätte sie ihn selbst ausrüsten sollen. Sie war die fähigste Schwertkämpferin von uns allen und hätte das Beste aus der Fähigkeit des Ringes machen können. Aber niemand hat es vorgeschlagen, weil keiner von uns seiner eigenen Gier entsagen wollte. Wir haben immer davon geredet, GA irgendwann zu einer Frontkämpfer-Gilde zu machen, aber eigentlich wollte jeder nur selbst stärker werden.«

Als ihr langer Monolog endete, stieß ihre Hüfte gegen den Fensterrahmen. Während sie sich auf die Fensterbank setzte, fügte sie noch etwas hinzu: »Nur einer, nur Grimlock hat gesagt, dass er ihr die Entscheidung überlassen würde. Er war der Einzige, der die Gilde über seine Gier gestellt hat, während wir anderen nur an unseren Eigennutz gedacht haben. Also hat er wahrscheinlich sogar das Recht, sich an uns zu rächen und Vergeltung für Griselda zu üben ...«

In der daraufhin einkehrenden Stille bewegte nur der kalte Abendwind die Luft im Zimmer.

Nach einer Weile war ein klapperndes, metallisches Geräusch zu hören, das von der Plattenrüstung des leicht zitternden Schmitt herrührte. Der erprobte Topspieler blickte mit bleichem Gesicht zu Boden und murmelte wie im Fieberwahn: »Das soll wohl ein Witz sein. Das soll doch wohl ein Witz sein. Jetzt noch ... nach einem halben Jahr, will er Rache ...?«

Plötzlich richtete er sich auf und schrie: »Und für dich ist das in Ordnung, Yolko? Nachdem wir unser Bestes getan haben, um bis hierher zu überleben, findest du es okay, auf diese unbegreifliche Art getötet zu werden?!«

Schmitt, Asuna und ich sahen zu Yolko am Fenster. Die zerbrechlich wirkende Spielerin ließ ihren Blick hierhin und dorthin irren, als würde sie nach den richtigen Worten suchen.

Endlich öffnete sie den Mund, um etwas zu sagen – da geschah es.

Zopp! Ein trockener Laut hallte durchs Zimmer. Gleichzeitig riss Yolko Augen und Mund weit auf. Dann schwankte ihr zierlicher Körper heftig. Sie stolperte einen Schritt nach vorn, drehte sich taumelnd um und stützte eine Hand auf den Rahmen des geöffneten Fensters.

In diesem Augenblick wehte eine starke Windbö ihr die langen Haare vom Rücken. Dort sah ich etwas, das schwer zu begreifen war.

Aus der Mitte ihrer violett glänzenden Tunika ragte etwas wie ein kleiner, schwarzer Stab. Es war so winzig, dass ich für einen Moment nicht verstand, worum es sich überhaupt handelte. Doch sobald ich das rot flackernde Licht um den Stab erkannte, erschauderte ich.

Es war das Heft eines Wurfdolchs. Dessen Klinge hatte sich komplett in Yolkos Körper gegraben. Kurzum – ein Messer war von jenseits des Fensters herangeflogen und hatte sich in ihren Rücken gebohrt.

Ihr Körper schwankte unsicher vor und zurück, dann neigte sie sich plötzlich gefährlich weit aus dem Fenster.

»Ah ...!«, stieß Asuna ängstlich aus. Im gleichen Moment stürzte ich vorwärts. Ich streckte die Hand aus und versuchte noch, Yolko zurückzuziehen.

Doch meine Finger streiften nur das Ende ihres Schals, und Yolko fiel ohne einen Laut aus dem Fenster des Gasthauses.

»Yolko!«, schrie ich aus dem Fenster gelehnt.

Vor meinen Augen stürzte Yolko hinab und schlug auf dem Steinpflaster auf, umgeben von einem blauen Lichteffekt.

Es gab ein kleines, berstendes Geräusch. Polygonsplitter zerstoben in dem explodierenden blauen Licht ...

Eine Sekunde später fiel nur der schwarze Dolch mit einem trockenen Klappern auf die Straße.

7

Das kann nicht sein!

Der stumme Schrei in meinem Kopf hatte mehrere Bedeutungen.

Die Zimmer im Gasthaus wurden vom System geschützt. Selbst wenn die Fenster geöffnet waren, konnte man unmöglich hineinkommen und erst recht nichts hineinwerfen.

Zudem war es schwer vorstellbar, dass ein solch kleiner Wurfdolch genug Schaden über Zeit verursachen konnte, dass die gesamten HP eines Spielers der mittleren Level vernichtet wurden. Von dem Moment, in dem Yolko von dem Dolch getroffen worden war, bis sie gefallen und verschwunden war, waren selbst großzügig geschätzt höchstens fünf Sekunden vergangen.

Es war unmöglich. Für das, was gerade geschehen war, reichte die Bezeichnung »PK in der sicheren Zone« nicht mehr aus, das war ein Instant-Kill.

Das Atmen fiel mir schwer, und eiskalte Schauer liefen über meinen Rücken, als ich mich zwang, den Blick von dem Steinpflaster zu lösen, wo Yolko verschwunden war. Ruckartig blickte ich auf und suchte die Häuser der Stadt ab.

Und dann sah ich es.

Etwa zwei Blocks vom Gasthaus entfernt, auf dem Dach eines Hauses von ähnlicher Höhe.

Vor dem tiefvioletten Himmel stand dort eine dunkle Gestalt.

Sie war gehüllt in einen schwarzen Kapuzenumhang, sodass ihr Gesicht nicht zu erkennen war.

Ich schob das Wort »Todesgott« beiseite, das mir durch den Kopf schoss, und schrie: »Du Dreckskerl ...!«

Ich stellte den rechten Fuß auf den Fensterrahmen und rief ohne zurückzublicken: »Asuna, kümmere dich um den Rest!«

Und damit sprang ich über die Straße auf das Dach des gegenüberliegenden Gebäudes.

Doch selbst mit einem noch so guten Agilitätswert war es ziemlich waghalsig, ohne Anlauf über fünf Meter springen zu wollen. Statt mit den Füßen auf dem Dach zu landen, bekam ich gerade noch die Kante mit der ausgestreckten rechten Hand zu fassen. Mithilfe meines Stärkewerts schwang ich mich über einen Handstand nach oben. Mit einer schnellen Drehung kam ich auf dem Dach zum Stehen, da hörte ich Asuna hinter mir panisch rufen: »Kirito, tu das nicht!«

Es war klar, warum sie mich zurückhalten wollte. Wenn ich von einem dieser Wurfdolche getroffen werden sollte, würde womöglich auch ich sofort sterben.

Aber ich konnte jetzt nicht aus Angst um mein Leben den Mörder entkommen lassen, wo er endlich aufgetaucht war.

Ich war für Yolkos Sicherheit zuständig gewesen. Ich war blauäugig davon ausgegangen, dass sie innerhalb des Gasthauszimmers mit seinem Systemschutz sicher sein würde. Wenn man sich auf den Systemschutz verließ, hätte er eigentlich in der gesamten Stadt – der sicheren Zone – wirken müssen. Warum war ich nicht auf den Gedanken gekommen, dass ein Gegner, der innerhalb der sicheren Zone einen PK verüben konnte, auch den Schutz eines Gasthauszimmers umgehen konnte?

Wie um meine Gewissensbisse zu verhöhnen, flatterte der schwarze Umhang auf dem Dach in der Ferne.

»Warte gefälligst!«, schrie ich und raste los, gleichzeitig zog ich das Schwert auf meinem Rücken. Innerhalb der Stadt würde ich ihm zwar keinen Schaden zufügen können, doch immerhin sollte ich mit dem Schwert die Wurfdolche abwehren können.

Ohne meinen Lauf zu bremsen, sprang ich entschlossen von Dach zu Dach. Die Spieler unten auf den Straßen mussten denken, dass es eine peinliche Performance war, um mit meiner Agilität anzugeben, aber darum konnte ich mich nicht kümmern. Der Saum meines Mantels flatterte, als ich weiter durch das abendliche Zwielicht sprang.

Der Attentäter im Kapuzenumhang floh weder, noch ging er zum Angriff über, sondern sah mir nur entgegen, wie ich näherkam. Als nur noch zwei Gebäude zwischen uns lagen, fuhr plötzlich seine rechte Hand unter seinen Umhang. Ich hielt den Atem an und machte mein Schwert bereit.

Doch was seine Hand unter dem Umhang hervorzog, war kein Wurfdolch. Mitten in der Abenddämmerung sah ich ein vertrautes saphirblaues Funkeln. Ein Teleport-Kristall.

»Scheiße!«, fluchte ich und zog im vollen Lauf die drei Wurfnadeln aus meinem Gürtel. Ich holte aus und warf sie alle auf einmal. Nicht etwa, um ihm Schaden zuzufügen, sondern um eine reflexartige Ausweichbewegung zu provozieren und das Stimmkommando für den Teleport zu verzögern.

Doch er blieb geradezu nervtötend ruhig. Obwohl die drei Wurfnadeln mit silbernen Lichteffekten in der Luft auf ihn zu sausten, hielt er unerschrocken den Kristall hoch.

Direkt vor dem Kapuzenumhang prallten die Wurfnadeln auf eine violette Systembarriere und fielen nutzlos auf das Dach. Ich horchte angestrengt, um zumindest sein Stimmkommando zu verstehen. Wenn ich erfuhr, wohin er teleportieren würde, konnte ich ihm mit einem Kristall folgen.

Doch meine Absicht schlug abermals fehl. Genau in diesem Augenblick hallte durch ganz Marten der laute Klang der Stadtglocke.

Meine Ohren – genauer gesagt, das Hörzentrum meines Gehirns – waren erfüllt von dem mehrstimmigen Läuten, das fünf Uhr verkündete, sodass ich das äußerst leise gesprochene Stimmkommando des Mörders nicht hören konnte. Das blaue Teleportlicht erstrahlte, und die schwarze Gestalt verschwand aus meinem Blickfeld, als ich nur noch eine Straße entfernt war.

Ich stieß einen stummen Schrei aus und hieb mein Schwert auf die Stelle, wo er bis vor drei Sekunden noch gestanden hatte. Ein violettes Licht blitzte auf, und mitten in meinem Blickfeld blinkte die nüchterne Systemwarnung »Immortal Object«.

Niedergeschlagen kehrte ich zum Gasthaus zurück, diesmal nicht über die Dächer, sondern durch die Straßen. An der Stelle, wo Yolko verschwunden war, blieb ich stehen und betrachtete den pechschwarzen Wurfdolch auf dem Steinpflaster.

Ich konnte nicht fassen, dass hier nur wenige Minuten zuvor eine Frau gestorben war. Meiner Erfahrung nach war der Tod eines Spielers immer das Resultat einer Situation, in der selbst alle Fähigkeiten und Ausweichmanöver zusammen nicht ausreichten. Solch eine Mordmethode, die sofortig und unausweichlich zum Tod führte, durfte einfach nicht existieren.

Ich bückte mich und hob den Dolch auf. Er war klein, aber massiv und schwer, da der ganze Dolch aus einem Stück Metall gefertigt war. An beiden Seiten der rasiermesserdünnen Klinge waren dicht an dicht Widerhaken gekerbt, die an Haifischzähne erinnerten. Der Dolch war zweifellos nach dem gleichen Muster angefertigt worden wie der Kurzspeer, der Kains getötet hatte.

Ich fragte mich, ob auch meine HP drastisch sinken würden, falls ich mich selbst mit dem Dolch stechen würde. Ich verspürte den starken Drang, es auszuprobieren, doch ich kniff die Augen fest zu und schüttelte den Impuls ab. Dann betrat ich wieder das Gasthaus.

Ich ging hinauf ins Obergeschoss, klopfte an die Tür und nannte meinen Namen, bevor ich den Knauf drehte. Das Schloss öffnete sich mit einem Klicken, und die Tür ging auf.

Asuna hatte ihr Rapier gezogen. Sobald sie mich erblickte, spiegelten sich in ihrem Gesicht zu gleichen Teilen Wut und Erleichterung wider, und sie rief erstickt: »Idiot, sei doch nicht so leichtsinnig!«

Sie stieß einen langen Seufzer aus und sprach dann mit leiser Stimme weiter. »Also ... was ist passiert?«

Ich schüttelte leicht den Kopf. »Es war zwecklos, er hat sich wegteleportiert. Weder das Gesicht noch die Stimme, noch nicht einmal, ob es ein Mann oder eine Frau war, habe ich erkannt. Na ja ... wenn es Grimlock gewesen sein sollte, war es wohl ein Mann ...«

In *SAO* war keine gleichgeschlechtliche Ehe möglich. Wenn der Anführer von Goldener Apfel eine Frau war, musste Grimlock als ihr Ehepartner automatisch ein Mann sein. Allerdings war diese Information als Filter zum Eingrenzen der Verdächtigen nicht zu gebrauchen, schließlich waren fast achtzig Prozent der *SAO*-Spieler männlich.

Meine Bemerkung war nicht wirklich hilfreich gewesen. Doch unerwarteterweise kam eine Reaktion von Schmitt, der sich mit leise rasselnder Rüstung zitternd auf dem Sofa zusammengekauert hatte.

»Nein.«

»Was meinst du mit ›Nein‹ ...?«, fragte Asuna.

Ohne sie anzusehen, zog er den Kopf noch weiter ein und ächzte: »Das war nicht er. Diese Gestalt im schwarzen Umhang auf dem Dach ... das war nicht Grimlock. Grim war größer. Außerdem ... außerdem ...«

Was er dann sagte, verschlug uns den Atem. »Dieser Kapuzenumhang gehörte der Anführerin von GA. Sie hat immer dieses schlichte Ding getragen, wenn sie ausgegangen ist. Ja ... als sie ging, um den Ring zu verkaufen, hat sie den Umhang auch getragen! Das ... das war sie gerade. Sie ist gekommen, um sich an uns allen zu rächen. Das war ihr Geist.«

Plötzlich brach er in nervöses Gelächter aus, als hätte er den Verstand verloren. »Für einen Geist ist alles möglich. Ein PK in der sicheren Zone wäre ein Klacks. Ich wünschte, sie würde für uns den Endboss von *SAO* besiegen. Wenn man erst gar keine HP hat, kann man schließlich auch nicht sterben.«

Schmitt lachte hysterisch weiter, da warf ich den Dolch vor ihm auf den Sofatisch. Als er mit einem dumpfen Aufschlag landete, stoppte Schmitts Gelächter, als sei ein Schalter umgelegt worden.

Für ein paar Sekunden starrte er bloß auf die unheilvoll glänzende, gezackte Klinge. »Aah ...!«

Der Oberkörper des großen Mannes schnellte zurück wie von einer Sprungfeder. Mit beherrschter Stimme richtete ich mich an ihn: »Es war kein Geist. Dieser Dolch ist ein materielles Objekt. Ein paar Zeilen Programmcode, die auf dem *SAO*-Server gespeichert sind. Genau wie der Kurzspeer in deinem Inventar. Wenn du mir nicht glauben willst, nimm den Dolch auch mit und untersuche ihn, so viel du magst.«

»Ich will das Ding nicht! Und den Speer kannst du auch wiederhaben!«, rief Schmitt laut, öffnete sein Fenster, und nachdem er sich mit seinen zitternden Fingern einige Male vertippt hatte, beförderte er den schwarzen Speer hervor. Das Mordinstrument schwebte über seinem Menüfenster, bevor er es verächtlich neben den Dolch auf den Tisch fallen ließ.

Als er daraufhin wieder den Kopf in den Hände vergrub, sprach Asuna ihn ruhig an: »Schmitt, ich glaube auch nicht, dass es ein Geist war. Wenn es in Aincrad Geister geben würde, wäre die Anführerin von Goldener Apfel sicher nicht die Einzige. Die 3500 Spieler, die bisher gestorben sind, haben sicher genauso Groll empfunden. Meinst du nicht auch?«

Sie hatte vollkommen recht. Wenn ich hier im Spiel sterben sollte, wäre auch ich definitiv verbittert genug, um als Geist wiederzukehren. Unter den mir bekannten Spielern war der Kommandant der Ritter des Blutschwurs der Einzige, dem ich zutrauen würde, seinen Tod als Schicksal zu akzeptieren und ins Nirvana zu gehen.

Doch Schmitt schüttelte nur seinen hängenden Kopf.

»Ihr kennt sie eben nicht. Sie ... Griselda war superstark und unerschrocken ... Aber bei Ungerechtigkeiten oder Gemeinheiten war sie unfassbar streng. Noch mehr als du, Asuna. Wenn jemand ihr eine Falle gestellt und sie getötet hätte ... würde Griselda demjenigen niemals vergeben. Sie würde sogar als Geist zurückkommen, um ihren Mörder zu richten ...«

Ein drückendes Schweigen erfüllte den Raum.

Draußen vor dem Fenster, das Asuna verschlossen und verriegelt hatte, war die Sonne inzwischen untergegangen. Zahlreiche orange Laternen erhellten die Stadt, deren Straßen voller Spieler sein mussten, die einen Ruheplatz für die Nacht suchten, doch selbst ihr Lärmen schien seltsamerweise diesen Raum zu meiden.

Ich atmete tief ein und unterbrach die angespannte Stille. »Na schön, du kannst glauben, was du willst. Ich glaube es jedenfalls nicht. Es muss für beide Morde in der sicheren Zone eine logische Erklärung geben, die mit den Regeln des Systems zusammenpasst. Ich werde es herausfinden. Und du wirst mir wie versprochen dabei helfen.«

»He... Helfen?!«

»Du hast doch gesagt, du wirst uns Grimlocks Stammrestaurant verraten. Momentan ist das unser einziger Anhaltspunkt. Ich werde ihn finden, und wenn ich das Restaurant tagelang beschatten muss.«

Um ehrlich zu sein, hatte ich noch keinen Plan, was ich tun sollte, nachdem ich Grimlock gefunden hatte, den Schmied, der den schwarzen Kurzspeer und vermutlich auch den Dolch daneben hergestellt hatte. Ich gehörte nicht zur Armee, also konnte ich ihn nicht einfach einkerkern und Informationen aus ihm herausquetschen.

Doch falls Yolkos Worte kurz vor ihrem Tod – »Er hat wahrscheinlich sogar das Recht, sich an uns zu rächen und Vergeltung für Griselda zu üben« – der Wahrheit entsprachen, wollte Grimlock an den dreien, die gegen den Verkauf gestimmt hatten, oder unter Umständen sogar allen ehemaligen Gildenmitgliedern Rache üben. Und wenn sein Antrieb ein so starkes Gefühl war wie die Liebe für die verstorbene Anführerin und Ehefrau …

Vielleicht würde ich zu ihm durchdringen, wenn ich von Angesicht zu Angesicht zu ihm sprechen konnte. Mir blieb nichts anderes übrig, als auf diese Möglichkeit zu setzen.

Schmitt ließ bei meinen Worten wieder den Kopf hängen, dann erhob er sich schwerfällig vom Sofa. Er ging zu einem Schreibtisch an der Wand, nahm ein dort bereitliegendes Pergament und eine Schreibfeder und schrieb Ort und Namen des Restaurants auf.

Während ich ihm dabei zusah, kam mir plötzlich ein Gedanke.

»Oh, könntest du mir bei der Gelegenheit auch die Namen aller ehemaligen Mitglieder von Goldener Apfel aufschreiben? Ich werde später noch einmal zum Monument des Lebens gehen, um nach Überlebenden zu sehen.«

Der große Kerl nickte zerstreut, nahm wieder die Schreibfeder und schrieb ein paar weitere Zeilen. Schließlich kam er mit dem fertig geschriebenen Pergament in der Hand zurück und hielt es mir hin.

»Es ist erbärmlich als Frontkämpfer … aber ich fühle mich fürs Erste nicht danach, in die äußeren Gebiete zu gehen. Plant die Aufstellung der Gruppen für die Bossraids bitte ohne mich. Und …«

Mit ausdrucksloser Miene, aus der all seine übliche Unerschrockenheit gewichen war, murmelte der Lanzenkämpfer und Gruppenführer der Heiligen Drachenallianz: »Würdet ihr mich bitte zurück zur HDA-Basis begleiten?«

Weder ich noch Asuna konnten Schmitt dafür als Feigling verhöhnen.

Während wir mit dem vollkommen verängstigten Mann in unserer Mitte vom Gasthaus durch das Teleportgate zum Hauptquartier der HDA reisten, behielten Asuna und ich die Dunkelheit um uns herum stets im Blick. Falls uns plötzlich ein unbeteiligter Fremder in einem ähnlichen Kapuzenumhang über den Weg gelaufen wäre, hätten wir uns wahrscheinlich reflexartig auf ihn gestürzt.

Selbst nachdem wir das gigantische Schlosstor durchschritten hatten, sah Schmitt kein bisschen erleichtert aus. Ich blickte ihm nach, wie er im Laufschritt ins Gebäude eilte, und seufzte leicht.

Asuna und ich wechselten einen kurzen Blick.

»Schrecklich ... was mit Yolko passiert ist ...«, murmelte sie und biss sich auf die Lippe.

Mit rauer Stimme erwiderte ich: »Allerdings.«

Tatsächlich hatte mir Yolkos Tod einen doppelt so großen Schock versetzt wie der von Kains. Vor meinem inneren Auge sah ich sie wieder aus dem Fenster fallen, als ich sagte: »Bis jetzt dachte ich ehrlich gesagt, dass ich es eben durchziehen muss, weil ich in diese Sache hineingeraten bin ... Aber mittlerweile kann es ich es nicht mehr so sehen. Wir müssen diesen Fall um jeden Preis aufklären, auch um ihretwillen. Ich werde mich jetzt gleich vor dem Restaurant auf die Lauer legen. Und was hast du vor?«

Die Fechterin sah bei dieser Frage abrupt auf und antwortete entschlossen: »Ich komme natürlich mit. Wir gehen dieser Sache gemeinsam auf den Grund.«

»Okay. Na, dann mal los.«

Zugegebenermaßen hatte ich Bedenken, Asuna noch weiter in die Ermittlungen hineinzuziehen. Je länger wir uns mit dem Fall befassten, desto eher konnten wir selbst zu Zielen von Grimlock werden.

Doch meinem Zögern wurde kurzerhand ein Ende bereitet, als Asuna sich schwungvoll auf dem Absatz umdrehte und sich auf den Weg zum Teleportgate machte. Ich sog die kalte Nachtluft tief ein und stieß sie wieder aus, dann folgte ich dem kastanienbraunen langen Haarschopf.

8

Das Lokal auf Schmitts Notiz war eine kleine Bar im Geschäftsviertel der Hauptstadt auf der 20. Ebene. Von außen wirkte der Laden mit dem unauffälligen Schild in einer der verwinkelten Gassen nicht wie ein Ort, wo es derart gutes Essen gab, dass man es jeden Tag essen konnte, ohne seiner überdrüssig zu werden.

Doch es war auch ein Fakt, dass sich in solchen Läden zuweilen die besten Spezialitäten verbargen. Mit einiger Mühe unterdrückte ich das Bedürfnis, in den Laden zu marschieren und mich einmal quer durch die gesamte Speisekarte zu probieren. Falls Grimlock der Attentäter im Kapuzenumhang gewesen war, musste er mein Gesicht schon gesehen haben. Wenn er mich zuerst bemerken sollte, würde er sicherlich nie wieder hier auftauchen.

Im Schutz der Schatten kontrollierten wir die Umgebung und entdeckten ein Gasthaus, von dessen Lage aus man einen freien Blick auf die Bar hatte. Wir warteten auf einen Moment, in dem sich eine Lücke zwischen den Passanten auftat, dann stürmten wir in das Gasthaus, wo wir ein Zimmer im Obergeschoss mit Fenster zur Straße mieteten.

Wie geplant war der Eingang der Bar von diesem Zimmer aus gut zu sehen. Wir ließen das Licht aus und stellten zwei Stühle ans Fenster, von denen wir Seite an Seite die Beobachtung begannen.

Doch gleich darauf runzelte Asuna die Stirn und sagte: »Du ... sich hier auf die Lauer zu legen, ist ja schön und gut, aber wir kennen Grimlocks Gesicht gar nicht.«

»Stimmt. Deswegen wollte ich eigentlich auch Schmitt mitnehmen, aber in seinem Zustand kam das nicht wirklich infrage ... Zumindest habe ich vorhin trotz des Umhangs einen recht guten Blick auf den vermeintlichen Grimlock erhaschen können. Falls ein Spieler mit der passenden Statur auftaucht, werde ich seinen Namen mit einer Duellanfrage überprüfen, auch wenn das ein bisschen leichtsinnig ist.«

»Was?!«, rief Asuna mit großen Augen.

Fokussierte man in *SAO* den Blick auf einen anderen Spieler, tauchte ein grünes oder oranges Infofenster auf – der sogenannte »Farb-Cursor«. Allerdings wurden bei fremden Spielern im Cursor nur die HP-Leiste und das Gildenlogo angezeigt, nicht aber Name und Level.

Das war eine notwendige Vorsichtsmaßnahme, um verschiedene kriminelle Handlungen zu verhindern. Wären die Namen auch Fremden angezeigt worden, hätte die Gefahr bestanden, dass die Sofortnachrichten für Mobbing missbraucht worden wären, und ein öffentlich einsehbarer Level hätte es um ein Vielfaches leichter gemacht, in der Stadt

Opfer mit niedrigem Level auszuwählen, um diese dann bis in die äußeren Gebiete zu verfolgen und dort zu überfallen oder zu bedrohen.

Auf der anderen Seite musste man wegen dieses Umstands beträchtliche Mühen auf sich nehmen, wenn man, wie wir jetzt, auf der Suche nach einer bestimmten Person war.

Wollte man also bei der ersten Begegnung absolute Gewissheit über den Namen eines Spielers haben, gab es meines Wissens nur eine einzige Methode: eine Anfrage zu einem 1-vs-1-Duell.

Wenn ich den Duell-Button im Menüfenster drückte und im Auswahlmodus den Farb-Cursor des Gegners bestimmte, wurde in meinem Blickfeld eine Systemnachricht angezeigt mit dem Inhalt »Du hast Soundso eine Anfrage zu einem 1-vs-1-Duell geschickt«. Anhand dieser Nachricht erfuhr ich somit den offiziellen Spielernamen in seiner korrekten Schreibweise.

Doch zur gleichen Zeit würde auch dem Gegner die Nachricht mit meiner Duellanfrage angezeigt werden. Daher konnte man nicht im Geheimen den Namen herausfinden, und vor allem wurde es als äußerst unhöfliches Verhalten gewertet. Zudem war es durchaus möglich, dass der andere Spieler die Herausforderung annahm und seine Waffe zog.

Asuna öffnete ihren Mund – vermutlich um mir zu sagen, wie riskant mein Vorhaben war.

Doch sofort presste sie die Lippen wieder aufeinander und nickte stattdessen nur mit ernster Miene. Offenbar hatte sie eingesehen, dass es keine andere Möglichkeit gab, aber dann sagte sie: »Wenn du dich mit Grimlock unterhältst, komme ich mit, klar?«

Nachdem sie es so entschieden verkündet hatte, schluckte ich meine Bitte, sie möge hier im Zimmer warten, gezwungenermaßen wieder herunter.

Dieses Mal war ich es, der zögerlich nickte. Ich überprüfte die Uhrzeit. Es war 18:40 Uhr, die Zeit, zu der sich die Städte aller Ebenen mit Spielern füllten, die zum Abendessen kamen. Für die unscheinbare Fassade des Ladens war die Schwingtür der Bar erstaunlich oft in Bewegung. Doch bisher war noch kein Spieler aufgetaucht, dessen Körpergröße und Statur übereinstimmten mit der Gestalt im Umhang, deren Bild sich mir fest eingebrannt hatte.

Dieses Lokal war unser letzter Anhaltspunkt, und uns blieb nichts anderes mehr übrig, als alles auf diese eine Karte zu setzen. Allerdings gab es einen Grund zur Sorge, den ich nicht ignorieren konnte: die Worte, die Schmitt im Gasthaus auf der 57. Ebene ächzend ausgestoßen hatte. »Diese Gestalt im schwarzen Umhang auf dem Dach war nicht Grimlock. Grim war größer.« Ich hatte meine Zweifel, dass Schmitt das in seiner Panik so schnell hatte beurteilen können. Aber falls es stimmte, war diese Beschattung reine Zeitverschwendung und ging in die vollkommen falsche Richtung. Wir würden den ganzen Abend lang nur die Schwingtür dieses verborgenen, berühmten Lokals ansehen und konnten nicht einmal dessen Speisen kosten ...

Bei diesem Gedanken verspürte ich plötzlich heftigen Hunger und hielt mir unwillkürlich den Magen.

Da wurde mir mit einem Mal etwas vor das Gesicht gehalten. Es war in weißes Papier eingeschlagen und roch unglaublich gut. Als ich das Objekt in Asunas Hand anstarrte, sagte sie, den Blick unentwegt auf die Bar gerichtet: »Nimm schon.«

Reflexartig vergewisserte ich mich: »Für ... für mich?«

»Wonach sieht das denn sonst aus? Meinst du, ich halte es dir nur zum Anschauen vor die Nase?«

»Äh, nein, entschuldige. Und danke.«

Ich zog den Kopf ein und nahm das Päckchen hastig entgegen. Als ich einen Blick zur Seite warf, holte Asuna geschickt ein zweites Päckchen aus ihrem Inventar, ohne auch nur einmal die Tür aus den Augen zu lassen.

Freudig schlug ich das Papier auseinander und fand darunter ein großes Baguette-Sandwich. Zwischen knusprig gerösteten Brothälften steckten reichlich Gemüse und gebratenes Fleisch. Versonnen betrachtete ich es, bis Asuna kühl bemerkte: »Bald läuft die Haltbarkeit ab, und dann verschwindet es, also solltest du es besser schnell essen.«

»Oh, okay, dann bin ich mal so frei!«

Das war nicht der Moment zum Träumen. Sofern nicht spezielle Zutaten benutzt wurden, hatten jegliche Nahrungsmittel-Items nur eine geringe Haltbarkeit. Schon mehrmals hatte ich die schmerzliche Erfahrung machen müssen, wie ein Lunchpaket, das ich gerade hatte essen wollen, in meinen Händen verschwunden war. Nur in einem kleinen Behälter mit der Bezeichnung »Daueraufbewahrungsschatulle«, der nur von Meisterhandwerkern hergestellt werden konnte, verdarben Dinge niemals, selbst wenn man ihn im äußeren Gebiet liegen ließ. Doch leider war der Behälter so winzig, dass nicht mehr als zwei Nüsse hineinpassten.

Also nahm ich schnell einen herzhaften Bissen nach dem anderen und schwelgte in den Aromen des mehrschichtigen Sandwiches. Es war simpel gewürzt und doch im richtigen Maß pikant, sodass ich mir mit Genuss immer wieder den

Mund vollstopfte. Die Haltbarkeit von Nahrungsmitteln hatte keinen Einfluss auf den Geschmack; solange sie existierten, schmeckten sie wie frisch zubereitet.

Den Blick auf den Eingang der Bar fixiert, verschlang ich das große Baguette, dann stieß ich einen zufriedenen Seufzer aus. Ich blickte kurz zu Asuna, die immer noch kultiviert auf einem Bissen kaute. »Danke für das Sandwich. Aber wann hast du die denn noch besorgt? Die Stände, an denen wir vorbeigekommen sind, haben doch gar nicht so tolles Essen verkauft, oder?«

»Ich sagte doch gerade, dass die Haltbarkeit fast abgelaufen ist. Ich habe mir schon gedacht, dass so etwas passieren könnte, also habe ich sie heute Morgen vorbereitet.«

»Wow ... wie zu erwarten von der Verantwortlichen für die Raids der Ritter des Blutschwurs. Ich habe überhaupt nicht daran gedacht, dass wir irgendwann essen müssen. Aus welchem Laden hast du das?«

Das Baguette-Sandwich aus Gemüse und gebratenem Fleisch zwischen knusprigem Brot war so schmackhaft gewesen, dass es sich direkt auf einen der Spitzenplätze meiner persönlichen Bestenliste der Restaurants katapultiert hatte. Nur zu gern hätte ich diesen Leckerbissen in Zukunft öfter zu Raids mitgenommen und fragte daher noch einmal nach. Doch Asuna zuckte nur leicht mit den Schultern und gab wider Erwarten zurück: »Das gibt es nicht zu kaufen.«

»Wie?«

»Es ist nicht aus einem Laden.«

Dann verstummte sie und schien nichts weiter sagen zu wollen. Nach einigem Grübeln begriff ich endlich. Wenn es nicht in einem NPC-Shop verkauft wurde, war es demnach ein selbst gemachtes Item. Das war es, was die Vizekommandantin mir zu verstehen gab.

Nachdem ich für gute zehn Sekunden gedankenverloren dagesessen hatte, erkannte ich in einem leichten Anfall von Panik, dass ich irgendetwas sagen musste. Ich durfte nicht meinen Fehler vom Morgen wiederholen, als ich Asunas sorgsam ausgewähltem Outfit keine Beachtung geschenkt hatte.

»Äh ... Ähm, also das, wie soll ich sagen ... Es war eigentlich viel zu schade, um es so hinunterzuschlingen. Genau, du hättest es lieber bei einer Auktion auf dem Platz von Algade verkaufen sollen, dann hättest du damit ordentlich Kohle machen können, ha ha ha!«

Rumms! Asunas weißer Lederstiefel trat gegen das Bein meines Stuhls, und ich machte mich zitternd kerzengerade.

Ein paar fürchterlich angespannte Minuten verstrichen, und als Asuna ihr Sandwich aufgegessen hatte, murmelte sie: »Er kommt nicht ...«

»Äh, ja ... Na ja, nach dem, was Schmitt erzählt hat, kommt er auch nicht unbedingt jeden Tag hier vorbei. Und wenn die Person im Umhang wirklich Grimlock war, hat er direkt nach einem PK vielleicht auch keinen Appetit. Wir sollten uns auf zwei, drei Tage Wartezeit gefasst machen.« Ich sah erneut nach der Uhrzeit. Es waren erst dreißig Minuten vergangen, seit wir mit der Beschattung begonnen hatten. Ich war entschlossen, hier so lange zu warten, bis ich Grimlock entdeckte, selbst wenn es Stunden oder sogar Tage dauern sollte. Aber ich war mir nicht sicher, was Ihre Exzellenz die Vizekommandantin vorhatte.

Noch einmal warf ich ihr einen Blick zu, doch Asuna saß wie angewachsen auf ihrem Stuhl und machte keine Anstalten, aufzustehen.

Erst jetzt kam mir der Gedanke, dass man meine Aussage vorhin auch so deuten konnte, dass wir zwei, drei Nächte hier übernachten würden, und meine Hände wurden feucht, da ergriff Asuna zögerlich das Wort: »Du, Kirito ...«

»Ja?!«

Doch was sie dann sagte, hatte glücklicherweise – oder bedauerlicherweise – gar nichts damit zu tun. »Was hättest du getan? Wenn du ein Mitglied von Goldener Apfel gewesen wärst und ein superrares Item gedroppt wäre, was hättest du gesagt?«

»Hmm ...«

Für ein paar Sekunden fehlten mir die Worte, und nach ein paar weiteren Sekunden des Nachdenkens sagte ich schließlich: »Gute Frage ... Genau wegen solcher Probleme bin ich Solospieler ... In dem Spiel, das ich vor *SAO* gespielt habe, habe ich auch schon erlebt, wie sich Gilden zerstritten oder aufgelöst haben, weil einzelne Mitglieder rare Items versteckt oder verkauft und den Profit unterschlagen haben, also ...«

Es war nicht zu leugnen, dass ein Großteil der Motivation in MMOs darin bestand, ein Gefühl der Überlegenheit gegenüber anderen Spielern zu erlangen. Und der anschaulichste Indikator von Überlegenheit war Stärke – mit verbesserten Statuswerten und mächtigen, raren Ausrüstungsgegenständen Monster oder Spieler in die Flucht zu schlagen. Dieses Hochgefühl konnte, überspitzt gesagt, nicht außerhalb eines Onlinespiels erlebt werden. Auch für mich war das gute Gefühl, als Mitglied der Raid-Gruppe respektiert zu werden, einer der Gründe, warum ich lange Stunden mit Hochleveln verbracht hatte.

Wenn ich derzeit in einer Gilde gewesen wäre und in der Gruppe ein so mächtiger Ausrüstungsgegenstand gedroppt wäre, und wenn es dann auch noch jemanden in der Gilde gegeben hätte, zu dem dieser Gegenstand perfekt gepasst hätte, hätte ich dann sagen können: ›Du solltest das benutzen‹?

»Nein, ich könnte es nicht«, murmelte ich kopfschüttelnd. »Ich könnte auch nicht sagen, dass ich es selbst ausrüsten will, aber deswegen bin ich noch lang kein Heiliger, der es mit Freuden einem anderen Mitglied überlassen würde. Wenn ich also ein Mitglied von Goldener Apfel gewesen wäre, hätte ich wohl auch für den Verkauf gestimmt. Und du, Asuna?«

Auf meine Frage antwortete sie prompt ohne zu zögern: »Das Item gehört demjenigen, dem es gedroppt ist.«

»Hm?«

»Das ist die Regel in unserer Gilde. Wenn Items in der Gruppe droppen, gehören sie dem Glücklichen, der sie bekommt. In *SAO* gibt es schließlich keinen Kampf-Log, also weiß man ohnehin nicht, was wem gedroppt wurde, solange es die Spieler nicht von sich aus erzählen. Also ist das die einzige Möglichkeit, um solche Probleme wegen Geheimniskrämerei zu verhindern. Außerdem ...«

Sie unterbrach sich kurz, und ihr Blick, obwohl immer noch fest auf die Bar gerichtet, wurde etwas weicher. »Gerade dieses System macht eine Heirat in dieser Welt noch bedeutungsvoller. Du weißt doch, Ehepartner haben ein gemeinsames Inventar. Vorher kann man noch verbergen, was man will, aber sobald man verheiratet ist, gibt es keine Geheimnisse mehr. Umgekehrt heißt das, dass Leute, die schon einmal einen Drop unterschlagen haben, keinen aus der Gilde mehr heiraten können. Das gemeinsame Inventar ist ein sehr pragmatisches System, aber gleichzeitig finde ich es auch total romantisch.«

Ich blinzelte überrascht, als ich einen Anflug von Sehnsucht in ihrer Stimme mitschwingen hörte. Plötzlich wurde ich ohne ersichtlichen Anlass ganz nervös und stammelte recht unbedacht: »Ah, ach so, stimmt ja. Na, na ja, falls wir mal eine Gruppe bilden sollten, werde ich darauf achten, keine Drops zu unterschlagen.«

Es gab ein lautes Gepolter, als Asuna mitsamt ihrem Stuhl zurücksprang.

Da das Licht im Zimmer gelöscht war, konnte ich ihre Gesichtsfarbe nicht erkennen, aber in dem bleichen Licht wechselten sich für ein paar Sekunden eine ganze Reihe von Gesichtsausdrücken ab, bis »der Blitz« die rechte Hand hob und rief: »Spinnst du?! Dieser Tag wird niemals kommen! Äh, also, ich meine den Tag, an dem ich mit dir eine Gruppe bilde. Und überhaupt, behalt gefälligst die Bar im Auge! Was, wenn wir ihn übersehen?!«

Nachdem sie mich so angefahren hatte, wandte sie sich energisch von mir ab. Ich war ein wenig beleidigt, weil ich während unserer Unterhaltung immer darauf geachtet hatte, meinen Blick nie länger als eine Sekunde von der Bar zu lösen. Trotzig protestierte ich, dass ich doch die ganze Zeit hinsähe, da kam mir ein Gedanke.

Dieser Ring, der die Ursache für das ganze Drama der Auflösung von Goldener Apfel gewesen war – in wessen Inventar war er gelandet, als er gedroppt war?

Vielleicht spielte das mittlerweile gar keine Rolle mehr. Aber wenn man ihn so unbedingt haben wollte, dass man dafür sogar die Anführerin tötete, wäre es sehr viel einfacher

gewesen, den Drop von vornherein zu verschweigen. Das hieß also, zumindest der Spieler, der den Drop mitgeteilt hatte, konnte nicht der Mörder ihrer Anführerin sein.

Ich hätte Schmitt vorhin danach fragen sollen, dachte ich und verzog das Gesicht. Weder ich noch Asuna hatten Schmitt als Freund registriert, also konnten wir ihm auch nicht einfach eine Nachricht schicken, um nachzufragen. Zwar konnte man auch Sofortnachrichten an jeden Spieler schicken, dessen Namen man kannte, doch die wurden nur an Empfänger auf der gleichen Ebene zugestellt und hatten ein recht niedriges Zeichenlimit.

Ich konnte Schmitt immer noch bei unserem nächsten Treffen fragen. Wir ermittelten schließlich nicht den Ring-Vorfall vor einem halben Jahr, sondern die gegenwärtigen Morde in der sicheren Zone. Trotzdem ließ es mich nicht los, und ich nahm Schmitts Notiz heraus.

Ich bat Asuna, die immer noch ein komisches Gesicht machte, für eine Weile nicht die Bar aus den Augen zu lassen, und studierte die Liste der Mitglieder von Goldener Apfel auf dem Pergament.

Griselda. Grimlock. Schmitt. Yolko. Kains ... Acht Namen waren in kritzeligen Buchstaben aufgelistet. Mindestens drei davon waren bereits aus der schwebenden Festung verschwunden.

Es durfte keine weiteren Opfer geben. Wir mussten Grimlocks Rache aufhalten und die Logik hinter den Morden in der sicheren Zone aufdecken. Unbedingt.

Während ich mir das selbst einschärfte, öffnete ich mein Inventar, um die Notiz wieder zu verstauen.

Doch kurz bevor sich das Stück Pergament in einen Itemnamen verwandelte, wurde mein Blick von einem bestimmten Punkt angezogen.

»Nanu ...?«, murmelte ich und sah es mir näher an. Die Detailfokusfunktion trat in Kraft, wodurch die Textur der Buchstaben auf dem Pergament deutlich höher aufgelöst wurde.

»Was hat das zu bedeuten ...?«

Ohne den Blick von der Bar abzuwenden, erkundigte sich Asuna: »Was ist denn los?«

Doch mein Kopf war zu beschäftigt, um ihr zu antworten. Mein Gehirn arbeitete mit voller Kraft, um von dem, was ich gerade sah, auf dessen Bedeutung, Ursache und Intention zu schließen.

Ein paar Sekunden später rief ich »Ah ... Aaah!« und sprang vom Stuhl auf. Das Pergament in meiner rechten Hand zitterte heftig und reflektierte damit meinen Schock.

»Verstehe ... So ist das also!«, platzte es japsend aus mir heraus.

Mit einer Mischung aus Verwirrung, Angespanntheit und Gereiztheit stieß Asuna aus: »Was denn, was hast du herausgefunden?!«

»Ich ... Wir ...«, presste ich heiser hervor und schloss beide Augen fest. »Wir konnten das große Ganze überhaupt nicht sehen. Wir dachten, wir seien etwas auf der Spur, haben aber auf das Falsche geachtet. Waffen, Skills oder ein Schlupfloch, mit denen Morde in der sicheren Zone verübt werden können ... So etwas hat von Anfang an nicht existiert!«

9

Diese Geschichte hörte ich später.

Auch nachdem Schmitt, Frontkämpfer und Leiter der Defensivtruppen der Heiligen Drachenallianz, in sein Zimmer in der Gildenbasis zurückgekehrt war, ja, nicht einmal, als er ins Bett ging, konnte er sich dazu durchringen, seine schwere Rüstung abzulegen.

Sein Zimmer lag tief inmitten des steinernen Schlosses – das vielmehr eine Festung war – und hatte kein einziges Fenster. Zudem konnten systembedingt nur Gildenmitglieder die Basis betreten, daher war er sicher, solange er in seinem Zimmer war. Obwohl er sich das selbst immer wieder sagte, konnte er sich nicht überwinden, den Blick von dem Türknauf zu lösen.

Würde sich der Knauf lautlos drehen, sobald er ihn aus den Augen ließ? Würde der Todesgott im Kapuzenumhang hereinschleichen und plötzlich unbemerkt hinter ihm stehen?

Andere hielten ihn für einen unerschrockenen Tank, aber die Motivation, die Schmitt in den Spitzenrängen der Frontkämpfer hielt, war in Wirklichkeit nichts anderes als die Furcht vor dem Tod.

An jenem Tag vor fast anderthalb Jahren, als dieses tödliche Spiel begonnen hatte, war er auf dem Platz in der Stadt der Anfänge geblieben und hatte nachgedacht, nein, sich den Kopf zerbrochen, wie er vorgehen sollte, um das hier lebendig zu überstehen. Am sichersten wäre es gewesen, keinen Schritt aus der Stadt der Anfänge hinaus zu tun. Sämtliche

Städte waren durch den Antikriminalitätscode absolut geschützt, und solange er innerhalb dieses Bereichs blieb, würde sein digitalisiertes Leben, seine HP-Leiste nicht einen Pixel verlieren.

Aber als Onlinespieler und Sportler in der Wirklichkeit wusste Schmitt, dass sich Regeln bisweilen ändern konnten. Wie konnte man da mit Sicherheit davon ausgehen, dass die *SAO*-Regel, Städte seien sichere Gebiete, für immer gültig sein würde, bis zu dem Moment, in dem das Spiel beendet wurde? Was, wenn eines Tages die Städte keine sicheren Zonen mehr waren und von allen Toren eine Flut von Monstern hereinstürmen würde? Die Spieler, die bis dahin nie die Stadt der Anfänge verlassen und somit auch keinen einzigen Erfahrungspunkt verdient hatten, wären vollkommen hilflos.

Um zu überleben, musste er also stärker werden. Und das auf sicherem Wege, ohne auch nur das geringste Risiko einzugehen.

Nachdem er einen ganzen Tag lang hin und her überlegt hatte, hatte er sich dazu entschieden, »widerstandsfähig« zu werden.

Zuerst war er zu einem Waffenhändler gegangen und hatte sich die robusteste Rüstung und den massivsten Schild beschafft, die er sich hatte leisten können. Mit dem restlichen Geld hatte er sich eine lange Stangenwaffe gekauft. Dann hatte er aus den zahlreichen Gruppen, die am Nordtor der Stadt nach Mitgliedern gesucht hatten, diejenige ausgewählt, die am meisten Wert auf Sicherheit zu legen schien, und war zu ihnen gestoßen. Bei ihrer ersten Jagd hatten sie zu zehnt kleine Wildschweine, die schwächsten Monster in *SAO*, umzingelt und getötet.

Seitdem hatte sich Schmitt beim Sammeln von Erfahrungspunkten darauf konzentriert, den geringen Verdienst bei den Jagden mit Zeit auszugleichen. So war seine Methode, hochzuleveln, zwar bei Weitem nicht so wirkungsvoll wie die der Beater, die unablässig in kleinen Gruppen oder solo Jagd auf risikoreiche Feinde machten, aber seine fortwährende Fixiertheit auf »Widerstandsfähigkeit« beförderte ihn schließlich in die Position eines Leiters bei der Heiligen Drachenallianz, einer der stärksten Frontkämpfer-Gilden.

Seine Anstrengungen hatten sich ausgezahlt, inzwischen machten seine maximalen HP, die Abwehrkraft seiner Rüstung und seine verbesserten Defensiv-Skills ihn zu einem der zähesten Kämpfer von ganz Aincrad.

Mit der riesigen Lanze in seiner rechten Hand und dem Turmschild in der linken konnte er einem frontalen Angriff von drei Mobs auf dem gleichen Level dreißig Minuten selbstsicher standhalten. Von Schmitts Warte aus mussten die Damage Dealer in papierdünner Lederrüstung und mit einem Build, der rein auf Angriff-Skills ausgelegt war – wie etwa der schwarz gekleidete Solospieler, den er ein paar Stunden zuvor getroffen hatte –, nicht ganz bei Trost sein. In der Tat gehörten die am ganzen Körper dick gepanzerten Tanks zu den Builds mit der niedrigsten Todesrate. Da es ihnen natürlich an Angriffskraft fehlte, war es für Tanks unerlässlich, großen Gruppen beizutreten.

Jedenfalls hatte Schmitt endlich die ultimative Widerstandsfähigkeit erlangt, um die Angst vor dem Tod auszumerzen. So hätte es zumindest sein sollen.

Aber nun war ein Mörder aufgetaucht, der auch seine gewaltige Menge HP, seine starke Rüstung und seine Defensiv-

Skills umgehen konnte. Und noch dazu hatte dieser es mit klarem Vorsatz auf ihn abgesehen.

Ein Geist? Auch er glaubte das nicht ernsthaft ... oder?

Nein, selbst da war er sich nicht mehr ganz sicher. Wie schwarzer Nebel hatte dieser Todesgott die bisher unumstößliche Regel des Antikriminalitätscodes umgangen und einfach mit einem winzigen Speer und einem Dolch zwei Leben ausgelöscht. War das denn etwa nicht ein digitaler Geist, der sich durch ihren tiefen Groll im Augenblick ihres Todes durch das NerveGear auf den Server gebrannt hatte?

In dem Fall würden ihn weder die massiven Schlossmauern noch das Schloss an der schweren Tür noch die Unantastbarkeit der Gildenbasis schützen.

Sie würde kommen. Heute Nacht, sobald er eingeschlafen war, würde sie kommen. Und dann würde sie ihn mit der dritten widerhakenbesetzten Waffe erstechen und ihn des Lebens berauben.

Er saß auf dem Bett, den Kopf in die silbernen Panzerhandschuhe gestützt, und dachte angestrengt nach.

Es gab nur noch einen einzigen Weg, ihrer Rache zu entkommen.

Er würde um Vergebung bitten. Auf Knien, die Stirn auf den Boden gepresst, würde er Abbitte leisten, bis ihr Zorn beschwichtigt war. Er würde seine eigene, seine einzige Sünde beichten, die er vor einem halben Jahr aus dem Wunsch nach noch mehr Stärke oder vielmehr Widerstandsfähigkeit und dem Wechsel zu einer stärkeren Gilde begangen hatte. Selbst ein echter Geist würde ihm dann sicher vergeben. Schließlich war er nur dazu angestiftet worden. Er hatte sich von schönen Worten einwickeln lassen, war vom Teufel geritten worden und hatte sich zu einem kleinen Verbrechen hinreißen lassen – eigentlich war es nicht einmal ein Verbrechen gewesen, sondern eher ein kleiner Verstoß gegen die Umgangsformen. Er hatte doch nicht ahnen können, dass er zu solch einer Tragödie führen würde.

Schmitt stand schwankend auf, öffnete sein Inventar und entnahm einen Teleport-Kristall aus seinem großen Vorrat für Notfälle. Kraftlos packte er den Kristall und atmete tief durch, dann murmelte er heiser: »Teleport … Ralberg.«

Blaues Licht nahm sein Blickfeld ein, und als es wieder verblasste, stand er inmitten der Nacht.

Es war nach zehn Uhr abends, und noch dazu war es eine abgelegene Ebene, die bereits vor längerer Zeit erobert worden war, daher war kein anderer Spieler auf dem Teleport-Platz der 19. Ebene zu sehen. Die Rollläden der Läden ringsum waren fest geschlossen, und nicht einmal NPCs gingen umher. Kurz überkam ihn die Vorstellung, er sei nicht innerhalb einer Stadt, sondern im äußeren Gebiet gelandet.

Vor nur einem halben Jahr hatte die Gilde Goldener Apfel im Randgebiet dieser Kleinstadt ihre kleine Basis gehabt. Es hätte ein vertrauter Anblick sein müssen, doch Schmitt hatte das Gefühl, als würde der Ort selbst ihn abweisen.

Er erzitterte unter seiner dicken Rüstung und zwang seine wackeligen Beine zur Bewegung Richtung Ortausgang.

Sein Ziel lag auf einem kleinen Hügel, etwa zwanzig Minuten Fußmarsch von der Kleinstadt entfernt. Natürlich war es im äußeren Gebiet, in dem kein Antikriminalitätscode aktiv war. Doch Schmitt hatte einen Grund, aus dem er unbedingt hierherkommen musste. Ihm fiel nichts anderes mehr ein, um von diesem Todesgott in Schwarz freigegeben zu werden.

Nachdem sich Schmitt den Hügel hinaufgeschleppt hatte, starrte er schaudernd aus einem Stück Entfernung auf etwas unter dem einsamen, knorrigen Baum auf dem Gipfel.

Es war ein verwitterter, moosbewachsener Grabstein. Das Grab der verstorbenen Anführerin von Goldener Apfel und Schwertkämpferin Griselda. Diffuses Mondlicht fiel auf den Grabstein und warf einen kreuzförmigen Schatten auf den trockenen Boden. Dann und wann ließ eine vorüberziehende nächtliche Brise die blattlosen Äste des Baumes knarren.

Ursprünglich waren der Baum und auch der Grabstein nur simple Geländeobjekte gewesen. Landschaftliche Dekoration, die ein Spieledesigner ohne besonderen Hintergedanken hier platziert hatte. Doch an dem Tag, als sich Goldener Apfel aufgelöst hatte, einige Tage nach Griseldas Ermordung, hatten die restlichen sieben Mitglieder entschieden, dass dies ihr Grab sein sollte, und hier ihr Langschwert begraben – genauer gesagt, sie hatten es an den Grabstein gestellt und die Haltbarkeit ablaufen lassen, bis es verschwand.

Daher hatte der Grabstein keine Inschrift. Doch Schmitt fiel kein anderer Ort ein, um Griselda um Verzeihung zu bitten.

Schmitt fiel auf die Knie und näherte sich dem Grab auf allen vieren.

Er presste seine Stirn auf den steinigen Boden, seine Zähne klapperten laut, bis er all seinen Willen zusammennahm und mit unerwartet deutlicher Stimme anfing zu sprechen.

»Entschuldige ... es tut mir leid ... bitte vergib mir, Griselda! Ich ... Ich hätte nie gedacht, dass es so kommen würde ... Ich hätte nie erwartet, dass du am Ende getötet werden würdest!«

»Wirklich ...?«

Eine Stimme. Die seltsam hallende Stimme einer Frau, die aus den Tiefen der Erde zu ihm heraufklang.

Verzweifelt versuchte er sein schwindendes Bewusstsein zu beherrschen und hob furchtsam den Blick.

Aus dem Schatten des knorrigen Baumstammes löste sich lautlos eine schwarze Gestalt. Ein tiefschwarzer Kapuzenumhang. Schlaff herunterbaumelnde Ärmel. In der Dunkelheit der Nacht war das Innere der Kapuze nicht zu erkennen.

Doch Schmitt spürte deutlich den kalten Blick, der ihn daraus traf. Er presste sich beide Hände auf den Mund, um einen Schreckensschrei zu unterdrücken, und bekräftigte panisch: »Wi... Wirklich. Ich habe überhaupt keine Informationen bekommen. Ich ... Ich habe doch bloß, wie man mir gesagt hat, eine kleine ... nur eine ganz kleine ...«

»Was hast du getan ...? Was hast du mir angetan, Schmitt ...?«

Schmitts weit aufgerissene Augen erkannten eine dunkle, dünne Linie, die aus dem rechten Ärmel des Umhangs glitt.

Es war ein Schwert, jedoch außerordentlich schmal – ein Estoc, eine Spießwaffe für den Nahkampf, die kaum jemand benutzte. Aus der konischen Klinge, die an eine große Nadel erinnerte, wuchsen in einer dichten Spirale kleine Dornen.

Es war die dritte Waffe mit Widerhaken.

Ein spitzer Schrei entschlüpfte Schmitts Kehle, und er drückte immer wieder seine Stirn auf den Boden.

»Ich ...! Ich habe doch nur ... An dem Tag, als wir den Verkauf des Rings entschieden haben, fand ich in meiner

Gürteltasche auf einmal eine Notiz und einen Kristall … und darauf standen die Anweisungen …«

»Von wem, Schmitt?«

Dieses Mal war es eine männliche Stimme gewesen.

»Anweisungen von wem …?«

Schmitt erstarrte, sein Nacken verkrampfte sich.

Mit Mühe gelang es ihm, den Kopf zu heben, der jetzt so schwer wie eine Eisenkugel zu sein schien, und er sah für einen kurzen Moment auf. Gerade als ein zweiter Todesgott aus dem Schatten des Baumes auftauchte. Er trug einen identischen schwarzen Kapuzenumhang, aber er war etwas größer als die erste Gestalt.

»Grimlock …?«

Sofort senkte er wieder den Blick und ächzte kaum hörbar: »Bist du … bist du etwa auch tot …?«

Der Todesgott antwortete nicht, sondern trat nur lautlos einen Schritt vor. Aus der Kapuze ertönte eine unheimlich verzerrte Stimme.

»Wer war es … Wer hat dich angestiftet …?«

»Ich … ich weiß es nicht! Wirklich nicht!«, rief Schmitt mit sich überschlagender Stimme.

»Auf … auf der Notiz stand nur ›Folge Griselda‹ und … dass ich mich in ihr Zimmer schleichen sollte, wenn sie im Gasthaus eingecheckt hätte und zum Essen ausgegangen wäre, die Position im Korridor-Kristall speichern und ihn dann in das gemeinsame Inventar der Gilde packen sollte. Mehr habe ich nicht getan! Ich habe Griselda kein Haar gekrümmt! Ich … ich hätte doch nie gedacht, dass nicht nur der

Ring gestohlen werden würde, sondern ... sondern sie getötet werden würde!«

Während er sich verzweifelt zu erklären versuchte, regten sich die zwei Todesgötter nicht. Die nächtliche Brise bewegte den kahlen Baumwipfel und die Säume der beiden Umhänge.

Schmitt war vollkommen starr vor Angst, doch in seinem Geist flackerte eine flüchtige Erinnerung auf.

Als er an jenem Tag vor einem halben Jahr das Pergament aus seiner Gürteltasche genommen und einen Blick darauf geworfen hatte, war sein erster Gedanke gewesen, dass es verrückt wäre. Gleichzeitig war er jedoch erstaunt gewesen, wie gewieft die Methode war.

Die Einzelzimmer in Gasthäusern wurden vom System verriegelt, aber Freunde und Gildenmitglieder konnten die Tür standardmäßig aufschließen, sofern der Zimmerbewohner nicht schlief. Machte man sich das zunutze, um den Ausgang eines Korridor-Kristalls in ihrem Zimmer einzurichten, konnte man abwarten, bis sie schlief, und sich dann hineinschleichen. Dann musste man ihr nur noch eine Handelsanfrage schicken und ihre Hand bewegen, um die Anfrage anzunehmen, den Ring auszuwählen und den Handel zu bestätigen.

Zwar bestand das Risiko, entdeckt zu werden, doch Schmitt hatte intuitiv erkannt, dass es die einzige Methode war, einem Spieler innerhalb der sicheren Zone ein Item zu stehlen. Sein Honorar, das am Ende der Nachricht vermerkt gewesen war, sollte die Hälfte des Gewinns aus dem Verkauf des Ringes sein. Wenn es ihm gelänge, würde er auf Anhieb die vierfache Summe erhalten, und falls es fehlschlagen sollte und sie während des Handels aufwachen sollte, würde sie nur den Absender der

Notiz, also den eigentlichen Dieb des Ringes zu Gesicht bekommen. Falls der ihm danach irgendetwas anhängen wollte, konnte er einfach so tun, als wüsste er von nichts. Wenn er sich nur in das Gasthaus schlich und die Portalkoordinaten speicherte, konnte man ihm nichts nachweisen.

Schmitt hatte gezögert, doch schon sein Zögern war ein Betrug an der Gilde und ihrer Anführerin gewesen. Er tat das alles nur, um sich mit einem Schlag zu den Frontkämpfern emporzuarbeiten. Er hatte sein Handeln damit gerechtfertigt, dass er letztendlich auch Griselda helfen würde, wenn er so seinen Beitrag leistete, das Spiel zu beenden, und hatte die Anweisungen auf der Notiz befolgt.

Am darauffolgenden Abend hatte Schmitt erfahren, dass sie getötet worden war. Und einen Tag später hatte er einen Lederbeutel mit der versprochenen Summe an Goldmünzen auf seinem Bett gefunden.

»Ich ... hatte Angst! Wenn ich den anderen von der Nachricht erzählt hätte, wäre ich vielleicht der Nächste gewesen ... Also, ich weiß wirklich nicht, wer die geschrieben hat! Bitte vergebt mir, Griselda, Grimlock! Es war nicht meine Absicht, bei einem Mord zu helfen, bitte glaubt mir!«, rief Schmitt schrill und drückte immer wieder seine Stirn auf den Boden.

Für eine Weile heulte nur der Wind und ließ die Äste knarren.

Als sich der Wind wieder legte, erklang die Frauenstimme, nun ganz ohne das gespenstische Echo.

»Wir haben alles aufgezeichnet, Schmitt.«

Er kannte diese Stimme – erst vor Kurzem hatte er sie gehört. Vorsichtig hob er den Kopf und riss dann fassungslos beide Augen weit auf.

Die schwarze Kapuze wurde raschelnd zurückgeschlagen und enthüllte das Gesicht der Person, die durch eben diesen Todesgott getötet worden sein sollte. Welliges, dunkelblaues Haar wogte sanft im Wind.

»Yolko ...?«, wisperte Schmitt erstickt.

Als auch der zweite Todesgott sein Gesicht entblößte, flüsterte Schmitt halb ohnmächtig: »Kains ...«

10

»Du meinst, sie leben noch ...?!«, entfuhr es Asuna vor Überraschung.

Ich nickte langsam. »Ja, sie leben. Yolko und auch Kains.«

»Aber ... aber ...« Sie tat ein paar flache Atemzüge, dann verschränkte sie die Hände auf den Knien und protestierte heiser: »Aber wir haben es doch gestern Abend selbst gesehen. Wie Kains mit dem Speer in der Brust aus dem Fenster hing und ... *gestorben* ist.«

»Nein.« Ich schüttelte entschieden den Kopf. »Wir haben gesehen, wie Kains' Avatar sich in Polygonsplitter aufgelöst hat und in einem blauen Licht *verschwunden* ist.«

»Aber genauso sieht der Tod in dieser Welt doch auch aus?«

»Erinnerst du dich? Als Kains gestern aus dem Fenster hing, hat er einen Punkt in der Luft angestarrt«, sagte ich, indem ich meinen erhobenen Zeigefinger vor mein Gesicht hielt. Asuna nickte leicht.

»Er hat auf seine HP-Leiste geschaut, oder? Wie sie durch den DoT langsam sank ...«

»Das habe ich auch gedacht. Aber das war es nicht. Er hat eigentlich nicht auf seine HP-Leiste gesehen, sondern auf die Haltbarkeit seiner Rüstung.«

»Die Haltbarkeit?!«

»Ja. Als wir heute Morgen getestet haben, was mit dem Spießschaden in der sicheren Zone passiert, habe ich den Handschuh ausgezogen, weißt du noch? In einer sicheren Zone fallen die HP eines Spielers nicht, egal, was man macht. Aber die Haltbarkeit von Objekten läuft ab ... genau wie das Sandwich vorhin. Natürlich läuft die Haltbarkeit von Rüstungen nicht wie bei Essen einfach so in der Stadt ab – solange sie nicht beschädigt ist. Verstehst du, der Speer hatte Kains' Rüstung durchbohrt. Der Speer hat nicht seine HP, sondern die Haltbarkeit seiner Rüstung verringert.«

Asuna hatte mit gerunzelter Stirn meiner Erklärung gelauscht, jetzt riss sie überrascht die Augen auf. »Dann ... dann war das, was da zersplittert und auseinandergeflogen ist, nicht sein Körper ...«

»Genau. Es war nur seine Rüstung. Es kam mir von Anfang an komisch vor. Warum sollte er in dieser schweren Rüstung zu einer Verabredung zum Essen aufkreuzen? Eben damit der Explosionseffekt der Polygone möglichst aufsehenerregend wäre. Also hat er den Moment abgepasst, in dem die Rüstung zerbrach, und dann ...«

»... hat er sich mit einem Kristall teleportiert«, beendete Asuna leise meinen Satz, die Lider geschlossen, als würde sie die Szene vor ihrem inneren Auge wiederholen. »Und das Ergebnis waren ein blaues Licht, umherfliegende Polygonsplitter und das Verschwinden eines Spielers ... Es war dem Todes-Effekt extrem ähnlich und doch etwas vollkommen anderes.«

»Ja. Wahrscheinlich hat sich Kains selbst außerhalb der Stadt den Speer durch die Rüstung in die Brust gestochen. Dann hat er sich mit einem Korridor-Kristall in das Obergeschoss der Kirche teleportiert, das Seil um seinen Hals gelegt und ist aus dem Fenster gesprungen, kurz bevor die Rüstung zerstört war. Genau in dem Moment, als die Rüstung zerbrach, hat er sich mit einem Kristall teleportiert ... so oder so ähnlich wird es wohl gewesen sein.«

»So war das also ...« Asuna nickte langsam und stieß mit immer noch geschlossenen Augen einen langen Seufzer aus. »Dann muss Yolkos Verschwinden gestern Abend der gleiche Trick gewesen sein ... Verstehe ... Sie lebt also ...«

Ihr Mund formte stumm die Worte »Ein Glück«, aber dann biss sie sich auf die Lippe.

»Also, sie war zwar ganz schön dick angezogen, aber wann hat sie sich mit dem Wurfdolch gestochen? In der Stadt wäre sie vom Code daran gehindert worden, sie hätte nicht einmal ihren Körper damit verletzen können.«

»Er steckte von Anfang an dort«, antwortete ich sofort. »Erinnere dich mal an die Situation zurück. Seitdem wir mit Schmitt den Raum betreten hatten, hat sie uns nicht ein einziges Mal den Rücken zugewandt. Sobald wir ihr geschrieben haben, dass wir zu ihr kommen würden, muss sie sofort ins äußere Gebiet gerannt sein, wo sie sich den Dolch in den Rücken gestochen hat, einen Mantel oder Umhang ausgerüstet hat und so ins Gasthaus zurückgekehrt ist. Bei ihren langen Haaren und so dicht, wie sie an der Lehne des Sofas saß, war das Heft eines so kleinen Dolches nicht zu sehen. Während unseres Gesprächs hat sie die Haltbarkeit ihrer Kleidung im Blick behalten, ist dann im passenden Moment rückwärts zum Fenster gegangen und hat gegen die Wand getreten oder so, um den entsprechenden Soundeffekt zu erzeugen, bevor sie sich mit dem Rücken zu uns gedreht hat. Für uns sah es einfach so aus, als hätte sie in diesem Moment von draußen der Dolch getroffen.«

»Und dann hat sie sich aus dem Fenster fallen lassen ... damit wir das Stimmkommando für den Teleport nicht hören, schätze ich. Was bedeutet, die Person im schwarzen Umhang, die du verfolgt hast ...«

»Ich wette, es war nicht Grimlock, sondern Kains«, schlussfolgerte ich.

Asuna wandte ihren Blick zum Himmel und seufzte. »Also war Grimlock nicht der Täter, sondern das Opfer ... oh, aber warte mal.« Sie runzelte die Stirn und lehnte sich vor. »Wir sind doch gestern Abend extra zum Monument des Lebens im Eisernen Palast gegangen, um sicherzugehen. Kains' Name war ganz sicher durchgestrichen. Der Todeszeitpunkt stimmte genau, und sogar die Ursache war eine Spießverletzung.«

»Erinnerst du dich noch, wie dieser Kains geschrieben wurde?«

»Ähm ... Ich meine, es war K-a-i-n-s.«

»Richtig, wie Yolko es uns gesagt hat. Und wir haben es ohne Weiteres geglaubt. Aber ... hier, sieh mal.«

Ich reichte Asuna das Pergament, das mich erst zu dieser Reihe von Schlussfolgerungen geführt hatte. Es war die Liste der Goldener-Apfel-Mitglieder, die Schmitt wenige Stunden zuvor aufgeschrieben hatte.

Asuna streckte die Hand aus und nahm es entgegen. Nachdem sie einen Blick darauf geworfen hatte, rief sie überrascht: »Caynz ...?! So wird Kains' Name eigentlich geschrieben?«

»Bei einem Buchstaben könnte Schmitt sich ja einfach vertan haben, aber es ist doch unwahrscheinlich, dass er gleich bei drei Buchstaben daneben liegt. Also hat uns Yolko absichtlich eine falsche Schreibweise mitgeteilt. Um uns fälschlicherweise glauben zu lassen, die Angabe vom Tod des Kains mit K würde für den Caynz mit C gelten.«

»Also heißt das ...« Asuna dämpfte mit angespannter Miene ihre Stimme. »Als wir vor der Kirche den simulierten Tod vom Caynz mit C beobachtet haben, ist im gleichen Augenblick irgendwo in Aincrad der Kains mit K an einer Spießverletzung gestorben? So einen Zufall kann es doch gar nicht geben, oder? Sie haben doch wohl nicht ...«

»Nein, nein.« Ich grinste und winkte ab. »Das heißt nicht, dass Yolko und ihre Komplizen den Kains mit K mit dem richtigen Timing getötet haben. Weißt du noch, die Angabe des Todeszeitpunkts auf dem Monument des Lebens lautete ›22. Tag im Monat der Kirschblüte, 18:27 Uhr‹. Und gestern war das zweite Mal, dass wir in Aincrad den 22. Tag im Monat der Kirschblüte, kurz gesagt, den 22. April hatten.«

»Ah ...!«

Asuna verschlug es für einen Moment die Sprache, dann lächelte sie ebenso matt. »Meine Güte. Daran habe ich überhaupt nicht gedacht. Es war letztes Jahr. Im letzten Jahr am gleichen Tag, zur gleichen Zeit ist der Kains mit K gestorben, ohne dass es auch nur irgendetwas mit dieser Sache zu tun hatte ...«

»Ja. Vermutlich war das der Ausgangspunkt für ihren Plan.«

Ich atmete tief durch und fasste meine Gedanken zusammen. »Yolko und Caynz haben in einem frühen Stadium herausgefunden, dass ein Unbekannter, dessen Name genauso klingt wie Caynz, im April letzten Jahres gestorben ist. Vielleicht war es am Anfang einfach nur eine interessante Anekdote. Aber irgendwann hatte einer von beiden die Idee, dass sie diesen Zufall nutzen könnten, um Caynz' Tod vorzutäuschen. Und es sollte kein gewöhnlicher Tod im Kampf gegen ein Monster sein … sie wollten dazu auch noch einen schrecklichen Mord in der sicheren Zone inszenieren.«

»Tja, damit haben sie uns auf jeden Fall beide gründlich reingelegt. Eine Todesanzeige von einem Fremden mit dem gleichen Namen, die Zerstörung einer Rüstung in der sicheren Zone durch DoT und ein gleichzeitiger Teleport mit einem Kristall … diese drei Faktoren zusammen ließen den PK in der sicheren Zone äußerst real wirken … Und all das …«, nun senkte sie ihre Stimme zu einem Flüstern, »um den Täter hinter dem Ring-Vorfall in die Enge zu treiben und ans Licht zu bringen. Yolko und Caynz haben es sich zunutze gemacht, dass sie selbst im Verdacht standen, Täter zu sein, und ihren eigenen Mord inszeniert. So haben sie einen gespenstischen Rächer erschaffen. Einen Todesgott, der den Antikriminalitätscode umgehen kann und PK in der sicheren Zone zustande bringt … Und derjenige, der von Angst gepackt wurde, war …«

»Schmitt.«

Ich nickte und strich mir mit dem Finger über das Kinn. »Wahrscheinlich hatten sie ihn von Anfang an irgendwie im Verdacht. Schmitt ist von der – wenn ich sagen darf – mittelmäßigen Gilde Goldener Apfel direkt in die Heilige Drachenallianz, eine der größten Front-Gilden, gewechselt. Das ist schon wirklich außergewöhnlich. Zumindest ohne einen rapiden Anstieg der Level oder eine plötzliche Verbesserung der Ausrüstung ...«

»Vor allem hat die HDA auch strenge Aufnahmeregeln. Aber bedeutet das dann, dass er der Täter im Ring-Vorfall war ...? Hat er Griselda getötet und den Ring gestohlen ...?«

Asuna, die Schmitt bei den Strategiebesprechungen der Raid-Gruppen schon oft begegnet war, sah mich mit angespanntem Blick an.

Ich rief mir das Bild des Lanzenkämpfers wieder ins Gedächtnis und wiegte nachdenklich den Kopf. »Keine Ahnung. Es gäbe schon Gründe, ihn zu verdächtigen ... Aber wenn du mich fragst, ob er wie ein Red Player wirkt ...«

In *SAO* hatten die Killer, sogenannte Red Players, eine ganz eigene Ausstrahlung. In gewisser Weise war das auch selbstverständlich. Das Töten anderer Spieler erschwerte das Bezwingen des Spiels nur noch mehr. Überspitzt gesagt, legten die Red Players also keinen Wert darauf, das Spiel wieder verlassen zu können – im Gegenteil, vielleicht hofften sie sogar, dieses Spiel auf Leben und Tod würde für immer andauern.

Diese düsteren Sehnsüchte äußerten sich zwangsläufig in ihren Worten und Taten. Doch bei Schmitt, der aus tiefster Seele vor dem schwarzen Todesgott Angst hatte und uns sogar um Geleit bis zur Gildenbasis gebeten hatte, verspürte ich nicht den Wahnsinn der Reds.

»Ich bin mir nicht sicher. Aber wir können zumindest mit Bestimmtheit sagen, dass er irgendwas mit der ganzen Sache zu tun hat ...«, murmelte ich, und Asuna nickte zustimmend.

Sie lehnte sich in ihrem Stuhl zurück und blickte in den Himmel über der Stadt. Die Bar auf der anderen Straßenseite schien sie völlig vergessen zu haben.

»Wie dem auch sei, Schmitt sitzt gerade richtig in der Klemme. Er glaubt, dass es da draußen einen Rächer gibt, vor dem er selbst in der sicheren Zone ... nicht einmal in seinem Zimmer in der Gildenbasis sicher ist. Ich frage mich, was er jetzt tun wird.«

»Falls er beim Ring-Vorfall einen Komplizen hatte, wird er den vermutlich kontaktieren. Darauf haben es wohl auch Yolko und Caynz abgesehen. Aber wenn auch Schmitt nicht weiß, wo sich sein Komplize aufhält ... hm ... Ich an seiner Stelle ...«

Was würde ich tun? Wenn ich einer flüchtigen Begierde nachgegeben und einen Spieler getötet hätte und mein Handeln später bereuen würde, was konnte ich dann tun?

Ich hatte in dieser Welt noch nie direkt einem anderen Spieler das Leben genommen. Aber es waren schon Freunde durch meine Schuld zu Tode gekommen. Noch jetzt bereute ich bitter, dass durch meine Dummheit und mein schäbiges Geltungsbedürfnis die gesamte Gilde meiner Freunde ausgelöscht worden war. Ich hatte einen kleinen Baum im Garten hinter dem Gasthaus, das die Gilde als provisorische Basis genutzt hatte, zu ihrem Grabmal bestimmt. Auch wenn es keine Wiedergutmachung war, brachte ich hin und wieder Getränke oder Blumen zu ihrem Grab. Wahrscheinlich würde auch Schmitt ...

»Falls Griselda ein Grab hat, wird er dorthin gehen und um Vergebung bitten.«

Als hätte sie die Veränderung in meinem Tonfall wahrgenommen, sah mich Asuna direkt an und lächelte sanft. »Ja. Das würde ich auch machen. In der Gildenbasis der Ritter des Blutschwurs steht ein Grabmal für die Mitglieder, die in den bisherigen Bosskämpfen gestorben sind ... Stimmt, sicher sind auch Yolko und Caynz dort ... bei Griseldas Grab und warten darauf, dass Schmitt auftaucht ...« Sie verstummte, und ihre Miene verfinsterte sich.

»Was ist denn?«

»Nichts ... Mir kam nur gerade ein Gedanke. Was, wenn Griseldas Grab im äußeren Gebiet liegt? Wenn Schmitt dorthin geht, um sich zu entschuldigen, würden ihm Yolko und Caynz so einfach vergeben? Ich kann es mir zwar nicht vorstellen, aber könnten sie sich nicht vielleicht dort an ihm rächen wollen ...?«

Bei dieser unerwarteten Äußerung erstarrte ich für einen Moment.

Es war nicht vollkommen auszuschließen. Yolko und Caynz hegten immerhin einen solchen Groll auf den Täter des Ring-Vorfalls, dass sie derart komplexe »Morde in der sicheren Zone« inszeniert hatten. Sie hatten wenigstens zwei Teleport-Kristalle und möglicherweise auch einen Korridor-Kristall benutzt. Für ihr Level waren das gewaltige Ausgaben. Würden sie sich nach all diesen Vorkehrungen mit einer einfachen Entschuldigung zufriedengeben ...?

»Oh ... nein ... verstehe ...«

Plötzlich kam mir ein Gedanke, und ich schüttelte den Kopf. »Nein, werden sie nicht. Sie werden Schmitt nicht töten.«

»Wie kannst du dir da so sicher sein?«

»Du hast doch Yolko immer noch in deiner Freundesliste? Du hast keine Meldung bekommen, dass sie dich aus ihrer Liste gelöscht hat, oder?«

»Oh, jetzt wo du's sagst, stimmt. Ich habe ihr den zweiten Mord im Gasthaus so abgekauft, dass ich dachte, sie sei automatisch aus meiner Liste verschwunden. Aber wenn sie noch lebt, müsste sie immer noch eingetragen sein.«

Asuna rief ihr Menüfenster mit einem Wink ihrer linken Hand auf und bediente es schnell, dann nickte sie. »Sie ist tatsächlich immer noch in meiner Liste. Hätte ich das nur früher gesehen, dann hätten wir bemerkt, dass es alles ein Trick war ... Aber warum hat Yolko dann überhaupt meine Freundschaftsanfrage angenommen? Das hätte doch ihren ganzen Plan zunichtemachen können, oder nicht?«

»Ich schätze mal ...«, ich schloss meine Augen und führte mir die Frau mit den dunkelblauen Haaren vor Augen, »zum einen als eine Art Entschuldigung dafür, dass sie uns dabei getäuscht hat, und zum anderen, weil sie uns vertraut. Darauf, dass wir ihren wahren Plan schlussfolgern würden, wenn wir sie in deiner Freundesliste bemerken würden, und ihnen dann nicht in die Quere kommen würden, wenn sie Schmitt herauslocken. Asuna, sieh doch mal nach ihrer Position«, sagte ich und öffnete die Augen.

Asuna nickte und tippte wieder auf ihrem Menüfenster herum.

»Sie ist gerade im äußeren Gebiet auf der 19. Ebene. Auf einem kleinen Hügel ein Stück außerhalb der Hauptstadt. Dann muss dort ...«

»... das Grab von der Goldener-Apfel-Anführerin Griselda sein. Und Caynz und Schmitt sollten auch dort sein. Falls Schmitt dort sterben sollte, wüssten wir, dass Yolko und Caynz ihn getötet haben. Also werden sie das wohl kaum tun.«

»Und ... umgekehrt? Wäre es nicht möglich, dass Schmitt die beiden tötet, damit sie nicht weitersagen können, dass er in den Ring-Vorfall verwickelt war ...?«, fragte Asuna noch besorgter.

Ich dachte kurz darüber nach und schüttelte dann erneut den Kopf. »Nein ... auch das würde ans Licht kommen. Außerdem würde er es nicht ertragen, aus der Raid-Gruppe geworfen zu werden, wenn er zum Orange oder Red Player wird. Also glaube ich nicht, dass wir uns Sorgen machen müssen, dass einer den anderen töten wird ... Lassen wir sie einfach mal machen. Unsere Rolle in diesem Fall ist beendet. Wir haben uns von ihnen total an der Nase herumführen lassen ... aber ich bin ihnen nicht böse.«

Asuna dachte eine Weile darüber nach, bevor sie mir lächelnd zustimmte.

Doch zu diesem Zeitpunkt konnten Asuna und ich nur die Hälfte der Wahrheit sehen.

Die Sache war noch lange nicht vorbei.

11

Auch diese Geschichte hörte ich erst später.

Schmitt stockte vor lauter Schreck der Atem, als er zwischen den Gesichtern der beiden Spieler, die unter den schwarzen Umhängen aufgetaucht waren, hin und her sah.

Die Todesgötter, die er für Griselda und Grimlock gehalten hatte, waren in Wahrheit Yolko und Caynz. Doch das änderte nichts daran, dass diese beiden bereits tot sein sollten. Von Caynz' Tod hatte er nur gehört, aber Yolko hatte er erst wenige Stunden zuvor mit eigenen Augen sterben sehen. Sie war durchbohrt worden von einem schwarzen Dolch, der durch das Fenster geflogen war, und war auf die Straße hinuntergestürzt, wo ihr Avatar zerschellt war.

Für einen Augenblick glaubte er, tatsächlich Geister vor sich zu haben, und wäre wirklich fast in Ohnmacht gefallen, doch Yolkos Worte, kurz bevor sie ihr Gesicht enthüllt hatte, retteten gerade noch sein Bewusstsein.

»Auf...gezeichnet ...?«, krächzte er heiser.

Zur Antwort zog Yolko ihre Hand unter dem Umhang hervor und zeigte ihm deren Inhalt. Sie hielt einen hellgrün leuchtenden, achtkantigen Kristall. Es war ein Aufnahme-Kristall.

Ein Geist würde wohl kaum ein Item benutzen, um ein Gespräch aufzuzeichnen.

Mit anderen Worten, Yolkos und auch Caynz' Tode waren nur vorgetäuscht gewesen. Er konnte sich nicht vorstellen, wie sie das zuwege gebracht hatten, aber indem die beiden ihren eigenen Tod inszeniert hatten, hatten sie einen fiktiven Rächer erschaffen, um einen Dritten in die Enge zu treiben, der ihre Rache wahrhaftig verdient hatte. Und nun hatten sie eine Aufzeichnung, wie dieser Dritte, getrieben von seiner Furcht, seine Sünden gebeichtet und um Vergebung gefleht hatte. Es war alles geplant gewesen, um diesen weit zurückliegenden Mord aufzuklären.

»So ... war das also ...«, wisperte Schmitt tonlos, nachdem er endlich die Wahrheit erkannt hatte, und sank kraftlos in sich zusammen.

Er hatte sich voll hereinlegen lassen, sogar einen Beweis für seine Sünde hatten sie ihm abgeknöpft, doch er war nicht wütend darüber. Er spürte nur Erstaunen über Yolkos und Caynz' Rachsucht und ihre tiefe Verehrung für Griselda.

»Ihr beiden ... habt ihr sie so sehr ...«, murmelte er.

Ruhig erwiderte Caynz: »Du doch auch, oder?«

»Wie ...?«

»Du hast es doch auch nicht getan, weil du sie gehasst hast, oder? Du warst zwar versessen auf den Ring, aber du hattest nicht vor, ihr zu schaden, stimmt's?«

»Natürlich, das stimmt, bitte glaubt mir.« Schmitt verzog das Gesicht zu einer Grimasse und nickte eifrig.

Was Kampfkraft anbelangte, war er vermutlich stärker als die beiden zusammen. Aber ihm kam nicht einmal der Gedanke, seine Waffe zu ziehen, um die beiden zum Schweigen zu bringen. Wenn er zu einem Red Player verkommen würde, könnte er weder in der Gilde noch bei den Frontkämpfern bleiben. Aber vor allem war er überzeugt, dass er seinen Verstand unwiederbringlich verlieren würde, wenn er Yolko und Caynz jetzt tötete.

Und so wiederholte Schmitt sein damaliges Vergehen in dem vollen Wissen, dass der Aufnahme-Kristall noch immer aktiv war.

»Alles, was ich getan habe ... war, mich im Gasthaus in Griseldas Zimmer zu schleichen und den Ausgang des Portals dort zu speichern. Allerdings konnte ich mir natürlich mit dem Geld, das ich dafür bekommen habe, die seltene Ausrüstung kaufen, dank der ich die Beitrittsbedingungen für die HDA erfüllen konnte ...«

»Und es ist wahr, dass du nicht weißt, von wem die Nachricht kam?«, fragte Yolko streng, worauf er wieder heftig nickte.

»Ich habe immer noch keine Ahnung, wer das war. Mich, euch beide, Griselda und Grimlock ausgeschlossen, müsste es eines der anderen drei Mitglieder gewesen sein ... Danach habe ich nie wieder etwas von demjenigen gehört. Habt ihr nicht jemanden im Auge?«

Auf Schmitts Frage schüttelte Yolko leicht den Kopf. »Die anderen drei sind nach der Auflösung von Goldener Apfel einer ähnlich kleinen Gilde beigetreten und haben normal weitergelebt. Keiner von ihnen hat seltene Ausrüstung oder Spielerhäuser gekauft. Du bist der Einzige, der so einen plötzlichen Aufstieg hingelegt hat, Schmitt.«

»Ich verstehe ...«, brummte Schmitt und sah zu Boden.

In dem Lederbeutel, der nach Griseldas Tod in sein Zimmer gesandt worden war, hatte er eine Summe von Cor gefunden, wie er sie sich bis zu dem Zeitpunkt nicht einmal hatte vorstellen können. Es war genug Geld, um sich im Auktionshaus auf einen Schlag die teuersten, mächtigsten Ausrüstungsgegenstände zu kaufen, von denen er bis dahin nur hatte träumen können.

Um solch eine Geldsumme unberührt im Inventar zu belassen, bräuchte es schon eine stählerne Selbstbeherrschung. Doch vor allem ...

Schmitt hob den Blick, vergaß für einen Augenblick ganz seine missliche Lage und sprach die Frage aus, die in ihm aufgekommen war. »Aber das ist doch seltsam ... Wenn derjenige das Geld gar nicht benutzen wollte, wieso sollte die Person dann sogar Griselda töten, um an den Ring zu kommen ...?«

Überrascht wichen Yolko und Caynz ein Stück zurück.

In Aincrad bestand kaum ein Vorteil darin, Geld im Inventar anzuhäufen. Der Cor wurde ständig von der exakten Regulierung der Droprate durch das Cardinal-System auf einem gleichbleibenden Wert gehalten, daher gab es weder Inflation noch Deflation der Währung. Auch wenn man teure Schwerter oder Rüstungen kaufte, konnte man sie bei sorgfältiger Wartung fast zum Einkaufswert wieder verkaufen, wenn sie irgendwann nicht mehr benötigt wurden. Cor, die nicht ausgegeben wurden, waren sinnlos. Mit anderen Worten ...

»Das bedeutet ... der Absender dieser Notiz war ...« Schmitts Gedanken rotierten, während er versuchte, seine Vermutung in Worte zu fassen. Doch sein gesamtes Bewusstsein war so auf seinen Gedankengang konzentriert, dass er *es* zu spät bemerkte.

»Schm...!«, stieß Yolko heiser aus, da bohrte sich ein kleines Messer von hinten in die Lücke zwischen seinem Brustharnisch und der Halsberge. Es war ein Überraschungsangriff mit einer Kombination aus »Armor Pierce«, einem speziellen Skill kleiner Stichwaffen, und dem »Sneaking«-Skill nichtmetallischer Rüstung.

Nach einem Moment des Schocks fing sich Schmitt wieder dank seiner an der Front trainierten Reaktionsgeschwindigkeit und wollte zurückspringen. Selbst eine aufgeschlitzte Kehle bedeutete in dieser Welt nicht den sofortigen Tod. Da ein vitaler Punkt getroffen worden war, war der Schaden zwar recht hoch, im Verhältnis zu der gewaltigen Menge von Schmitts gesamten HP jedoch zu vernachlässigen.

Aber noch bevor er sich umdrehen konnte, verlor er das Gefühl in beiden Beinen und fiel mit laut scheppernder Rüstung zu Boden. Ein grün blinkender Rahmen umgab seine HP-Leiste: der Lähmungszustand. Als Tank hatte er natürlich auch eine verbesserte Giftwiderstandsfähigkeit, daher musste dieses Gift einen beachtlich hohen Level haben, um dennoch seine Resistenz durchdringen zu können. Wer um alles in der Welt ...

»Einer weniger!«, hörte Schmitt eine kindlich unbekümmerte Stimme sagen und hob mühsam den Blick.

Zuerst sah er mit spitzen Nieten beschlagene, schwarze Lederstiefel. Dann ebenso schwarze, schlanke Hosenbeine. Auch die eng am Körper anliegende Lederrüstung war schwarz. In der rechten Hand ein schmales Messer mit grün benetzter Klinge, die linke Hand steckte in der Tasche.

Der Kopf war von einer schwarzen, sackartigen Maske verhüllt. Nur zwei runde Löcher für die Augen waren herausgeschnitten, und gerade als Schmitt deren begierigen Blick dahinter spürte, tauchte der Spieler-Cursor in seinem Sichtfeld auf. Nicht die vertraute grüne Farbe, sondern ein kräftiges Orange stach ihm ins Auge.

»Ah ...!«

Als Schmitt einen kleinen Aufschrei hinter sich hörte und sich umdrehte, sah er einen kleineren Spieler, der Yolko und Caynz zugleich mit einem sehr dünnen Schwert bedrohte. Auch dieser war ganz in Schwarz gekleidet, doch seine Kleidung bestand nicht aus Leder, sondern eher Stofffetzen, die von seinem ganzen Körper hingen. Im Gesicht trug er eine Maske in Form eines Totenkopfes, in dessen Augenhöhlen kleine rote Lichter glommen. In der rechten Hand hielt er ein Estoc, ähnlich der mit Widerhaken besetzten Waffe von Yolko. Das blutrote Funkeln des Metalls verriet die überragenden Eigenschaften der Waffe.

Der Mann in der Totenkopfmaske streckte seine linke Hand aus und zog der erstarrten Yolko kurzerhand das schwarze Estoc aus der Hand. Er warf einen kurzen Blick auf dessen Klinge und zischte dann mit seltsam scharrender Stimme: »Das Design. Ist gar nicht. Mal schlecht. Das kommt. In meine. Sammlung.«

Schmitt kannte die beiden. Nicht, dass er sie schon mit eigenen Augen gesehen hätte. Aber er erkannte sie wieder von den Ganzkörper-Zeichnungen ganz oben in der schwarzen Liste gefährlicher Spieler, die in der Gildenbasis im Umlauf war.

Sie waren Red Players und damit in gewissem Sinne ein noch größerer Feind der Frontkämpfer als jedes Bossmonster. Und diese Männer gehörten zur Führungsriege der größten und schlimmsten PK-Gilde. Derjenige, der Schmitt mit dem Giftdolch gelähmt hatte, hieß Johnny Black. Der andere mit dem Estoc, der Yolko und Caynz in Schach hielt, war der rotäugige XaXa.

Heißt das etwa, dass auch er hier ist?

Das darf nicht wahr sein. Bitte nicht. Das ist doch ein schlechter Witz.

Doch Schmitts innerliches Flehen wurde von dem knirschenden Geräusch sich nähernder Schritte enttäuscht. Furchtsam wandte er sich um und erkannte mit weit aufgerissenen Augen die Verkörperung des größten Schreckens von Aincrad.

Ein mattschwarzer Poncho, der ihm bis zu den Knien reichte. Eine tief ins Gesicht gezogene Kapuze.

Die träge herabhängende rechte Hand hielt einen massiven, großen Dolch, mit einer Klinge so viereckig wie ein chinesisches Kochmesser und so dunkelrot wie Blut.

»PoH ...«, war das Einzige, was Schmitt mit vor Furcht und Verzweiflung heftig zitternden Lippen hervorbrachte.

Die PK-Gilde Laughing Coffin.

Gegründet worden war sie ein Jahr nach dem Start dieses tödlichen Spiels namens *SAO*. Bis dahin hatten sich die Orange Players zusammengerottet, um Solospielern oder kleineren Gruppen aufzulauern und deren Cor oder Items zu stehlen. Ein Teil von ihnen bildete schließlich eine extreme Gruppierung mit noch radikalerem Gedankengut.

Ihr Gedanke war: In einem Spiel auf Leben und Tod war das Töten nur selbstverständlich.

Im modernen Japan existierte kein »legaler Mord«, doch in dieser Grenzsituation hier in Aincrad war es möglich. Die Körper aller Spieler befanden sich in der Wirklichkeit im Full Dive, einem Zustand der Bewusstlosigkeit also, in dem sie aus eigenem Willen nicht einmal einen Finger bewegen konnten. Vor dem japanischen Gesetz galt Akihiko Kayaba, der Erfinder des tödlichen NerveGear, als Mörder eines Spielers, dessen HP auf null fielen, und nicht derjenige Spieler, der dessen HP dezimierte.

Also lasst uns töten. Lasst uns das Spiel genießen. Das ist das Recht jedes Spielers.

Derjenige, der mit dieser toxischen Propaganda nicht wenige der Orange Players verführte, sie manipulierte und zu fanatischem PK trieb, war niemand anderes als dieser Mann im Poncho mit dem groben Küchenmesser, PoH.

Im Gegensatz zu seinem humorvollen Namen strahlte der hochgewachsene Mann nichts als eiskalte Grausamkeit aus, als er zu Schmitt herüberkam und einen kurzen Befehl gab: »Dreh ihn um.«

Johnny Blacks Stiefelspitze zwängte sich unter den Bauch von Schmitt, der immer noch mit dem Gesicht nach unten auf der Erde lag. Er wurde herumgerollt, dann starrte der Mann im schwarzen Poncho von oben herab direkt in sein Gesicht und sagte: »Wow ... das ist wirklich mal fette Beute. Das ist doch einer der Anführer von HDA.«

Er hatte eine kräftige, charmante Stimme, aber in seiner Betonung der Worte lag eine gewisse Fremdartigkeit. Unter der Kapuze des Ponchos war sein Gesicht nicht zu sehen, nur eine volle, wellige schwarze Haarlocke hing darunter hervor und bewegte sich in der nächtlichen Brise.

Obwohl ihm seine verzweifelte Lage voll bewusst war, fragte sich ein Teil von Schmitt immer wieder nach dem Warum und Wie.

Warum waren diese Typen jetzt hier aufgetaucht? Als die drei Topmitglieder von Laughing Coffin waren sie nicht nur

das Symbol für Angst und Schrecken, sondern auch die meistgesuchten Verbrecher. Sie würden nicht grundlos auf den äußeren Gebieten einer so niedrigen Ebene herumlungern.

Was bedeuten musste, dass sie gewusst hatten, dass Schmitt hier war, und ihm hierher gefolgt waren.

Aber auch das ergab keinen Sinn. Er hatte niemandem in der HDA erzählt, wohin er gehen würde, und auch Yolko und Caynz hätten diese Information nicht verbreitet. Zudem waren sie beide leichenblass im Angesicht der Bedrohung durch das Estoc des rotäugigen XaXa. Und wenn die Mitglieder von Laughing Coffin Schmitt rein zufällig allein in der Hauptstadt der 19. Ebene entdeckt und PoH kontaktiert hätten, hätte der unmöglich so schnell hier auftauchen können.

War es nur ein großes Pech, und sie hatten sich durch einen unglaublichen Zufall aus einem ganz anderen Grund ebenfalls auf dieser Ebene aufgehalten? Oder war gerade dieser Zufall die Rache der verstorbenen Griselda ...?

Wie ein Baumstamm lag Schmitt auf dem Boden und hing seinen wirren Gedanken nach, als PoH unschlüssig auf ihn herabsah.

»Tja ... ich würde ja gern sagen, it's showtime ... aber wie genau wollen wir uns denn mit ihnen amüsieren?«

»Lass uns das eine Spiel machen, Boss«, rief Johnny Black sofort fröhlich mit schriller Stimme. »Das Spiel, wo wir sie einander töten lassen und nur der Sieger überleben darf. Na ja, aber bei dreien müssten wir natürlich ein kleines Handicap festlegen.«

»Das sagst du jetzt, aber beim letzten Mal hast du den Überlebenden dann auch noch getötet.«

»Och Mann! Wenn du ihnen das jetzt verrätst, ruinierst du doch das Spiel, Boss!«

Mit erhobenem Estoc lachte XaXa zischend über diesen lockeren und doch so abscheulichen Wortwechsel.

An diesem Punkt krochen echte Angst und Verzweiflung Schmitts Rücken hoch, und er schloss unwillkürlich die Augen.

Bewegungsunfähig, wie er gerade war, war selbst seine massive Rüstung, die seinen Körper bedeckte, nicht mehr als ein Gewicht, das ihn niederhielt. Bald schon würden sie ihr Vorgeplänkel beenden und ihre blutrünstigen Fangzähne entblößen. Überdies war PoHs großer Dolch »Mate Chopper«, auch »Dämonenklinge« genannt, ein rarer Drop mit besseren Werten als die höchstrangige Waffe, die ein Spieler-Schmied zum derzeitigen Punkt herstellen konnte. Selbst den Rüstungswert eines Plattenpanzers würde diese Klinge einfach durchdringen.

Griselda. Grimlock.

Wenn dies eure Rache sein sollte, dann muss es wohl so sein, dass ich hier sterbe. Aber warum zieht ihr Yolko und Caynz mit hinein? Sogar sie, die sich so viel Mühe gemacht haben, euren wahren Mörder ans Licht zu bringen. Warum?

Schmitts verzweifelte Gedanken zerplatzten wie Seifenblasen, als er durch den auf den Boden gepressten Rücken eine leichte Vibration spürte.

Das rhythmische *Dododomm, Dododomm* wurde schnell lauter und deutlicher. Bald drang das trockene, dumpfe Geräusch auch an seine Ohren.

PoH sog scharf den Atem ein und gab seinen beiden Untergebenen eine Warnung. Johnny sprang mit gezücktem Giftdolch zurück, während XaXa sein Estoc nur noch näher an die Kehlen von Yolko und Caynz hielt.

Unter größten Anstrengungen drehte Schmitt sein starres Genick und sah weiße Lichter, die sich aus Richtung der Hauptstadt näherten.

Wenige Sekunden später erkannte er, dass die auf und ab hüpfenden Lichter kalte Flammen an den Hufen eines Pferdes waren, das so tiefschwarz war, dass es mit der Nacht verschmolz. Auf dem Rücken des Pferdes saß ein ebenfalls schwarzer Reiter. Wie ein untoter Ritter aus der Unterwelt kam er in rasender Geschwindigkeit auf sie zu und hinterließ auf den öden Feldern eine Spur aus weißen Flammen. Der Klang der Hufe wurde zu einem ohrenbetäubenden Donnern, begleitet von dem schrillen Wiehern des schwarzen Pferdes.

Bald hatte das Pferd den Fuß des kleinen Hügels erreicht und sprang in ein paar Sätzen zum Gipfel, dann bäumte es sich auf seinen Hinterbeinen auf und stieß weißen Dampf aus seinen Nüstern. Johnny wich ein paar Schritte zurück, gleich darauf zog der Reiter kräftig an den Zügeln – und fiel dann rücklings vom Pferderücken.

Er landete auf dem Hintern und fluchte. »Autsch!« Die Stimme kam Schmitt bekannt vor. Der Eindringling rieb sich die Hüfte und stand auf. Mit den Zügeln des riesigen Pferdes in der Hand sah er erst von Schmitt zu Yolko und Caynz und bemerkte dann gelassen: »Hab's wohl gerade noch rechtzeitig geschafft. Ich hoffe doch, die HDA übernimmt die Taxikosten.«

In Aincrad existierten keine Mounts für den Privatbesitz. Doch in manchen Städten und Dörfern gab es von NPCs betriebene Ställe, in denen man sich Reitpferde oder auch Rinderkarren für den Transport von großem Gepäck leihen konnte. Doch um sie zu reiten, war ein beachtliches Maß an Technik erforderlich, und zudem waren die Gebühren so übertrieben teuer, dass kaum jemand sie nutzte. Es gab nur äußerst wenige Spieler, die in diesem tödlichen Spiel die Ruhe hatten, beim Reitenlernen ihre Zeit zu verschwenden.

Schmitt stieß langsam den angehaltenen Atem aus und sah zu dem Eindringling auf – der Solospieler und Frontkämpfer Kirito, der schwarze Schwertkämpfer.

Mit einem Ruck an den Zügeln ließ Kirito das Pferd wenden, dann klatschte er dem Tier auf den Hintern. Damit wurde die Mietdauer beendet, und das schwarze Pferd galoppierte davon. Über das Donnern der Hufe war Kiritos entspannte Stimme zu hören.

»Hi, PoH, lange nicht gesehen. Du trägst ja immer noch das gleiche geschmacklose Outfit.«

»Na, das sagt der Richtige ...«, erwiderte PoH voll unverhohlener Mordlust.

Gleich darauf sprang Johnny Black einen großen Schritt vor und kreischte aufgeregt: »Du Kackbratze ...! Klopf hier mal nicht so große Sprüche! Schnallst du nicht, was abgeht?«

PoH hielt seinen mit dem Giftdolch fuchtelnden Untergebenen mit einer Geste der linken Hand zurück und klopfte sich mit dem Rücken seines Hackmessers auf die Schulter.

»Da hat er durchaus recht, Kirito. Du hast vielleicht einen coolen Auftritt hingelegt, aber selbst du glaubst doch wohl nicht ernsthaft, dass du es allein mit uns dreien aufnehmen kannst, oder?«

Schmitt ballte die linke Hand zur Faust, das einzige Körperteil, das er trotz seiner Lähmung noch bewegen konnte. PoH hatte recht mit seiner Einschätzung der Lage. Selbst Kirito, der zu den Frontkämpfern mit der höchsten Angriffskraft zählte, konnte unmöglich alle drei Führungsmitglieder von Laughing Coffin auf einmal besiegen. Warum hatte er nicht wenigstens den »Blitz« mitgebracht?

»Na, das nicht«, antwortete Kirito ruhig, die rechte Hand auf die Hüfte gestützt. Sofort fügte er hinzu: »Aber ich habe einen Gegenmittel-Trank genommen und genug Heil-Kristalle dabei, um zehn Minuten durchzuhalten. Bis dahin ist auch die Verstärkung hier. Selbst ihr glaubt doch wohl nicht ernsthaft, dass ihr es zu dritt mit dreißig Frontkämpfern aufnehmen könnt, oder?«

Bei diesem Konter mit den gleichen Worten seiner eigenen Provokation kurz zuvor war unter PoHs Kapuze ein verächtliches Schnalzen mit der Zunge zu hören. Johnny und XaXa ließen beunruhigt ihren Blick durch die Dunkelheit ringsum schweifen.

»Shit …«, schimpfte PoH schließlich und zog knirschend seinen rechten Fuß zurück. Auf ein Fingerschnippen seiner linken Hand zogen sich seine Untergebenen ein paar Meter zurück. Endlich von dem roten Estoc befreit, sanken Yolko und Caynz kraftlos auf die Knie.

PoH hob sein Messer und zeigte damit genau auf Kirito, dann knurrte er: »Schwarzer Schwertkämpfer … Dich werde ich noch im Staub kriechen lassen. Eines Tages wirst du dich erbärmlich in einem Meer aus dem Blut deiner Freunde winden, verlass dich drauf.«

Nach dieser Drohung ließ er das massive Messer geschickt in seinen Fingern wirbeln und steckte es wieder in das Holster an seiner Hüfte. Dann schritt er mit flatterndem schwarzem Lederponcho in aller Ruhe den Hügel hinunter, gefolgt von seinen zwei Lakaien.

Offenbar beunruhigt vom Gedanken der heranrückenden Frontkämpfer-Truppe lief Johnny Black seinem Anführer eilig hinterher, doch der ganz in Stofffetzen gehüllte Estoc-Kämpfer, der rotäugige XaXa, drehte sich nach ein paar Schritten noch einmal um, starrte Kirito mit glimmenden Augen durch seine Totenkopf-Maske an und raunte: »Du spielst dich. Ganz schön auf. Das nächste Mal. Werde ich dich. Auf einem Pferd. Jagen.«

»Dann fang mal an zu üben. Es ist nicht so einfach, wie es aussieht«, konterte Kirito.

Daraufhin stieß XaXa nur ein leises Zischen aus und folgte seinen Leuten.

12

Auch nachdem die drei schattenhaften Gestalten vom Hügel gestiegen und mit der Dunkelheit der Nacht verschmolzen waren, wurden dank meines Aufspür-Skills immer noch ihre orangen Farb-Cursors in meinem Blickfeld angezeigt.

PoH, dem Kopf von Laughing Coffin, war ich zuvor schon einmal begegnet und hatte sogar ein paar Worte mit ihm gewechselt, doch dies war mein erstes Zusammentreffen mit seinen beiden vermutlich treuesten Vasallen gewesen. Der in Auftreten und Aussehen kindisch wirkende Giftdolchnutzer und der Estoc-Kämpfer in seiner zerfetzten Kleidung. Natürlich waren in den Cursors der beiden keine Namen angezeigt worden, also überlegte ich kurz, Schmitt danach zu fragen, verwarf den Gedanken jedoch wieder. Vermutlich würde es bei unserer nächsten Begegnung zu einem ernsthaften Kampf kommen. Und um ehrlich zu sein, wollte ich gar nicht die Namen von Gegnern erfahren, mit denen ich in einem Kampf auf Leben und Tod die Schwerter würde kreuzen müssen.

Also sah ich ihren Farb-Cursors nur schweigend nach, bis sie an der Grenze des Wahrnehmungsbereiches meines Aufspür-Skills zu blinken begannen.

Kriminelle Spieler konnten die vom Antikriminalitätscode geschützten Städte und Dörfer, kurzum die sicheren Zonen, prinzipiell nicht betreten. Sobald sie auch nur einen Schritt über die Grenze machten, griffen sofort Scharen von immens starken NPC-Wächtern an. Und da auch die Teleportgates in den Hauptstädten aller Ebenen ausnahmslos auf vom Code geschützten Gebieten lagen, blieb den dreien für einen Wechsel zu einer anderen Ebene nichts anderes übrig, als mit einem Teleport-Kristall in ein Dorf im äußeren Gebiet zu reisen, einen kostspieligen Korridor-Kristall zu benutzen oder zu Fuß durch die bereits eroberten Labyrinthabschnitte hinab- oder hinaufzusteigen.

Vermutlich würden sie die erste Option wählen, was bedeuten würde, dass sie für den Hin- und Rückweg sechs Kristalle verwendet hätten, was auch für sie eine enorme Ausgabe sein musste. Trotz meiner Schadenfreude atmete ich unwillkürlich erleichtert auf, als die drei Farb-Cursors aus meinem Blickfeld verschwunden waren.

Es waren noch viel gefährlichere Typen aufgetaucht, als ich befürchtet hatte. Die drei mussten gewusst haben, dass Schmitt – Truppenführer der Heiligen Drachenallianz und einer der Frontkämpfer mit den meisten HP und der höchsten

Abwehrkraft – zu genau dieser Zeit an genau diesem Grabstein sein würde.

Ihre Informationsquelle sollte sich schon bald herausstellen.

Ich löste meinen Blick von der dunklen Heide, öffnete das Menü und schrieb schnell eine Nachricht an Klein, der mit ein paar Dutzend Leuten auf dem Weg hierher sein sollte: »Laughing Coffin ist abgehauen, wartet in der Stadt.«

Dann zog ich einen Gegenmittel-Trank aus meiner Gürteltasche und drückte es Schmitt in die Hand. Ich sah zu, wie er es mit zitternden Fingern hinunterstürzte, bevor ich den Blick den beiden anderen zuwandte.

Die zwei saßen mit bleichen Gesichtern in ihren schwarzen Umhängen am Boden. Ich konnte mir einen ironischen Unterton nicht verkneifen, als ich sie ansprach.

»Schön, dich wiederzusehen, Yolko. Und … ich schätze, freut mich, dich kennenzulernen, Caynz.«

Yolko, die erst vor wenigen Stunden vor meinen Augen in Polygonfragmente zersplittert war, sah zu mir hoch und setzte ein leicht gequältes Lächeln auf.

»Ich wollte mich eigentlich richtig bei euch entschuldigen, wenn alles vorbei ist … Aber das wirst du mir jetzt wahrscheinlich nicht glauben.«

»Ob ich dir glaube oder nicht, hängt ganz von dem Essen ab, zu dem du mich einlädst. Ich sag's dir gleich, komisches Ramen oder irgendwas Undefinierbares vom Grill zählt nicht.«

Neben der erstarrten Yolko verbeugte sich der wie ein gutmütiger Kerl wirkende Caynz, der inzwischen seinen schwarzen Umhang ausgezogen hatte – der Mann, der das erste »Todesopfer« in der sicheren Zone gewesen war. »Eigentlich ist das nicht unsere erste Begegnung, Kirito. Unsere Augen haben sich für einen Moment getroffen.«

Bei seinen leise gesprochenen Worten erinnerte ich mich endlich wieder. »Stimmt, das kann sein. Gleich bevor du gestorben bist, ich meine, bevor du bei der Zerstörung deiner Rüstung teleportiert bist, stimmt's?«

»Ja. Da hatte ich so eine Ahnung, dass du unseren Trick mit dem vorgetäuschten Tod durchschauen würdest.«

»Da hast du mich überschätzt. Ich bin total darauf hereingefallen.«

Jetzt war ich es, der grimmig lächelte. In der nun etwas gelösteren Atmosphäre richtete sich Schmitt mit klappernder Rüstung auf und sagte mit unverändert angespannter Stimme: »Kirito. Danke für deine Hilfe ... aber woher wusstest du, dass die drei hier angreifen würden?«

Ich erwiderte den eindringlichen Blick des Hünen und suchte kurz nach den richtigen Worten.

»Ich wusste es nicht wirklich. Ich hatte nur so eine Vermutung. Wenn ich von vornherein gewusst hätte, dass es PoH war, hätte ich vielleicht vor Angst einen Rückzieher gemacht.«

Es gab einen Grund, dass ich die Sache ein wenig ins Lächerliche zog.

Was ich ihnen als Nächstes erzählen würde, würde ihnen – besonders Yolko und Caynz – einen schweren Schock versetzen. Diese beiden, die das gesamte Drehbuch geschrieben, inszeniert und sogar die Hauptrollen übernommen hatten, hatten nicht bemerkt, dass es gewissermaßen einen »Produzenten« gab, der sich im Hintergrund dieses Vorfalls verbarg. Ich holte tief Luft und fing so ruhig wie möglich an zu erzählen.

»Mir ist erst vor dreißig Minuten aufgefallen, dass etwas an der ganzen Sache komisch ist ...«

Der Fall war abgeschlossen. Den Rest konnten wir Yolko, Caynz und Schmitt überlassen.

Nachdem ich Asuna das mitgeteilt hatte, sank ich zurück auf meinen Stuhl im Obergeschoss des Gasthauses mit Blick auf die Bar im Geschäftsviertel der Hauptstadt auf der 20. Ebene.

Sie würden einander nicht umbringen. In dem Fall war es am besten, die Involvierten der Ring-Affäre, die der Auslöser für diese »Morde in der sicheren Zone« gewesen war, die Angelegenheit einfach selbst klären zu lassen, sagte ich mit fester Überzeugung, worauf auch Asuna nickte und mir beipflichtete.

In der kurzen Stille darauf spürte ich jedoch plötzlich ein Stechen wie von einem winzigen Dorn.

Es gab noch etwas, das bedacht werden wollte. Ich wusste, dass es da war, aber nicht, was genau es war, und das verursachte mir ein beklemmendes Gefühl.

Die Wurzel dieses Gefühls entsprang irgendeinem Teil von Asunas Worten während der Beobachtung der Bar. Ohne richtig darüber nachzudenken, sprach ich sie an: »Du ...«

»Was denn?«

Die Vizekommandantin der Ritter des Blutschwurs sah von ihrem Stuhl zu mir herüber. Und da etwa achtzig Prozent meines Denkvermögens damit beschäftigt waren, das Unbehagen in mir zu analysieren, sprach ich die folgende vollkommen gedankenlose Frage aus.

»Asuna, warst du schon einmal verheiratet?«

Zur Antwort sprang sie halb von ihrem Stuhl auf und ging mit eiskaltem, mordlüsternem Blick und geballter Faust in eine vorgebeugte Angriffsstellung über.

»Nein, schon gut, vergiss es einfach!«, rief ich schnell, bevor sie zum Schlag ansetzen konnte, und winkte mit beiden Händen ab, dann korrigierte ich mich hastig: »So meinte ich das nicht ... Du hast doch vorhin von Heirat gesprochen.«

»Habe ich. Und?«

Ich erschauderte unter ihrem eisigen Blick und suchte fieberig nach den richtigen Worten. »Also ... was hast du noch mal genau gesagt? Irgendwas von wegen romantisch oder plastisch oder so ...«

»Niemand hat so etwas gesagt!« Nun trat sie mir mit gerade so viel Schwung gegen mein Schienbein, dass der Code nicht in Kraft trat, bevor sie meiner Erinnerung auf die Sprünge half. »Ich sagte, es sei romantisch und pragmatisch! Pragmatisch bedeutet realistisch, nur damit du's weißt.«

»Realistisch ... eine Heirat in *SAO*?«

»Allerdings. Ich meine, in gewissem Sinne bedeutet das doch totale Offenheit, so ein gemeinschaftliches Inventar.«

»Gemeinschaftliches ... Inventar ...«

Das war es.

Das war der Ursprung des kleinen Dorns in meiner Brust.

Verheiratete Spieler teilten ihr gesamtes Inventar miteinander. Das Tragelimit wurde auf die kombinierte Stärke beider Spieler erweitert, was äußerst praktisch war. Gleichzeitig bestand dabei jedoch die Gefahr, dass Heiratsschwindler sich mit raren Items davonmachen konnten.

Irgendetwas an diesem System ließ mir keine Ruhe.

Getrieben von diesem erdrückenden Unbehagen fragte ich weiter: »Und ... was passiert dann mit dem Inventar, wenn man sich scheiden lässt?«

»Wie ...?«

Asuna sah mich verblüfft mit großen Augen an. Sie legte ihren Kopf nachdenklich schief und stützte ihr zierliches Kinn auf die Faust, mit der sie mich gerade noch hatte schlagen wollen.

»Mal überlegen ... da gibt es mehrere Optionen, wenn ich mich nicht irre. Entweder eine automatische Aufteilung, oder man wählt Item für Item abwechselnd aus ... und noch ein paar mehr, aber ich erinnere mich nicht so genau ...«

»Ich wüsste es gern im Detail. Nur wie finden wir mehr heraus ...? Genau, Asuna, wie wäre es, wenn wir probeweise ...«

Dass ich den Satz nicht beendete, musste man wohl entweder eine weise Entscheidung oder einen Glücksfall nennen.

Mit einer ungleich stärkeren Mordlust als zuvor ergriff »der Blitz« die Scheide ihres Rapiers »Lambent Light« und grinste mich an. »Wenn wir probeweise was, bitte?«

»Wenn ... Wenn wir ... eine Nachricht mit unseren Fragen an Heathcliff schreiben würden.«

Nach nur einer Minute kam eine Mail zurück, in der alle Details bezüglich der Handhabung des Inventars im Falle einer Scheidung kurz und präzise aufgeführt waren. Dieser Mann war wie ein wandelndes Lexikon für das Spielsystem.

Wie Asuna schon erwähnt hatte, gab es zum einen die automatische Aufteilung nach gleichem Wert oder die Option, dass beide Parteien abwechselnd ein Item wählten. Außerdem war anscheinend auch eine automatische Aufteilung nach zuvor festgelegten Prozentsätzen möglich. So konnte wohl auch eine Art Abfindungszahlung geleistet werden. In der Tat ein sehr pragmatisches System.

Während ich Asuna beim Vorlesen der Nachricht zuhörte, dachte ich angestrengt nach.

Bei einer Scheidung mussten sich natürlich beide Seiten einvernehmlich für eine dieser Optionen entscheiden. Anders gesagt, wenn man sich über die Methode der Itemverteilung nicht einig wurde, konnte man nicht offiziell geschieden werden. Allerdings war es kaum vorstellbar, dass in allen Fällen ein vernünftiges Gespräch geführt werden konnte. Was aber, wenn man sich aus irgendwelchen Gründen scheiden lassen wollte und der Partner nicht einwilligte? In dieser Welt gab es keine Familienrichter, die in Scheidungssachen geschlichtet hätten.

Die Antwort auf diese Frage fand sich im letzten Satz von Heathcliffs Nachricht.

»Übrigens ist eine bedingungslose Scheidung nur dann möglich, wenn man bei der Verteilung der Items seinen eigenen Prozentsatz auf null setzt und dem Partner damit hundert Prozent zuspricht. In diesem Fall würden alle Items, die der Partner zum Zeitpunkt der Aufteilung nicht tragen kann, zu seinen Füßen droppen. Falls Kirito also eine Scheidung vonseiten seiner Partnerin befürchtet, empfehle ich, in ein Einzelzimmer im Gasthaus auszuweichen‹ ... schreibt er«, las Asuna die Nachricht zu Ende und schloss mit einem undefinierbaren Gesichtsausdruck das Fenster.

Geistesabwesend sah ich sie an und wiederholte in Gedanken immer wieder eine Stelle aus der Nachricht.

Null Prozent für dich ... hundert für den Partner. Null für dich ... hundert für den Partner ...

»Ah ...!«

Der Dorn des Unbehagens tief in meiner Brust versetzte mir einen scharfen Stich.

Erst war er nur klein gewesen, doch jetzt wurde er schnell größer. Beklommenheit wurde zu Zweifel, von Gewissheit zu Entsetzen und schließlich zu Angst.

»A...aaaah ...!«, rief ich und sprang auf, warf dabei krachend den Stuhl um und packte Asuna an den Schultern. »Der Blitz« wich erschrocken zurück und stammelte mit einem Mal heiser: »Hey ... was ... du willst doch wohl nicht hier ...«

Doch ich hatte nicht die Ruhe, auf sie einzugehen, stattdessen stieß ich ächzend aus: »Hundert Prozent für dich, null für den Partner. Es gibt nur eine Art der Scheidung, bei der es auf jeden Fall so kommt.«

»Wie ...? Wovon redest du denn ...?«

Ich hielt sie fest an den schmalen Schultern, zog ihr zierliches Gesicht näher zu mir und flüsterte: »Eine Trennung durch den Tod. Sobald der Ehepartner stirbt, schrumpft das Inventar wieder auf seine ursprüngliche Größe, und Items, die nicht gelagert werden können, fallen zu Boden. Mit anderen Worten ... mit anderen Worten ...«

Ich schluckte einmal hart und sprach dann weiter. »Als Griselda, die Anführerin von Goldener Apfel, ermordet wurde, ist der seltene Ring in ihrem Inventar nicht dem Täter zugefallen ... sondern blieb entweder im Inventar ihres Mannes Grimlock oder hat sich zu seinen Füßen materialisiert.«

Aus nächster Nähe sah ich ihre haselnussbraunen Augen ein paarmal langsam blinzeln. Der Ausdruck der Verwirrung in ihnen wandelte sich plötzlich zu einem tiefen Entsetzen.

»Der Ring ... wurde nicht gestohlen?«

Ich konnte nicht sofort auf ihre fast tonlose Frage antworten. Ich ließ ihre Schultern los, richtete mich auf und lehnte mich schwerfällig an den Fensterrahmen.

»Nein, das stimmt so nicht. Er wurde eindeutig gestohlen. Grimlock hat den Ring aus seinem eigenen Inventar gestohlen. Er war nicht der Täter hinter den Morden in der sicheren Zone. Er war der Drahtzieher des Ring-Vorfalls vor einem halben Jahr.«

Mit einem schweren metallischen Scheppern fiel das Rapier aus Asunas Hand zu Boden.

»Mir ist erst vor dreißig Minuten aufgefallen, dass etwas an der ganzen Sache komisch ist ... Sagt mal, Yolko, Caynz, wie seid ihr an die beiden Waffen gekommen? Den Kurzspeer und den Dolch mit den Widerhaken, meine ich.«

Yolko wechselte einen kurzen Blick mit ihrem Partner und antwortete dann: »Für unseren Plan, einen PK in der sicheren Zone vorzutäuschen, brauchten wir unbedingt Spießwaffen mit einem DoT-Effekt. Wir haben alle möglichen Waffenhändler abgeklappert, konnten aber keine Waffen mit genau diesen speziellen Eigenschaften finden ... Und wenn wir sie bei einem Schmied bestellt hätten, wäre seine Inschrift darauf gewesen. Hätte jemand den Schmied befragt, wäre sofort aufgeflogen, dass wir, also die Opfer selbst, die Waffen bestellt hatten.«

»Also haben wir notgedrungen das erste Mal seit Auflösung der Gilde Kontakt zu Grimlock, dem Ehemann unseres Leaders, aufgenommen. Wir haben ihm unseren Plan erklärt, damit er uns die benötigten Spießwaffen anfertigt. Wir wussten zwar nicht, wo er war, aber wir waren noch als Freunde registriert ...«, übernahm Caynz die weitere Erklärung. Als er Grimlocks Namen erwähnte, konzentrierte ich all meine Nerven darauf, aufmerksam zuzuhören.

»Erst schien er nicht wirklich Lust darauf zu haben. Er schrieb uns zurück, er wolle Griselda in Frieden ruhen lassen. Aber nachdem wir ihn inständig darum gebeten haben, hat er uns irgendwann doch noch diese zwei, nein, drei Waffen angefertigt. Sie kamen erst drei Tage vor dem Todestag von Kains an.«

Spätestens nach diesen Worten war mir klar, dass Yolko und Caynz Grimlock tatsächlich für das Opfer hielten, dessen Frau ermordet worden war.

Ich holte tief Luft und zwang mich, die Worte zu sagen, die die beiden sicherlich schwer erschüttern und zutiefst verletzen würden.

»Leider muss ich euch sagen, dass Grimlock nicht um Griseldas willen gegen euren Plan war. Er hat befürchtet, wenn ihr etwas so Auffälliges wie einen PK in der sicheren Zone inszenieren würdet, würde es irgendwann jemandem auffallen. Was mit den Items in einem gemeinschaftlich genutzten Inventar passiert, wenn eine Heirat nicht durch eine Scheidung, sondern durch den Tod eines Partners aufgelöst wird ...«

»Was ...?« Yolko sah mich verständnislos an.

Das war nicht überraschend. In Aincrad gab es nur äußerst wenige Paare, die heirateten, auch wenn sie sich noch so nahestanden. Scheidungen waren noch seltener, und noch weniger davon gab es aus dem Grund, dass einer der Partner verstorben war. Nicht einmal ich oder Asuna hatten angezweifelt, dass der Ring dem Mörder von Griselda gedroppt war, als er sie getötet hatte.

»Versteht ihr … Griseldas Inventar gehörte gleichzeitig auch Grimlock. Man konnte ihr den Ring nicht stehlen, indem man sie tötete. Als sie gestorben ist, wurde der Ring augenblicklich an Grimlock übertragen. Schmitt … du hast als Belohnung für deine Beteiligung an dem Plan doch Cor erhalten, oder?«

Der große Mann, der im Schneidersitz am Boden saß, nickte auf meine Frage nur bestürzt mit dem Kopf.

»Um solch eine große Summe zusammenzukriegen, muss der Ring tatsächlich verkauft worden sein. Das kann nur Grimlock getan haben, nachdem er den Ring erhalten hat. Außerdem wusste er, dass Schmitt ein Komplize seines Plans war. Was bedeutet …«

»Grimlock hat das getan …? Er war der Absender dieser Notiz … und hat Griselda ins äußere Gebiet gebracht und dort getötet …?«, stöhnte Schmitt mit brechender Stimme. Nach einer kurzen Bedenkzeit verneinte ich seine letzte Frage.

»Nein, er hat sich sicher nicht selbst die Hände schmutzig gemacht. Immerhin bestand das Risiko, dass Griselda aufgewacht wäre, wenn er sie vom Gasthaus mit einem Portal ins äußere Gebiet gebracht hätte. Wenn sie dabei sein Gesicht gesehen hätte, hätte er sich niemals herausreden können. Wahrscheinlich hat er Red Players mit der Tat beauftragt, die kennen sich schließlich mit solchen schmutzigen Geschäften aus. Das mindert allerdings nicht im Geringsten Grimlocks Verbrechen …«

Schmitt erwiderte nichts mehr, sondern starrte mit leerem Blick gen Himmel.

Er hatte den gleichen entgeisterten Ausdruck im Gesicht wie auch Yolko und Caynz. Nach ein paar Sekunden schüttelte

Yolko ihr dunkelblaues Haar leicht, dann immer heftiger.

»Nein ... Das kann nicht wahr sein! Die beiden waren immer zusammen ... Grimlock stand immer lächelnd hinter ihr ... Außerdem, wenn er der Täter war, wieso sollte er uns dann bei unserem Plan helfen?! Wenn er uns nicht die Waffen angefertigt hätte, hätten wir nichts tun können. Dann wäre der Vorfall mit dem Ring auch nicht wieder ausgegraben worden. Habe ich nicht recht?«

»Ihr habt ihm doch euren gesamten Plan erklärt, oder?«

Auf meine plötzliche Frage schwieg sie kurz und nickte dann kleinlaut.

»Er wusste also, was am Ende passieren würde, wenn der Plan erfolgreich wäre. Bis hin zu diesem Finale, in dem Schmitt, von Gewissensbissen geplagt, für eine Beichte zu Griseldas Grab gehen würde, wo ihr beiden ihn in Gestalt der Toten ins Kreuzverhör nehmen würdet. Wenn er sich das zunutze machte, konnte er den Vorfall mit dem Ring ein für alle Mal vertuschen. Dafür musste er euch nur alle drei – seinen Komplizen Schmitt und euch beide, die mit Griseldas Mörder abrechnen wollten – erledigen ...«

»Ich verstehe ... Deswegen sind also diese drei Typen hier aufgetaucht ...«, murmelte Schmitt mit ausdrucksleerem Gesicht. Ich warf ihm einen kurzen Blick zu und nickte düster.

»Genauso ist es. Die drei Topmitglieder von Laughing Coffin sind hier aufgetaucht, weil Grimlock ihnen die Information gegeben hat, dass an diesem Ort ein Führungsmitglied der HDA sein würde – noch dazu allein. Wahrscheinlich standen sie in Kontakt, seitdem er sie mit dem Mord an Griselda beauftragt hat ...«

»Mein Gott ...«

Yolko schwankte und wäre zu Boden gefallen, hätte Caynz sie nicht gestützt. Doch selbst im Mondlicht war deutlich zu erkennen, wie kreidebleich auch er geworden war.

Yolko hielt sich an seiner Schulter fest und wisperte kraftlos: »Grimlock wollte uns ... töten? Aber warum nur ...? Und warum sollte er seine Frau umbringen, nur um an den Ring zu kommen ...?«

»Ich habe keine Ahnung, welches Motiv er hatte. Aber ich schätze, auch wenn er beim Ring-Vorfall in der Gildenbasis geblieben ist, um ein Alibi zu haben, wird er sich dieses Mal selbst überzeugen wollen, dass ihr beseitigt wurdet. Immerhin wären damit beide Vorfälle endlich vollständig begraben ... Aber nach den Einzelheiten können wir ihn auch selbst fragen«, schloss ich, als ich zwei Paar Schritte von der westlichen Böschung des Hügels näherkommen hörte.

Das Erste, was mir ins Auge fiel, war ein weiß-rotes Rittergewand, dessen Farben selbst in der nächtlichen Dunkelheit strahlten. Das war natürlich Asuna, »der Blitz«. In ihrer rechten Hand hielt sie ihr Rapier mit kristallklarer, silberner Klinge. Es war das grazilste und prächtigste Schwert, das ich in Aincrad je gesehen hatte, doch es war auch eine brutale Waffe, die sich durch alle möglichen Verteidigungen bohren konnte.

Die scharfe Spitze des Rapiers und der gefährlich stechende Blick seiner Besitzerin trieben einen Mann vor sich her.

Er war ziemlich groß, trug eine vorne zugeknöpfte, lockere Lederjacke mit langem Saum und einen Hut mit breiter Krempe. In dem Schatten darunter reflektierte hin und wieder etwas das Mondlicht, vermutlich eine Brille. Sein

Erscheinungsbild erinnerte mehr an einen Meuchelmörder aus einem Hongkong-Film als an einen Schmied. Aber das lag sicher auch an meiner Voreingenommenheit.

Die Cursors der beiden waren grün. Ich war schon darauf gefasst gewesen, dass Asuna vorübergehend zum Orange Player werden würde, um seine Flucht zu verhindern – in dem Fall hätte ich ihr natürlich Gesellschaft geleistet bei den extrem lästigen Quests, um den Status wieder aufzuheben –, und atmete daher erleichtert auf. Doch ich beherrschte mich sofort wieder und sah unverwandt dem Mann entgegen, der den Hügel heraufkam.

Das Gesicht hinter seiner silbern gerahmten, runden Brille machte eher einen sanftmütigen Eindruck. Es war schmal, und die leicht herabhängenden Augenwinkel ließen es freundlich wirken. Doch in den kleinen schwarzen Pupillen hinter den Gläsern lag unbestreitbar etwas, das meine Alarmglocken schrillen ließ.

Er blieb etwa drei Meter vor mir stehen und sah erst zu Schmitt, dann zu Yolko und Caynz und zuletzt zu dem moosbewachsenen, kleinen Grabstein.

»Hi ... lange nicht gesehen, Leute«, grüßte er sie ganz gelassen.

Es vergingen ein paar Sekunden, bis Yolko antwortete: »Grimlock ... Hast du ... hast du wirklich ...«

... Griselda getötet und den Ring gestohlen? Und dann auch noch versucht, uns drei hier auszulöschen, um die Sache zu vertuschen?

Sie sprach diese Fragen nicht laut aus, und doch konnte sie jeder hören. Grimlock – ehemaliger Vizeanführer von Goldener Apfel und Schmied – antwortete nicht sofort.

Hinter ihm steckte Asuna ihr Rapier wieder in die Scheide und kam zu mir herüber. Er sah ihr dabei zu und lächelte leicht.

»Das ist ein Missverständnis. Ich bin nur hierhergekommen, weil ich es für meine Pflicht hielt, den Verlauf der Dinge mit eigenen Augen zu sehen. Ich habe die Befehle dieses furchteinflößenden Mädchens nur deshalb so bereitwillig befolgt, weil ich dieses Missverständnis aufklären wollte.«

Oha, er streitet es ab?, dachte ich leicht beeindruckt. In der Tat konnte man ihm nicht nachweisen, dass er die Informationen an PoH und die anderen weitergegeben hatte, doch im Falle der Geschichte mit dem Ring konnte er sich aus den systembedingten Beweisen nicht herausreden.

»Lügner!«, fuhr Asuna ihn an. »Du hast dich in den Büschen versteckt. Wenn ich dich nicht mit meinem Aufspür-Skill enttarnt hätte, wärst du doch niemals herausgekommen!«

»Was soll ich machen, ich bin doch nur ein Schmied. Wie ihr seht, bin ich unbewaffnet. Könnt ihr mir da einen Vorwurf machen, dass ich vor diesen beängstigenden Orange Players nicht aus meinem Versteck springe?«, erwiderte er ruhig und breitete abwehrend seine behandschuhten Hände aus.

Schmitt, Caynz und Yolko hörten ihm schweigend zu. Sie waren immer noch nicht überzeugt von seiner Schuld. Sie konnten und wollten nicht ohne Weiteres glauben, dass ihr ehemaliger Vizeanführer diese grausamen Killer angeheuert hatte, um sie töten zu lassen.

Asuna wollte erneut etwas entgegnen, doch ich hielt sie mit einer Geste zurück und ergriff das Wort.

»Hallo, Grimlock. Ich bin Kirito und ... na ja, eigentlich nur ein Außenstehender. Es stimmt, wir haben bisher nichts in der Hand, das dein Auftauchen hier mit dem Angriff von Laughing Coffin in Verbindung bringen würde. Und sie würden es auch nicht bezeugen, wenn wir sie fragen würden.«

Wenn wir Grimlock gezwungen hätten, sein Menüfenster für uns sichtbar zu machen, damit wir seine Freundesliste und gesendeten Nachrichten überprüfen konnten, hätten wir dort sicherlich den Spielernamen entdecken können, der beim Auftragsmord als Kontaktperson für Laughing Coffin fungiert hatte. Doch leider war mir dieser Name nicht bekannt.

Der Mordversuch an Schmitt und den anderen beiden war also vielleicht nicht nachweisbar, aber es gab etwas, aus dem er sich nicht herausreden konnte. Mit dieser Überzeugung sprach ich weiter.

»Aber beim Vorfall mit dem Ring im Herbst letzten Jahres, der zur Auflösung von Goldener Apfel geführt hat, hattest du garantiert deine Finger im Spiel, nein, du hast es sogar eingefädelt. Egal wer Griselda getötet hat, der Ring ist auf jeden Fall in deinen Besitz übergegangen, weil du dir das Inventar mit ihr geteilt hast. Du hast diesen Fakt verschwiegen, den Ring heimlich zu Geld gemacht und Schmitt die Hälfte der Summe gegeben. Das hätte nur der Täter tun können. Also war dein einziges Motiv, bei diesen ›Morden in der sicheren Zone‹ zu helfen, die Beteiligten zum Schweigen zu bringen und die Vergangenheit zu vertuschen. Oder irre ich mich?«

Als ich verstummte, legte sich ein dichtes Schweigen über den Hügel. Das blasse Mondlicht fiel auf den Ort und warf harte Schatten in Grimlocks Gesicht.

Dann verzogen sich seine Mundwinkel zu einer seltsamen Grimasse, und seine Stimme klang etwas kühler, als er sagte:

»Verstehe, eine interessante Schlussfolgerung, kleiner Detektiv. Aber leider gibt es da eine Lücke in deiner Logik.«

»Was?«, fragte ich reflexartig.

Grimlock warf mir einen flüchtigen Blick zu, dann zog er mit einer schwarz behandschuhten Hand den Hut tiefer ins Gesicht.

»Es stimmt, zu der Zeit hatten Griselda und ich ein gemeinsames Inventar. Als sie getötet wurde, sind alle Items im Inventar bei mir geblieben. Diese Annahme ist richtig. Aber ...«

Der hochgewachsene Schmied warf mir durch die reflektierenden Brillengläser einen scharfen Blick zu und sagte mit monotoner Stimme: »Was wäre, wenn der Ring gar nicht im Inventar gelagert wurde? Was, wenn Griselda ihn als Objekt am Finger getragen hat ...?«

»Ah ...!«, entschlüpfte Asuna ein kleiner Laut.

Ich war genauso überrumpelt. Tatsächlich hatte ich diesen Fall sträflicherweise überhaupt nicht bedacht.

Materialisierte Items droppten in jedem Fall, wenn ihr Benutzer durch ein Monster oder einen anderen Spieler starb. Falls Griselda also den fraglichen Ring ausgerüstet hatte, wäre er bei ihrem Tod nicht an Grimlocks Inventar übertragen worden, sondern war dem Mörder in die Hände gefallen.

In dem Wissen, dass sich das Blatt gewendet hatte, hob Grimlock die Mundwinkel zu einem kaum merklichen Grinsen. Doch dieser Ausdruck verschwand gleich wieder, und der Schmied legte die Fingerspitzen an die Stirn und schüttelte gespielt bedauernd den Kopf.

»Griselda war eine Schwertkämpferin vom Speed-Typ. Da wäre es doch nicht verwunderlich, wenn sie vor dem Verkauf zumindest einmal den sagenhaften Agilitätsboost des Ringes ausprobieren wollte? Versteht ihr, als sie getötet wurde, sind alle Items aus unserem gemeinsamen Inventar in meinen Besitz übergegangen. Aber der Ring war nicht dabei. Genauso war es, kleiner Detektiv.«

Ich hatte unbewusst die Zähne fest zusammengebissen. Ich suchte nach einem Argument, das Grimlocks Behauptung widerlegen würde, aber der Einzige, der bezeugen konnte, ob Griselda den Ring ausgerüstet hatte oder nicht, war ihr Mörder – vermutlich ein Mitglied von Laughing Coffin.

Als ich schwieg, lüpfte Grimlock leicht seine Hutkrempe. Dann ließ er den Blick über die anderen vier schweifen und verbeugte sich höflich.

»Nun, wenn ihr mich jetzt entschuldigen würdet. Es ist zwar bedauernswert, dass ihr den Drahtzieher von Griseldas Mord nicht gefunden habt, aber Schmitts Beichte wird ihrer Seele sicher fürs Erste Frieden schenken.«

Damit zog er den Hut wieder tief ins Gesicht und drehte sich um. Yolko rief ihm nach, und in ihrer ruhigen Stimme lag mit einem Mal ein energischer Unterton: »Bitte warte ... nein, bleib sofort stehen, Grimlock!«

Er blieb wie angewurzelt stehen und wandte uns ein kleines Stück seines Gesichts zu. In den scheinbar sanften Augen hinter den Brillengläsern blitzte ein Anflug von Verärgerung auf.

»Was denn jetzt noch? Bitte verschont mich mit weiteren haltlosen und emotionalen Anschuldigungen. Für mich ist das hier nämlich ein heiliger Ort«, erklärte Grimlock aalglatt und hochmütig. Yolko trat einen Schritt auf ihn zu.

Aus irgendeinem Grund hielt sie ihre blassen Hände vor ihre Brust und sah für einen Moment darauf hinunter. Als sie ihm erneut ihren Blick zuwandte, lag ein verbissener Ausdruck in ihren dunkelblauen Augen, den ich an ihr noch nie zuvor gesehen hatte.

»Grimlock, du hast behauptet, sie hätte den Ring ausgerüstet. Und dass er deswegen nicht an dich übertragen, sondern vom Mörder gestohlen wurde. Aber ... das ist nicht möglich.«

»Aha ...? Mit welchem Beweis?«

Nachdem sich Grimlock langsam zu ihr umgedreht hatte, fuhr sie ihn noch heftiger an.

»Du erinnerst dich doch sicher, als die ganze Gilde sich beraten hat, was wir mit dem Ring machen sollen. Ich, Caynz und auch Schmitt wollten ihn für unsere Gilde nutzen und haben gegen den Verkauf gestimmt. Caynz wollte ihn am liebsten selbst ausrüsten, hat aber die Entscheidung unserer Anführerin respektiert. Er sagte, sie sei die stärkste Schwertkämpferin von Goldener Apfel und dass sie den Ring deswegen ausrüsten sollte.«

Neben ihr machte Caynz eine etwas betretene Miene, doch sie kümmerte sich nicht darum und sprach gestikulierend weiter.

»Ich erinnere mich noch Wort für Wort, was sie darauf geantwortet hat. Sie hat gelächelt und gesagt: ›In *SAO* kann man nur einen Ring pro Hand ausrüsten. Ich kann weder den Siegelring der Gilde an meiner rechten ... noch den Ehering an meiner linken Hand ablegen, also kann ich ihn nicht benutzen.‹ Nie im Leben hätte sie einen dieser beiden Ringe abgelegt, um heimlich den Bonuseffekt des seltenen Ringes auszuprobieren!«

Als ihre schrille Stimme über den Hügel hallte, verschlug es allen Anwesenden den Atem.

In der Tat gab es im Ausrüstungsmenü nur jeweils einen Ring-Slot je Hand. Wenn beide belegt waren, konnte man keine neuen Ringe ausrüsten. Trotzdem war das Argument ... schwach.

Als hätte er meinen Gedankengang mitverfolgt, murmelte Grimlock leise: »Was redest du denn da? Nie im Leben? Wenn du so argumentierst, könnte ich auch sagen, dass ich sie niemals umgebracht hätte, schließlich war sie meine Frau. Was du sagst, ist wieder nur eine haltlose Behauptung.«

»Nein«, antwortete Yolko flüsternd. Ich hielt den Atem an, als die zierliche Spielerin langsam, aber bestimmt den Kopf schüttelte. »Nein, das ist es nicht. Ich habe einen Beweis. Ihr Mörder hat am Tatort im äußeren Gebiet alle Items zurückgelassen, die er für wertlos hielt. Der Spieler, der sie gefunden hat, kannte zum Glück ihren Namen und hat ihre Hinterlassenschaft in die Gildenbasis gebracht. Als wir das hier zu ihrem Grab bestimmt haben, konnten wir deswegen auch ihr Schwert hier begraben und verfallen lassen. Aber ... aber das war nicht das Einzige. Ich hab es euch nicht erzählt ... aber ich habe noch ein anderes Andenken hier vergraben.«

Kaum hatte sie das gesagt, da drehte sich Yolko um, kniete sich hinter das kleine Grabmal und begann mit bloßen Händen in der Erde zu graben. Während alle anderen sie nur stumm anstarrten, stand sie schließlich wieder auf und zeigte uns, was sie in der rechten Hand hielt. Obwohl es gerade aus der Erde gegraben worden war, glänzte das kleine Kästchen silbern im Mondlicht.

»Oh ... eine Daueraufbewahrungsschatulle ...!«, rief Asuna, und sie hatte recht.

In Yolkos Hand lag eine Aufbewahrungsbox mit unbegrenzter Haltbarkeit, die nur von Meisterhandwerkern hergestellt werden konnte. Da die Seiten der Box höchstens zehn Zentimeter maßen, konnten keine größeren Gegenstände darin aufbewahrt werden, doch ein paar Accessoires passten immerhin hinein. Die darin aufbewahrten Items verschwanden niemals durch die naturgemäße Abnahme der Haltbarkeit, selbst wenn die Schatulle im äußeren Gebiet zurückgelassen wurde.

Yolko hob sachte die linke Hand und öffnete den Deckel der kleinen, silbernen Schatulle.

Darin ruhten auf weißem Seidenstoff zwei funkelnde Ringe.

Zuerst nahm sie einen großen, silbernen in die Hand. Auf der abgeflachten Oberseite war ein Apfel eingraviert.

»Das ist der Siegelring von Goldener Apfel, den Griselda immer am Mittelfinger der rechten Hand ausgerüstet hatte. Ich habe meinen auch immer noch, also könnten wir die Ringe einfach miteinander vergleichen.«

Sie legte den Ring wieder zurück und nahm als Nächstes den anderen – einen golden glänzenden, schmalen Ring – vorsichtig heraus.

»Und das hier ... das hier ist der Ring, den sie jederzeit an ihrem linken Ringfinger trug, euer Ehering, Grimlock! Innen ist sogar dein Name eingraviert! Dass diese zwei Ringe hier sind, ist der unumstößliche Beweis, dass sie beide ausgerüstet hatte, als sie ins äußere Gebiet teleportiert und getötet wurde! Oder etwa nicht!? Wenn ich falsch liege, dann widersprich mir!« Ihre letzten Worte waren ein tränenerstickter Aufschrei gewesen.

Große Tropfen rannen über ihre Wangen, als sie Grimlock den goldglänzenden Ring entgegenstreckte.

Für eine Weile sagte niemand ein Wort. Caynz, Schmitt und auch Asuna und ich beobachteten nur mit angehaltenem Atem und großen Augen die Konfrontation der beiden.

Für gute zehn Sekunden stand der große Schmied mit leicht verzerrtem Mund wie erstarrt da. Dann zuckte sein Mundwinkel und verkrampfte sich.

»Dieser Ring ... Ich weiß noch, wie du mich am Tag des Begräbnisses danach gefragt hast, Yolko. Ob ich ihren Ehering als Andenken behalten wollte. Und ich sagte dir, dass wir ihn einfach zusammen mit dem Schwert verschwinden lassen sollten. Hätte ich doch nur gesagt, dass ich ihn haben möchte ...«

Mit hängendem Kopf, das Gesicht unter der Hutkrempe verborgen, fiel Grimlock auf die Knie, als hätte jemand den Faden durchgeschnitten, der seinen langen Körper aufrecht gehalten hatte.

Yolko legte den goldenen Ring wieder zurück in die Schatulle, schloss den Deckel und presste sie eng an ihre Brust. Sie sah zum Himmel auf, und ihr tränennasses Gesicht verzerrte sich, als sie mit ermatteter Stimme wisperte: »Warum ... Warum, Grimlock? Warum musstest du so unbedingt den Ring stehlen und zu Geld machen, dass du dafür unseren Leader ... deine Frau getötet hast?«

»Geld ...? Geld, sagst du?« Auf seinen Knien gluckste Grimlock heiser.

Er rief sein Menüfenster auf und ließ nach ein paar kurzen Handgriffen einen großen Lederbeutel materialisieren. Dann nahm er den Beutel und warf ihn achtlos auf den Boden. In den dumpfen, schweren Aufprall mischte sich ein helles, metallisches Klimpern. Allein das Geräusch war genug, um zu mutmaßen, dass sich in dem Beutel eine beachtliche Summe Cor befinden musste.

»Das ist die andere Hälfte vom Verkauf des Ringes. Es fehlt nicht eine einzige Münze.«

»Was ...?«, sagte Yolko mit einem verwirrten Stirnrunzeln.

Er sah zu ihr auf, dann schaute er uns der Reihe nach an und sagte mit trockener Stimme: »Es war nicht wegen des Geldes. Ich ... ich musste sie einfach töten. Solange sie noch meine Frau war.«

Durch seine runde Brille blickte er für einen Moment auf den moosigen Grabstein, dann wieder zu uns und fuhr fort mit seinem Geständnis.

»Griselda. Grimlock. Es ist kein Zufall, dass wir dieselben Anfangsbuchstaben haben. Wir haben immer dieselben Namen benutzt, auch in den anderen Onlinespielen, die wir vor *SAO* gespielt haben. Und wenn das Spiel es ermöglichte, waren wir auch immer verheiratet. Schließlich ... schließlich war sie auch in der Wirklichkeit meine Ehefrau.«

Vor lauter Schock stand mir der Mund offen. Asuna sog scharf die Luft ein, und auch in den Gesichtern der anderen zeigte sich blankes Entsetzen.

»Für mich war sie die perfekte Frau, an der es absolut nichts auszusetzen gab. Sie war wie der Inbegriff der gehorsamen Ehefrau, süß und sanft, wir haben uns nie gestritten. Aber nachdem wir zusammen in dieser Welt gefangen worden waren ... hat sie sich verändert ...«

Er schüttelte leicht den Kopf, das Gesicht unter der breiten Hutkrempe verborgen, und seufzte leise.

»Ich war der Einzige, der von diesem aufgezwungenen Spiel auf Leben und Tod verängstigt, eingeschüchtert und entmutigt war. Wo nur hatte sie all dieses Talent versteckt? Im Hinblick auf Kampffähigkeiten und die richtige Einschätzung von Situationen war Griselda ... ich meine, Yuuko mir weit überlegen. Und nicht nur das. Am Ende hat sie auch noch gegen meinen Willen eine Gilde gegründet, Mitglieder rekrutiert und begonnen, sie zu trainieren. Sie war viel lebendiger und erfüllter als in der realen Welt ... Ich habe ihre Verwandlung mit angesehen und musste es akzeptieren: Die Yuuko, die ich geliebt hatte, war für immer fort. Selbst wenn eines Tages das Spiel beendet wäre und wir in die Wirklichkeit zurückkehren würden, würde meine anständige, brave Yuuko niemals zurückkommen.«

Die Schultern seines langen Gewands bebten leicht. Ob vor zynischem Lachen oder der Trauer über den Verlust, konnte ich nicht sagen.

Flüsternd sprach er weiter: »Könnt ihr meine Angst verstehen? Wenn wir in die Wirklichkeit zurückgekehrt wären ... und Yuuko dann die Scheidung verlangt hätte ... hätte ich diese Demütigung nicht ertragen können. Also ... also musste ich handeln, solange ich noch ihr Mann war. Und solange wir in dieser Welt waren, wo legaler Mord möglich ist. Ich wollte Yuuko für immer in meinen Erinnerungen bewahren ... Kann mir da irgendjemand einen Vorwurf machen?«

Auch nachdem sein langer und entsetzlicher Monolog geendet hatte, sagte für eine Weile niemand ein Wort.

Ohne mir dessen wirklich bewusst zu sein, hörte ich mich mit krächzender Stimme sagen: »Demütigung ... Demütigung? Weil deine Frau nicht mehr auf dich gehört hat ... hast du sie umgebracht? Sie hat in der Hoffnung auf die Befreiung aus dem Spiel sich selbst und eure Leute trainiert und hätte vielleicht mal einer der Frontkämpfer werden können, und du hast sie ... nur aus diesem Grund ...?«

Ich musste mit der linken Hand meine rechte festhalten, die für einen Augenblick zu dem Schwert auf meinem Rücken schnellen wollte.

Langsam hob Grimlock den Blick, wobei der untere Rand seiner Brille aufblitzte, und raunte mir zu: »Nur aus diesem Grund? Du irrst dich, das ist Grund genug. Irgendwann wirst du es verstehen, kleiner Detektiv, wenn du die große Liebe findest und sie zu verlieren drohst.«

»Nein, *du* irrst dich, Grimlock.«

Es war nicht ich, sondern Asuna gewesen, die ihm das entgegnet hatte.

In ihrem schönen Gesicht lag ein Ausdruck, den ich nicht deuten konnte, als sie ruhig verkündete: »Was du für Griselda empfunden hast, war keine Liebe. Du wolltest sie einfach nur besitzen. Wenn du immer noch behaupten willst, du hättest sie geliebt, dann zieh deinen linken Handschuh aus. Den Ehering, den sie bis zu ihrem Tod niemals abgelegt hat, hast du bestimmt schon längst entsorgt.«

Grimlocks Schultern zitterten, und er packte seine linke Hand fest mit seiner rechten, als würde er meine Bewegungen vorhin spiegeln.

Doch seine Hände bewegten sich nicht weiter. Der Schmied hielt nur stillschweigend seine Hand, schickte sich aber nicht an, seinen Handschuh auszuziehen.

Die erneut eingekehrte Stille wurde von Schmitt unterbrochen, der bis dahin beharrlich geschwiegen hatte.

»Kirito, würdest du es uns überlassen, wie wir mit diesem Mann verfahren? Natürlich werden wir keine Selbstjustiz üben. Aber wir werden ihn für seine Verbrechen büßen lassen.«

In seiner gefassten Stimme lag nicht mehr der panische Klang wie noch wenige Stunden zuvor.

Ich sah zu dem großen Mann auf, als er mit rasselnder Rüstung aufstand, und nickte. »Klar. Er gehört ganz euch.«

Er nickte wortlos zurück, dann packte er Grimlocks rechten Arm und zwang ihn auf die Füße. Den schlaffen Schmied sicher im Griff, bedankte er sich noch einmal für unsere Hilfe und ging den Hügel hinunter.

Danach folgten auch Caynz und Yolko, die inzwischen die silberne Schatulle wieder vergraben hatte. Sie blieben neben uns stehen und verbeugten sich tief, dann wechselten sie einen kurzen Blick, und Yolko sagte: »Asuna, Kirito, ich weiß wirklich nicht, wie ich mich bei euch entschuldigen ... oder bedanken kann. Wenn ihr beide nicht gekommen wärt, wären wir sicher getötet worden ... und wir hätten Grimlocks Verbrechen nicht ans Licht bringen können.«

»Nein, das war dein Verdienst, weil du dich an die Ringe erinnerst hast. Das war ein geniales Schlussplädoyer. Wenn wir wieder zurück in der Wirklichkeit sind, solltest du Staatsanwältin oder Rechtsanwältin werden.«

Da kicherte Yolko und zuckte mit den Schultern. »Nein ... ihr werdet es mir kaum glauben, aber ich hatte das Gefühl, als würde ich in dem Moment Griseldas Stimme hören, die mir sagte, ich solle mich an die Ringe erinnern.«

»Ach so ...?«

Sie verbeugten sich abermals tief und stiegen den Hügel hinunter. Asuna und ich blieben dort stehen und sahen ihnen nach.

Als bald darauf alle vier Cursors in Richtung der Hauptstadt verschwunden waren, blieben nur noch das blasse Mondlicht und eine milde Brise auf dem einsamen Hügel zurück.

»Du, Kirito ...«, sagte Asuna auf einmal. »Wenn du mit jemandem verheiratet wärst und erst später eine verborgene Seite an deinem Partner entdecken würdest, was würdest du darüber denken?«

»Äh ...« Diese Frage kam so gänzlich unerwartet, dass mir die Worte fehlten. Ich lebte schließlich erst seit fünfzehn Jahren und sechs Monaten. Solche Details des Lebens konnte ich noch nicht begreifen.

Doch nach angestrengtem Nachdenken konnte ich ihr letztlich eine – wenn auch etwas oberflächliche – Antwort geben. »Ich würde wohl denken, dass ich Glück gehabt habe.«

»Huch?«

»Na ... Na ja, wenn man heiratet, heißt das doch, dass man schon alle Seiten an dem anderen liebt, die man bis dahin kennengelernt hat. Wenn man dann später eine neue Seite entdeckt und sich in die auch noch verlieben kann ... ist das doch doppeltes Glück, oder?«

Es war keine sonderlich intelligente Aussage, und Asuna sah mich stirnrunzelnd an, doch dann legte sie den Kopf schief und lächelte. »Hmm, komisch.«

»Komisch ...?«

»Na, egal. Ich habe jedenfalls Hunger nach der ganzen Geschichte. Lass uns irgendwas essen gehen.«

»Gute Idee. Also ... wie wäre es mit der Spezialität von Algade, die aussieht wie Okonomiyaki, aber nicht nach Worcestersoße schmeckt ...«

»Abgelehnt.«

Durch ihre glatte Absage entmutigt wollte ich lostrotten, da packte sie mich plötzlich von hinten an der Schulter.

Etwas erschrocken drehte ich mich um und sah zum wiederholten Male seit Beginn des Vorfalls in der sicheren Zone einen unerklärlichen Anblick.

In Aincrad waren alle Sinnesinformationen digitale Daten, die in Code umgewandelt werden konnten. Daher konnte es so etwas wie Geistererscheinungen eigentlich nicht geben.

Was ich da sah, musste also ein Server-Bug oder eine Illusion sein, die mein biologisches Gehirn erzeugte.

Ein kleines Stück entfernt, an der Nordseite des Hügels, neben dem moosbedeckten Grabstein am Fuße des knorrigen, alten Baumes stand die Gestalt einer Spielerin, halb transparent und hellgolden leuchtend.

Ihr schlanker Körper war in eine leichte Metallrüstung gekleidet. An der Hüfte trug sie ein schmales Langschwert, auf dem Rücken einen Schild. Sie hatte kurzes Haar, ein schönes, anmutiges Gesicht, und in ihren Augen lag ein starkes Leuchten, wie ich es schon bei so manchen Spielern gesehen hatte.

Es waren die Augen einer Kämpferin, die den Willen hatte, dieses tödliche Spiel mit dem eigenen Schwert zu beenden.

Mit einem friedlichen Lächeln sah die Spielerin uns still an, dann streckte sie uns die geöffnete rechte Hand entgegen, als wollte sie uns etwas zeigen.

Wie auch Asuna streckte ich meine Hand aus, und als ich in meiner Handfläche eine vage Wärme fühlte, schloss ich die Finger fest darum. Die Wärme strömte durch meinen Körper in meine Brust, wo sie ein Feuer entfachte und Worte formte, die über meine Lippen kamen.

»Wir werden deinen Willen weiterführen. Wir werden dieses Spiel eines Tages beenden und alle befreien.«

»Ja, das versprechen wir dir. Also ... wache über uns, Griselda.«

Asunas Flüstern wurde von der nächtlichen Brise zu der Schwertkämpferin getragen. In ihr durchscheinendes Gesicht trat ein strahlendes Lächeln ...

Und im nächsten Augenblick war dort niemand mehr.

Wir ließen unsere Hände sinken und blieben noch für eine Weile still dort stehen.

Dann drückte Asuna meine rechte Hand und sagte lächelnd: »Komm, lass uns gehen. Ab morgen müssen wir uns wieder ins Zeug legen.«

»Stimmt. Ich würde gern in dieser Woche noch die jetzige Ebene abschließen.«

Und damit drehten wir uns um, gingen den kleinen Hügel hinab und zurück zur Stadt.

(Ende)

008-02

Calibur

§ Alfheim
Dezember 2025

Sword Art
Online

1

»Sieh dir das mal an, Brüderchen!«

Verschlafen blickte ich auf das dünne Tablet, das Suguha mir hinhielt.

Letzte Nacht hatte ich ungewöhnlich lange geschlafen und dabei viel geträumt. Auch nachdem ich mich schon an den Frühstückstisch gesetzt hatte, hakten die Zahnräder in meinem Kopf immer noch, daher versuchte ich gerade, sie mit einem starken Kaffee in Gang zu setzen. Doch selbst in diesem Zustand blinkte in einer Ecke meines Bewusstseins eine kleine Warnlampe auf, und ich zögerte kurz, das Tablet entgegenzunehmen.

Denn in einer ganz ähnlichen Situation zwei Wochen zuvor hatte sie mir einen Ausdruck vorgelegt, der unwiderlegbar meine heimliche Missetat bewies, dass ich meinen Charakter vom Flug-VRMMO *ALfheim Online* in das Shooter-VRMMO *Gun Gale Online* konvertiert hatte, ohne ihr etwas davon zu erzählen. Ich überlegte, dass es dieses Mal nichts in der Art sein konnte und was ich denn dann in letzter Zeit verbrochen hatte, als Suguha grinsend sagte: »Dieses Mal stehst du nicht vor Gericht. Sieh's dir einfach an!«

Erneut streckte sie mir das Tablet entgegen. Ich nahm es zögerlich und warf einen Blick darauf.

Wie schon der Ausdruck beim letzten Mal, war es ein Nachrichtenartikel von »MMO Tomorrow«, der größten japanischen Infoseite für VRMMORPGs. Allerdings war die Kategorie diesmal nicht *GGO*, sondern *ALO*. Zuerst fiel mein Blick auf den Screenshot im Artikel, der keinen Spieleravatar, sondern eine Landschaft zeigte. Allem Anschein nach hatte ein gewisser schwarz gekleideter Spriggan dieses Mal wohl wirklich nichts verbrochen.

Erleichtert las ich die Überschrift des Artikels. Doch gleich darauf ereilte mich eine andere Art von Schock, und ich rief laut: »Was!?«

Die Überschrift des Artikels lautete: »Das heilige Schwert Excalibur, die stärkste legendäre Waffe, wurde endlich entdeckt!«

Mit einem Mal war alle Müdigkeit verflogen. Ich verschlang den Artikel und stöhnte: »Hmpf ... es wurde also schon gefunden ...«

»Na ja, ich finde eigentlich, dass es ganz schön lange gedauert hat«, erwiderte Suguha mir gegenüber mit geschürzten Lippen und bestrich ihren Toast mit Blaubeermarmelade.

Das heilige Schwert Excalibur.

Es war angeblich die einzige Waffe in ganz *ALO*, die General Eugenes Dämonenschwert Gram übertraf. Lange Zeit war der einzige Nachweis ihrer Existenz eine kleine Beschreibung und ein Bild ganz am Ende der Waffenübersicht auf der offiziellen Website gewesen. Wie man jedoch im Spiel an das Schwert kommen konnte, war bislang unbekannt gewesen.

Nein, genau genommen gab es drei Spieler oder besser gesagt vier Personen, die es wussten. Suguha, Asuna, Yui und ich. Entdeckt hatten wir es Anfang dieses Jahres, im Januar 2025. Da heute der 28. Dezember war, war das Geheimnis um Excalibur tatsächlich für fast ein Jahr bewahrt worden.

»Ach, Mann ... Wenn ich das gewusst hätte, hätte ich es noch mal versucht ...«, murmelte ich, während ich einen Löffel in die selbst gemachte Marmelade von Suguha steckte und einen großen Klecks des lilafarbenen Gelees auf meinen Toast klatschen ließ. Dem folgte ein zweiter Bombenangriff mit geschlagener Butter, die ich verstrich, bis beides hübsch marmoriert war. Suguha achtete in letzter Zeit etwas auf Kalorien und sah zwischen meinem und ihrem eigenen Toast hin und her, als würde sie angestrengt versuchen, standhaft zu bleiben. Schließlich schien ihre Willenskraft den Kampf verloren zu haben, und sie zog wortlos die Butterdose zu sich hinüber.

Um zumindest noch ein letztes bisschen Willen zu beweisen, nahm sie nur eine maßvolle Menge Butter und verstrich sie sorgfältig. Nachdem sie einen Bissen von ihrem knusprigen Toast genommen hatte, berichtigte sie meinen Irrtum.

»Lies richtig, es wurde nur entdeckt. Geholt hat es sich anscheinend noch keiner.«

»Was?«

Ich hatte gerade herzhaft in meinen Toast beißen wollen, doch jetzt hielt ich inne und starrte erneut auf das Tablet auf dem Tisch. In der Tat stand in dem Artikel nur, dass Excaliburs Existenz bestätigt worden war, aber an keiner Stelle wurde erwähnt, dass es schon jemand erlangt hatte. Wenn ich es recht bedachte, wäre in dem Fall das Bild im Artikel sicherlich auch ein Screenshot des Finders gewesen, wie derjenige stolz das goldene Schwert zur Schau stellte.

»Mensch, erschreck mich doch nicht so ...«, stieß ich erleichtert aus, während ich auf einem großen Bissen Toast kaute. Suguha grinste über meine Voreiligkeit, nahm die Milchtüte und füllte mein Glas.

Es war Sonntag, der 28. Dezember 2025, 9:30 Uhr. Suguha und ich hatten ab heute Winterferien, daher frühstückten wir verhältnismäßig spät. Da unsere Mutter noch die letzten paar Korrekturen für dieses Jahr erledigen musste, war sie schon früher mit einem Toast zwischen den Zähnen aus dem Haus geeilt. Auch wenn es bei E-Books keine Komplikationen mit den Druckereien gab, hatten auch sie ihre Vor- und Nachteile.

Unser Vater war bei seiner Arbeit in New York wie immer sehr beschäftigt und hatte in einer E-Mail geschrieben, dass er erst am 30. nach Hause kommen würde. Also saßen Suguha und ich wie gewohnt zu zweit am Esstisch, wodurch sich unser Gesprächsthema unweigerlich auf *ALO* lenkte.

Nachdem ich den ersten Toast aufgegessen hatte, bestrich ich eine zweite Scheibe mit Thunfischcreme, als mir plötzlich eine Frage in den Sinn kam.

»Aber wie wurde es denn entdeckt? In Jötunheimr kann man nicht fliegen, und Excalibur befindet sich so weit oben, dass man es nur im Flug sehen kann.«

Vor einem Jahr waren wir beide als Kirito und Leafa vom Sylphen-Territorium zur Hauptstadt Alne aufgebrochen. Als endlich der Weltenbaum in Sicht gekommen war, waren wir von einem kolossalen Wurm-Monster verschlungen und durch dessen Verdauungstrakt in die unterirdische Welt von Jötunheimr geschleudert worden.

Dort streiften übermächtige, gewaltige Gottheiten umher. Während wir uns unseren Weg durch das Gebiet gebahnt hatten, um die Treppe zur Erdoberfläche zu erreichen, waren wir auf einen seltsamen Anblick gestoßen. Ein vierarmiger Humanoid hatte eine Gottheit attackiert, die ausgesehen hatte wie eine Mischung aus Elefant und Qualle, mit Tentakeln und einem langen Rüssel.

Auf Leafas Bitte hin, dem drangsalierten Monster zu helfen, war es mir gelungen, den vierarmigen Riesen zu einem nahe gelegenen See zu locken. Damit hatte ich den Kampf ins Wasser verlagert und der Elefanten-Qualle zum Sieg verholfen. Die Gottheit, von Leafa »Tonky« getauft, hatte uns nicht angegriffen, sondern uns sogar auf ihrem Rücken ins Zentrum von Jötunheimr gebracht. Daraufhin waren Tonky nach einem Verpuppungsstadium Flügel gewachsen, mit denen er Leafa und mich zu einer Passage zur Erdoberfläche im Gewölbe emporgeflogen hatte – und auf dem Weg dorthin hatten wir es gesehen. In der Mitte des Gewölbes, von den Wurzeln des Weltenbaums umschlungen, hing ein gigantischer Dungeon in Form einer umgedrehten Pyramide herab, und an dessen tiefstem Punkt glänzte ein in Kristall eingeschlossenes goldenes Schwert.

Auch Suguha schien sich gerade daran zurückzuerinnern und blickte lächelnd zu mir auf.

»Die Entscheidung muss dir echt schwergefallen sein, oder? Ob du auf Tonkys Rücken bleibst und zur Oberfläche zurückkehrst oder in den Dungeon springst, um Excalibur zu holen.«

»Na klar ist mir das schwergefallen … Aber wenn du mich fragst: Wer da nicht mal in Versuchung gerät, kann als Onlinegamer auch nicht ernst genommen werden.«

»Der Spruch ist ziemlich uncool«, befand Suguha grinsend und senkte dann nachdenklich den Blick. Es war offensichtlich nicht der Belag für die nächste Scheibe Toast, über den sie nachdachte, denn sie streckte schon die Hand nach der Tube mit Thunfischcreme aus, während sie laut überlegte: »Tonky würde nicht kommen, solange nicht einer von uns beiden nach ihm ruft ... Und ich habe auch nicht gehört, dass eine Methode gefunden wurde, in Jötunheimr zu fliegen. Vielleicht hat jemand einer anderen Elefanten-Qualle geholfen, so wie wir, und damit die Quest gestartet ...?«

»Das könnte sein. Wer einem so abartigen ... ich meine, einzigartigen Monster hilft, muss eine echt exzentrische ... äh, herzensgute Person sein. Kaum zu glauben, dass es außer dir noch mehr solcher Leute gibt.«

»Er ist nicht abartig, er ist niedlich!«, protestierte meine kleine Schwester, die dieses Jahr schon sechzehn geworden war, und sah mich scharf an. »Aber dann ist es nur noch eine Frage der Zeit, bis sich jemand durch den Dungeon schlägt und das Schwert in die Finger bekommt. Es wurde bisher nur nicht entdeckt, weil die Questvoraussetzung schwer herauszufinden ist, aber mittlerweile ist ein Jahr vergangen, und dann gab es auch noch das Update mit den Sword Skills, dadurch wird der Schwierigkeitsgrad des Dungeons gesenkt.«

»Ja ... da hast du wohl recht ...« Ich trank einen Schluck Milch und nickte.

Wir hatten Excalibur im Januar dieses Jahres entdeckt. Danach hatte die Leitung von *ALO* von RCT Progress zum aktuellen Venture-Unternehmen gewechselt, und die schwebende Festung Aincrad war implementiert worden. Das Spiel hatte also gewaltige Veränderungen erlebt. Nachdem sich die größte Aufregung im Juni endlich gelegt hatte, war ich mit Leafa, Yui und Asuna wieder auf Tonkys Rücken gestiegen, und gemeinsam hatten wir versucht, an das heilige Schwert Excalibur zu kommen.

Der Versuch war phänomenal gescheitert. In dem hängenden Pyramidendungeon wimmelte es vor noch mächtigeren

Versionen des vierarmigen Riesen, der Tonky gequält hatte, und diese waren so stark, dass ich vor Frustration am liebsten geschrien hätte. Mit drei Spielern und einer Fee war es nur als Probelauf vor dem richtigen Versuch gedacht gewesen, doch wir mussten uns eingestehen, dass es zu dem Zeitpunkt unmöglich war. Also schworen wir uns, einen neuen Versuch zu starten, sobald wir stärker geworden waren.

Doch als nach der Aincrad-Erweiterung die ersten zehn Ebenen freigeschaltet worden waren und im September dann die nächsten zehn, waren wir voll und ganz mit dem Erobern der Festung beschäftigt gewesen. Wir gingen zwar manchmal nach Jötunheimr, um Materialien zu sammeln oder mit Tonky zu spielen, doch was Excalibur anging, gingen wir davon aus, dass es ohnehin keiner finden, geschweige denn erlangen würde – und so war schließlich ein Jahr vorübergegangen.

Doch in MMORPGs blieb kein einziges Item für immer unentdeckt. Auch wenn die Einzelheiten zu seiner Erlangung noch unbekannt waren, würde nun eine Menge Spieler nach Jötunheimr strömen, nachdem der Ort des Schwerts auf einer Infoseite veröffentlicht worden war. Und vielleicht schafften es manche von ihnen sogar in den Dungeon.

»Was hast du vor, Brüderchen?«, fragte Suguha mit ihrem Milchglas in beiden Händen, nachdem sie auch ihren zweiten Toast verspeist hatte.

Ich räusperte mich leicht und antwortete: »Sugu, die Jagd nach seltenen Items ist nicht das einzige Vergnügen in VR-MMOs.«

»Ja, das stimmt. Selbst wenn man durch die Specs einer Waffe stärker wird ...«

»Aber ich glaube, wir schulden es Tonky, der uns das Schwert gezeigt hat. Tief in seinem Herzen hofft er bestimmt darauf, dass wir den Dungeon durchkämpfen. Ich meine, Tonky und wir sind doch Freunde, oder?«

»Hast du ihn nicht gerade noch ›abartig‹ genannt?«, erwiderte meine kleine Schwester und warf mir einen durchdringenden Blick zu.

Ich setzte mein breitestes Grinsen auf. »Also, wie sieht's aus, Sugu, hast du heute Zeit?«

»Na ja, der Kendo-Club macht auch schon Ferien.«

Ich schlug mir triumphierend mit der geballten Faust in die Handfläche. Die Zahnräder in meinem Kopf rotierten, und ich begann sofort eine Strategie zu planen.

»Auf Tonkys Rücken passen höchstens sieben Personen, richtig? Also du, Asuna, Klein, Liz, Silica und ich ... Dann wäre noch ein Platz übrig. Agil hat seinen Laden ... Auf Chrysheight ist kein Verlass, und Recon wird bestimmt im Sylphen-Territorium sein ...«

»Warum fragst du nicht Sinon?«

»Oh, gute Idee!« Ich schnippte mit den Fingern, holte sofort mein Handy heraus und scrollte durch meine Kontakte.

Anfang dieses Monats war ich in einen Vorfall verwickelt worden und hatte meinen Charakter Kirito zu *GGO – Gun Gale Online* – konvertiert, wo ich eine Spielerin namens Sinon kennengelernt hatte. Nach der Lösung des Falls hatte sich Sinon auch mit Asuna und Liz angefreundet und auf ihre Einladung hin einen neuen Charakter in *ALO* erstellt.

Da seitdem erst zwei Wochen vergangen waren, war der Charakter noch ganz neu, doch in dem komplett skillbasierten *ALO* fielen die numerischen Statuswerte weniger ins

Gewicht. Sinons Gespür war gut genug, um sich selbst in die schwierigeren Dungeons zu wagen.

Während ich in Höchstgeschwindigkeit eine Nachricht tippte, stapelte Suguha rasch die Teller und Gläser und brachte sie in die Küche. Ich war mir ziemlich sicher, dass ihre Schritte dabei beschwingt klangen. Vermutlich hatte sie genau das im Sinn gehabt, als sie mir den Artikel gezeigt hatte.

Sich mit guten Freunden in eine andere Welt zu stürzen und gemeinsam eine ebenso schwierige wie aufregende Mission anzugehen – es gab kaum etwas, das mehr Spaß machte. Nachdem ich allen fünf eine Nachricht geschickt hatte, lief ich schnell zur Küche, um Suguha zu helfen.

Selbst für einen Sonntag war es beeindruckend, wie schnell die Gruppe an diesem Vormittag gegen Jahresende zusammenkam. Das war nur dem Respekt zu verdanken, den sie mir zollten – oder wohl eher ihren Onlinegamer-Seelen, die vom heiligen Schwert Excalibur gereizt wurden. Verglichen mit unserem ersten Versuch zu viert vor einem halben Jahr, hatten wir nun eine größere Gruppe mit weitaus besseren Statuswerten.

Unser Treffpunkt war Lisbeths Schmiedewerkstatt auf der Hauptstraße von Yggdrasil City, wo die Leprechaun-Ladeninhaberin all unsere Waffen der Reihe nach am Wetzstein schärfte. Es war gängig, vor einer großen Quest die Haltbarkeit der Ausrüstung wieder zu maximieren.

Auf einer Bank an der Wand saß der Salamander Klein und nippte schon zu dieser frühen Stunde an einer Sakeflasche aus Gründen der »Atmosphäre« – obwohl natürlich kein Milliliter Alkohol in seinen echten Körper drang. Silica, eine

Beast-Tamerin der Cait Sith mit ihrem flauschigen, hellblauen Drachen auf dem Kopf, fragte ihn: »Klein, hast du schon Neujahrsurlaub?«

»Jo, seit gestern. Selbst wenn ich arbeiten wollte, gibt's um diese Zeit keine Fracht, weißte? Mein dämlicher Chef gibt immer damit an, dass wir so ein arbeitnehmerfreundliches Unternehmen seien, weil wir zum Jahreswechsel eine ganze Woche frei kriegen.«

Auch wenn Klein nicht so wirkte, war er Angestellter in einer kleinen Importfirma. Er meckerte zwar ständig über seinen Chef, aber es musste wohl wirklich ein gutes Unternehmen sein. Immerhin hatten sie sich während seiner zweijährigen Gefangenschaft in *SAO* gut um ihn gekümmert und ihn nach seiner Rückkehr gleich wieder eingestellt. Und auch Klein fühlte sich der Firma gegenüber offenbar zu Dank verpflichtet, denn neuerdings arbeitete er gewissenhaft an dem Aufbau eines Systems für Remote-Präsentationen unter Verwendung des »The Seed«-Programmpakets und mobilen Kameras. Nach all meiner Hilfe bei der Modifizierung der mobilen Kameras war eine einmalige Einladung zu einem All-you-can-eat im Yakiniku-Restaurant zwar nicht zufriedenstellend für mich gewesen, aber wenn er mir bei der Quest heute half, würde ich die Schuld als beglichen ansehen.

Nachdenklich lehnte ich an der Wand, als Klein mir einen Blick zuwarf und sagte: »Hey, Kirito, wenn wir's heute wirklich schaffen, Excalibur zu ergattern, hilfst du mir aber demnächst, das Geisterkatana Kagutsuchi zu holen.«

»Wie ...? In dem Dungeon ist es so sauheiß ...«

»Na und, dafür ist es in Jötunheimr scheißkalt!«

Da wurde unser kleines Wortgefecht von einer leisen Bemerkung von links unterbrochen. »Oh, dann hätte ich gern den Lichtbogen Shekinah.«

Sprachlos wandte ich mich nach links. Neben mir an der Wand lehnte mit verschränkten Armen eine Cait Sith mit kurzen, türkisen Haaren, aus denen spitze, dreieckige Ohren schauten. Wenn Silica eine zutrauliche Munchkin-Katze war, war diese Spielerin eine coole Siamkatze – oder eher eine ungezähmte Wildkatze.

»Du hast deinen Charakter erst zwei Wochen und willst schon eine legendäre Waffe haben?«

Auf meine Frage peitschte der lange Schwanz der Wildkatze hin und her. »Der Bogen, den Liz mir hergestellt hat, ist klasse, aber ich hätte gern ein wenig mehr Reichweite ...«

Hinten an der Werkbank drehte sich Liz um, die gerade eine neue Sehne auf eben jenen Bogen spannte, und wandte mit einem gequälten Lächeln ein: »Also weißt du, Bogen werden in dieser Welt für eine Reichweite zwischen Speeren und Magie benutzt! Für gewöhnlich schießt man damit nicht auf mehr als hundert Meter Entfernung!«

»Am liebsten hätte ich ja das Doppelte davon.«

In dem Wissen, dass ihre Stärke in *GGO* Scharfschützenschüsse auf über 2000 Meter Distanz waren, konnte ich nicht anders, als mitfühlend zu grinsen. Falls sie diesen Bogen wirklich in die Finger bekommen sollte, würde sie in jedem Duell ohne Gebietsbeschränkung den Gegner wie einen Igel mit ihren Pfeilen spicken, bevor man mit dem Schwert auch nur in ihre Nähe kommen konnte – The End.

Die türkishaarige Wildkatze – unsere neue Freundin Sinon, die vor zwei Wochen nach *ALO* gekommen war – hatte nach nur einem Tag Übung mit dem Bogen diese schwierige Waffenart vollständig gemeistert. Unter den Bogenschützen in *ALO* benutzten die agilen Sylphen für gewöhnlich Kurzbögen, während die besonders kräftigen und robusten Gnome sich mit schweren Armbrüsten bewaffneten, doch sie hatte die gängige Praxis einfach übersprungen und als Cait Sith – die unter allen neuen Elfenrassen die beste Sehkraft hatten – einen Build für auf hohe Reichweite spezialisierte Langbögen gewählt. Ich war skeptisch gewesen, hatte sie aber erst einmal machen lassen. Als ich dann jedoch Zeuge geworden war, wie Sinon mit ihren Pfeilen aus größerer Distanz als Feuermagie traf und die Monster tötete, bevor sie sich nähern konnten, war ich im Geiste reumütig auf die Knie gefallen.

Pfeil und Bogen verfügten innerhalb der angemessenen Distanz über die gleiche Zielkorrektur wie Magieangriffe, doch darüber hinaus flogen Pfeile durch den Einfluss von Wind und das Eigengewicht nicht zum angezielten Ort. In *GGO*, das die gleiche Engine nutzte, hatte Sinon allerdings lange Zeit trainiert, eben diesen Einfluss von Wind und Gewicht aus eigener Kraft zu korrigieren. Genauso hatte ich auch in *GGO* meinen systemunabhängigen Skill »Klarblick« einsetzen können. Vielleicht hatte das Reisen durch die miteinander verbundenen VRMMO-Welten im The-Seed-Nexus eine tiefere Bedeutung, die mir bisher nicht einmal in den Sinn gekommen war ...

Während ich diesem Gedanken nachhing, wurde rechts neben mir schwungvoll die Tür zur Werkstatt aufgestoßen.

»Da sind wir!«

»Entschuldigt die Wartezeit!«

Es waren Leafa und Asuna, die losgegangen waren, um Tränke und andere Vorräte zu kaufen. Sie hatten sich offenbar die Mühe gespart, die Einkäufe für den Weg vom Marktplatz bis hierher im Inventar zu verstauen, und stellten zwei Körbe voller bunter Fläschchen, Beeren und mehr auf den Tisch in der Mitte des Raumes.

Die kleine Navigationsfee Yui flatterte von Asunas Schulter zu mir herüber und ließ sich auf meinen Kopf plumpsen. Lange Zeit hatte der Spriggan Kirito stachelige Haare gehabt, aber auf Yuis Bitte hin ähnelte meine Frisur nun wieder mehr meinem früheren Avatar. Sie behauptete, dass es auf den stacheligen Haaren schwierig zu sitzen gewesen sei.

Mit ihrer glöckchengleichen Stimme erklärte Yui auf meinem Kopf: »Wir haben beim Einkaufen auch noch ein paar Informationen eingeholt. Es scheint, dass noch keine Spieler oder Gruppen den Dungeon in der Luft erreicht haben, Papa.«

»So ...? Aber wie ist dann herausgekommen, wo Excalibur ist?«

»Allem Anschein nach wurde eine andere Quest gefunden als die mit Tonky, die wir entdeckt haben. Zur Belohnung hat ein NPC den Spielern wohl Excalibur gezeigt.«

Asuna hatte gerade Tränke sortiert, doch bei diesen Worten drehte sie sich energisch um, sodass ihre für Undinen typisch blauen, langen Haare herumschwangen. Sie verzog ihr Gesicht leicht und nickte. »Vor allem scheint das nicht gerade eine friedliche Quest zu sein. Es ist kein Botengang oder Geleitschutz, sondern eine Slaughter-Quest. Deswegen prügeln sie sich in Jötunheimr gerade um die Respawn-Punkte.«

»Das klingt wirklich nicht sehr friedlich ...« Auch ich verzog den Mund.

Slaughter-Quests waren, wie der Name schon vermuten ließ, Quests vom Typ »Töte über soundso viele Monster vom Typ soundso« oder »Sammle soundso viele Items vom Monster soundso«. Da man dafür ein Exemplar nach dem anderen der geforderten Monsterart töten musste, kamen sich in begrenzten Gebieten Gruppen mit derselben Quest unweigerlich in die Quere und rissen sich um die Respawn-Punkte – also die Orte, wo die Monster wieder auftauchten.

»Aber kommt euch das nicht auch komisch vor?«, mischte sich Klein ein und wischte sich den Mund ab, nachdem er endlich seinen Schnaps ausgetrunken hatte. »Das heilige Schwert Excalibur ist doch ganz unten in einem Dungeon versiegelt, wo's vor grässlichen Monstern nur so wimmelt, oder? Was für 'ne Questbelohnung is'n das, wenn einem ein NPC einfach nur den Ort zeigt?«

»Stimmt, jetzt wo du's sagst ...«, sagte Silica nachdenklich und streichelte Pina, die sie an ihre Brust gedrückt hatte. »Ich hätte es verstanden, wenn man zur Belohnung zum Dungeon gebracht worden wäre, aber so ...«

»Na ja, wir werden's bestimmt verstehen, wenn wir da sind«, bemerkte Sinon neben mir gewohnt gelassen, und gleich darauf rief Lisbeth aus dem hinteren Teil der Werkstatt: »Okay! Alle Waffen sind komplett repariert!«

»Super!«, riefen wir dankbar im Chor. Wir rüsteten uns mit unseren geliebten Schwertern, Katanas und Bogen aus, die wieder wie neu glänzten. Asuna hatte die Tränke mithilfe des ihr eigenen strategischen Planungstalents in sieben Rationen aufgeteilt, die wir in unseren Gürteltaschen verstauten. Der Teil, der nicht mehr als Objekte hineinpasste, wanderte ins jeweilige Inventar.

Ein kurzer Blick auf die Uhrzeit links unten in meinem Blickfeld verriet mir, dass es immer noch elf Uhr vormittags war. An irgendeinem Punkt würden wir eine Mittagessen-und-Toiletten-Pause machen müssen, aber bis dahin sollten wir schon die erste sichere Zone im Dungeon erreicht haben.

Als die Vorbereitungen von uns sieben, einer Fee und einem Drachen abgeschlossen waren, sah ich von einem zum anderen und räusperte mich.

»Danke, dass ihr alle so kurzfristig gekommen seid! Irgendwann werde ich mich bei euch allen revanchieren – mit ewiger Verbundenheit! Also, Leute, lasst uns reinhauen bei der Jagd nach ›Excalibur‹!«

Es war sicher nur Einbildung, dass ihre jubelnden Rufe ein wenig ironisch klangen. Ich drehte mich um und öffnete die Tür der Werkstatt, dann spurtete ich los zu dem geheimen Tunnel, der genau unterhalb von Ygg City die Stadt Alne mit der Untergrundwelt Jötunheimr verband.

2

Wir schlängelten uns durch die Gassen von Alne, die so schmal waren, dass sie nicht einmal auf der Map angezeigt wurden, liefen treppauf und treppab und sogar mitten durch die Gärten von Wohnhäusern, bis wir eine Tür erreichten.

Es war eine vollkommen unauffällige, runde Holztür, die aussah wie ein Deko-Objekt, das sich nicht öffnen ließ. Doch als Leafa einen kleinen kupfernen Schlüssel aus ihrer Gürtel-tasche holte und ihn im Schlüsselloch drehte, war ein deutli-ches Klicken zu hören. Der Schlüssel war unversehens in ih-rem Inventar aufgetaucht, als Tonky uns zuvor zum unteren Ende des Tunnels gebracht hatte. Mit anderen Worten, diese Tür hätte nicht zuerst von dieser Seite aus geöffnet werden können.

Ich zog an dem eisernen Ring, worauf sich die Tür knar-rend öffnete und eine Treppe nach unten offenbarte. Wir sieben schlüpften im Gänsemarsch hinein, und als Klein am Ende der Reihe die Tür wieder schloss, verriegelte sie sich au-tomatisch.

»Uff ... wie viele Stufen hat dieses Ding?«, murrte Liz, die zum ersten Mal hier war. Und das war nur verständlich, denn die Stufen in dem zwei Meter breiten Tunnel wurden nur von dem blassen Lichtschein der Lampen an der Wand beleuch-tet und führten so endlos weit hinab, wie es die Auflösung zuließ.

»Hm, ich würde sagen, die Treppe ist etwa so lang wie ein Turm im Labyrinth von Aincrad«, antwortete Asuna, die ganz vorn schon begann, die Treppe hinunterzulaufen. Liz, Silica und Klein zogen alle gleichzeitig eine Grimasse. Ich grinste gequält und betonte die Vorteile des Tunnels.

»Hört mal, auf der normalen Route müsste man erst zu einem der vier Treppen-Dungeons, die zig Kilometer von Alne entfernt sind, dann müsste man sich dort durchkämpfen und am Ende noch einen Wächterboss besiegen, um nach Jötunheimr zu kommen. Mit einer Gruppe würde man im besten Fall immer noch zwei Stunden brauchen, aber auf diesem Weg ist man in fünf Minuten da! Wenn ich Leafa wäre, würde ich ein Geschäft daraus machen und für die Benutzung des Tunnels tausend Yrd verlangen.«

»Aber, Brüderchen, wenn man hier hinunterläuft und Tonky einen am Ausgang nicht abholen kommt, bleibt einem nichts anderes übrig, als sich in den Abgrund fallen zu lassen und zu sterben«, wandte Leafa kopfschüttelnd ein, und sie hatte vollkommen recht.

Mitten in der ausgedehnten Untergrundwelt Jötunheimr klaffte ein bodenloser Abgrund von gut anderthalb Kilometern Durchmesser, der allgemein als »Great Void« bekannt war. Der hängende Dungeon in der Form einer umgekehrten Pyramide, wo das heilige Schwert Excalibur versiegelt war, ragte direkt über diesem Abgrund aus dem Gewölbe. Diese Treppe, die wir gerade hinabliefen, führte zu einem Ausgang in der Luft über dem Abgrund, ganz in der Nähe dieses Dungeons. Wenn man also von dort hinunterspringen würde, würde man beim Sturz in dieses bodenlose Loch sterben und ohne Wenn und Aber zu einem Speicherpunkt auf der Oberfläche zurückgebracht werden.

Mit einem Räuspern überspielte ich meine habgierige Bemerkung und verkündete mit ernstem Gesicht: »Nun ja, jedenfalls solltet ihr aus diesem Grund für jede einzelne Stufe dankbar sein, statt euch zu beschweren, meine Freunde.«

»Ist ja jetzt nicht so, als hättest du sie gebaut«, murmelte daraufhin Sinon, die vor mir lief. Es war ein für sie typisch lässiger Kommentar.

»Vielen Dank für den Hinweis«, erwiderte ich frech, und statt einem Handschlag packte ich die Spitze ihres hellblauen Schwanzes, der vor meiner Nase wedelte.

»Uaargh!«

Mit einem Aufschrei sprang die Wildkatzen-Bogenschützin in die Höhe. Dann drehte sie sich um und lief geschickt rückwärts die Treppe hinunter, während sie mit beiden Händen versuchte, nach meinem Gesicht zu kratzen, doch ich wich gewandt aus.

Selbstverständlich waren die Ohren und Schwänze der Cait Sith Körperteile, die Menschen nicht hatten, dennoch schienen sie durch irgendeinen Mechanismus über Empfindungen zu verfügen. Spieler, die noch nicht daran gewöhnt waren, verspürten laut Silica ein »superkomisches Gefühl«, daher waren die Reaktionen immer sehr unterhaltsam.

»Mach das noch einmal, und ich ramme dir Feuerpfeile in die Nasenlöcher, klar?«

Brüsk drehte Sinon sich wieder nach vorn, und vor ihr schüttelten Leafa, Liz, Silica, Asuna und sogar Yui auf deren Schulter in einer perfekt synchronen Bewegung fassungslos die Köpfe. Hinter mir brummte Klein beeindruckt: »Du kennst echt keine Angst, was?«

Wie erwartet hatten wir den Tunnel durch Alfheims Erdkruste in weniger als fünf Minuten durchquert, und vor uns kam ein weißliches Licht in Sicht.

Gleichzeitig fiel die Temperatur der virtuellen Luft. Glitzernde Eiskristalle begannen um unsere Gesichter zu tanzen.

Nach wenigen Sekunden traten wir durch die Erdkruste und erblickten das Panorama von Jötunheimr. Die Treppenstufen in der dicken Baumwurzel führten in die Luft und hörten fünfzig Meter weiter vorn auf.

»Oh ... Wooow ...!«

»Wahnsinn ...«

Die zwei Katzen Silica und Sinon sahen Jötunheimr zum ersten Mal mit eigenen Augen, und beide stießen erstaunte Rufe aus. Selbst der kleine Drache Pina auf Silicas Kopf schlug aufgeregt mit den Flügeln.

Unter uns breitete sich eine schöne, aber unerbittliche Welt der ewigen Nacht aus, bedeckt von einer undurchdringlichen Schicht aus Schnee und Eis. Das einzige Licht rührte von den zahllosen, riesigen Eiszapfen, die vom Gewölbe herabhingen und ein wenig Tageslicht von der Oberfläche weiterleiteten. Hier und dort brannten an den Burgen und Festungen der finsteren Gottheiten violette oder gelbgrüne Wachfeuer. Hier in der Mitte maß die Höhe bis zum Gewölbe gut einen Kilometer, daher waren die zahlreichen Monster, die dort unten herumstreiften, nicht zu erkennen. Direkt unter uns befand sich der Abgrund, der sämtliches Licht zu verschlucken schien: der »Void«.

Als ich meinen Kopf wieder hob, bot sich mir ein weiterer sagenhafter Anblick.

Die gewaltigen Wurzeln des Weltenbaums, der sich über ganz Alfheim erhob, schlangen sich um einen blassblauen

Eiskoloss, der spitz aus dem Gewölbe ragte. Eben diese umgekehrte Pyramidenform war unser Ziel, der hängende Dungeon. Dessen Fundament maß etwa dreihundert Meter an jeder Seite, und die Pyramide war insgesamt etwa genauso hoch. Selbst aus dieser Entfernung waren die zahlreichen Räume und Gänge, die in das Innere des Eises geschlagen waren, klar zu erkennen – genauso wie die dort umherstreichenden, riesigen Schatten.

Zuletzt senkte ich den Blick hinunter zu der scharfen Spitze der umgekehrten Pyramide.

Selbst mit der Nachtsichtfähigkeit meiner Spriggan-Augen konnte ich nur hin und wieder ein kleines, goldenes Funkeln erspähen. Doch die Tiefe dieses Glanzes übte eine unbeschreibliche Anziehungskraft auf mich aus. Das heilige Schwert Excalibur, die stärkste legendäre Waffe in *ALO*, war dort versiegelt.

Nachdem wir uns ein Bild von der Gesamtlage gemacht hatten, hob Asuna eine Hand und sprach fließend einen Zauberspruch. Für einen Moment wurden unsere Körper von einem blassblauen Licht umhüllt, und unter meiner HP-Leiste links oben in meinem Sichtfeld leuchtete ein kleines Icon auf. Auf der Stelle verschwand die unangenehme Kälte, als hätte ich mir eine dicke Daunenjacke übergezogen. Es war ein Buff für Kälteresistenz.

»Okay«, sagte Asuna.

Leafa nickte, legte zwei Finger an die Lippen und ließ einen lauten Pfiff ertönen.

Wenige Sekunden später mischte sich in das Brausen des Windes ein fernes Heulen: »*Kuoooh* ...« Als ich angestrengt Ausschau hielt, erkannte ich vor der Dunkelheit des »Void« eine emporsteigende, weiße Silhouette.

Aus den Seiten des Rumpfes, der so flach wie eine Flunder oder ein Reislöffel war, streckten sich vier weiße, flossenähnliche Flügelpaare. Unter dem Körper hing eine Vielzahl von rankenartigen Tentakeln. Und am Kopf saßen drei schwarze Augen auf jeder Seite eines langen Rüssels. Es war die Gottheit Tonky, die sich von einer Elefanten-Qualle in diese ebenso befremdliche wie schöne Form verwandelt hatte.

»Tonkyyy!«, rief Yui von Asunas Schulter, so laut sie konnte, und die seltsame Gottheit antwortete mit einem erneuten Heulen. Tonky schlug kräftig mit den Flügeln und stieg in einer Spirale zu uns auf. Je näher er kam, desto offensichtlicher wurde seine gigantische Größe, und die vier, die ihm zum ersten Mal begegneten, wichen ein Stück auf der Treppe zurück.

»Keine Sorge, er ist Pflanzenfresser«, bemerkte ich. Leafa drehte sich um und grinste breit.

»Aber als ich ihm neulich von oben einen Fisch mitgebracht habe, hat er ihn in einem Happs runtergeschlungen.«

»Wa... Was du nicht sagst ...«

Klein und die anderen traten noch einen Schritt zurück, doch weiter kamen sie auf der schmalen Treppe nicht. Im Nu war Tonky direkt vor uns und sah uns der Reihe nach mit seinem immer noch elefantenähnlichen Gesicht an. Dann streckte er seinen langen Rüssel aus und zauste mit der zotteligen Spitze durch Kleins stacheliges Haar.

»Uähoh?!«

Der Katanakrieger stieß einen unverständlichen Laut aus, doch ich schubste ihn erbarmungslos nach vorn. »Na los, er sagt dir, dass du auf seinen Rücken steigen sollst.«

»Mag ja sein, aber mein Opa hat mir in seinem letzten Willen verboten, in amerikanische Autos oder auf fliegende Elefanten zu steigen ...«

»Du hast doch neulich noch im Dicey Café selbst gemachte getrocknete Kakifrüchte von ihm mitgebracht! Die waren gut, gerne mehr davon!«

Mit diesen Worten gab ich ihm einen weiteren Schubs, und Klein setzte ängstlich einen Fuß auf Tonkys Schulter und sprang auf dessen flachen Rücken. Die Nächsten, die an Bord gingen, waren die wie immer verdammt mutige Sinon und Silica, die offenbar beschlossen hatte, dass ihre Tierliebe auch Tonky mit einschloss. Lisbeth hüpfte mit einem undamenhaften »Hepp!«-Ruf hinterher, gefolgt von Leafa und Asuna, die mit einem geübten Satz hinaufsprangen. Zuletzt kraulte ich Tonky an der Nasenwurzel und sprang auf den Rücken des über zehn Meter langen Monsters aus der Klasse der Gottheiten.

»Okay, Tonky, bring uns bitte zum Eingang des Dungeons!«, rief Leafa, die direkt hinter Tonkys Kopf Platz genommen hatte. Tonky hob seinen langen Rüssel und trötete noch einmal, dann begann er in wellenförmigen Bewegungen mit seinen acht Flügeln zu schlagen.

Die Male mitgezählt, die rein zum Vergnügen gewesen waren, war das schon mein fünfter Ritt auf dem Rücken der fliegenden Gottheit Tonky. Ich hatte es bisher nie ausgesprochen, aber mir kam dabei jedes Mal ein bestimmter Gedanke. Nämlich ...

»Hey, was passiert eigentlich, wenn man hier runterfällt?«, sprach Lisbeth gleich hinter mir ohne Umschweife meinen Gedanken aus.

Genau das. In Jötunheimr war prinzipiell für alle Elfenrassen kein Flug möglich, und noch dazu wurde auch der übliche Fallschaden bei Stürzen aus großer Höhe angewandt. Je nach Skillwerten verursachte schon ein Sturz aus zehn Metern Höhe Schaden, bei über dreißig Metern Höhe würde man unweigerlich sterben.

Derzeit flog Tonky in nahezu tausend Metern Höhe. Es stand außer Frage, was passieren würde, wenn man hinunterfiel. Vielleicht gab es irgendwelche Sicherheitsmechanismen – dass Tonky uns zum Beispiel mit den Tentakeln unter seinem Bauch auffangen würde –, doch ich hatte keine Lust, es auszuprobieren.

Die anderen schienen die gleichen Bedenken zu haben. Die Einzigen, die den Flug genossen, waren Speed-Junkie Leafa ganz vorn, Yui auf deren Kopf und Pina in Silicas Armen.

Die Antwort auf Liz' Frage kam von Asuna, die neben ihr saß. Trotz ihrer etwas angespannten Miene lächelte sie mich an und sagte: »Unser Freund da drüben, der im alten Aincrad mal versucht hat, an einer der äußeren Säulen zur nächsten Ebene zu klettern, und dabei hinuntergefallen ist, wird das bestimmt gerne mal für uns austesten.«

»Ich glaube, Katzen liegt das Fallen aus großer Höhe eher, oder?«

Sofort schüttelten die beiden Katzenmädchen mit ernstem Gesicht den Kopf.

Während wir so plauderten, schlug Tonky ruhig mit seinen Flügeln und glitt durch die Lüfte. Sein Ziel war eine Terrasse vor dem Eingang am oberen Teil des hängenden Eisdungeons. Hoffentlich würde unsere Reise weiterhin so ruhig verlaufen ...

Kaum hatte ich das heimlich gedacht, da faltete Tonky plötzlich all seine Flügel und setzte zu einem jähen Sturzflug an.

»Uaaaaaah?!«, brüllten wir beiden Kerle in der Gruppe.

»Kyaaaaah!«, kreischten die Mädchen.

»Juchuuuuu!«, jauchzte Leafa.

Mit beiden Händen krallte ich mich in das dichte Fell auf Tonkys Rücken, um dem heftigen Druck des Windes standzuhalten. In einem fast senkrechten Winkel näherten wir uns zusehends dem Erdboden weit unter uns. Doch warum tat Tonky das auf einmal? All die Male, die wir auf seinem Rücken geritten waren, hatte er immer nur ruhige Runden auf einem festgelegten Kurs zwischen der Treppe zwischen den Baumwurzeln und der Eisterrasse gedreht.

Hatte er es etwa satt, von uns als Taxi benutzt zu werden? Oder war ihm der Fisch nicht bekommen, den Leafa ihm beim letzten Mal mitgebracht hatte?

Während ich mir diese zwecklosen Fragen stellte, wurden die Texturen des von Eis und Schnee bedeckten Bodens immer detaillierter. Tonky schien auf den südlichen Rand des gigantischen »Void« zuzusteuern. Es war genau der Ort, an dem Leafa und ich gegen eine Raid-Gruppe der Undinen gekämpft hatten, die Jagd auf Tonky hatten machen wollen.

Gleich darauf wurden unsere Körper durch eine abrupte Drosselung der Geschwindigkeit eng an den Rücken der Gottheit gepresst. Tonky hatte seine zusammengefalteten Flügel wieder ausgebreitet und bremste den Sturzflug ab. Zumindest schien er seine Passagiere nicht einfach auf den Boden werfen zu wollen. Erleichtert stieß ich meinen angehaltenen Atem aus und setzte mich auf.

Tonky war nun wieder zu einem ruhigen, horizontalen Flug übergegangen. Als ich von seinem Rücken aus auf die Welt unter uns hinabblickte, war der Erdboden keine fünfzig Meter mehr entfernt. Was von oben wie ein Luftbild in extrem verkleinertem Maßstab ausgesehen hatte, war jetzt klar erkennbar. Tote Bäume, an denen spitze Eiszapfen hingen. Zugefrorene Flüsse und Seen. Und ...

»Ah ...?!«, rief Leafa schrill und lehnte sich so weit nach vorn, dass sie quasi über Tonkys Kopf hing. Sie zeigte auf eine Stelle auf dem Boden und schrie fast: »Brüderchen, sieh mal dort!«

Ich und die anderen fünf taten wie geheißen und starrten auf den Punkt vorne links, auf den Leafa deutete.

Gerade in diesem Augenblick explodierten der Reihe nach mehrere Blitzeffekte, die mir in meine an die Dunkelheit gewöhnten Augen stachen. Unmittelbar darauf war ein tiefes Grollen zu hören. Es waren fraglos die Effekte eines großen Angriffszaubers.

Tonky heulte ein trauriges »*Kuoooh*«. Den Grund dafür begriff ich sofort.

Ziel des Angriffs war ein großes Monster mit langen Tentakeln unter dem dampfnudelförmigen Körper, einem langen Rüssel und großen Ohren, ähnlich einer elefantenartigen Qualle. Es bestand kein Zweifel, dies war ein Monster von Tonkys Art, das noch vor der Entwicklung seiner Flügel stand.

Die Angreifer waren eine große Raid-Gruppe von über dreißig Spielern. Den verschiedenfarbigen Haarschöpfen und großen Unterschieden in ihrem Körperbau nach zu urteilen, handelte es sich um eine bunt gemischte Truppe aus verschiedenen Elfenrassen. Wenn es allein danach ging, waren sie eine ganz normale Gruppe für die Jagd auf Gottheiten. Doch was nicht allein Leafa, sondern uns alle erstaunte, war der Fakt, dass die Spieler nicht die Einzigen waren, die die Elefanten-Qualle angriffen.

Der andere Angreifer war noch sechs- oder siebenmal größer als die hochgewachsenen Gnome. Er hatte eine humanoide Gestalt, jedoch mit vier Armen und drei übereinander angeordneten Gesichtern. Seine Haut war aschgrau wie Stahl, und die dunkelroten Augen erinnerten an glühende Kohlen.

Dies war ebenfalls unverkennbar eine der humanoiden Gottheiten, die Tonky bei unserer ersten Begegnung hatte töten wollen. Jede der vier Hände hielt ein Schwert, so grob wie ein Stahlträger, mit deren halb stumpfen Klingen der Riese immer wieder auf den Rücken der Elefanten-Qualle einhieb. Sobald dessen harte Außenhaut Risse bekam und Flüssigkeit hervorspritzte, attackierten die Spieler diese Stellen mit einer Kombination aus Zaubern, Pfeilen und Sword Skills.

»Was … geht da vor? Hat jemand diesen Humanoiden gezähmt?«, wisperte Asuna atemlos.

Silica schüttelte heftig mit dem Kopf und antwortete: »Nein, das kann nicht sein! Selbst bei maximiertem Skill und einem vollen Boost durch spezielle Ausrüstung liegt die Erfolgsquote beim Tamen von Gottheiten bei null!«

»Also heißt das …«, brummte Klein und fuhr sich durch das stachelige rote Haar, »sie sind sozusagen Trittbrettfahrer? Als der vierarmige Riese die Elefanten-Qualle angegriffen hat, sind sie mit eingestiegen und haben mit draufgehauen …?«

»Aber wie können sie die Aggro so gut unter Kontrolle halten?«, bemerkte Sinon ruhig mit gerunzelter Stirn. Damit hatte sie in der Tat recht. Selbst wenn die Spieler keinen Schaden verursacht hätten, wäre es angesichts der Verhaltensmuster der Gottheiten bei solchen Angriffsserien mit Magie und Skills aus nächster Nähe nicht verwunderlich gewesen, wenn die Gottheit mit ihren Angriffen auf die Spieler umgeschwenkt hätte.

Verständnislos sahen wir mit zusammengebissenen Zähnen zu, wie der riesige Körper der Elefanten-Qualle schließlich schwankte und mit einem heftigen Beben seitlich in den Schnee stürzte. Ein letzter Schwerthieb und ein mächtiger Zauberangriff attackierten sie ...

»Huuuuh ...«

Mit einem Todesschrei zerbarst die Elefanten-Qualle in gewaltige Polygonsplitter.

»Kuooooh«, heulte Tonky noch einmal traurig. Weit über seinen Kopf gelehnt bebten Leafas Schultern, und auch Yui ließ niedergeschlagen den Kopf hängen.

Ich fand keine tröstenden Worte für die beiden, also beobachtete ich nur weiterhin die Raid-Gruppe unter uns.

Gleich darauf ereilte mich ein erneuter Schock, und ich riss die Augen weit auf.

Der vierarmige Riese, der weder gezähmt noch provoziert oder verzaubert war, brüllte triumphierend »Broaaaah!«, und zu seinen Füßen warfen sich auch einige Spieler in Siegerpose. Dann machten sich beide Parteien gemeinsam auf den Weg, um nach einem neuen Ziel zu suchen.

»Warum kämpfen sie nicht ...?!«, fragte ich heiser, als Asuna neben mir etwas bemerkte und mit einem Mal aufsah.

»Ah ... seht euch das mal an!«

Sie zeigte auf einen weit entfernten Hügel zur Rechten. Auch dort blitzten die Effekte eines Kampfes. Als ich angestrengt hinsah, erkannte ich eine weitere große Spielergruppe, die mit der Unterstützung von zwei humanoiden Gottheiten Jagd auf ein Monster machte, das einem vielfüßigen Krokodil ähnelte.

»Was zur Hölle ... ist hier los?«, fragte Klein fassungslos.

Lisbeth murmelte leise: »Ist das vielleicht diese neu entdeckte Slaughter-Quest in Jötunheimr, von der Asuna vorhin gesprochen hat? Dass man mit den humanoiden Gottheiten zusammenarbeitet, um die Tier-Gottheiten zu vernichten ... oder so ...«

Bei diesen Worten sogen wir anderen sechs scharf die Luft ein.

Vermutlich verhielt es sich genau so. Es kam durchaus vor, dass man innerhalb einer Quest Seite an Seite mit bestimmten Mobs kämpfte. Doch worin bestand die Logik, dass die Belohnung für diese Quest das heilige Schwert Excalibur sein sollte? Das Schwert war in dem hängenden Dungeon versiegelt, der vermutlich die Basis der humanoiden Gottheiten war, also war eigentlich anzunehmen, dass man sie töten musste, um daran zu kommen ...

Bei diesem Gedanken wollte ich gerade den Blick zu der großen Eispyramide weit über uns heben.

Doch ich kam nicht dazu. Auf dem hinteren Teil von Tonkys Rücken, wo niemand saß, schwebten lautlos Lichtpartikel, verdichteten sich – und formten eine menschliche Gestalt.

Sie trug eine lange Robe. Blondes Haar wallte bis zu ihren Füßen. Das elegante und würdevolle Gesicht ... einer Frau.

Doch was mir und Klein, der sich ebenfalls umgedreht hatte, unwillkürlich über die Lippen kam, war gewiss kein Satz, den man an eine schöne Frau richten sollte.

»Die ist ja …«

»… riesig!«

Allerdings konnte man uns das kaum vorwerfen. Selbst vorsichtig geschätzt war sie über drei Meter groß, also doppelt so groß wie wir.

Glücklicherweise schien unsere Bemerkung die hochgewachsene Schönheit nicht verstimmt zu haben. Mit friedlicher Miene öffnete sie ihren Mund und begann zu sprechen. Ihre Stimme war mit einem erhabenen Effekt belegt, der sie umso deutlicher von uns Spielern abgrenzte.

»Ich bin Urd, die Königin des Sees.«

Die große Frau mit den blonden Haaren fuhr fort: »Ihr Elfen, die ihr ein Band mit meiner Sippe geknüpft habt.«

Sippe?, fragte ich mich verwundert. Wenn sie damit Tonky meinte, der mit uns auf dem Rücken immer noch in der Luft schwebte, wäre die schöne Frau demnach eine Angehörige der Tier-Gottheiten, die hier in Jötunheimr lebten …

Da erst fiel mir auf, dass die große Frau, die sich als »Königin des Sees« vorgestellt hatte, selbst keine vollkommen menschliche Gestalt hatte. Ihre bodenlangen, blonden Haare endeten in sich schlängelnden, halbtransparenten Tentakeln, und an ihren unter der Robe hervorlugenden Füßen waren perlgraue Schuppen zu erkennen. Es machte den Eindruck, als hätte ein riesiges Tier mit einem ebenso befremdlichen Aussehen wie Tonky vorübergehend eine menschliche Gestalt angenommen.

»Meine zwei Schwestern und ich möchten euch um eure Hilfe ersuchen. Bitte rettet dieses Land vor dem Angriff der Frostriesen.«

Noch während ich ihr zuhörte, überlegte ich, was genau sie dem System nach war.

Auch wenn ich meinen Blick auf sie fokussierte, erschien kein Farb-Cursor, also konnte sie mit Gewissheit kein Spieler sein, der sich mit Illusionsmagie verwandelt hatte. Aber ob sie nun ein harmloser Event-NPC war, eine Falle mit einem aggressiven Quest-Mob oder vielleicht sogar ein menschlicher GM, das konnte ich nicht beurteilen.

Da fühlte ich plötzlich ein kaum merkliches Gewicht auf meiner linken Schulter, und gleichzeitig flüsterte Yuis liebliche Stimme: »Papa, sie ist ein NPC. Aber etwas ist komisch an ihr. Sie scheint nicht mittels einer Routine mit festgelegten Antworten zu kommunizieren wie gewöhnliche NPCs. Sie ist mit einem Sprach-Modul verbunden, das einem Kernprogramm ähnelt.«

»Mit anderen Worten, sie hat sich zu einer AI entwickelt?«

»Genau, Papa.«

Während ein Teil von mir über die Bedeutung von Yuis Worten nachdachte, schenkte ich weiterhin der Frau mein Gehör.

Der NPC Urd, die Königin des Sees, deutete mit einer sanften Geste ihrer perlgrau glänzenden, rechten Hand auf die weite Welt unter uns und sagte: »Einst stand Jötunheimr genau wie euer Alfheim unter dem Segen des Weltenbaums Yggdrasil und war bedeckt von wunderschönen Gewässern und sattem Grün. Wir Bergriesen und die zu unserer Sippe gehörenden Kreaturen lebten hier in Ruhe und Frieden.«

Als sie diese Worte sprach, waberte die von Schnee und Eis bedeckte Landschaft und verblasste. Wie bei einem doppelt belichteten Foto erschien darüber eine Welt voller Pflanzen, Blumen und klarem Wasser, genau wie sie es beschrieben hatte. Das Land wirkte sogar noch üppiger als die fruchtbarsten der oberen Gebiete.

Noch erstaunlicher war, dass der »Great Void« hinter Urds Rücken in der Illusion kein Abgrund war, sondern ein großer See mit kristallklarem Wasser. Die Wurzeln des Weltenbaums, die heutzutage nur noch vom Gewölbe herabhingen, erstreckten sich, zu dicken Bündeln vereint, bis zum See und breiteten sich dort in alle Richtungen aus.

Auf den dicken Wurzeln, die sich aus dem Wasserspiegel erhoben, standen kleine Blockhütten, nein, eine ganze Stadt. Der Anblick erinnerte sehr an die Hauptstadt Alne an der Erdoberfläche.

Als Urd ihre Hand sinken ließ, verschwand auch die Vision wieder. Würdevoll, doch irgendwie traurig betrachtete sie Jötunheimr, das nun wieder eine frostige Welt des Eises war.

»Noch unterhalb von Jötunheimr liegt das eisige Reich Niflheimr. Thrym, der König der Frostriesen, die über jenen Ort herrschen, hat sich in der Gestalt eines Wolfes in unser Land geschlichen und das vom Schmiedegott Völundr gefertigte Schwert Excalibur, das durch jedes Eisen und jedes Holz schneidet, in die ›Quelle der Urd‹ im Zentrum der Welt geworfen. Das Schwert durchschnitt die wichtigste Wurzel des Weltenbaumes, und mit diesem Moment verlor Jötunheimr den Segen von Yggdrasil.«

Nun hob Urd die linke Hand. Wieder wurde eine Vision generiert, und wir betrachteten stumm den überwältigenden Anblick, der uns dort gezeigt wurde.

Die Weltenbaumwurzeln, die sich über den gesamten See – die Quelle der Urd – erstreckten, wanden sich, hoben sich aus der Erde und zogen sich zum Gewölbe zurück. Die Häuser und Hütten auf den Wurzeln zerfielen einfach.

Gleichzeitig verloren alle Bäume ihre Blätter, das Gras verdorrte, und das Licht verblasste. Die Flüsse froren zu, Frost legte sich über das Land, und Schneestürme tobten. Selbst die gewaltige Wassermenge in der Quelle der Urd gefror innerhalb eines Augenblicks, und der gigantische Eiskoloss wurde, umschlungen von den Wurzeln, in die Luft gezogen. Die zahlreichen Kreaturen, die den See bewohnt hatten, wurden aus dem Eisbrocken geschleudert und stürzten eine nach der anderen hinab. Darunter waren auch solche Elefanten-Quallen wie Tonky zu sehen.

Schließlich schrumpften die Wurzeln des Weltenbaums bis in die Erdkruste von Alfheim zurück und zogen dabei den Eisbrocken halb in das Gewölbe von Jötunheimr. Es stand nun außer Frage, dass dieser Eisbrocken nichts anderes war als die umgedrehte Eispyramide, die heute im Himmel von Jötunheimr thronte. Im untersten Ende, das so spitz war wie ein Eiszapfen, war ein goldenes Glitzern zu erkennen. Es war Excalibur, das Schwert, das der Frostriesenkönig Thrym in den See geworfen und somit den Weltenbaum und Jötunheimr voneinander getrennt hatte.

Nachdem alles Wasser verschwunden war, wurde aus dem zuvor schönen See ein bodenloser Abgrund.

Als Urd ihre linke Hand sinken ließ, erlosch auch diese Illusion wieder. Doch dieses Mal veränderte sich die Landschaft dahinter nicht mehr merklich. Allein der Eisbrocken wurde zu einem linearen Dungeon umgeformt. Dass Excalibur noch immer in der untersten Spitze eingeschlossen war, hatten Leafa und ich bereits mit eigenen Augen gesehen.

»König Thryms Frostriesen fielen in großer Zahl von Niflheimr in Jötunheimr ein und bauten zahlreiche Burgen und Festungen, in deren Kerkern sie uns Bergriesen gefangen hielten. In dem Eisblock, der einst die Quelle der Urd gewesen war, errichtete sich ihr König seinen Palast Thrymheimr, von dem aus er seitdem über dieses Land herrscht. Es gelang mir und meinen Schwestern, zum Grund der gefrorenen Quelle zu fliehen, doch unsere einstige Macht haben wir verloren.«

Urd schlug die Lider nieder, bevor sie zum vermutlich letzten Teil ihrer Erzählung kam. Wir lauschten ihr wortlos und vergaßen dabei zum Teil, dass sie nur ein NPC und die Geschichte eine Quest in einem Spiel war.

»Damit waren die Frostriesen aber noch nicht zufrieden, sie wollen auch noch die letzten Kreaturen unserer Sippe vernichten, die bis jetzt in diesem Land überlebt haben. Wenn es ihnen gelingt, werden unsere Kräfte vollständig vernichtet, und Thrymheimr wird bis zur oberen Ebene von Alfheim aufsteigen.«

»Was?! Aber damit würden sie doch Alne plattmachen!«, rief Klein entrüstet, der durch diese Geschichte voll und ganz in seinem Full Dive versunken war.

Urd, die laut Yui keinem festgelegten Antwortprogramm folgte, sondern eine Art AI war, nickte bei seinen Worten und antwortete: »König Thryms Ziel ist es, auch euer Alfheim unter Schnee und Eis einzuschließen und bis zur Spitze des Weltenbaumes Yggdrasil vorzudringen, um den ›Goldenen Apfel‹ an sich zu bringen, der dort oben wachsen soll.«

Für einen Moment überlegte ich, ob ich von solch einem Item schon einmal gehört hatte, dann fiel mir etwas ein. In der Nähe des Wipfels des Weltenbaums gab es einen Bereich, der von einem unfassbar starken Adlermonster bewacht wurde. Vielleicht war dort dieser goldene Apfel zu finden.

Urd richtete ihren Blick auf die Erde unter uns und zog bekümmert die Augenbrauen zusammen.

»Thrym war erzürnt, dass sich unsere Sippe nicht so schnell vernichten ließ, also gingen er und seine Generäle dazu über, die Kräfte von euch Elfen in Anspruch zu nehmen. Mit der Versprechung von Excalibur als Belohnung verleiteten sie die Elfen dazu, auf alle Angehörigen meiner Sippe unerbittlich Jagd zu machen. Doch Thrym würde das Schwert niemals an jemand anderen übergeben. Denn wenn das Schwert aus Thrymheimr verschwindet, wird Yggdrasils Segen in dieses Land zurückkehren und Thryms Palast niederschmelzen.«

»Wie ...? Also ist es eine glatte Lüge, dass es Excalibur als Belohnung gibt? Was ist das denn für 'ne Quest?!«, rief Lisbeth aufbrausend, und die Königin nickte großmütig.

»Der Schmiedegott Völundr schlug beim Schmieden jenes Schwertes mit seinem Hammer einmal daneben und warf das missglückte Exemplar fort. Vermutlich will Thrym dieses falsche Schwert ›Caliburn‹ überreichen, das äußerlich nicht von Excalibur zu unterscheiden ist. Auch dieses Schwert ist sehr stark, aber es besitzt nicht die wahre Kraft.«

»Wie hinterlistig ... Darf ein König so was machen?«, murmelte Leafa bestürzt.

Urd nickte noch einmal und seufzte tief.

»Seine Hinterlist ist Thryms mächtigste Waffe. Doch vor lauter Ungeduld, unsere Sippe auszurotten, hat er einen Fehler begangen. Zur Unterstützung der Elfen, die von seinen Schmeicheleien angelockt wurden, hat er fast alle ihm untergebenen Riesen aus Thrymheimr auf die Erde von Jötunheimr hinabgesandt. Die Verteidigung seines Palastes ist nun so schwach wie nie zuvor.«

Endlich begriff ich, wohin diese Quest – das Gesuch der Königin – führte.

Urd, die Königin des Sees, streckte ihren langen Arm gerade nach oben gen Thrymheimr und beschwor uns:

»Ihr Elfen, bitte dringt in Thrymheimr ein und zieht Excalibur aus seinem Sockel.«

3

»Das ist alles ganz schön verrückt ...«, murmelte Asuna, nachdem die Königin des Sees sich in goldene Lichttropfen aufgelöst hatte und Tonky erneut aufstieg – diesmal in einem gemächlicheren Tempo.

Sinon hatte offenbar ihre Gedanken sortiert, und ihr hellblauer Schwanz peitschte heftig hin und her, als sie fragte: »Das ist schon eine normale Quest ... oder? Aber dafür ist die Story irgendwie zu umfangreich ... Hat sie nicht gesagt, wenn die Tier-Gottheiten ausgerottet sind, werden die Frostriesen als Nächstes die Oberfläche besetzen?«

»Hat sie ...«, bejahte ich nachdenklich mit verschränkten Armen. »Aber würden die Betreiber so etwas wirklich machen, ohne die Ankündigung eines Updates oder Events? Auch in anderen MMOs gibt es oft Events, wo Städte von Bossmonstern angegriffen werden, aber normalerweise wird so etwas mindestens eine Woche im Voraus bekannt gegeben.«

Die anderen nickten zustimmend. Da flog Yui von meiner Schulter auf und schwebte in unserer Mitte. So laut, dass es alle hören konnten, teilte sie mit: »Also, ich habe eine Vermutung, wenn auch ohne hundertprozentige Gewissheit …«

Sie blinzelte einmal langsam, als würde sie darüber nachdenken, wie sie es formulieren sollte. Dann sprach sie weiter: »*ALfheim Online* unterscheidet sich in einem Punkt stark von anderen VRMMOs im The-Seed-Nexus. Das Cardinal-System, das dieses Spiel steuert, ist nicht die Version mit eingeschränkten Funktionen, sondern eine Replik der Vollversion, die auch im ehemaligen *Sword Art Online* verwendet wurde.«

Es war genau, wie sie sagte. Ich erinnerte mich nicht gern daran, aber *ALO* war ursprünglich aus einer vollständigen Kopie des *SAO*-Servers erstellt worden, damit ein Wahnsinniger seine illegalen Experimente an einem Teil der früheren *SAO*-Spieler durchführen konnte. Daher hatte natürlich auch das autonome Kontrollsystem »Cardinal«, das diese Welt steuerte, die gleiche Leistungsfähigkeit wie in *SAO*.

Yui blickte in die Runde ihrer aufmerksamen Zuhörer und fuhr fort. »Das ursprüngliche Cardinal-System hatte einige Funktionen, die in der eingeschränkten Version gestrichen wurden. Eines davon ist die automatische Erzeugung von neuen Quests. Das System sammelt über das Netzwerk Legenden und Überlieferungen aus aller Welt und verwendet oder adaptiert Namen und Erzählschemata daraus, um unendlich viele Quests zu generieren.«

»Was zum Teufel?!«, ächzte Klein, und seine stoppelige Kinnlade klappte herunter. »Also waren die ganzen Quests, die uns in Aincrad so auf Trab gehalten haben, vom System selbst erstellt?«

»Kein Wunder, dass es so unfassbar viele waren. Als wir auf der 75. Ebene waren, standen allein in der Datenbank der Informationshändler locker über zehntausend Quests ...«, sagte die Vizekommandantin der Ritter des Blutschwurs, die damals recht emsig Quests abgearbeitet hatte, um operatives Kapital für ihre Gilde zu verdienen.

»Außerdem waren die Geschichten manchmal ziemlich komisch. Ich glaube, irgendwo um die dreißigste Ebene herum gab's eine Quest, für die man einen maskierten Oger mit einer Säge besiegen musste, und egal wie oft man ihn getötet hat, die Quest erschien immer wieder am schwarzen Brett. Ich frage mich, auf welcher Legende die basierte ...«

Auch ich konnte mich noch an etliche solcher Quests erinnern, doch da wir sonst den ganzen Weg bis zur Eispyramide über das alte Aincrad genörgelt hätten, räusperte ich mich und lenkte das Gespräch wieder auf das eigentliche Thema.

»Yui, heißt das, auch diese Quest wurde vom Cardinal-System automatisch generiert?«

»Angesichts des Verhaltens dieses NPCs ist das sehr wahrscheinlich. Vielleicht hat sich durch irgendein Vorgehen der Betreiber die bisher gesperrte Funktion zur Questgenerierung aktiviert.«

Yui nickte mir zu und erklärte dann mit ernstem Gesicht: »In diesem Fall könnte es je nach Storyverlauf tatsächlich so weit kommen, dass der Eisdungeon bis nach Alfheim aufsteigt, Alne zerstört wird und auf den Gebieten ringsum

Monster der Gottheitenklasse spawnen ... Nein, vielleicht ...«

Das AI-Mädchen schloss für einen Moment den Mund, und ihr Gesicht nahm einen besorgten Ausdruck an.

»Laut meinen Archivdaten erzählt die nordische Mythologie, auf der diese Quest und das ursprüngliche *ALO* selbst basieren, auch von einer sogenannten ›Letzten Schlacht‹. Nicht nur die Frostriesen aus Jötunheimr und Niflheimr werden einfallen. Aus dem Land des Feuers Muspellsheim, das noch darunter liegt, werden auch die Feuerriesen auftauchen und den gesamten Weltenbaum niederbrennen ... so heißt es ...«

»Ragnarök ...«, raunte Suguha, die Mythen und Sagen liebte und etliche Bücher dazu in ihrem Zimmer hatte. Dann riss sie ihre smaragdgrünen Augen auf und rief: »Aber das kann doch nicht sein ...! Ein Spielsystem kann doch nicht wirklich seine eigene Map komplett zusammenbrechen lassen ...!«

Das war ein berechtigter Einwand. Doch Yui schüttelte sachte den Kopf.

»Das originale Cardinal-System war befugt, die gesamte Worldmap zu zerstören. Schließlich war dessen letzte Aufgabe, die schwebende Festung Aincrad zusammenstürzen zu lassen.«

Nun schwiegen alle betroffen.

Als Nächstes ergriff Sinon das Wort, die bisher schweigend zugehört hatte. »Für den Fall, dass dieses Ragnarök tatsächlich eintreten sollte und es nicht vom Betreiber so geplant war, könnte man dann nicht einfach ein Rollback des Servers durchführen?«

»Ooh ... na klar, stimmt«, brummte Klein zustimmend. Bei einem Rollback wurde, einfach ausgedrückt, der aktuelle

Serverstatus mit Back-up-Daten überschrieben. Dieses Verfahren wurde vor allem dann angewandt, wenn Spieler durch einen Programmfehler oder Bug ungeplante Vorteile zogen. Wenn Alfheim in Schutt und Asche gelegt werden würde, wären die Erfahrungspunkte und Items der einzelnen Spieler davon zwar nicht betroffen, aber niemand würde wollen, dass sämtliche Elfengebiete aussehen würden wie das verbrannte Land im Osten des Salamander-Gebietes.

Doch Yui bejahte ihre Frage nicht direkt. »Wenn der Betreiber manuell ein Back-up aller Daten anlegen und auf physisch getrennten Medien speichern würde, wäre es möglich ... Aber wenn die automatische Back-up-Funktion des Cardinal-Systems verwendet wird, können je nach Einstellungen höchstens die Spielerdaten, jedoch nicht die Maps zurückgesetzt werden.«

Erneut verfielen wir alle in Schweigen. Da rief Klein plötzlich: »Ich hab's!«, und öffnete sein Menüfenster. Aber sogleich schlug er die Hände an den Kopf und stöhnte, »Nee, war nix!«

»Was sollte das denn jetzt?«, fragte Lisbeth, und der Katanakrieger drehte sich mit verlegener Miene zu ihr um.

»Na ja, ich dachte, ich frag einfach mal 'nen GM, ob sie von der Sache wissen. Aber um diese Zeit ist der Support nicht besetzt ...«

»Es ist ja auch ein Sonntagvormittag am Jahresende ...«, seufzte ich und hob den Blick.

Die gigantische Eispyramide befand sich nun schon direkt vor uns. Wenn dieser Koloss mit dreihundert Metern Länge an jeder Seite sich nach oben durch die Erde bohren würde, würde in Alne mehr als nur ein großes Durcheinander ausbrechen. Die Hälfte der Bewohner war inzwischen nach Yggdrasil City auf der Spitze des Weltenbaums umgezogen, doch als Basislager für die Raids in den High-Level-Dungeons auf Alnes Hochebene und Handelsplatz aller Elfenrassen war die Stadt an den Wochenenden abends immer noch sehr geschäftig. Vor allem war es für mich eine äußerst denkwürdige Stadt.

»Dann bleibt uns wohl nichts anderes übrig, als es durchzuziehen, Brüderchen«, sagte Leafa und hielt ein großes Medaillon in die Höhe, das wir von Königin Urd erhalten hatten. Darin war ein großer Edelstein in einem schönen Facettenschliff eingefasst. Doch jetzt waren über sechzig Prozent der Facetten pechschwarz und reflektierten kein Licht.

Sobald sich der ganze Stein schwarz färbte und die letzte Tiergottheit erlegt war, würden auch Urds Kräfte erlöschen. In diesem Moment würde die Invasion von Alfheim durch den Frostriesenkönig Thrym beginnen.

»Du hast recht. Immerhin haben wir uns heute sowieso getroffen, um den Palast zu stürmen und uns Excalibur zu holen. Dass es gerade schlecht bewacht ist, kommt da wie gerufen.«

Ich nickte und öffnete mein Fenster, um das Ausrüstungsmenü zu bedienen.

Auf meinem Rücken erschien quer über meinem Langschwert – eine Sonderanfertigung von Lisbeth – ein Schwert, das ich vor Kurzem als Drop vom Bossmonster der fünfzehnten Ebene von Neu-Aincrad erhalten hatte.

Als Klein mich das erste Mal seit Langem wieder mit zwei Schwertern auf dem Rücken sah, grinste er breit und rief dann: »Alles klar, das wird die letzte große Quest des Jahres! Wir rocken das, und dann stehen wir morgen auf der Startseite von ›MMO Tomorrow‹!«

Das klang zwar etwas zu überzogen, aber dieses Mal kam selbst von Lisbeth keine spöttische Bemerkung.

»Jawoll!«, riefen wir im Chor, und selbst Tonky schlug heftig mit den Flügeln und trompetete.

Die fliegende Gottheit stieg nun schneller auf und umkreiste im Nu die Pyramide, bis sie mit ihrem massiven Körper neben dem Eingang im oberen Teil anlegte. Leafa war die Letzte von uns, die zur Eisterrasse hinübersprang. Sie streichelte Tonkys große Ohren und sagte: »Hab noch ein wenig Geduld, Tonky. Wir werden dir dein Land zurückerobern!«

Damit drehte sie sich um und zog ihr leicht geschwungenes Langschwert von der Hüfte. Mit unseren Waffen in den Händen wandten wir uns der hohen, zweiflügeligen Tür aus Eis zu, die vor uns emporragte.

Für gewöhnlich hätte man an diesem Punkt gegen den ersten Wächter kämpfen müssen, doch genau wie Urd gesagt hatte, öffnete sich die Tür heute sofort. Schnell bildeten wir eine Formation mit Klein, Leafa und mir und in der Frontlinie, Liz und Silica in der Mitte sowie Asuna und Sinon als Nachhut. Dann betraten wir auf dem eisigen Boden den Riesenpalast Thrymheimr.

In *ALO* konnte eine Gruppe höchstens aus der seltsamen, ungeraden Anzahl von sieben Mitgliedern bestehen.

In anderen Spielen waren es meist sechs oder acht, und es war bisher nicht offiziell begründet worden, warum es hier sieben waren. Das Maximum für eine Raid-Gruppe war übrigens 49 Teilnehmer, also siebenmal sieben. Glücklicherweise gab es eine Funktion für die automatische Umverteilung des gewonnenen Geldes, denn das Umrechnen wäre bei einer manuellen Verteilung auf sieben Personen sehr mühselig gewesen.

Wenn wir alle sieben Plätze mit guten Freunden besetzen wollten, standen fünf in der Regel immer fest: Asuna, Liz, Silica, Leafa und ich. Wir waren alle Highschool-Schüler, vier von uns gingen zur gleichen Schule, und zwei lebten sogar zusammen, was die Planung gemeinsamer Unternehmungen ungemein erleichterte.

Die Gruppenmitglieder auf dem sechsten und siebten Platz wechselten zwischen dem Firmenangestellten Klein, dem Barbesitzer Agil, dem vielbeschäftigten Staatsbeamten Chrysheight und Leafas Schulfreund Recon – je nachdem, wer gerade Zeit und Lust hatte. Auch Recon war Highschool-Schüler, doch bei der Eroberung von Yggdrasil damals hatte seine Courage die Sylphenfürstin Sakuya so beeindruckt, dass sie ihn direkt rekrutiert hatte. Nun war er dauerhaft als Mitarbeiter in ihrem Fürstenhof in Swilvane stationiert und konnte nur dann mit uns etwas unternehmen, wenn Aincrad über dem Sylphen-Gebiet schwebte.

Dieses Mal war erfreulicherweise Sinon, die Bogenschützin oder besser gesagt Scharfschützin, die ich erst kürzlich in *GGO* kennengelernt hatte, zu uns gestoßen, doch auch das löste das Problem unserer Gruppe nicht.

Wir hatten viel zu wenige Magier. Von den regulären Gruppenmitgliedern war die Undine Asuna die Einzige, die ihre Magie-Skills aktiv hochgelevelt hatte. Weil sie aber die Hälfte ihrer Skillpunkte für ihre Rapier-Skills aufwandte, hatte sie bisher nur die Support- und Heilzauber maximiert. Auch Leafa war eine Magie-Kriegerin, doch sie beherrschte vor allem die Beschwörung von Barrieren im Kampf und schwache

Heilzauber. Dann war da noch Silica, die zwar eher ein Magie-Typ war, aber ebenso hauptsächlich über Supportzauber verfügte. Liz hatte natürlich über die Hälfte ihrer Skillpunkte auf die Schmiede-Skills verteilt, Agil dreißig Prozent auf die Skills für Händler, und Klein und ich waren Muskelprotze, die alles samt und sonders in den physischen Nahkampf gesteckt hatten.

Unsere Möglichkeiten im Kampf erweiterten sich beträchtlich, wenn der siebte Platz in der Gruppe hin und wieder von Recon besetzt wurde, der mit seinem ungewöhnlichen Build aus einer Mischung von Dolchkampf und recht mächtiger Dunkelmagie eine hervorragende Ergänzung darstellte, oder auch von Chrysheight, dessen Eisangriffszauber ihm sogar den Respekt des Undinenfürsten eingebracht hatte. Unsere größte Schwachstelle war also das Fehlen von magischer Feuerkraft.

Doch das war nicht zu ändern. Schließlich waren die meisten von uns Übersiedler aus *SAO*, einer Welt der Schwerter ohne jegliche Form von Magie.

Mein Einhandschwert, Asunas Rapier, Liz' Streithammer, Silicas Kurzdolch, Kleins Katana, Agils Axt sowie sicherlich auch Leafas Langschwert und Sinons Bogen waren keine simplen Waffen mehr, sondern drastisch ausgedrückt ein Beweis unserer Existenz. Wir konnten sie nicht einfach fortwerfen und stattdessen Magie-Skills hochleveln. Uns war vollkommen bewusst, wie ineffizient unser Vorgehen war, trotzdem erfüllte unser auf physische Attacken ausgelegter Kampfstil uns umso mehr mit Stolz, und so hatten wir uns bisher damit durchgekämpft.

Allerdings geriet man dabei eben doch manchmal in heikle Situationen.

»Die Sache ist ganz schön heikel, Brüderchen! Der Goldene hat zu viel physische Abwehrkraft«, zischte Leafa neben mir.

Ich nickte ihr zu, aber noch bevor ich antworten konnte, schwang der besagte »Goldene« seine absurd riesige Kampfaxt nach oben.

»In zwei Sekunden kommt ein Schockwellenangriff! Eins, null!«, rief Yui von meinem Kopf so laut, wie es ihr kleiner Körper zuließ. Auf ihr Zeichen sprangen wir fünf in der vorderen und mittleren Reihe weit nach beiden Seiten. In der so entstandenen Lücke sauste mit lautem Getöse die Klinge der Axt herab und sandte in einer geraden Linie eine Druckwelle aus, die hinter uns donnernd gegen die Wand prallte.

Es waren schon zwanzig Minuten vergangen, seitdem wir in den Eispalast Thrymheimr gestürmt waren.

Wie die Königin des Sees gesagt hatte, befanden sich nur wenige Gegner innerhalb des Dungeons. In den Gängen gab es fast keine Begegnungen mit kleineren Mobs. Auch die Hälfte der Zwischenbosse fehlte. Die Bosse in den Hallen vor den Treppen zur nächsten Ebene waren jedoch zurückgeblieben und trugen ihre überwältigende Angriffskraft zur Schau, die Asuna, Leafa und mich beim letzten Mal hatte aufgeben lassen.

Dennoch gelang es uns irgendwie, gegen den Zyklopen-Boss zu gewinnen, der uns zuvor mühelos besiegt hatte, dann liefen wir durch die zweite Ebene bis zum nächsten Bossraum.

Dort warteten gleich zwei humanoide Gottheiten mit Stierköpfen auf uns, sogenannte »Minotauren«. Der rechte war pechschwarz, während der linke am ganzen Körper golden glänzte, und sie beide trugen Kampfäxte, deren Klingen so groß wie Esstische waren.

Da sie keine Magieangriffe anwandten, hatten wir zunächst gedacht, dass sie leichter zu schlagen sein würden als der Zyklop auf der ersten Ebene, der es im gesamten Bossraum Eiszapfen hatte hageln lassen. Aber da gab es ein Problem. Allem Anschein nach hatte der Schwarze eine ungewöhnlich hohe Resistenz gegen Magie und der Goldene gegen physische Attacken.

Also hatten wir uns selbstredend dazu entschieden, zuerst den schwarzen Bullen mit konzentrierten Attacken zu vernichten, um dann den Goldenen anschließend in aller Ruhe zu erledigen. Aber die beiden Minotauren hatten eine überraschende Verbindung. Wann immer die HP des Schwarzen sanken, ignorierte der Goldene die Aggro und kam, um ihn zu beschützen. In der Zwischenzeit rollte sich der Schwarze zusammen und regenerierte durch eine Art Meditation rapide wieder die verlorenen HP.

Nach dem ersten Mal hatten wir versucht, den goldenen Minotaurus mit konzentrierten Angriffen zu beseitigen, während der schwarze meditierte. Doch dessen physische Abwehrkraft war so hoch, dass wir seiner HP-Leiste kaum einen Kratzer hatten zufügen können.

Obwohl wir den stärksten Attacken auswichen, sanken unsere HP allein durch den Schaden der Flächenangriffe nach und nach, und es war klar, dass Asuna uns als einzige Heilerin nicht mehr lange würde durchbringen können.

»Kirito, in dem Tempo sind meine MP in 150 Sekunden verbraucht!«, hörte ich Asuna von hinten rufen und hielt zur Antwort das Schwert in meiner rechten Hand hoch.

Wenn dem Heiler in solch langwierigen Kämpfen die MP ausgingen, dauerte es nicht mehr lange bis zur Vernichtung der gesamten Gruppe – auch als »Wipe« bekannt. Solange zumindest einer überlebte, konnte derjenige zwar die Remain Lights einsammeln und einen nach dem anderen wiederbeleben, aber das kostete viel Zeit und Mühe. Im Falle eines Wipes müssten wir natürlich vom Speicherpunkt in der Hauptstadt Alne neu starten. Die Frage war nur, ob dafür noch genug Zeit wäre ...

Als hätte sie meine Bedenken gespürt, raunte Leafa mir wieder zu: »Das Medaillon ist schon zu über siebzig Prozent schwarz. Wir haben keine Zeit, noch mal von vorn anzufangen.«

»Verstanden«, sagte ich, holte tief Luft und fasste einen Entschluss.

Wenn das hier das alte Aincrad gewesen wäre, hätte ich, ohne lang nachzudenken, den Befehl zum Rückzug gegeben. In jener Welt hatte man nicht auf Wahrscheinlichkeiten setzen dürfen. Doch *ALO* war kein Spiel auf Leben und Tod. Selbst wenn das Cardinal-System die ganze Welt von Alfheim niederbrennen sollte, war unsere einzige Aufgabe hier immer noch der Spaß am Spiel. Und dazu gehörte auch der Glaube an unsere Fähigkeiten.

»Leute, uns bleibt jetzt nur noch eines übrig!«, schrie ich, während ich der Axt des goldenen Minotaurus auswich und die HP-Leiste des schwarzen dahinter überprüfte. »Wir müssen alles auf eine Karte setzen und den Goldenen mit konzentrierten Sword Skills erledigen!«

Sword Skills waren das charakteristische Spielelement, das das frühere *SAO* zu dem gemacht hatte, was es war.

Mit dem Aincrad-Update im Mai dieses Jahres hatten die Betreiber auch das Sword-Skill-System implementiert.

Allerdings war es einigen Modifizierungen unterzogen worden. Dazu gehörte auch ein neu hinzugefügter Elementschaden. Nun verursachten die fortgeschrittenen Sword Skills nicht nur physischen Schaden wie normale Waffenangriffe, sondern auch magischen Schaden mit einem der Elemente Erde, Wasser, Feuer, Wind, Licht oder Dunkelheit. Damit sollten sie auch dem goldenen Minotaurus trotz seiner hohen physischen Abwehrkraft Schaden zufügen können.

Selbstverständlich bestand dabei auch ein Risiko. Sword Skills mit hohen Kombos wurden gefolgt von einer langen Phase der Bewegungsunfähigkeit. Ein direkter Treffer der Kampfaxt innerhalb dieser Zeitspanne würde unsere gesamten HP ausradieren. Und bei einem breiten Flächenangriff wären alle in der vorderen und mittleren Linie sofort tot.

Doch meine Kameraden begriffen sofort und nickten.

»Jawoll! Darauf hab ich doch nur gewartet, Kirito!«

Zu meiner Rechten hob Klein sein geliebtes Katana in die Höhe. Leafa sprang links neben mich und ging mit ihrem Langschwert auf Hüfthöhe in Stellung. Hinter meinem Rücken machten Liz und Silica sich mit Hammer und Dolch bereit.

»Silica, mach bitte Bubbles auf mein Kommando! Zwei, eins, jetzt!«, rief ich, die Bewegungen des goldenen Bullen fest im Blick.

Auf meine Anweisung schrie Silica: »Pina, Bubble Breath!«

Für gewöhnlich hatten selbst Master-Tamer keine hundertprozentige Erfolgsrate bei Befehlen an ihre Pets. Doch ich hatte noch nie erlebt, dass Pina eine Anweisung von Silica ignoriert hätte. Wie erwartet, öffnete der über ihrem Kopf flatternde kleine Drache sein Mäulchen und schoss bunte Blasen ab.

Die Blasen glitten durch die Luft und zerplatzten vor der Nase des goldenen Bullen, der gerade wieder zu einer heftigen Attacke mit seiner Kampfaxt ansetzen wollte. Durch seine niedrige Magieabwehr wurde der Bulle verzaubert, wenn auch nur für eine Sekunde, und stoppte in seinen Bewegungen.

»Go!«, schrie ich.

Alle Waffen außer Asunas begannen in bunten Lichteffekten zu leuchten.

Warum hatte der Erschaffer der schwebenden Festung Aincrad, Akihiko Kayaba, wohl die außergewöhnliche Macht der Unique Skills ins Spiel eingefügt?

Mir schien, als hätte ich den wahren Grund immer noch nicht erkannt.

Es wäre einleuchtender gewesen, wenn nur sein Skill »Heiliges Schwert« existiert hätte. Wenn sich die Legende vom Anführer der stärksten Gilde, den Rittern des Blutschwurs, und Paladin, der an ihrer Spitze seinen absolut unzerstörbaren Turmschild emporhielt, wie im Szenario geplant auf der 95. Ebene ins Gegenteil umgekehrt hätte, hätte dieser Mann zum teuflischsten Endboss aller RPGs in der Geschichte der Videospiele werden können.

Dieser Moment wäre die Verwirklichung des Widerspruchs gewesen, dass in einem MMORPG, das von den Spielern beeinflusst wurde, eine Hauptstory existierte. *An incarnating radius* – eine verwirklichte Welt. Um sein Ziel der Erschaffung einer Welt umzusetzen, musste er der allmächtige Paladin bleiben. Selbst wenn er sich dafür auf so unlautere Fähigkeiten wie das »Heilige Schwert«, Unsterblichkeit und den Over-Assist des Systems stützen musste.

Doch in diesem Fall hätte »Heiliges Schwert« als einziger Unique Skill ausgereicht. In MMOs bestand nicht nur keine Notwendigkeit für den einen großen Helden, um gegen den Dämonenkönig zu kämpfen, nein: Er durfte nicht existieren. Zwar entstanden unweigerlich Unterschiede in der Kampfkraft der einzelnen Spieler, doch diese mussten immer auf dem Fundament fairer Regeln beruhen.

Dennoch hatte er den Spielern den »Dualschwerter«-Skill und vermutlich noch etliche andere Unique Skills gegeben.

Dass solche unfairen Kräfte zu einer ungleichen Verteilung der Ressourcen führen und möglicherweise die ursprünglich geplante Geschichte verzerren würden, musste auch er gewusst haben. Tatsächlich hätte er in unserem Duell um Asunas Austritt aus der Gilde auch ohne den Einsatz von Over-Assist gewinnen können, wenn der Dualschwerter-Skill nicht existiert hätte. Und wenn mir in diesem Moment nicht etwas komisch vorgekommen wäre, hätte ich auf der 75. Ebene auch nicht seine wahre Identität herausgefunden. Nur weil er mir diesen Unique Skill hatte zuteilwerden lassen, hatte die von ihm erdachte Welt und Geschichte bei drei Vierteln ihr Ende gefunden.

Bei den äußerst seltenen Gelegenheiten, wenn ich in der Welt von *ALO* zwei Schwerter in den Händen hielt, kam in einem Winkel meines Bewusstseins immer die Frage nach dem Warum auf.

Und gleichzeitig fühlte ich auch einen Anflug von schlechtem Gewissen. Natürlich bereute ich nicht, dass ich Heathcliff auf der 75. Ebene besiegt hatte – oder in der Lage dazu gewesen war. Wenn das Spiel an diesem Punkt nicht beendet worden wäre, hätte die *SAO*-Affäre mit Gewissheit noch mehr

Opfer gefordert. Und vielleicht wären darunter auch Menschen gewesen, die mir wichtig waren. Oder ich selbst.

Dennoch konnte ich den Zweifel nicht abschütteln, ob es so richtig gewesen war. Oder hätten wir bis zur hundertsten Ebene hinaufsteigen und dort gegen den Dämonenkönig Heathcliff kämpfen müssen? Nein, nicht »müssen«. Es war mein selbstgefälliger Wunsch gewesen, gegen ihn zu kämpfen. Es war die schlimmste Art von Egoismus. Deswegen scheute ich mich davor, hier in Alfheim zwei Schwerter auszurüsten.

Zumindest gab es in dieser Welt keine Unique Skills. Die klugen, neuen Betreiber hatten von Hand die gewaltige Menge an Sword Skills geprüft und alle Skills aus dem System entfernt, die an fragwürdige Bedingungen geknüpft waren – angeblich waren es zehn an der Zahl gewesen.

Daher konnte ich meine ursprünglichen Dualschwerter-Skills wie »Double Circular« und »Starburst Stream« nicht mehr benutzen. Ich konnte die Bewegungen zwar zu 99 Prozent auch ohne die Systemunterstützung nachbilden und hatte bereits festgestellt, dass sie in PvP- und PvE-Kämpfen wirksam waren, doch leider war es sinnlos, sie jetzt einzusetzen. Die rekonstruierten Dualschwerter-Skills verfügten nicht über Elementschaden und waren gegen den goldenen Minotaurus mit seiner maximalen physischen Abwehrkraft daher unbrauchbar.

Doch Einhandschwert-Skills mit zwei Schwertern einzusetzen, hatte einen entscheidenden Vorteil, der hundertmal unfairer war, als ein Shinai mit unzulässig leichtem Gewicht zu benutzen, wenn man Leafa fragte.

Pinas Bubble Breath stoppte die große Attacke des goldenen Minotaurus und lähmte ihn für eine Sekunde. Wir stürzten uns gemeinsam auf ihn, ich von vorn, Klein von rechts, Leafa von links und dahinter von beiden Seiten Liz und Silica.

»Haaaaah!«, brüllten wir, während jeder den stärksten Sword Skill aus seinem Repertoire aktivierte. Kleins Katana wütete von Flammen umhüllt, Leafas Langschwert schnellte vor und erzeugte Sturmböen, Silicas Dolch verspritzte beim Zustechen Gischt, und Liz' Hammer brüllte mit zuckenden Blitzen. Von hinten kam eine Reihe von Pfeilen mit glitzernden Eisspitzen herangesaust und bohrte sich in die Schwachstelle an der Nase des Bullen.

Gleichzeitig schlug ich mit dem orange leuchtenden Schwert in meiner rechten Hand mit aller Kraft zu.

Fünf schnelle Stöße gefolgt von einem Hieb nach unten, einem weiteren Hieb nach oben und abschließend ein heftiger Schlag von oben. Das war die 8-Hit-Kombo für Einhandschwerter »Howling Octave«. Dieser Sword Skill verursachte vierzig Prozent physischen Schaden und sechzig Prozent Feuerschaden. Unter den Einhandschwert-Skills gehörte diese Attacke zu den stärksten. Selbstverständlich bedeutete das auch, dass eine lange Phase der Bewegungsunfähigkeit – der Skill Delay – darauf folgte. Doch ...

Mit einem stummen Kampfschrei trennte ich mein Bewusstsein von meiner rechten Hand, die gerade den finalen Schlag entfesseln wollte. Es war, als ob ich für einen Moment sämtliche Bewegungsbefehle vom Gehirn an das AmuSphere blockiert hätte. Den nächsten Befehl sandte ich nur an meine linke Hand.

Meine rechte Hand wurde von der Systemunterstützung automatisch durch den letzten Überkopfhieb geführt. Parallel dazu bewegte sich aber auch meine linke Hand und holte weit mit dem Schwert aus. Die Klinge erstrahlte in einem hellen Blau.

Mein rechtes Schwert bohrte sich tief in den entblößten Bauch des Riesen mit Stierkopf. Normalerweise wäre ich an diesem Punkt mit einem Delay belegt worden, womit mein Avatar bewegungsunfähig gewesen wäre. Doch der parallel aktivierte Sword Skill meines linken Schwertes überschrieb den Delay. Ein horizontaler Hieb in einem weiten Bogen schlitzte die rechte Flanke des Bullen auf.

Es war ein unfassbar seltsames Gefühl, dass die linke und rechte Seite meines Körpers, nein, meines Gehirns unabhängig voneinander agierten. Doch wenn ich jetzt versucht hätte, mein Bewusstsein wieder zu vereinen, wäre der Skill abgebrochen worden. Ich ließ meine rechte Hand automatisch den Skill vollführen und konzentrierte mich ganz auf meine linke Hand.

Das linke Schwert hatte sich durch den horizontalen Hieb tief in den Körper des Gegners gegraben und rotierte dann um neunzig Grad. Meine Hand drückte das Heft nach oben, die Klinge schnellte durch die Hebelwirkung hoch und schlitzte seinen Bauch vertikal auf. Nachdem die Klinge wieder ausgetreten war, hieb sie noch einmal vertikal von oben zu. Dies war die 3-Hit-Kombo »Savage Fulcrum«, die besonders effektiv gegen große Monster war und jeweils fünfzig Prozent physischen Schaden und Eisschaden verursachte.

Kurz bevor meine linke Hand den letzten Schlag durchführte, stellte ich den Output meines Gehirns erneut um.

Wenn mein Timing zu früh oder zu spät war, würde der Skill fehlschlagen und mein Avatar erstarren. Die tolerierte Abweichung betrug weniger als eine Zehntelsekunde. Seitdem ich drei Monate zuvor zufällig das Phänomen der

Verbindung von Skills entdeckt hatte, hatte ich es so viel trainiert, dass ich nicht einmal mehr daran denken wollte. Trotzdem lag die Erfolgsquote immer noch bei unter fünfzig Prozent. Mehr oder minder betend, dass es funktionieren möge, setzte ich meine Hand in Bewegung.

»Hu...ah!«

Zusammen mit meinem kurzen Schrei leuchtete die Klinge türkis auf. Auf einen vertikalen Hieb mit wenig Rückwärtsbewegung folgte eine Kombination von oben und unten und zuletzt ein mächtiger Überkopfhieb: die schnelle 4-Hit-Kombo »Vertical Square«.

An diesem Punkt hatte meine Kombo-Attacke insgesamt bereits fünfzehn Hits erreicht, nahezu so viele wie die höchstrangigen Dualschwerter-Skills. Da ich Attacken mit schweren Schlägen und einem hohen Rückschlageffekt auf den Gegner gewählt hatte, wurde auch er mit einem Delay belegt, solange meine Schwertangriffe nur ihr Ziel trafen. Um meine Defensive musste ich mir also keine Gedanken machen.

»Hiaaaaah!«, brüllte Klein, und eine zweite konzentrierte Angriffswelle prallte auf den goldenen Minotaurus. Der Boden des Dungeons bebte, und unser Gegner verlor schlagartig mehrere große Batzen seiner gewaltigen HP-Leiste.

Unmittelbar vor dem letzten Überkopfhieb versuchte ich einen vierten »Skill Connect« in der festen Überzeugung, dass es dieses Mal fehlschlagen würde.

Dabei konnten nicht einfach alle beliebigen Einhandschwert-Skills miteinander verbunden werden. Die von der Systemunterstützung gesteuerte Bewegung des nicht angreifenden Arms musste weitestgehend mit der Startbewegung für den zu verknüpfenden Skill übereinstimmen.

Während meine rechte Hand den Vertical Square vollführte, wurde mein linker Arm gebeugt und zur Schulter gezogen. Mit einer kleinen Drehung meines Körpers vollendete ich die korrekte Position: das zurückgeschwungene Schwert über der Schulter, den anderen Arm nach vorn gestreckt. Das Schwert in meiner linken Hand nahm ein tiefrotes Leuchten an. Von hinten näherte sich ein Getöse wie von einem Kampfjet, und mein Arm stieß ultraschnell vor. Das war die schwere 1-Hit-Attacke »Vorpal Strike« mit dreißig Prozent physischem Schaden, dreißig Prozent Feuerschaden und vierzig Prozent Dunkelheitsschaden.

Kawuomm! Eine heftige Schockwelle explodierte, als mein Schwert sich bis zum Heft in den Unterleib des Gegners bohrte. Sein massiver Körper, bestimmt fünfmal größer als ich, wurde weit zurückgeschleudert. In diesem Moment wurde auch die zweite Runde von Sword Skills von Klein und den anderen beendet. Wie auch sie erstarrte mein Avatar nun durch einen langen Skill Delay.

Die HP-Leiste des goldenen Minotaurus färbte sich rot und schrumpfte immer weiter zum linken Ende hin ... und stoppte dann bei nur zwei Prozent.

Der Stierkopf mit den imposanten Hörnern grinste grimmig. Unser Gegner erholte sich zuerst von seinem Delay und schwang seine massive Axt horizontal zurück. Er bereitete sich auf einen Flächenangriff durch eine schnelle Rotation vor. Wer von diesem Angriff getroffen würde, wäre augenblicklich tot. Mein Bewusstsein befahl meinem Körper verzweifelt, nach hinten zu springen, doch der weigerte sich. Die Axt glänzte blutdürstig, und von seinen Füßen aus wirbelte ein Tornado auf ...

»Haaaaaah!«, ertönte da ein spitzer Kampfschrei.

Ein blauer Wirbelwind stürmte rechts an mir vorbei. Das Rapier in ihrer rechten Hand stieß fünfmal in einer solchen Geschwindigkeit zu, dass meine Augen der Bewegung nicht folgen konnten. »Neutron«, ein hochrangiger Rapier-Skill mit der schnellsten Auslösung. Zwanzig Prozent physischer Schaden und achtzig Prozent Lichtschaden raubten dem goldenen Minotaurus lautlos die letzten HP, als der gerade seine Axt schwingen wollte.

Die böse Gottheit stoppte mitten in der Bewegung. Dahinter hatte der schwarze Minotaurus seine gesamten HP durch Meditation geheilt und erhob schon triumphierend seine riesige Axt. Doch gleich darauf stieß sein Kamerad, der ihn bislang so beflissen beschützt hatte, einen gellenden Schrei aus – dann zerbarst sein gewaltiger Körper mit einem harten Klirren.

Hä…?, schien der schwarze Minotaurus überrascht zu denken, als wir sieben, inzwischen erlöst vom Delay, uns allesamt ihm zuwandten.

»Okay, du Hornochse, mach schön Sitz«, sagte Klein und knirschte mit seinen gebleckten Zähnen.

4

Nachdem der Katanakrieger seinen aufgestauten Ärger in einem wilden Tanz aus starken Attacken an dem schwarzen Minotaurus ausgelassen und ihm den finalen Stoß versetzt hatte, erschien eine lange Liste von gedroppten Items, als dessen Avatar explodierte. Ohne auch nur einen Blick darauf zu werfen, drehte sich Klein um und rief: »Hey, Kirito, was war das denn eben?«

Es war eindeutig, dass er damit die Kombination von Einhandschwert-Sword-Skills mit zwei ausgerüsteten Schwertern meinte, die ich angewandt hatte. Doch die Technik von Grund auf zu erklären, erschien mir viel zu mühselig. Um meinen inneren Gedanken ehrlich Ausdruck zu verleihen, setzte ich eine maximal genervte Miene auf und sagte: »Muss ich das erklären ...?«

»Da kannst du aber einen drauf lassen! So was hab ich noch nie gesehen!«

Ich schob Kleins aufdringliches, stoppelbärtiges Gesicht zurück und gab ihm notgedrungen eine knappe Antwort. »Das ist ein systemunabhängiger Skill. ›Skill Connect‹.«

Als Liz, Silica und Sinon beeindruckt »Ohhh« raunten, presste Asuna plötzlich ihre Fingerspitzen gegen die rechte Schläfe und stöhnte: »Puh ... Irgendwie habe ich gerade ein heftiges Déjà-vu.«

»Das bildest du dir nur ein«, sagte ich schulterzuckend und klopfte der Heilerin auf den Rücken, die soeben mit einem irrsinnigen Kamikazeangriff eigenhändig den goldenen Minotaurus getötet hatte, obwohl sie eigentlich für den Support aus der hinteren Reihe eingeteilt gewesen war. Dann sprach ich lauter: »Na los, wir haben keine Zeit zum Quatschen. Leafa, wie lange haben wir noch ungefähr?«

»Ach ja.« Geräuschvoll steckte Leafa ihr Langschwert in die Scheide links an ihrer Hüfte und hob das Medaillon hoch, das um ihren Hals hing. Sogar aus ein paar Schritten Entfernung konnte ich erkennen, dass der darin eingefasste Edelstein fast sein gesamtes Licht verloren hatte.

»Im derzeitigen Tempo haben wir vielleicht noch eine gute Stunde, aber keine zwei Stunden mehr.«

»Verstehe. Yui, dieser Dungeon besteht doch aus vier Ebenen, stimmt's?«, fragte ich diesmal die kleine Fee auf meinem Kopf, die klar antwortete: »Ja, die dritte Ebene hat etwa siebzig Prozent der Fläche der zweiten Ebene, und die vierte Ebene besteht im Grunde nur aus dem Bossraum.«

»Danke.«

Ich streckte meine rechte Hand aus und strich mit einer Fingerspitze über ihr Köpfchen, während ich schnell die Sachlage abwägte.

Weit unter uns in Jötunheimr machten die Spieler, die die Quest der Frostriesen angenommen hatten, inzwischen vermutlich immer erbitterter Jagd auf die Tier-Gottheiten. Die Anzahl der Questteilnehmer würde eher noch weiter steigen als abnehmen. Daher sollten wir besser davon ausgehen, dass wir nur noch eine Stunde hatten. Wenn wir dreißig Minuten für den Kampf gegen den Endboss – vermutlich König Thrym selbst – veranschlagten, mussten wir in dreißig Minuten die dritte Ebene durchquert und am Bossraum auf der vierten Ebene angekommen sein.

Wenn wir nur ein wenig mehr Zeit gehabt hätten, hätte ich in Betracht gezogen, den Spielern dort unten die Situation zu erklären und sie zu bitten, ihre Quest abzubrechen und uns zu unterstützen. Doch uns fehlte der Spielraum, jetzt noch zum Erdboden zurückzukehren. Nur zu gern hätte ich unseren befreundeten Fürstinnen Sakuya und Alicia Rue Nachrichten geschickt, um Verstärkung anzufragen. Aber bis sie in ihren jeweiligen Hauptstädten weit hinter der Gebirgskette Truppen gesammelt, die Alne-Hochebene erreicht, sich durch einen der Treppen-Dungeons gekämpft hätten und in Jötunheimr angekommen wären, wäre sicher längst die Sonne untergegangen.

Das bedeutete, dass uns nichts anderes übrig blieb, als uns zu siebt dieser fast ausweglosen Lage zu stellen. Es war gut möglich, dass die Funktion der automatischen Questgenerierung des Cardinal-Systems schon den Beginn einer groß angelegten Kampagnenquest »Ragnarök« eingeplant hatte, falls die Quest von Königin Urd fehlschlagen und der Palast Thrymheimr sich nach Alfheim erheben sollte.

Aber wie dem auch sei …

»Na, mir egal, ob er König der Riesen ist oder was auch immer, wir hauen einfach drauf und machen Kleinholz aus ihm!«, rief Lisbeth und schlug mir schwungvoll auf den Rücken. Die anderen pflichteten ihr einstimmig bei. Auch ich nickte kräftig, wobei ich mich fragte, woher sie wohl diese Zügellosigkeit hatten.

»Okay, haben alle ihre HP und MP geheilt? Dann lasst uns fix die dritte Ebene erledigen!«

Noch einmal riefen die anderen wie aus einem Mund »Ja!«, dann stürmten wir sieben gemeinsam los und rannten zur Treppe aus Eis im hinteren Teil des Bossraumes.

Wie Yui gesagt hatte, war die dritte Ebene deutlich kleiner als die zweite. Das war nur logisch, da wir eine umgekehrte Pyramide hinabstiegen, doch dadurch wurden auch die Gänge immer schmaler und verschlungener. Bei einem gewöhnlichen Dungeon-Raid hätten wir uns wohl von den irreführenden Vorrichtungen vom Weg abbringen lassen, doch auf meinem Kopf ruhte eine Navigationsfee, die selbst die neuesten Modelle intelligenter Navigationssysteme in den Schatten stellte.

Dieses eine Mal erlaubten wir Yui, auf die Mapdaten zuzugreifen, um mithilfe ihrer Anweisungen so schnell wie möglich die sich windenden Gänge zu passieren. Auch die Puzzlevorrichtungen mit Hebeln, Zahnrädern oder Trittschaltern, die uns immer wieder den Weg versperrten, konnten wir ohne Bedenkzeit lösen. Wenn uns dabei jemand von außen zugesehen hätte, hätte er zweifellos gedacht, dass wir einen Speedrun machten.

Obwohl auf dem Weg noch zwei Kämpfe gegen Zwischenbosse dazwischenkamen, erreichten wir den Bossraum der dritten Ebene nach nur achtzehn Minuten. Dort lauerte ein abstoßender Riese, fast doppelt so groß wie der Zyklop und die Minotauren auf den beiden Ebenen darüber und mit zehn Beinen an jeder Seite des langen, an einen Tausendfüßler erinnernden Unterkörpers, doch seine physische Abwehrkraft war nicht der Rede wert. Im Gegenzug hatte er natürlich eine exorbitante Angriffskraft, und da Klein und ich kontinuierlich Aggro zogen, fielen unsere HP-Leisten immer wieder in den roten Bereich. Der Gedanke, dass ein Wipe gewiss war, sobald einer von uns beiden sterben sollte, verursachte uns Bauchschmerzen während des neun Minuten langen Kampfes.

Dennoch gaben Liz, Silica, Sinon und auch Pina ihr Bestes, um ein Bein des Riesen nach dem anderen abzuschlagen. Als er sich zu guter Letzt nicht mehr bewegen konnte, benutzte ich »Skill Connect«, um ihm mit multiplen Sword Skills den Rest zu geben. Als wir in die Passage am Ende des Bossraumes traten, um sogleich voller Eifer die vierte Ebene zu stürmen und diesen König Thrym nach Niflheimr zurückzuschmettern, bot sich uns ein Anblick, der uns einhalten ließ.

Da war ein Käfig an der Wand, der aus langen, dünnen Eiszapfen bestand.

Hinter Gitterstäben aus Eis, die spitz wie Stalakmiten vom Boden bis zur Decke wuchsen, war eine menschliche Gestalt. Sie hatte keine Riesengröße. Da sie zusammengekauert am Boden lag, war es zwar schwer zu beurteilen, aber sie musste etwa die gleiche Größe haben wie die Undine Asuna.

Ihre Haut war so weiß wie frisch gefallener Schnee. Ihre langen, fließenden Haare waren von einem braun-goldenen Farbton. Aus dem spärlichen Stoff, mit dem ihr Körper bedeckt war, schaute ein Busen hervor, der mit seinem Umfang die Oberweite aller fünf Spielerinnen vor Ort weit übertrumpfte – auch wenn es politisch nicht korrekt war, so etwas zu sagen. Ihre schlanken Arme und Beine waren in grobe Eisfesseln gelegt.

Wir waren angesichts dieses unerwarteten Anblicks stehen geblieben. Als hätte die am Boden liegende Gefangene unsere Anwesenheit gespürt, zuckten ihre Schultern zusammen, und die blauen Ketten klirrten, als sie zu uns aufsah.

Ihre Augen hatten eine ähnlich goldene Farbe wie ihre Haare. Falls es ein Spieleravatar war, musste die Spielerin entweder unfassbares Glück bei der Charaktererstellung gehabt haben oder unfassbar viel Geld, um so viele Accounts zu kaufen, bis sie einen Avatar mit derart fein geschnittenen Gesichtszügen erhalten hatte. Zudem strahlte ihr Gesicht auch noch eine westeuropäische Anmut aus, wie sie in diesem Spiel selten war.

Sie ließ ihre langen Wimpern einmal flattern und sagte mit schwacher Stimme: »Bitte ... holt mich ... hier heraus ...«

Unser Katanakrieger stolperte zu dem Eiskäfig, doch ich packte die herunterhängenden Enden seines Bandanas und zog ihn zurück. »Das ist eine Falle.«

»So was von eine Falle.«

»Bestimmt eine Falle.«

Die letzten beiden Bemerkungen kamen von Sinon und Liz.

Klein zuckte zusammen und drehte sich zu uns um, dann kratzte er sich mit einem sehr seltsamen Gesichtsausdruck am Kopf. »Ja ... das ist bestimmt eine Falle. Oder ...?«, murmelte der Katanakrieger unschlüssig.

»Yui?«, fragte ich leise, worauf die Fee unverzüglich antwortete: »Das ist ein NPC. Sie steht genau wie Urd mit einem Sprachmodul in Verbindung. Aber in einem Punkt unterscheiden sie sich. Diese Person hier besitzt eine aktivierte HP-Leiste.«

Für gewöhnlich war die HP-Leiste von Quest-NPCs inaktiv, und sie erlitten keinen Schaden. Eine Ausnahme bildeten die Zielpersonen von Geleitschutz-Quests, oder wenn dieser NPC in Wahrheit ...

»Es ist eine Falle.«

»Ja, eine Falle.«

»Ich glaube, es ist eine Falle«, sagten Asuna, Silica und Leafa gleichzeitig.

Klein stand wie erstarrt da mit einer äußerst sonderbaren Miene, die Augenbrauen zusammengezogen, die Augen aufgerissen und den Mund gespitzt. Ich klopfte ihm auf die Schulter und sagte schnell: »Vielleicht ist es auch keine Falle, aber wir haben jetzt keine Zeit, es auszuprobieren. Wir müssen so schnell wie möglich zu Thrym kommen.«

»Oh ... ja, hm, okay, hast wohl recht.«

Klein nickte knapp und wandte den Blick von dem Eiskäfig ab.

Als wir ein paar Schritte auf die Treppe weiter hinten zugelaufen waren, hörten wir hinter uns erneut die Stimme.

»Bitte ... irgendjemand ...«

Um ehrlich zu sein, hätte ich ihr auch gern geholfen.

NPCs waren nicht einfach nur bewegte Objekte, die automatisch vom System erzeugt wurden, sie waren die Bewohner dieser Welt. Wären wir gerade bei einer normalen Quest, hätte ich ihr geholfen und sie mitgenommen. Und wenn sie dann im Schlussakt der Geschichte von hinten gerufen hätte, »Bwa ha ha, ihr Narren!«, wäre auch das ein Teil des Spaßes gewesen. Doch jetzt war nicht der richtige Moment, um unnötige Risiken einzugehen. Das würde sicherlich auch Klein ...

Ein Paar unserer synchronen Schritte fiel aus der Reihe und schrappte über den eisigen Boden.

Als ich mich umdrehte, sah ich den großen, hageren Katanakrieger mit geballten Fäusten und hängendem Kopf still dastehen. Aus seinem stoppelbärtigen Gesicht kam eine gedämpfte Stimme.

»Es ist 'ne Falle. Ich weiß, dass es eine ist ... Aber auch wenn's so ist, auch wenn ich weiß, dass es eine Falle ist ...« Klein hob ruckartig den Blick, und ich war mir ziemlich sicher, etwas in seinen Augenwinkeln feucht glitzern zu sehen. »Trotzdem kann ich sie nicht einfach hier zurücklassen! Selbst ... selbst wenn die Quest dann fehlschlägt ... und Alne zerstört wird ... muss ich ihr trotzdem helfen, das verlangt der Ehrenkodex der Samurai!«

Damit wirbelte er herum und rannte polternd zurück zum Eiskäfig. Wir sahen ihm nach, ergriffen von zwei widerstreitenden Gefühlen:

Was für ein Idiot.

Und ...

Genial, Klein!

Welches davon überwog, war wohl eine dieser Fragen, auf die ich niemals eine Antwort finden würde.

Die Gefangene stützte sich auf, als Klein ihr ein »Ich rette dich!« zurief und sein geliebtes Katana ergriff. Im nächsten Augenblick explodierte sein Iaido*-Sword-Skill »Tsujikaze« und zerschnitt in einer horizontalen Linie den Käfig aus Eiszapfen.

Glücklicherweise war die Schönheit nicht so undankbar, dass sie sich unmittelbar nach ihrer Befreiung aus dem Eiskäfig in ein riesiges Monster verwandelt und auf uns gestürzt hätte.

Kleins Katana blitzte noch viermal auf, worauf die eisigen Fesseln an ihren Armen und Beinen zersprangen. Die schöne Frau hob kraftlos den Blick und flüsterte: »Danke, du tapferer Elfenkrieger.«

»Kannst du aufstehen? Bist du verletzt?«

Der Katanakrieger kniete sich vor sie hin und reichte ihr eine Hand. Er ging vollkommen in seiner Rolle auf. Aber da wir uns hier inmitten einer VRMMO-Quest befanden, war es auch Sinn der Sache, in die Story einzutauchen. Ich selbst

*Iaido: Kunst des Schwertziehens

verfolgte gerade mit aller Macht das Ziel, Königin Urds Auftrag zu erfüllen und die finsteren Pläne des Riesenkönigs Thrym zu vereiteln. Daher wäre es falsch von mir gewesen, Kleins Verhalten zu kritisieren. Es war falsch, und dennoch ...

»Nein ... es geht mir gut«, beteuerte die blonde Frau, doch sobald sie auf die Füße kam, schwankte sie leicht. Wie ein echter Kavalier stützte er sie mit einer Hand im Rücken und fragte: »Es ist ein ganzes Stück bis zum Ausgang, schaffst du es allein hinaus, Fräulein?«

Sie schwieg für einen Moment, die Augen niedergeschlagen.

Das Modul zur automatischen Artikulation von Antworten war eine äußerst komplexe Sammlung von Sprachmustern, die simpel ausgedrückt bestimmten, dass der NPC auf Aussage A des Spielers mit B antwortete. Die hoch entwickelten Prognose- und Lernfunktionen des Moduls erlaubten den damit verbundenen NPCs, nahezu natürliche – wenn auch nur scheinbar – Konversationen zu führen.

Eine Version dieses Moduls, die noch etliche weitere Durchbrüche erreicht und schließlich sogar menschliche Gefühle und ein extrem intelligentes Verhalten entwickelt hatte, war die kleine Fee Yui auf meinem Kopf. Die NPCs mit automatischen Antworten waren derzeit noch weit von Yuis Niveau entfernt. Doch es bestand dennoch ein himmelweiter Unterschied zu den NPCs mit festgelegten Antworten, die auf alles immer die gleichen Sätze erwiderten. Trotzdem kam es häufig vor, dass NPCs die Worte der Spieler nicht verarbeiten konnten. In diesen Fällen musste der Spieler nach der »richtigen Frage« suchen.

Ich hatte das Schweigen der Schönheit als einen dieser Fälle gedeutet, doch bevor Klein die nächste Frage stellen konnte, hob sie zu meiner Überraschung den Kopf und sagte: »Ich kann nicht einfach aus dem Palast fliehen. Ich habe mich hier hereingeschlichen, um den Schatz meiner Sippe zurückzuholen, den der Riesenkönig Thrym gestohlen hat. Doch der dritte Wächter hat mich entdeckt und gefangen genommen. Ich kann nicht ohne den Schatz zurückkehren. Ich bitte euch, würdet ihr mich mitnehmen in Thryms Gemächer?«

»Oh ... hm ...«

Dieses Mal war es der Mann, der nach dem Ehrenkodex der Samurai lebte, der nicht sofort antworten konnte und stattdessen nur gequält brummte. Während wir die Szene aus ein paar Metern Entfernung beobachteten, flüsterte Asuna neben mir leise: »An der Sache ist doch was faul ...«

»Du sagst es ...«, stimmte ich zu.

Klein wandte sich von der Frau zu uns um und sah mich mit flehendem Blick an. »Hey, Kirito, Kumpel ...«

»Ist ja gut, schon kapiert. Dann bleibt uns wohl nichts anderes übrig, als dieser Route der Quest bis zum Ende zu folgen. Wir wissen auch noch nicht hundertprozentig, ob es eine Falle ist«, antwortete ich.

Klein grinste breit und verkündete der schönen Frau stolz: »Alles klar, ist gebongt, Fräulein! Der Zufall ist des Glückes Schmied. Lass uns gemeinsam diesen Thrym fertigmachen!«

»Vielen Dank, edler Krieger!«, sagte sie und klammerte sich an seinen linken Arm. Gleichzeitig wurde mir als Anführer der Gruppe ein Dialogfenster angezeigt, ob ich den NPC in meine Gruppe aufnehmen wollte.

»Bring Yui keine falschen Sprichwörter bei«, murrte ich und drückte den OK-Button im Fenster. Unter der Liste der HP- und MP-Leisten meiner Freunde links oben in meinem Blickfeld wurde eine achte Leiste hinzugefügt.

Der Name der Schönheit war »Freyja«. Der Name kam mir irgendwie bekannt vor. Sowohl ihre HP als auch ihre MP waren recht hoch, doch besonders die Menge ihrer MP war beeindruckend. Vermutlich gehörte sie zur Magier-Klasse.

Wenn sie bis zum Ende in unserer Gruppe bleiben würde, wäre das echt eine große Hilfe, dachte ich und warf einen Blick auf das Medaillon um Leafas Hals. Schon neunzig Prozent des facettenreichen Edelsteins waren schwarz gefärbt. Wie zuvor geschätzt blieb uns nur noch eine knappe halbe Stunde. Ich atmete tief ein und sagte: »Dem Aufbau des Dungeons nach zu urteilen, führt diese Treppe wahrscheinlich direkt zum letzten Bossraum. Er wird sicher noch um einiges stärker sein als die bisherigen Bosse, also müssen wir versuchen, ihn ohne Tricks kleinzukriegen. Konzentriert euch in der Anfangsphase hauptsächlich auf die Abwehr, bis wir sein Angriffsmuster kennen. Ich gebe euch dann das Signal für den Gegenangriff. Wenn sich seine HP-Leiste gelb oder rot färbt, wird sich vermutlich sein Angriffsmuster ändern, also seid vorsichtig.«

Ich blickte mich zwischen den Gesichtern meiner Freunde um, die mir zunickten, dann rief ich entschlossen: »Dann lasst uns beim Endkampf mal richtig auf den Putz hauen!«

»Ja!«

Bei diesem dritten Jubelschrei seit Beginn dieser Quest stimmten auch Yui auf meinem Kopf, Pina auf Silicas Schulter und die blonde NPC-Schönheit ein.

Die absteigenden Stufen wurden auf halbem Weg breiter, und die Deko-Objekte wie Säulen und Statuen an den Seiten wurden prachtvoller. Auch hier bestand die alte Sitte aus Aincrad fort, dass die Mapdaten immer komplexer wurden, je näher man dem Bossraum kam.

Am Ende der Treppe wurde der Weg von einer massiven Tür aus Eis versperrt, in die zwei Wölfe eingemeißelt waren. Das musste der Thronsaal des Königs der Frostriesen sein. Wir versicherten uns, dass es in der Umgebung keine Fallen gab, und gingen wachsam weiter.

Sobald wir uns der Tür auf fünf Meter genähert hatten, schwangen die Türflügel automatisch zu beiden Seiten auf. Aus dem Inneren strömten eine noch beißendere Kälte und eine Art von Druck, die schwer zu beschreiben war. Asuna begann, die Buffs der gesamten Gruppe aufzufrischen, und Freyja tat es ihr gleich und gab allen einen unbekannten Buff, der uns einen gewaltigen HP-Boost gab.

Als sich unter unseren HP- und MP-Leisten etliche Buff-Icons aneinandergereiht hatten, sahen wir uns an. Dann nickten wir uns zu und stürmten gemeinsam hinein.

Der Raum im Inneren dehnte sich in alle Richtungen unermesslich weit aus. Wie im ganzen Dungeon bestanden auch hier die Wände und der Boden aus bläulichem Eis. Auf Kerzenhaltern aus Eis flackerten unheimliche violette Flammen. Von der Decke weit oben hing eine Reihe von Kronleuchtern, deren Kerzen in der gleichen Farbe brannten. Doch was unsere Blicke als Erstes auf sich zog, waren die zahllosen, strahlenden Lichtreflexionen, die sich zu beiden Seiten bis in den hinteren Teil des Raumes erstreckten.

Gold. Von Münzen, Schmuck, Schwertern, Rüstungen, Schilden, Skulpturen bis hin zu Möbeln; alle möglichen Arten von Objekten aus Gold türmten sich in unzählbaren Mengen auf. Der hintere Teil des Raumes war in Dunkelheit getaucht, sodass das volle Ausmaß der Schätze nicht zu erfassen war.

»Wie viel Yrd das wohl insgesamt wert wäre ...?«, murmelte Lisbeth erstaunt, die Einzige von uns, die einen Spielershop betrieb. Ich für meinen Teil ärgerte mich, dass ich nicht mein Inventar geleert hatte, bevor wir hergekommen waren, also konnte ich ihr keinen Vorwurf machen.

Während wir still dastanden, trat Klein ein paar taumelnde Schritte auf die Schatzberge zu, wie es vermutlich der Ehrenkodex der Samurai von ihm verlangte. Doch bevor er sich weiter nähern konnte ...

»Da sind ein paar kleine Insekten hereingeflattert ...«

Aus der Düsternis in der Tiefe des Raumes erscholl eine dunkle Stimme, die den Boden erzittern ließ. »Ich kann das lästige Summen ihrer Flügel hören. Nun, bevor sie noch etwas anstellen, sollte ich sie wohl zerquetschen.«

Womm. Der Boden bebte. *Womm, Womm.* Die Erschütterungen kamen näher und waren so heftig, dass ich schon befürchtete, das Eis unter unseren Füßen würde zerschellen.

Bald darauf trat eine Gestalt ins Licht.

»Riese« beschrieb es nicht einmal annähernd. Verglichen mit den humanoiden Gottheiten auf dem Erdboden und den Bossen, gegen die wir in diesem Palast bisher gekämpft hatten, war er mindestens doppelt so groß. Ich konnte nicht einmal schätzen, in wie vielen Metern Höhe sich der Kopf befand, der weit oben zu erkennen war. Selbst bei einem Sprung mit aller Kraft würde ich höchstens die Knie seiner baumstammdicken Beine erreichen.

Seine Haut hatte eine stumpfe, bläuliche Farbe wie Blei. Arme und Beine waren mit schwarzbraunen Fellen bedeckt, für die ein unvorstellbar großes Tier gehäutet worden sein musste. Um die Hüfte trug er eine Plattenrüstung, deren einzelne Platten etwa so groß wie kleine Boote waren. Sein Oberkörper war nackt, aber schon seine stählernen Muskeln sahen so aus, als würden sie jede Waffe abprallen lassen.

Über seiner kräftigen Brust hing ein langer, ebenfalls blauer Bart. Das Gesicht darüber war in den Schatten verborgen und nur in Umrissen zu erkennen. Doch das Gold der Krone auf seiner Stirn und das funkelnde Blau in seinen Augenhöhlen leuchteten hell in der Dunkelheit.

Im alten Aincrad hatte es eine Obergrenze von hundert Metern Höhe pro Ebene gegeben, und die Bossräume im Labyrinth konnten keine allzu hohen Decken haben, somit hatten alle Bossmonster zwangsläufig eine eher moderate vertikale Größe gehabt. Daher hatte ich bisher in keinem Dungeon einem Gegner gegenübergestanden, zu dem ich so weit hatte aufsehen müssen. Wie sollten wir gegen ihn kämpfen, wenn wir nicht fliegen konnten? Das Beste, was wir tun konnten, war, mit unseren Klingen auf seine Unterschenkel und Schienbeine einzuschlagen.

Inzwischen stampfte der riesige Riese – ein doppelter Ausdruck, doch anders war er nicht zu beschreiben – noch einen weiteren Schritt nach vorn und lachte mit einer Stimme, als würde ein Gong geschlagen werden.

»Har har ... Urd hat euch geflügelte Insekten aus Alfheim also aufgewiegelt, und ihr habt euch bis hierher geschlichen, was? Ich mache euch einen Vorschlag, ihr Winzlinge: Verratet mir, wo dieses Weib ist, und ich lasse euch so viel Gold aus dieser Kammer mitnehmen, wie ihr tragen könnt.«

Seiner außerordentlichen Größe, der Krone auf seinem Kopf und diesen Worten nach zu urteilen, bestand nun kein Zweifel mehr, dass dies Thrym, König der Frostriesen, war.

Es war Klein, der als Erstes das Wort an den Riesen wandte, der wohl über eine ähnliche AI wie Urd und Freyja verfügte.

»Ha, ein Samurai verhungert lieber, als sich bestechen zu lassen! Glaubst du ernsthaft, ich würde dir wegen so eines billigen Angebots auf den Leim gehen?!«

Während wir hinter ihm erleichterte Gesichter machten, ließ Klein sein treues Katana aus der Scheide springen.

Auf dieses Zeichen zogen auch wir anderen sechs unsere Waffen.

Obwohl keine legendäre Ausrüstung darunter war, waren sie allesamt entweder Ancient Weapons mit einzigartigem Namen oder Sonderanfertigungen der Meisterschmiedin Lisbeth nach unseren Wünschen. Selbst im Angesicht der glänzenden Klingen erlosch das verwegene Grinsen unter dem langen Schnurrbart von Riesenkönig Thrym nicht. Das war allerdings nicht verwunderlich, aus seiner Perspektive mussten unsere Schwerter aussehen wie etwas längere Zahnstocher.

Mit dem hellen Leuchten in seinen dunklen Augenhöhlen starrte uns der Riese von oben herab finster an, bis sein Blick an dem unbewaffneten, achten Gruppenmitglied in der letzten Reihe hängen blieb.

»Oho, sieh an. Wenn das mal nicht Freyja ist! Da du aus dem Käfig gekommen bist, hast du dich also entschlossen, meine Braut zu werden, hm?«, höhnte er mit donnernder Stimme.

»B-Braut?!« Kleins Stimme überschlug sich fast.

»Ganz recht. Dieses Mädchen ist als meine Braut in diesen Palast gekommen. Doch am Abend vor dem Festbankett hat sie in meiner Schatzkammer herumgeschnüffelt. Zur Strafe habe ich sie in einem Kerker aus Eis angekettet. Har har!«

Die Sache wurde immer komplizierter, und ich musste mir die Zusammenhänge schnell im Kopf zusammenreimen.

Die blonde Schönheit mit dem Namen Freyja hatte vorhin behauptet, sie hätte sich in den Palast geschlichen, um einen Schatz zurückzuholen, der ihrer Sippe gestohlen worden war. Doch wenn ich es recht bedachte, war es schwierig, unbemerkt durch den einzigen Eingang des in der Luft hängenden Palastes Thrymheimr zu schlüpfen. Also hatte sie sich als Thryms Braut ausgegeben und war durch das imposante Schlosstor marschiert, um des Nachts in die königlichen Gemächer einzudringen und den Schatz zurückzuerlangen. Doch dabei war sie von einem Wächter erwischt und in einer Zelle in Ketten gelegt worden – so musste es wohl gewesen sein.

Wenn das der Wahrheit entsprach, senkte das die Wahrscheinlichkeit, dass sie uns mitten im Kampf von hinten angreifen würde. Aber etwas an dem gesamten Handlungsverlauf leuchtete mir nicht ein. Als Subroute einer Quest war das viel zu vertrackt. Und welche der neun Elfenrassen von Alfheim war überhaupt Freyjas »Sippe«? Und was genau war der gestohlene Schatz?

Wir hätten ihr viel mehr Fragen stellen sollen, als wir sie in unsere Gruppe aufgenommen haben, aber nein, dafür hatten wir gar keine Zeit, überlegte ich hin und her, als Leafa links an meinem Ärmel zupfte und mir zuraunte: »Hey, Brüderchen, ich glaube, davon hab ich schon mal gelesen ... Thrym und Freyja ... ein gestohlener Schatz ... ach, wie war das noch ...«

Doch bevor sich Leafa wieder daran erinnern konnte, schrie besagte Freyja hinter uns unerschrocken: »Wer will schon deine Braut werden! Wenn ich schon mal hier bin, werde ich dich gemeinsam mit diesen tapferen Kriegern besiegen und zurückholen, was mir gestohlen wurde!«

»Bwah ha ha, wie energisch du bist. Kein Wunder, dass man sich bis in die entlegensten Winkel aller neun Reiche von deiner Schönheit und Tapferkeit erzählt. Doch je edler die Blume, desto mehr reizt es, sie zu pflücken ... Nachdem ich die kleinen Insekten zerquetscht habe, werde ich dir all die Liebe schenken, die du verdienst, bwah ha ha ...«, verkündete Thrym, während er sich mit einer riesigen Hand über den Bart strich. Seine Worte strapazierten die Grenzen dessen, was in einem Spiel für alle Altersklassen noch akzeptabel war, sodass ich mich fragte, ob dieses Szenario wirklich von der automatischen Questgenerierung geschrieben worden war.

Alle anwesenden Frauen verzogen das Gesicht, und Klein, der vorn stand, schüttelte seine linke Faust und brüllte: »Du ... du ... du Bastard! Das werden wir ja noch sehen! Ich, Klein, lasse nicht zu, dass du Freyja auch nur anrührst!«

»Oho, ich höre das Summen kleiner Flügel. Nun denn, als Vorfeier meiner baldigen Eroberung von ganz Jötunheimr werde ich erst einmal euch dem Erdboden gleichmachen ...«

Als der Riesenkönig einen weiteren stampfenden Schritt tat, wurde rechts oben in meinem Blickfeld eine ungeheuer lange HP-Leiste angezeigt. Und davon auch noch drei übereinander. Die alle kleinzukriegen, würde harte Arbeit werden.

Aber die garstigen Ebenenbosse von Neu-Aincrad hatten nicht einmal mehr sichtbare HP-Leisten, vielleicht um den Kampfgeist der Spieler zu brechen. Verglichen mit ihnen konnte man hier zumindest sehen, in welchem Tempo man vorankam.

»Es geht los! Achtet auf Yuis Anweisungen und weicht in der ersten Phase nur aus!«, schrie ich.

Unmittelbar darauf streckte Thrym eine felsengroße Faust zur Decke – dann ließ er sie hinuntersausen, umgeben von einem Sturm aus blauem Frost.

Der hoffentlich letzte Kampf im Schloss Thrymheimr war wie erwartet heftiger als alle Kämpfe, an die ich mich erinnern konnte.

Das erste Angriffsmuster von König Thrym bestand aus Abwärtshieben mit beiden Fäusten, drei Stampfern mit dem rechten Fuß, Eisatem in einer geraden Linie, und zuletzt ließ er zwölf Eiszwergsoldaten aus dem Boden aufsteigen.

Die lästigste Attacke war die Beschwörung der Zwerge, doch Sinon beseitigte sie aus der hintersten Reihe im Nu mit erstaunlich präzisen Schüssen auf deren Schwachpunkte. Den anderen direkten Angriffen konnte man mit dem richtigen Timing vollständig ausweichen, und mithilfe von Yuis Countdowns konnten selbst wir drei an der Front gerade noch ausweichen.

Als wir unsere Defensive formiert hatten, gingen wir schließlich zum Angriff über, was der entschieden schwierigere Part von beidem war. Wie ich befürchtet hatte, erreichten unsere Schwerter nur Thryms Schienbeine, die dank der dicken Fellgamaschen eine beträchtliche physische Abwehrkraft zeigten, wenn auch nicht ganz so hoch wie die des goldenen Minotaurus. Als sich die Gelegenheit bot, gelang mir eine Dreier-Sword-Skill-Kombo, um so viele HP wie möglich zu vernichten, doch Techniken mit wenig Delay verursachten auch weniger Schaden. Es war ein widerliches Gefühl, als würde man vergebens auf ein unzerstörbares Objekt einschlagen.

In dieser Lage waren Freyjas magische Attacken mit Blitzschlägen ein echter Segen. Später würde ich mich bei Klein entschuldigen müssen. Als NPC war sie bei der Zusammenarbeit mit uns zwar ungeschickt, doch jedes Mal, wenn von hinten violette Blitzschläge niedergingen, nahmen Thryms HP deutlich Schaden.

Nach zehn Minuten erbitterten Kampfes war endlich die erste HP-Leiste erschöpft, und der Riesenkönig ließ ein wildes Gebrüll ertönen.

»Sein Angriffsmuster ändert sich! Achtung!«, schrie ich.

Neben mir ging Leafa mit ihrem Schwert wieder in Stellung und sagte angespannt: »Das sieht nicht gut aus, Brüderchen! Es sind nur noch drei Lichter im Medaillon übrig. Wir haben wahrscheinlich nur noch fünfzehn Minuten.«

Ich schwieg grimmig.

Thrym hatte drei HP-Leisten. Allerdings hatten wir über zehn Minuten gebraucht, um nur eine davon zu vernichten. Die verbleibenden zwei innerhalb von fünfzehn Minuten zu eliminieren, erschien geradezu unmöglich.

Bei diesem Gegner würde es vermutlich nicht funktionieren, sich wie zuvor beim goldenen Minotaurus mit dem »Skill Connect« durchzuboxen. Um ein Monster mit einem Delay zu belegen, musste durch eine Kombo mit starken einzelnen Schlägen großer Schaden verursacht werden. Aber Thrym war weder gegen Schwerter noch gegen Magie schwach. Selbst wenn ich also vier Sword Skills verketten würde, würde es ihm im Verhältnis zur gesamten Menge seiner HP keinen großen Schaden zufügen.

Als hätte er meinen Moment der Beunruhigung durchschaut, blähte Thrym plötzlich seine Brust auf und sog eine gewaltige Menge Luft ein.

Ein heftiger Wind kam auf und zog diejenigen von uns in der vorderen und mittleren Reihe näher zum Riesen. Das musste die Einleitung eines großen Flächenangriffs sein. Um dem zu entgehen, mussten wir zunächst die Saugkraft mit Windmagie neutralisieren. Leafa schien den gleichen Gedanken gehabt zu haben, denn sie hob ihre linke Hand und stimmte einen Zauberspruch an.

Doch wahrscheinlich hätte sie damit anfangen müssen, sobald er zu dem Angriff ansetzte, um es noch rechtzeitig zu schaffen.

»Leafa, ihr alle, geht in die Abwehrstellung!«

Auf meinen Ruf unterbrach Leafa ihren Zauberspruch, kreuzte beide Arme vor ihrem Körper und duckte sich. Alle anderen nahmen die gleiche Position ein.

In diesem Augenblick schoss ein Diamantenstaub in einem breiten Strahl aus Thryms Mund, ganz im Gegensatz zu seinem bisherigen, geradlinigen Eisatem.

Ein bläulich-weiß funkelnder Orkan umgab uns. Die Kälte durchdrang sogar Asunas Buff und schien meine Haut geradezu aufzuschlitzen. Mit einem scharfen Klirren froren unsere fünf Avatare ein. Ich versuchte zu entkommen, aber eine dicke Eisschicht machte mich bewegungsunfähig. Ich, Leafa, Klein, Liz und Silica mit Pina fest im Arm erstarrten zu blauen Eisstatuen.

Bis zu dieser Stufe hatten wir noch keinen Schaden erlitten. Aber noch konnten wir nicht aufatmen. Je mehr Zeit solche großen Angriffe in Anspruch nahmen, desto heftiger wurde der verursachte Schaden.

Vor uns richtete sich Thrym auf und hob langsam seinen gigantischen rechten Fuß. *Oh nein, verdammt, Vorsicht!*, schrie ich innerlich.

»Huaaaah!«

Mit einem tiefen Brüllen stampfte Thrym wuchtig auf den Boden. Die Druckwelle erfasste uns Eisstatuen und erschütterte uns heftig.

Krack! Mit einem fürchterlichen Krachen zersplitterte das Eis um unsere Körper. Mir wurde schwindelig von dem Schock. Schadenseffekte leuchteten auf, als ich mit aller Macht zu Boden geschleudert wurde.

Am Rand meines Sichtfelds färbten sich fünf der acht HP-Leisten auf einen Schlag rot.

Während alle fünf Gruppenmitglieder in den vorderen Reihen von Thryms mächtigem Flächenangriff erfasst wurden, sahen die drei hinten, außerhalb der Reichweite, natürlich nicht einfach tatenlos zu.

Gleich nachdem wir etwa achtzig Prozent unserer HP verloren hatten, ergoss sich ein sanftes, hellblaues Licht auf uns und heilte unsere Wunden. Es war Asunas hochrangiger

Gruppenheilzauber. Ihr Timing war so perfekt, dass sie den Schaden vorausgesehen und den Zauber schon zuvor angestimmt haben musste.

Doch die meisten der größeren Heilzauber in diesem Spiel waren vom Typ »Heal-over-Time«, mit anderen Worten, über eine bestimmte Zeitspanne hinweg wurde eine bestimmte Menge HP regeneriert. Man erhielt also die verlorene Gesundheit nicht sofort zurück. Wenn wir während der Heilung einen zweiten Treffer erlitten, wären wir erledigt, selbst wenn der Heileffekt noch andauerte.

Als wollte er seinem geschwächten Feind den tödlichen Stoß versetzen, stürmte Thrym los, als wir endlich wieder auf die Füße kamen. Plötzlich bohrten sich nacheinander mehrere rot flammende Pfeile in seine Kehle unter dem langen Bart und explodierten. Das war Sinons Sword Skill für zweihändige Langbogen »Exploding Arrows«. Deren zehn Prozent physischer Schaden und neunzig Prozent Feuerschaden trafen die Schwachstelle der Frostriesensippe, und Thryms HP-Leiste sank merklich.

»Graaah!«, knurrte Thrym zornig und änderte die Richtung. Nun hatte er es auf Sinon abgesehen. Es war ein typischer Anfängerfehler, als Damage Dealer mit wenig Abwehrkraft und hoher Angriffskraft in der hinteren Reihe durch einen starken Angriff die Aggro von den Angreifern an der Frontlinie zu ziehen. Doch dieses Mal war es kein Versehen gewesen. Sinon spielte todesmutig den Lockvogel, um uns genug Zeit zu verschaffen, wieder in Stellung zu gehen.

»Sinon, verschaff uns dreißig Sekunden!«, schrie ich und trank in großen Schlucken einen Heiltrank aus meiner Gürteltasche. Um mich herum stürzten auch Klein, Liz und die anderen beiden die gleiche rote Flüssigkeit hinunter. Silicas treuer Freund Pina hatte dank des Guard-Skills ihrer Besitzerin knapp überlebt. Anders als in Aincrad gab es in dieser Welt auch einen Zauber zur Wiederbelebung von Pets, aber er war so langwierig, dass er nur schwerlich im Kampf eingesetzt werden konnte.

Ich starrte abwechselnd auf unsere HP-Leisten, die sich quälend langsam erholten, und zu der hellblauen Cait Sith, die Thryms wilden Attacken mit Müh und Not auswich. Sinon spielte noch nicht lange *ALO*, aber ihre Reflexe waren hervorragend. In *GGO* konnte sie als Scharfschützin ohne jegliche defensive Skills nur noch fliehen, wenn ihr ein Angreifer zu Leibe rückte. Vielleicht kam ihr diese Erfahrung jetzt zugute.

»Vorbereiten für den Angriff«, rief ich den anderen zu und löste den Blick von unseren HP-Leisten, die sich endlich wieder zu achtzig Prozent gefüllt hatten. Wir ergriffen erneut unsere Schwerter, und ich wollte gerade mit einem Countdown beginnen, als plötzlich eine Stimme neben uns sagte: »Werte Krieger.«

Ich wandte mich erschrocken um und sah unser achtes Gruppenmitglied, das ich immer noch neben Asuna erwartet hatte – Freyja.

Mit ihren seltsamen, goldbraunen Augen sah mich der zur AI weiterentwickelte NPC fest an und sagte: »Auf die Weise wird es uns nicht gelingen, Thrym zu besiegen. Unsere einzige Hoffnung ist der geheime Schatz meiner Sippe, der irgendwo in diesem Raum versteckt sein muss. Wenn ich ihn zurückerlange, wird meine wahre Macht wiedererweckt, mit der wir Thrym beseitigen können.«

»Deine ... wahre Macht ...?« Für die Länge eines Atemzugs schwankte ich.

Dann kam ich zu einem Entschluss. Es war sinnlos, sich an diesem Punkt noch Sorgen zu machen, ob Freyja uns womöglich nach der Wiedererlangung ihrer wahren Kräfte in den Rücken fallen und sich auf Thryms Seite schlagen würde, um uns anzugreifen. Wenn dieser zermürbende Kampf so weiterging, würde die Zeit für die Quest ablaufen, selbst wenn wir nicht vernichtet würden. Also sollten wir jetzt jede Chance nutzen, die sich uns bot.

»In Ordnung. Was ist denn dieser Schatz?«, fragte ich hastig, aber gerade noch langsam genug, dass der NPC mich verstehen konnte.

Freyja hielt ihre Hände etwa dreißig Zentimeter auseinander. »Es ist ein goldener Hammer von etwa dieser Größe.«

»Was? Ein ... Hammer?«

»Ein Hammer«, wiederholte Freyja, und für eine halbe Sekunde starrte ich sie unwillkürlich verblüfft an. Zur selben Zeit war Sinon in der rechten, hinteren Ecke des Königsgemachs in die Enge getrieben worden, wo sie dem Flächenschaden von Thryms Fausthieben ausgesetzt war und fast zwanzig Prozent ihrer HP verlor. Ich konnte ihr nicht zumuten, noch länger allein die Aggro zu halten. Also sagte ich schnell zu Klein, Leafa und den anderen: »Geht ihr schon mal Sinon helfen! Ich komme gleich nach!«

»Alles klar!«, rief der Katanakrieger und rannte mit lautem Kriegsgeschrei los. Sofort erklangen die Soundeffekte des Gruppenkampfes, während ich mich ringsum in dem riesigen Königsgemach umsah.

An den bläulichen Eiswänden türmten sich Berge von goldglänzenden Objekten auf. Wie sollte ich dazwischen einen einzelnen Hammer finden? Verlorene Objekte zu finden, war zwar eine typische Botengang-Quest, aber hier war der Schwierigkeitsgrad einfach zu hoch!

Wahrscheinlich war diese Quest für eine große Raid-Gruppe von wenigstens dreißig Leuten gedacht. Ohne eine solche Anzahl von Gruppenmitgliedern konnte man unmöglich ein einzelnes Item in diesen Bergen von Schätzen finden.

»Yui ...«, wandte ich mich hoffnungsvoll an die Navigationsfee auf meinem Kopf, aber zur Antwort erhielt ich nur ein Kopfschütteln.

»Das geht nicht, Papa. Die Positionen von Key-Items sind in den Mapdaten nicht verzeichnet. Vermutlich wurde es an einer zufälligen Stelle platziert, als wir den Raum betreten haben. Solange wir das Item nicht finden und an Freyja übergeben, kann nicht bestimmt werden, welches der Key ist!«

»Verstehe ... Hmmm ...«

Ich zermarterte mir so angestrengt das Hirn, dass mir fast Qualm aus den Ohren stieg. Aber dieses Mal kam mir nicht eine Idee. Mir blieb wohl nichts anderes übrig, als in der Hoffnung auf ein Wunder den nächstbesten Haufen aufs Geratewohl zu durchsuchen.

In diesem Moment drehte sich Leafa für einen kurzen Augenblick von dem heftigen Kampf zu mir um und schrie: »Brüderchen! Benutz einen Blitz-Skill!«

»Blitz ...?« Ich riss kurz überrascht die Augen auf, doch im nächsten Moment holte ich weit mit meinem rechten Schwert aus.

Da ich bisher nur die Anfängerskills der Illusionsmagie erlernt hatte, gab es für mich nur ein einziges Mittel, um Blitzschaden zu erzeugen.

»Hiaaah!«

Mit einem Schrei stieß ich mich kräftig vom Boden ab. In der Luft machte ich eine Vorwärtsrolle, wobei ich das Schwert umgekehrt griff und dann im Fall gerade nach unten stieß. Es war einer der wenigen schweren Flächenangriffe aus der Kategorie der Einhandschwerter, »Lightning Fall«, mit dreißig Prozent physischem und siebzig Prozent Blitzschaden.

Ein trockener Donnerschlag erklang, als sich mein Schwert tief in den Boden grub. Von diesem Punkt aus zuckten violette Funken in alle Richtungen. Ich richtete mich ruckartig auf und drehte mich schnell um die eigene Achse. Mit meinen Augen suchte ich die Objekte ringsum ab …

»Ah …!«

Ich sah es. Tief in einem Berg aus Gold blitzte kurz ein violettes Licht auf, als hätte etwas mit den von mir erzeugten Blitzen resoniert. Ich biss die Zähne zusammen und rannte in die linke hintere Ecke des Raumes. Zu meiner Rechten sah ich einen riesigen Stuhl, der wohl Thryms Thron sein musste, dann stürzte ich mich kopfüber in den Berg aus Schätzen und warf mit beiden Händen die zweifellos wertvollen Objekte beiseite.

»Ist er das?!«

Nach wenigen Sekunden kam ein eher bescheidenes Item zum Vorschein. Ich streckte meine Hand danach aus. Es war ein kleiner Hammer mit schmalem, goldenem Griff und einem juwelenbesetzten Hammerkopf aus Platin. Sobald ich ihn ergriff und hochhob, zog ein immenses Gewicht meinen Avatar hinunter. Mit einem Hauruck hievte ich ihn hoch, wirbelte herum und schrie: »Freyja, hier!«

Mit dem Schwung der Drehung schleuderte ich den Hammer zu ihr hinüber, dann verfiel ich in leichte Panik. Es wäre schrecklich, wenn diese Handlung als Angriff auf den NPC gewertet werden würde. Glücklicherweise hielt die schlanke Blondine ihre rechte Hand hoch und fing den tonnenschweren Hammer geschickt auf.

Doch gleich darauf krümmte sie sich zusammen, als könne sie dem Gewicht nicht standhalten. Ihre langen, welligen Haare wogten um sie herum, und ihr entblößter, weißer Rücken zitterte leicht.

Äh, war das etwa falsch? Habe ich ihr irgendwas Schlimmes gegeben?, dachte ich beunruhigt, als Freyjas leises Murmeln an meine Ohren drang.

»… mich …«

Kleine Blitze zuckten durch die Luft.

»…füllt mich … erfüllt mich …«

Das war eine seltsame Aussage für eine schöne Magierin in der Blüte ihrer Jahre. Hin und wieder machte das Sprachmodul des Cardinal-Systems wohl doch noch einen Fehler. Aber auch ihre Stimme klang irgendwie seltsam. Ihre bisherige charmante, rauchige Stimme schien nun tiefer und rauer zu werden.

Britz, britz. Die Blitze zuckten immer heftiger. Ihre braungoldenen Haare schwebten um ihren Kopf, und der Saum ihres dünnen weißen Kleides flatterte heftig.

»Die Macht … sie erfüllt miiiiiiiiiich!«

Bei diesem dritten Schrei hörte sich die Stimme kein bisschen mehr so an wie die Freyjas. Ich war jenseits von einem bloßen ungut en Gefühl und sah nur noch mit weit aufgerissenen Augen zu, wie die Muskeln der Schönheit anschwollen wie Taue. Gleichzeitig wurde das weiße Kleid in kleine Fetzen gerissen und verschwand.

In diesem Augenblick wirbelte Klein herum, der am anderen Ende des Raumes kämpfte, als hätte er die Geheimtechnik »Hypersense« aktiviert. Als er die nun splitterfasernackte Freyja sah, fielen ihm fast die Augen aus dem Kopf. Und dann klappte seine Kinnlade herunter.

Ich konnte ihn nur zu gut verstehen. Umgeben von Blitzen wurde Freyja zusehends riesiger. Drei Meter ... fünf Meter ... und es hörte noch immer nicht auf. Ihre Arme und Beine waren so dick wie Baumstämme, und ihre Brust war sogar noch muskulöser als Thryms. Auch der goldene Hammer in ihrer linken Hand wurde wie sein Besitzer immer größer. Im Nu hatte er eine Größe erreicht, dass selbst die schweren Krieger der Gnome ihn nicht mehr hätten führen können, und von ihm zuckten heftige Blitze in alle Richtungen.

Und dann erschien etwas, das Klein und mir den größten und schlimmsten Schock versetzte.

Aus den groben, kräftigen Wangen und dem Kinn des nach unten gewandten Gesichts wuchs ein langer, ein sehr langer ... Bart.

»Sie ist ja ...«

»... 'n Kerl!«

Die Schreie von uns zwei Männern tönten aus den beiden Enden des Raumes.

Ja, die gefangene Schönheit, die Kleins Ehrenkodex angespornt hatte, existierte in dieser Welt nicht mehr. Der Riese, der mit überwältigender Kraft seinen massiven Körper erhob, sah aus wie ein Mann mittleren Alters, aber auf keinen Fall unter vierzig.

»Huaa…aaaaaah!«

Der riesige Kerl ließ ein tiefes Gebrüll los, das den gesamten Raum erbeben ließ. Mit dem rechten Fuß, der auf einmal in einem dicken Lederstiefel steckte, trat er einen stampfenden Schritt auf Thrym hinten im Raum zu, der in seiner Bewegung gestoppt hatte.

Furchtsam richtete ich meinen Blick auf die linke Seite meines Sichtfelds, um den Namen zuunterst der acht aufgelisteten HP- und MP-Leisten zu überprüfen.

Wo bis vor weniger als einer Minute noch der Name »Freyja« gestanden hatte, war unbemerkt ein neuer Name aufgetaucht.

»Thor«. Das war der Name unseres neuen Kameraden.

5

Sogar ich, ohne besondere Kenntnisse der Mythologie, hatte diesen Namen schon einmal gehört.

Zu den berühmtesten Göttern in der nordischen Mythologie zählte neben Hauptgott Odin und Trickster Loki auch der Donnergott Thor. Mit seinem Hammer, der Donner erzeugte, erschlug er einen Riesen nach dem anderen. Seine Figur war das Motiv vieler Filme und Spiele.

Später erklärte mir Leafa, dass es in der nordischen Mythologie tatsächlich eine Episode gibt, in der Thor loszieht, um seinen Hammer zurückzuholen, den Thrym gestohlen hat. Aus diesem Anlass nimmt er die Gestalt der Göttin Freyja an und gibt vor, Thryms Braut werden zu wollen. Bei dem

Festmahl droht die Täuschung immer wieder aufzufliegen, aber dank der Schlagfertigkeit seines Begleiters Loki kommen sie damit durch. Als Thor seinen Hammer endlich wieder hat, erschlägt er Thrym und all seine Riesen auf dem Hochzeitsbankett.

Ich konnte nicht recht sagen, ob diese Geschichte nun komisch oder eher brutal war. Jedenfalls hatte das Cardinal-System diese alte Legende offenbar in einer abgeänderten Version als Subroute dieser Quest eingebracht.

Kurzum, hätte man diese Geschichte genauer gekannt, hätte man bei der Erwähnung von Freyjas Namen gewusst, dass sie kein Spion von Thrym war. Ich war Klein sehr dankbar, der vor diesem Käfig auf seinen Instinkt und den Samurai-Kodex vertraut und Freyja gerettet hatte – wie auch immer er sich jetzt fühlen musste, nachdem Freyjas wahre Identität enthüllt worden war.

»Huaaargh ... Du niederträchtige Riesen-Brut, jetzt wirst du dafür büßen, dass du mir meinen kostbaren Mjölnir gestohlen hast!«

Der Donnergott Thor erhob seinen riesigen goldenen Hammer und stürmte mit einer Kraft los, dass seine Füße fast den dicken Boden zu durchbrechen schienen.

Ihm gegenüber blies der Frostriesenkönig Thrym in seine Hände und brachte eine Kriegsaxt aus Eis hervor. Er wirbelte die Axt herum und schrie zurück: »Du dreckiger Gott, wie kannst du es wagen, mich zu täuschen! Ich schlage dir deine bärtige Visage ab und schicke sie zurück nach Asgard!«

Wenn man mal so darüber nachdachte, hatte auch Thrym geglaubt, die echte Göttin Freyja vor sich zu haben, und ungeduldig auf die Hochzeit gewartet. Er war zwar der Schurke in dieser Geschichte, dennoch hatte er ein gutes Recht, zornig zu sein.

Inmitten des Raumes schlugen die beiden gigantischen Riesen mit goldenem und blauem Bart krachend den goldenen Hammer und die Kriegsaxt aus Eis gegeneinander. Der Aufprall ließ das gesamte Schloss erbeben. Wir standen ringsum und sahen fassungslos zu, noch immer geschockt von Freyjas Verwandlung in einen Riesen – noch dazu in einen Kerl. Schließlich hatte Sinon sich am anderen Ende des Raumes wieder geheilt und rief uns scharf zu: »Lasst uns ihn alle zusammen angreifen, solange er sich auf Thor konzentriert!«

Richtig, sie hatte vollkommen recht. Es gab keine Garantie, dass uns der Donnergott bis zum Ende des Kampfes zur Seite stehen würde. Ich schwang meine Schwerter und erhob meine Stimme: »Okay, Angriff mit voller Kraft! Benutzt so viele Sword Skills, wie ihr könnt!«

Dann sprangen wir sieben gleichzeitig los und stürzten uns aus allen vier Richtungen auf Thrym.

»Wuaaaah!«

Als Klein mit einem besonders wilden Kampfschrei und hoch erhobenem Katana vorstürmte, schien es mir, als würde etwas in seinen Augenwinkeln glitzern. Aber es gehörte sicherlich auch zur Barmherzigkeit eines Kriegers, darüber hinwegzusehen. Ohne uns um den Skill Delay zu kümmern, schlugen wir mit Sword Skills mit mehr als drei Hits auf Thryms Beine ein. Auch Asuna hatte unbemerkt den Zauberstab gegen ihr Rapier getauscht und traktierte Thryms Achillessehne mit rasanten Kombos. Neben ihr schmetterte Lisbeth den mit beiden Händen gepackten Streithammer auf seinen kleinen Zeh.

»Gr...argh ...!«

Ein schmerzerfülltes Stöhnen entwich Thryms Kehle, er schwankte und fiel auf sein linkes Knie. Um seine Krone drehten sich gelb funkelnde Lichteffekte: der Lähmungseffekt.

»Jetzt ...!«

Auf mein Kommando entfesselten alle ihre mächtigsten Kombo-Attacken. Blendende Lichteffekte umhüllten Thryms nackten Oberkörper. Von oben prasselten orange leuchtende Pfeile wie ein Regenguss auf ihn herab.

»Huarrgh! Kehre in die Tiefe der Erde zurück, wo du hergekommen bist, Riesenkönig!«

Zum Schluss drosch Thor seinen Hammer auf Thryms Kopf, um ihm den Rest zu geben. Die Krone zerbrach und verschwand, und der Boss, der für eine Weile unbesiegbar gewirkt hatte, fiel mit lautem Getöse auf den Rücken.

Seine HP-Leisten waren bereits ausgemerzt. Knirschend wurden seine vier massigen Gliedmaßen und die Spitze seines Barts zu Eis.

Auch das blaue Leuchten in seinen pechschwarzen Augenhöhlen wurde schwächer und begann zu verblassen. In diesem Moment bewegte sich sein verfilzter Schnurrbart, und ein tiefes Lachen ertönte.

»Muah ha ha ... genießt euren Sieg nur, ihr kleinen Insekten. Aber ... wenn ihr euch mit dem Göttergeschlecht der Asen einlasst, wird es euch noch leidtun ... denn sie sind die wahren ...«

Womm! Thor stampfte mit voller Wucht auf, und sein Fuß brach durch Thryms nun fast vollständig gefrorenen Körper.

Eine gewaltige End Flame loderte auf, und der Frostriesenkönig zerbarst in Abertausende von Eissplittern. Wir hoben schützend die Hände vor das Gesicht gegen die Druckwelle des Effekts und wichen ein paar Schritte zurück. Aus luftiger Höhe sah der Donnergott Thor mit seinen goldenen Augen auf uns herab.

»Ich danke euch, Elfenkrieger. Nun konnte ich mich von der Schmach befreien, dass mir mein Schatz geraubt wurde. Dafür sollt ihr belohnt werden.«

Er hob seine linke Hand und berührte den Griff seines riesigen prächtigen Hammers in seiner Rechten. Einer der eingefassten Edelsteine löste sich, fing an zu leuchten und verwandelte sich in einen kleineren Hammer, den ein Mensch tragen konnte.

Diesen goldenen Hammer, eine geschrumpfte Version des Originals, warf Thor Klein zu.

»Setzt Mjölnir, den Donnerhammer, für euren gerechten Kampf ein. Und nun ... lebt wohl.«

Thor hob die rechte Hand, und im gleichen Augenblick zuckte ein heller Blitz durch den Raum. Reflexartig kniffen wir unsere Augen zusammen, und als wir sie wieder öffneten, war dort niemand mehr zu sehen. Ein kleines Dialogfenster verkündete, dass ein Mitglied die Gruppe verlassen hatte, und das achte Paar von HP- und MP-Leisten verschwand.

Dort, wo Thrym sich aufgelöst hatte, fiel ein wahrer Wasserfall von Items herab und wurde von dort aus automatisch in unserem temporären Gruppeninventar verstaut.

Als die Flut von Items abebbte, wurde das Licht im Bossraum heller und vertrieb die Dunkelheit. Bedauerlicherweise verschwanden auch die aufgetürmten goldenen Schätze entlang der Wände. Aber da unsere Inventare sowieso schon voll bis obenhin waren, hätten wir auch kaum etwas davon mitnehmen können.

»Puh ...«, seufzte ich. Dann ging ich hinüber zu Klein und legte ihm eine Hand auf die Schulter. »Glückwunsch zu deiner legendären Waffe.«

»Ich hab doch überhaupt keine Hammer-Skills trainiert ...«, sagte der Katanakrieger halb lachend, halb weinend, den von einer leuchtenden Aura umgebenen Hammer in der Hand. Ich grinste ihn breit an.

»Na, Liz würde sich bestimmt über den Hammer freuen. Oh, aber wahrscheinlich würde sie ihn einschmelzen, um Barren daraus herzustellen ...«

»Hey! So was Verschwenderisches würde selbst ich nicht machen!«, protestierte Lisbeth, da sagte Asuna neben ihr mit ernstem Gesicht: »Aber, Liz, ich habe gehört, wenn man legendäre Waffen einschmilzt, bekommt man eine Menge Orichalcum-Barren.«

»Was, echt?«

»Hey, stopp mal! Ich hab nicht gesagt, dass ich ihn abgebe!«, heulte Klein und klammerte sich fest an seinen Hammer, worauf alle in unbeschwertes Gelächter ausbrachen ...

In diesem Moment ertönte ein Grollen, das mich bis ins Mark erschütterte, gleichzeitig bebte und schwankte das Eis unter unseren Füßen heftig.

»Aaaaah!«, schrie Silica mit flach angelegten Katzenohren. Neben ihr, den Schwanz s-förmig gekrümmt, rief Sinon: »Es ... bewegt sich?! Nein, es schwebt ...!«

Etwas verspätet bemerkte auch ich es.

Der riesige Palast Thrymheimr stieg zitternd wie ein Lebewesen allmählich auf. *Aber warum – nein – das kann doch nicht sein*, dachte ich.

Da warf Leafa einen Blick auf das Medaillon um ihren Hals und kreischte auf. »Brüderchen ...! Die Quest geht noch weiter!«

»Was?!«, jaulte Klein. Mir ging es genauso. Ich hatte angenommen, dass die Quest gewiss beendet wäre, nachdem das Oberhaupt der Frostriesen nun tot war. Doch dann erinnerte ich mich zurück, was Königin Urd gesagt hatte, als sie uns mit der Quest beauftragt hatte.

Dringt in Thrymheimr ein und zieht Excalibur aus seinem Sockel. Nicht »Besiegt Thrym«. Kurzum, dieser entsetzlich mächtige Gegner Thrym war nicht mehr als eine der Hürden im Questverlauf.

»Das letzte Licht blinkt!«, Leafa schrie nun fast.

Yui reagierte abrupt. »Papa, hinter dem Thron wird eine Treppe nach unten generiert!«

Ich sparte mir die Zeit für eine Antwort und sprintete los Richtung Thron.

Der hatte zwar die Form eines Stuhls, aber wie vom Thron des Frostriesenkönigs Thrym nicht anders zu erwarten, wirkte er mehr wie ein kleines Haus, je näher man ihm kam. Wenn die Situation nicht so sehr Eile geboten hätte, hätten wir vielleicht unseren Spaß bei dem Versuch gehabt, wer von uns es auf die Sitzfläche schaffte, doch jetzt rannte ich links daran vorbei, ohne den Thron weiter zu beachten.

Als ich auf der Rückseite des Thrones angekommen war, sah ich tatsächlich, wie Yui gesagt hatte, eine Treppe, die durch den Eisboden nach unten führte. Ein Frostriese hätte dort kaum hindurchgepasst, es war gerade groß genug für Menschen oder besser gesagt Elfen. Während ich die heraneilenden Schritte meiner Freunde hörte, stürzte ich mich ohne zu zögern in das Halbdunkel des Eingangs.

Ich rannte die Wendeltreppe hinunter und nahm drei Stufen auf einmal, wobei ich im Hinterkopf überlegte. Falls wir bei Urds Quest versagten – oder wenn die Slaughter-Quest glückte, die gerade von zahlreichen Spielern auf dem Erdboden verfolgt wurde –, würde sich der Eispalast Thrymheimr bis nach Alne erheben. Aber Thrym, der die Invasion von Alfheim angestrebt hatte, gab es nicht mehr. Es war nicht ganz undenkbar, dass er einfach wiederauferstehen würde, als sei nichts gewesen. Doch da das Cardinal-System sehr auf Details bedacht war, konnte ich mir nicht vorstellen, dass es eine so erzwungene Entwicklung der Story gestatten würde.

Während ich in voller Geschwindigkeit die Treppe hinunterrannte, hörte ich von hinten Leafas Stimme, die meine Gedanken gelesen zu haben schien.

»Du, Brüderchen, ich erinnere mich nur noch dunkel ... aber ich glaube, in der echten nordischen Mythologie war der Herrscher von Thrymheimr nicht Thrym.«

»Hä ...?! Aber der Name ...«

»Ja, ich weiß, aber in der Sage war es ein Thi... Thi...«, sagte Leafa stockend.

Yui hatte offenbar das externe Netzwerk durchsucht und antwortete prompt: »Thiazi. In der Göttersage war es nicht Thrym, sondern Thiazi, der den goldenen Apfel begehrte, den Urd erwähnt hat. Und hier in *ALO* wird die besagte Slaughter-Quest von einem NPC namens ›Großherzog Thiazi‹ vergeben, der über die größte Burg im Gebiet von Jötunheimr herrscht.«

»Was bedeutet, dass von Anfang an ein Ersatz bereitstand ...«

Wenn Thrymheimr nach Alne aufsteigen würde, würde in den Königsgemächern über uns vermutlich dieser Thiazi als Endboss den Thron besteigen. Der Gedanke drängte sich auf, dass das Cardinal-System wirklich die Zerstörung der Hauptstadt und die Besetzung der Alne-Hochebene geplant hatte. Doch nachdem wir so weit gekommen waren, hatte ich nicht die Absicht, jetzt zu kapitulieren. Nicht einmal, weil ich Excalibur haben wollte, sondern weil es unserem Freund Tonky gegenüber unverzeihlich gewesen wäre. Wenn ich dafür sogar etwas bekommen sollte, würde ich mich natürlich nicht beschweren ...

Inzwischen wurden die Erschütterungen des Palastes immer heftiger. Hin und wieder gab es einen spürbaren Tempowechsel, wenn sich der Palast offensichtlich weiter aufwärts in das Gewölbe von Jötunheimr grub. Ich hielt den Atem an und rannte, fiel fast, die schier endlose Wendeltreppe hinab.

»Papa, in fünf Sekunden erreichst du den Ausgang!«

»Okay!«, rief ich, rannte auf das helle Licht zu, das gerade in diesem Moment in Sicht gekommen war, und stürzte hinein.

Dort war das Eis in Form eines Oktaeders ausgehöhlt, wie zwei an den Grundflächen zusammengefügte Pyramiden. In einem Wort: eine Krypta.

Die Wände waren recht dünn, sodass man durch das Eis das gesamte Gebiet von Jötunheimr erblicken konnte. Ringsum stürzten unzählige Felsbrocken und Kristalle herab, die sich aus dem Gewölbe gelöst haben mussten. Die Wendeltreppe führte direkt durch die Mitte der Krypta, bis zu deren tiefstem Punkt.

Und dort am Ende lag ein tiefer, reiner Goldglanz.

Ohne Zweifel war es der gleiche Glanz, den Leafa und ich damals bei unserer Flucht aus Jötunheimr von Tonkys Rücken aus am tiefsten Punkt der Eispyramide in der Ferne hatten funkeln sehen. Nach fast einem Jahr war ich also end-lich hier.

Hintereinander rannten wir die letzten Stufen hinunter und stellten uns im Halbkreis darum auf.

Genau in der Mitte des runden Bodens ruhte ein kubischer Sockel mit fünfzig Zentimeter langen Seiten. Im Inneren schien etwas Kleines eingeschlossen sein. Als ich genauer hinsah, erkannte ich dünne, weich wirkende Baumwurzeln. Zahllose Kapillargefäße, fein wie Seidenfäden, vereinten sich zu einer dickeren Wurzel.

Diese Wurzel von etwa fünf Zentimetern Durchmesser war an einem Punkt sauber durchtrennt. Die Ursache die-ses Schnitts war eine scharfe Klinge, in die filigrane Runen eingraviert waren – ein Schwert. Das goldglänzende Lang-schwert steckte senkrecht in dem Sockel, sodass die Hälfte der Klinge frei lag. Es hatte eine fein gearbeitete Parierstange und ein mit feinem schwarzem Leder umwickeltes Heft. Am Knauf funkelte ein großer, irisierender Edelstein.

Ich hatte solch ein Schwert schon einmal gesehen, sogar schon in den Händen gehalten.

Der Mann, der *ALO* als Werkzeug für seine eigenen Be-gierden benutzt hatte, hatte versucht, das Schwert mit GM-Rechten aufzurufen, um mich damit zu töten. Doch zu dem Zeitpunkt waren die Rechte schon an mich übergangen, also hatte ich das Schwert an seiner Stelle generiert und ihm zuge-worfen, damit wir unseren Kampf entscheiden konnten.

Damals hatte ich mit einem einzigen Stimmkommando das stärkste Schwert der Welt erzeugt – oder vielmehr erzeu-gen müssen, was mich mit starkem Widerwillen erfüllt hatte. Ich hatte das Gefühl, diese Schuld nie begleichen zu können, wenn ich nicht irgendwann versuchen würde, das Schwert auf fairem Wege zu erlangen. Und auch wenn der Hergang zum Großteil Zufall gewesen war, war dieser Zeitpunkt nun endlich gekommen.

Ich habe dich lange warten lassen, flüsterte ich in Gedanken zum Schwert. Dann trat ich einen Schritt vor und ergriff mit der rechten Hand das Heft des Langschwerts – das legendäre »Heilige Schwert Excalibur«.

Mit aller Kraft versuchte ich, es aus dem Sockel zu ziehen.

Doch das Schwert knirschte nicht einmal, als sei es mit dem Sockel, nein, dem Schloss selbst zu einem einzigen Objekt verschmolzen. Ich legte auch meine linke Hand an das Heft, stemmte beide Füße in den Boden und zog nach Leibeskräften.

»Ngh...raaah!«

Das Ergebnis war das Gleiche. Eine schlimme Vorahnung sandte einen Schauer über meinen Rücken.

Anders als in *SAO* und *GGO* wurden in diesem Spiel keine numerischen Statuswerte wie Stärke oder Agilität im Menü aufgeführt. Auch die Anforderungen, um eine Waffe oder Rüstung anzulegen, waren vage und gingen stufenlos über von »problemlos zu handhaben« zu »etwas widerspenstig« zu »nicht unter Kontrolle« zu »selbst das Aufnehmen ist schwierig«. Daher gab es immer wieder Spieler, die eine starke Waffe erlangten, die eindeutig zu schwer für sie war, und sie wider besseres Wissen dennoch ausrüsteten, wodurch letztendlich ihre Kampfkraft litt.

Da das Spiel die Spielerwerte wie Stärke trotzdem in numerischen Werten verwalten musste, waren es sozusagen »versteckte Parameter«. Die Basiswerte, die durch Elfenrasse und Körperbau bestimmt wurden, konnten mithilfe von Skill-Boosts, Boni durch magische Ausrüstung oder Buffs beeinflusst werden. Den reinen Basiswerten nach musste der Salamander Klein einen etwas höheren Stärkewert haben als ein Spriggan wie ich.

Doch als Katanakrieger, dessen Vorzug die saubere Ausführung von Techniken war, setzte er seine Skills und Ausrüstung für einen Agilitätsboost ein. Ich dagegen neigte wegen meiner Vorliebe für schwere Schwerter dazu, eher meine Stärke zu verbessern. Daher hatte ich vermutlich von allen sieben Anwesenden den höchsten Stärkewert. Mit anderen Worten, wenn sich das Schwert bei mir nicht einmal rührte, wäre es zwecklos, wenn einer der anderen daran ziehen würde. Das war auch allen anderen klar, denn keiner von ihnen versuchte es.

Stattdessen hörte ich hinter mir eine Stimme rufen: »Gib alles, Kirito!«

Es war Asuna. Gleich darauf meldete sich Liz zu Wort: »Na los, nur noch ein Stück!«

Sofort feuerten mich auch Leafa, Silica und Klein an.

Sinon rief: »Zeig mal, was du drauf hast!«, Yui schrie so laut sie konnte: »Papa, du schaffst es!«, und selbst Pina heulte: »Hruuuuh!«

Als derjenige, der diese Gruppe zusammengerufen hatte, durfte ich jetzt nicht aufgeben. Ich hatte bereits alle verfügbaren Stärke-Buffs, der Rest hing allein von meiner Motivation und Willensstärke ab. Ich musste darauf vertrauen, dass mein Parameter nicht unzureichend war, sondern nur mit genügend Input und dem richtigen Timing entsperrt werden musste, und all meine Muskelkraft, nein, Willenskraft anstrengen.

Mein Sichtfeld verblasste von den Seiten her, vor meinen Augen begannen Lichter zu flimmern, und bald kam ich an einen Punkt, wo es mich nicht überrascht hätte, wenn mich das AmuSphere wegen irregulärer Gehirnwellen automatisch ausgeloggt hätte.

Genau in diesem Augenblick ertönte ein scharfes Knacken. Gleichzeitig spürte ich eine kleine Vibration in meinen Händen.

»Ah ...!«, rief irgendjemand.

Auf einmal strömte ein grelles Licht aus dem Sockel und färbte mein gesamtes Sichtfeld golden.

Unmittelbar darauf drang ein Krachen an mein Ohr, das heftiger, aber auch herzerfrischender klang als jeder Sound-effekt, den ich je gehört hatte. Mein Körper streckte sich weit – und inmitten der umherfliegenden Eissplitter zeichnete das Langschwert in meiner rechten Hand einen glänzenden, goldenen Bogen in die Luft.

Ich flog weit nach hinten, aber meine sechs Freunde fingen mich mit ausgestreckten Armen auf. Während ich gegen das ungeheuerliche Gewicht des Schwertes ankämpfte, sah ich nach oben, und unsere Blicke trafen sich. Ihre Mundwinkel zogen sich nach oben, sie begannen zu grinsen und wollten gerade in lauten Jubel ausbrechen, als auch schon das nächste Ereignis ausgelöst wurde.

Die aus dem Eissockel befreite kleine Baumwurzel schweb-te in der Luft, begann plötzlich länger zu werden oder viel-mehr zu wachsen.

Die feinen Wurzelhaare breiteten sich im Nu nach unten aus. Aus der Schnittstelle am oberen Ende, wo die Wurzel sauber abgetrennt worden war, wuchs neues Gewebe senk-recht in die Höhe.

Von oben kam ein fürchterliches Donnern näher. Als ich aufblickte, sah ich etwas durch die vertikale Öffnung drängen, durch die wir gekommen waren, wobei die Wendeltreppe zermalmt wurde. Mehr Wurzeln. Die Wurzeln des Weltenbaums, die Thrymheimr umschlungen hatten ...

Mit unbändiger Kraft bohrten sich dicke Wurzeln durch den oktaederförmigen Raum und berührten die aus dem Sockel befreite, kleine Wurzel. Sie umrankten und vereinten sich.

Daraufhin erfasste eine Stoßwelle ganz Thrymheimr, die alle bisherigen Erschütterungen wie leichte Beben wirken ließ.

»Woah! Es ... bricht auseinander ...!«, schrie Klein.

Wir hielten uns krampfhaft aneinander fest, als die Wände um uns herum von unzähligen Rissen durchzogen wurden.

Eine Reihe von ohrenbetäubenden Explosionen dröhnte. Brocken, so groß wie Pferdekutschen, brachen aus den dicken Eiswänden und stürzten hinab zum »Great Void« weit unter uns.

»Ganz Thrymheimr stürzt ein! Papa, wir müssen fliehen!«, rief Yui schrill von meinem Kopf.

Ich tauschte einen Blick mit Asuna zu meiner Rechten, und wir beide schrien gleichzeitig: »Leicht gesagt, die Treppe ist weg!«

Die Wendeltreppe, über die wir in die Krypta hinabgestiegen waren, war von den herabdrängenden Wurzeln des Weltenbaums restlos zerstört worden. Und selbst wenn wir die ursprüngliche Route zurückgerannt wären, wären wir nur wieder an der Terrasse in der Luft ausgekommen.

»Und wenn wir uns an den Wurzeln festhalten ...?«, überlegte Sinon mit Blick nach oben, die selbst in dieser Situation noch ruhig und gefasst blieb, dann zuckte sie mit den Schultern. »Nein, das wird wohl nichts ...«

In der Tat mussten die sich bis zur Hälfte der Krypta erstreckenden Wurzeln fest im Gewölbe verankert sein, aber selbst bis zu den untersten, feinen Wurzeln waren es von dem kreisrunden Boden aus, auf dem wir kauerten, sicher fast zehn Meter. So hoch konnten wir beileibe nicht springen.

»Hey, Weltenbaum! Das ist ganz schön fies von dir!«, schimpfte Lisbeth und schüttelte ihre rechte Faust, aber sie redete mit einem Baum. Er würde ihr wohl kaum antworten und sich entschuldigen.

»Okay, na schön ... dann muss der große Klein euch wohl mal seine olympiareifen Hochsprungkünste zeigen!«

Der Katanakrieger kam mit seinem Satz auf die Füße und nahm auf der Plattform mit nur sechs Metern Durchmesser so gut er konnte Anlauf ...

»Ah, Idiot, nicht ...«

Bevor ich ihn aufhalten konnte, vollführte er einen grandiosen Fosbury-Flop mit einer Rekordhöhe von geschätzten zweieinhalb Metern. Das war angesichts des kurzen Anlaufs durchaus beeindruckend, aber immer noch weit von den Wurzeln entfernt. Sein Körper beschrieb eine steile Parabel und landete dann krachend in der Mitte des Bodens.

Durch den Aufprall – wie wir anderen auch später noch überzeugt waren – lief ein weiterer Riss durch alle Wände.

Der unterste Teil der Krypta, die unterste Spitze von Thrymheimr also, löste sich vom Rest des Palastes.

»Klein ... du Idiooot!«, kreischte Silica, die Achterbahnen hasste, und klang dabei ungewohnt ärgerlich. Mit sieben Elfen, einer Fee und einem Drachen darauf trat die Plattform in einen freien Fall ein.

Wenn es ein witziger Manga gewesen wäre, hätten wir uns jetzt hingesetzt und ein Tässchen Tee getrunken.

Doch in einem VRMMO aus großer Höhe zu stürzen, war tatsächlich sehr furchterregend. In Alfheim flogen wir jeden Tag unbeschwert über den Wolken, aber auch nur, weil wir unsere verlässlichen Flügel hatten. An Orten ohne Flugmöglichkeit, wie etwa in einem Dungeon, hatten unerfahrene Spieler oft schon vor Sprüngen aus fünf Metern Höhe schreckliche Angst. Selbst ich machte das nicht gern.

Also konnten wir nicht anders, als uns auf allen vieren an die Eisplattform zu klammern und aus vollen Kehlen zu schreien.

Riesige Eisbrocken, die sich zusammen mit der Plattform gelöst hatten, kollidierten ringsum und zerbarsten in kleinere Klumpen. Genau über uns wurde das Gefüge des monumentalen Palastes Thrymheimr von unten aus immer weiter aufgespalten, und mit jedem Mal wurden mehr baumelnde Wurzeln des Weltenbaums befreit.

Zuletzt wagte ich einen vorsichtigen Blick über den Rand der Plattform nach unten.

Gut tausend Meter unter uns, nein, inzwischen weniger, war der Erdboden von Jötunheimr, wo der pechschwarze Abgrund des »Great Void« gähnte. Und natürlich stürzten wir geradewegs darauf zu.

»Ich frage mich, was dort unten ist«, murmelte Sinon neben mir.

Mit Mühe antwortete ich: »Vie... Vielleicht führt es nach Ni... Niflheimr, von dem Urd gesprochen hat?!«

»Ich hoffe, es ist nicht so kalt da ...«

»I... Ich schätze mal, es ist saukalt! Immerhin ist es die Heimat der Fr... Fr... Frostriesen!«

Während dieses Gesprächs hatte ich mich endlich wieder halbwegs gefangen und rief, Excalibur immer noch fest im Griff, Leafa links von mir zu: »Leafa, wi... wie sieht's mit der Slaughter-Quest a... a... aus?«

Die Sylphe, deren gelbgrüner Pferdeschwanz senkrecht nach oben flatterte, hörte augenblicklich auf zu schreien – ich war mir nicht sicher, ob es nicht vielleicht Freudenschreie waren – und blickte auf das Medaillon vor ihrer Brust.

»Oh ... W... Wir haben's geschafft, Brüderchen! Ein Licht ist noch übrig! I... Ich bin so froh ...!«

Sie strahlte übers ganze Gesicht und flog mit weit ausgebreiteten Armen auf mich zu. Ich streichelte ihr nachdenklich den Kopf.

Da der Weltenbaum seine ursprüngliche Gestalt zurückerlangte, würden sich auch die Kräfte der Königin des Sees Urd und ihrer Sippe wieder regenerieren, und die humanoiden Gottheiten würden sie vermutlich nicht länger jagen. Selbst wenn wir in den Abgrund fallen und darin sterben oder bis nach Niflheimr in unseren Tod stürzen würden, wäre unser Opfer nicht vergebens.

Meine einzige Sorge war das »Heilige Schwert Excalibur«, das ich mit aller Kraft festhielt. Es war unklar, ob ich die Besitzrechte bekommen würde, wenn wir die Quest nicht abschlossen. Wahrscheinlich musste Urd überleben und ich ihr ein zweites Mal begegnen, um die Quest ordentlich abschließen zu können.

Trotzdem öffnete ich so, dass Leafa es nicht sehen konnte, schnell ein Menüfenster und versuchte, Excalibur ins Inventar zu legen. Wie erwartet prallte das Schwert vom Fenster ab und ließ sich nicht verstauen.

Na ja, immerhin hab ich es einmal in den Händen gehalten. Das ist schon okay, so eine protzige legendäre Waffe ist sowieso nicht mein Stil, versuchte ich mir die Niederlage schönzureden.

Plötzlich hob Leafa, die mir die Arme um den Hals geschlungen hatte, ruckartig den Kopf.

»Ich habe irgendwas gehört ...«

»Hm ...?«

Reflexartig spitzte ich die Ohren, aber ich hörte nur das Heulen des Windes. Der Boden war schon ziemlich nah gekommen. Bis zum Aufschlag, oder eher dem Einschlag in den »Void«, war es nicht mehr lang.

»Da, schon wieder!«, rief Leafa wieder, löste sich von mir und erhob sich geschickt auf der Plattform.

»*Kuooooh*«, war ein Heulen aus der Ferne zu hören.

Überrascht sah ich mich um. Hinter den hinabfallenden Eisbrocken, im südlichen Himmel, war ein kleines, weißes Licht. Was sich da in einem Bogen näherte, hatte einen stromlinienförmigen Körper wie ein Fisch, vier Flügelpaare und einen langen Rüssel ...

»Tonky!«, rief Leafa, die Hände an ihren Mund gelegt. Erneut kam ein Heulen zur Antwort. Es gab keinen Zweifel mehr. Es war die fliegende Gottheit Tonky, die uns zum Eingang von Thrymheimr gebracht hatte. Nachdem er uns dort abgesetzt hatte, war es logisch betrachtet gar nicht so verwunderlich, dass er uns auch abholen kam. Das hoffte ich jedenfalls inständig.

»Hier ... Hier rüber!«, schrie Leafa, und auch Asuna winkte. Silica hob furchtsam ihren Blick aus den Federn von Pina, die sie fest an ihre Brust gedrückt hatte, und Sinon wedelte erleichtert mit dem Schwanz.

Klein lag immer noch mit allen vieren von sich gestreckt auf dem Boden, so wie er nach seinem Ultra-Hochsprung gelandet war. Jetzt hob er endlich den Kopf und reckte grinsend einen Daumen nach oben.

»He he ... Ich habe von Anfang an daran geglaubt, dass er uns retten kommen würde ...«

Lügner!, rief ich in Gedanken, wie vermutlich die anderen fünf auch, aber bis zu diesem Moment hatten wir Tonky genauso vergessen. Die wie immer treue Gottheit glitt durch die Lüfte auf uns zu und kam schnell näher. Wir würden noch genug Zeit haben, vor dem Aufprall auf seinen Rücken umzusteigen.

Da sich um die Plattform herum zahllose Eisbrocken in der Luft befanden, konnte Tonky nicht direkt zu uns kommen und blieb im Abstand von fünf Metern in der Schwebe. Aber diese Distanz konnte sogar ein schwergewichtiger Spieler überwinden.

Zuerst sprang Leafa so mühelos hinüber, dass sie dabei noch ein Liedchen hätte pfeifen können, und landete perfekt auf Tonkys Rücken. Sie breitete ihre Arme aus und rief zu uns herüber: »Silica!«

Silica nickte und packte Pinas Vorderbeine. Dann nahm sie etwas unbeholfen Anlauf und sprang tapfer ab. Als sie in der Luft an Pinas Beinen hing, schlug der Drache schnell mit den Flügeln, um der Flugweite einen Boost zu geben. Das war ein Privileg, das nur die Tamer mit Flugpets genossen. So landete sie sicher in Leafas Armen.

Als Nächstes sprang Lisbeth mit einem energischen »Hiaaah!«, und Asuna folgte mit einem eleganten, langen Sprung. Sinon hatte sogar die Gemütsruhe, im Sprung noch zwei Vorwärtsrollen einzubauen, bevor sie in der Nähe von Tonkys Schwanz landete.

Mit angespanntem Gesicht wandte sich Klein zu mir, worauf ich ihm mit einem Wink den Vortritt ließ.

»Okay, dann zeige ich euch jetzt meinen prächtigen ...«, sagte er und wägte zögerlich das richtige Timing ab, als ich ihm einen kräftigen Schubs gab. Der Sprung nach seinem strauchelnden Anlauf schien nicht weit genug gewesen zu sein, aber Tonky streckte seinen Rüssel aus und fing ihn in der Luft auf.

»Uaaaah?! Das war gruselig!«

Ich ignorierte sein Gezeter und warf erneut einen kurzen Blick nach unten. Unter der transparenten Eisplattform nahm der »Great Void« inzwischen mein gesamtes Blickfeld ein. Ich sah nach vorn, setzte zu einem kurzen Anlauf an – aber dann kam mir eine erschreckende Einsicht.

Ich konnte nicht springen.

Richtiger gesagt, mit dem gewaltigen Gewicht des heiligen Schwertes Excalibur in meinen Armen würde ich keine fünf Meter weit springen können. Schon während ich nur hier stand, drückten sich meine Stiefel in das Eis.

Die anderen auf Tonkys Rücken hatten offenbar bemerkt, warum ich plötzlich stehen geblieben war.

»Kirito!«, hörte ich ihre drängenden Rufe. Mit gesenktem Blick kämpfte ich für einen Moment gegen einen starken, inneren Konflikt an und biss fest die Zähne zusammen.

Ich hatte zwei Möglichkeiten – zusammen mit Excalibur in den Tod zu stürzen oder es fortzuwerfen und zu überleben. War diese letzte Distanz von fünf Metern, die die Begierden und Besessenheit der Spieler auf die Probe stellte, nur aus Zufall entstanden? Oder war es eine vom Cardinal-System geplante Falle ...?

»Papa ...«, murmelte Yui auf meinem Kopf besorgt, und ich nickte leicht.

»Dieses verdammte Cardinal-System!«, knurrte ich und grinste gequält.

Dann schleuderte ich das Schwert zur Seite.

Mein Körper wurde mit einem Mal unglaublich leicht. Das goldene Licht trudelte hell funkelnd aus meinem Blickfeld.

Ich nahm kurz Anlauf, sprang ab und drehte mich im Sprung. Für sein ungeheures Gewicht fiel Excalibur ungewöhnlich langsam, wie eine Feder aus dem Flügel eines Phönix, glitzernd in die bodenlose Tiefe.

Sobald ich rückwärts auf Tonkys Rücken landete, breitete der seine acht Flügel weit aus, und ich spürte die drastische Drosselung der Geschwindigkeit. Um auf der gleichen Höhe wie die Plattform zu bleiben, hatte Tonky sich ebenfalls fallen lassen, und jetzt wechselte er in einen Schwebeflug und stoppte den Fall.

Asuna kam zu mir und klopfte mir auf die Schulter. »Wir können es irgendwann zurückholen.«

»Ich werde seine Koordinaten speichern!«, versicherte Yui sogleich.

»Ja, gute Idee. Es wird bestimmt irgendwo in Niflheimr auf mich warten«, murmelte ich und wollte mich im Stillen von dem mächtigsten Schwert verabschieden, das ich für einen Moment in den Händen gehalten hatte.

Doch ich wurde unterbrochen, als die blauhaarige Cait Sith vor mich trat.

Mit der linken Hand nahm sie den Langbogen von ihrer Schulter und legte einen dünnen, silbernen Pfeil auf die Sehne. »Zweihundert Meter, schätze ich?«, murmelte sie und sprach schnell einen Zauberspruch. Der Pfeil wurde von einem weißen Licht umhüllt.

Vor unseren verblüfften Augen spannte die Bogenschützin und Scharfschützin Sinon mühelos den Bogen.

Dann schoss sie in einem 45-Grad-Winkel nach unten, ein Stück unterhalb des in der Ferne hinabfallenden Excaliburs. Der Pfeil zog im Flug eine seltsame silberne Linie hinter sich her. Es war »Retrieving Arrow«, ein Zauberspruch für Bogenschützen aller Rassen. Der Pfeil wurde beim Abschießen mit einer Leine mit hoher Elastizität und Haftfähigkeit versehen. Es war ein praktischer Zauber, um Pfeile zurückzuholen, die sonst beim Gebrauch verloren gingen, oder um unerreichbare Objekte heranzuziehen. Aber da die Leine den Pfeil aus seiner Flugbahn warf und er keine Zielsuchfunktion hatte, traf er für gewöhnlich nur nahe Ziele.

Obwohl ich ihre Absicht endlich begriffen hatte, dachte ich bei mir, dass selbst sie das unmöglich schaffen konnte.

Es konnte nicht funktionieren. Zweihundert Meter war das Doppelte der effektiven Reichweite des Bogens, den Liz für sie hergestellt hatte. Und selbst wenn es innerhalb der Reichweite gewesen wäre, waren dies keine Bedingungen, unter denen man zielen konnte: ein schwankender Untergrund, hinabstürzendes Eis und ein ebenso fallendes Zielobjekt.

Und doch ... doch, doch.

Als würden das in der Ferne sinkende goldene Licht und der noch tiefer hinabfliegende silberne Pfeil voneinander angezogen werden, näherten sie sich einander mehr und mehr ...

Mit einem leichten *Tschack!* trafen sie zusammen.

»Hepp!«

Mit der rechten Hand zog Sinon kräftig an der magischen Leine. Das goldene Licht stoppte abrupt seinen Fall und stieg dann auf. Der Punkt aus Licht wurde bald länger und nahm die Form eines Schwertes an.

Zwei Sekunden darauf landete die legendäre Waffe, von der ich gerade noch einen ewigen Abschied hatte nehmen wollen, genau in Sinons Handflächen.

»Uff, ist das schwer ...«, stöhnte die Cait Sith, während sie das Schwert mit beiden Händen festhielt und sich zu uns umdrehte.

»Si... Si... Si...«, riefen sieben Stimmen perfekt synchron.

»Sinon, du bist die Coolste!«

Auf unsere Bewunderung reagierte sie mit einem kleinen Zucken ihrer Katzenohren, da sie die Hände voll mit dem Schwert hatte. Schließlich sah sie zu mir und zuckte leicht mit den Schultern. »Zieh nicht so ein Gesicht, ich geb's dir ja.«

Offenbar stand mir unbewusst durch schwarze Magie »Gib mir das!« in Großbuchstaben auf die Stirn geschrieben. Als ich einen unschuldigen Blick aufsetzte, schnaubte Sinon und hielt mir das Schwert hin.

Ich hatte ein kleines Déjà-vu. Vor etwa zwei Wochen hatte Sinon mir am Ende des finalen Battle Royale des »Bullet of Bullets«-Turniers etwas mit der gleichen Geste überreicht.

Was ich reflexartig angenommen hatte, war eine Plasmagranate gewesen, die meine HP auf einen Schlag auslöschen konnte. Kurz darauf waren Sinon und ich in engem Körperkontakt in die Luft geflogen und hatten den Kampf zu einem etwas beunruhigenden Ende geführt. Ich hatte bisher nicht gewagt, nachzusehen, wie diese letzte Szene von den Usern im Internet aufgefasst worden war.

Doch dieses Schwert würde wohl hoffentlich nicht explodieren.

»Danke ...«, sagte ich und streckte meine Hände aus, um das Schwert entgegenzunehmen – das plötzlich wieder zurückgezogen wurde.

»Aber vorher versprichst du mir was.«

Dann zeigte mir die Cait Sith mit den türkisen Haaren das strahlendste Lächeln, seitdem sie nach *ALO* gekommen war – und ließ eine Bombe platzen, die die zehnfache Zerstörungskraft einer Plasmagranate hatte.

»Denk an mich, jedes Mal, wenn du das Schwert ziehst.«

Die Luft gefror zu Eis, als das goldene Schwert Excalibur von Sinons Händen in meine wanderte. Aber ich spürte sein ungeheures Gewicht gar nicht, vor lauter virtuellem Angstschweiß, der mir den Rücken hinunterlief.

»Oho, muss ja echt hart sein, so'n Frauenschwa...«, setzte Klein hinter mir ohne jegliches Feingefühl an, wofür ich ihn mit einem festen Tritt auf den Fuß zum Schweigen brachte. Dann sagte ich so gelassen wie nur irgend möglich: »Klar, ich werde an dich denken und dir dankbar sein. Danke noch mal, das war wirklich ein großartiger Schuss.«

»Gern geschehen.«

Dann zwinkerte Sinon mir als finale Attacke auch noch zu, drehte sich um und ging in Richtung von Tonkys Schwanz. Aus dem Köcher an ihrer rechten Hüfte zog sie ein Pfefferminzröhrchen, steckte es sich in den Mund und sog daran. Dieses supercoole Verhalten passte zwar zu der geschickten Scharfschützin, aber ich übersah nicht das leichte Zittern ihrer hellblauen Schwanzspitze – ein Zeichen, dass sie ein schallendes Gelächter unterdrückte. *Sie hat mich reingelegt!*, stöhnte ich innerlich, aber gegen die bohrenden Blicke der Frauen konnte ich nichts mehr ausrichten.

In diesem Moment war es unerwarteterweise Tonky, der mir zu Hilfe kam.

»*Kuoooooooh* ...«, heulte er lang gezogen und begann mit kräftigen Schlägen seiner acht Flügel aufzusteigen. Das verleitete mich, nach oben zu sehen, wo sich gerade die absolut spektakulärste Szene im gesamten Questverlauf abspielte.

Der gesamte Palast Thrymheimr, der sich tief in das Gewölbe der unterirdischen Welt Jötunheimr gegraben hatte, begann zu fallen.

Obwohl der untere Teil bereits völlig zerstört war, blieb die restliche Form bestehen. Bisher hatte der Palast wie eine umgekehrte Pyramide ausgesehen, doch offenbar war über dem sichtbaren Teil noch ein Gefüge von der gleichen Größe verborgen gewesen. Im Ganzen hatte Thrymheimr also die gleiche Oktaeder-Form wie die Krypta, in der Excalibur geruht hatte.

Alle Seiten maßen dreihundert Meter. Was bedeutete, dass die Distanz von der oberen bis zur unteren Spitze gleich der Diagonale eines Quadrats war, also 300 x √2 gleich 426,26.

Das war fast genauso hoch wie das Foyer für Sonderausstellungen im Tokyo Skytree auf 450 Metern Höhe. Ich war froh, dass wir nicht erst hatten hinaufsteigen müssen, um von dort wieder nach unten zu gelangen.

Während meine Gedanken um diese jetzt sinnlosen Berechnungen kreisten, stürzte der gigantische Eispalast mit einem Getöse wie fernes Donnergrollen geradewegs nach unten. Durch den Druck des Windes brach er immer schneller auseinander. Zahlreiche Sprünge, tief wie Gletscherspalten, durchliefen das Eis von unten nach oben, das bald darauf in etliche große Eisblöcke zerbrach.

»Jetzt verschwindet der Dungeon einfach, obwohl wir erst einmal dort waren ...«, murmelte Liz leise. Neben ihr hielt Silica ihre Pina fest im Arm und stimmte zu: »Es ist schon ein bisschen schade drum. Es gab noch so viele Räume, in denen wir gar nicht waren ...«

»Wir haben 37,2 Prozent der Map erforscht«, ergänzte Yui von meinem Kopf bedauernd.

»Das ist echt 'ne Verschwendung. Aber, na ja, ich hatte 'ne Menge Spaß.« Klein stemmte die Hände in die Hüften und nickte nachdrücklich. Dann fiel ihm etwas ein, er drehte sich um und fragte in einem sonderbaren Tonfall: »Hey, Leafa, also ... Freyja ist aber schon 'ne richtige Göttin, die's irgendwo wirklich gibt, oder? Also nicht dieser Thor-Kerl?«

»Ja, das stimmt«, bestätigte Leafa, und er grinste.

»Oh, na, dann kann ich sie ja vielleicht irgendwo wiedersehen, was?«

»Vielleicht wirst du das.«

Leafa war so freundlich, ihn nicht darauf hinzuweisen, dass Asgard, die Heimat der Asen, in *ALO* nicht existierte.

Ich erinnerte mich, dass König Thrym noch etwas gesagt hatte, kurz bevor er von Thor vernichtet worden war. Etwas davon, dass die Asen die wahren ... irgendwas waren. Was hatte er noch gesagt ...?

Aber als meine Erinnerungen gerade zurückkommen wollten, wurden sie ausgelöscht von dem ohrenbetäubenden Getöse der vollständigen Vernichtung von Thrymheimr, das einen Todesschrei auszustoßen schien.

Riesige Eisbrocken fielen so nah an Tonky vorbei, dass ich sie mit ausgestreckten Händen von seinem Rücken aus fast hätte berühren können. Sie wurden von dem »Great Void« unter uns verschluckt und verschwanden in dessen unendlicher Dunkelheit.

... Nein, das stimmte nicht.

Am Grunde des Lochs konnte ich ein Licht sehen. Dieses blaue, schwankende Glitzern war, ja, das war Wasser. Eine Wasseroberfläche.

Aus der Tiefe des vermeintlich bodenlosen Abgrunds quollen mit einer neuen Art von Getöse riesige Mengen von Wasser hoch. Die immer noch in großer Zahl hinabstürzenden Eisbrocken versanken im Wasser, wo sie sofort schmolzen und sich mit der Wassermenge vermischten.

»Oh ... da oben!«

Sinon, immer noch das Pfefferminzröhrchen im Mundwinkel, wies plötzlich nach oben.

Als ich reflexartig aufsah, sprang mir erneut ein fantastischer Anblick ins Auge.

Die Wurzeln des Weltenbaums, die zurück in das Gewölbe geschrumpft gewesen waren, waren durch die Zerstörung von Thrymheimr befreit worden. Jetzt wanden sie sich wie

Lebewesen und wurden immer dicker. Sie umrankten einander und schossen nach unten, wie auf der Suche nach irgendetwas. Es war, als hätte ein Riese ein Bündel Holzpfähle hinuntergeworfen. Schweigend sahen wir zu, wie die Wurzeln des Weltenbaums in das klare Wasser des ehemaligen »Great Void« drangen, wobei sie hohe Wellen schlugen, und sich dann strahlenförmig ausbreiteten. Wie ein Netz zogen sich die Wurzeln über den weiten Wasserspiegel, bis sie das Ufer erreichten.

Es war haargenau der gleiche Anblick wie in der Illusion, die uns Königin Urd gezeigt hatte. Als die Wurzeln des Weltenbaums schließlich zum Stillstand kamen, wirkte ihr massives Gebilde nun mehr wie eine Verlängerung des Baumstamms, und es sandte starke Schwingungen aus. Es war die pure Freude, wie sie jemand verspüren musste, der nach einer langen Wanderung durch die brütend heiße Wüste endlich eine Oase erreichte und aus deren Quelle trank.

»Seht mal … aus den Wurzeln sprießt es«, raunte Asuna.

Bei genauerem Hinsehen erkannte ich tatsächlich überall an den weit ausgebreiteten Wurzeln junge Triebe, die in die Höhe schossen und frische, grüne Blätter ausbreiteten – im Vergleich zu unserer Körpergröße waren es jedoch schon hohe Bäume.

Ein Wind wehte.

Nicht der schneidend kalte Wind, der bisher in Jötunheimr getobt hatte. Es war eine warme, sanfte Frühlingsbrise. Zur gleichen Zeit wurde das Licht im ganzen Reich um ein Vielfaches heller. Als ich wieder aufsah, verbreiteten die ehemals trübe leuchtenden Kristalle im Gewölbe ein strahlendes Licht wie unzählige kleine Sonnen.

Sobald die Brise und die Sonnenstrahlen über die ewige Schneedecke auf dem Boden und die dicken Eisschichten auf den Flüssen strichen, schmolzen diese zusehends. Auf der schwarzen, feuchten Erde, die unter dem Schnee zum Vorschein kam, begann überall frisches Grün zu sprießen. Die Burgen und Festungen der humanoiden Gottheiten, die allerorten errichtet worden waren, wurden im Nu von dem Grün bedeckt und verfielen zu Ruinen.

»*Kuoooooh …*«

Plötzlich spreizte Tonky seine acht Flügel und die großen Ohren, reckte den Rüssel in die Höhe und stieß ein lautes Heulen aus.

Bald kamen wie ein Echo aus allen Richtungen ähnliche Rufe zur Antwort. Aus den zahlreichen Quellen und Flüssen, wie natürlich auch aus dem gewaltigen See, über den sich die Weltenbaumwurzeln spannten, tauchten Elefanten-Quallen mit langen Tentakeln an den Dampfnudelkörpern auf. Und sie waren nicht die Einzigen. Da waren auch vielfüßige Krokodile, zweiköpfige Leoparden – eine ganze Vielfalt von Tier-Gottheiten kam aus dem Boden und dem Wasser zum Vorschein und begann, über die Gefilde zu ziehen.

In diesem schönen, grünen Land waren sie keine »bösen Gottheiten« mehr. Sie waren nichts anderes als die Bewohner dieses Landes, die sich an der Brise, dem Grün und den Sonnenstrahlen erfreuten – ganz unabhängig von ihrer gigantischen Größe. Die humanoiden Gottheiten, die sie erbarmungslos gequält hatten, waren nirgendwo mehr zu sehen.

Von uns unbemerkt hatte Tonky seine Flughöhe gesenkt, und überall auf den Ebenen unter uns waren ganz klein die Raid-Gruppen zu erkennen, die wie erstarrt dastanden.

Sie mussten von den Geschehnissen vollkommen verwirrt sein. Nachdem sie für die Slaughter-Quest von Großherzog Thiazi stundenlang erbittert gekämpft hatten und endlich das Ziel in Sicht gewesen war, verschwanden ihre verbündeten Riesen, und das gesamte Gebiet veränderte sich drastisch. Kein Wunder, dass sie geschockt waren.

Wie Klein vor unserem Aufbruch gesagt hatte, würden wir es einem Journalisten von »MMO Tomorrow« wohl zumindest teilweise erklären müssen, und ich entschied mich, diese Rolle wie gewünscht ihm zu überlassen. Während ich so unbekümmert nachdachte, hockte sich Leafa plötzlich hin.

»Wie schön. Ich freue mich für dich, Tonky. Sieh mal, da sind jede Menge Freunde. Und dort ... und dort drüben auch ... so viele ...«

Beim Anblick der Tränen, die über ihre Wangen liefen, hatte sogar ein ungehobelter Kerl wie ich einen Kloß im Hals. Sogleich legte Silica ihre Arme um Leafa und fing ebenfalls an zu schluchzen. Auch Asuna und Liz wischten sich die Augenwinkel. Klein wandte sich mit verschränkten Armen ab, um sein Gesicht zu verbergen, und selbst Sinon blinzelte immer wieder.

Zuletzt flog Yui von meinem Kopf auf, um auf Asunas Schulter ihr Gesicht in deren Haaren zu vergraben. In letzter Zeit wollte sie nicht, dass ich sie weinen sah. Von wem sie das wohl hatte ...

In diesem Moment hörten wir eine Stimme.

»Das habt ihr grandios vollbracht.«

Überrascht sah ich nach vorn.

Hinter Tonkys großem Kopf schwebte eine Gestalt, die von einem goldenen Licht umgeben war.

Obwohl höchstens zwei Stunden vergangen waren, wirkte der Anblick schon nostalgisch auf mich. Es war ohne jeden Zweifel die drei Meter große blonde Schönheit, die uns mit dieser Quest beauftragt hatte: Urd, die Königin des Sees.

Doch anders als bei unserer letzten Begegnung, wo sie verschwommen und durchsichtig gewesen war, hatte sie jetzt eindeutig Substanz. Offenbar hatte sie aus der Quelle entkommen können, in der sie sich versteckt hatte, um sich vor Thrym in Sicherheit zu bringen. Ihre Füße mit den perlgrauen Schuppen, die blonden Haare mit den sich windenden Tentakelspitzen und ihre lange, hellgrüne Robe glitzerten und funkelten im Sonnenlicht.

Urd verengte sanft ihre seltsam blau-grünen Augen und sprach erneut: »Indem ihr das Schwert Excalibur, das durch jedes Eisen und jedes Holz schneidet, entfernt habt, konnte die von Yggdrasil getrennte Geisterwurzel wieder zum Mutterbaum zurückkehren. Der Segen des Baumes erfüllt dieses Land wieder, und Jötunheimr hat seine einstige Pracht zurückerlangt. All das haben wir euch zu verdanken.«

»Ach ... nicht doch. Ohne Thors Hilfe hätten wir Thrym niemals besiegen können, glaub ich ...«, murmelte ich, und Urd nickte sachte.

»Auch ich habe die Macht des Donnergottes gespürt. Doch ... bitte seid auf der Hut, ihr Elfen. Die Asen mögen wohl die Feinde der Frostriesen sein, aber sie sind keineswegs eure Verbündeten ...«

»Ähm ... so etwas Ähnliches hat auch Thrym erwähnt, aber was bedeutet das ...?«, fragte Leafa, die sich die Tränen weggewischt hatte und aufgestanden war. Doch die vage Frage wurde von dem automatischen Antwort-Modul des Cardinal-Systems offenbar nicht erkannt, und Urd schwebte schweigend ein Stück höher.

»Auch meine beiden Schwestern möchten euch ihren Dank aussprechen.«

Bei diesen Worten waberte die Luft rechts von Urd, und eine weitere Gestalt kam hervor.

Sie war etwas kleiner als ihre Schwester – obwohl sie uns immer noch weit überragte. Ihre Haare waren ebenfalls blond, allerdings etwas kürzer. Ihre lange Robe war von einer tiefblauen Farbe. Während Urds Gesichtszüge majestätisch waren, waren die ihrer kleinen Schwester anmutig.

»Mein Name ist Verdandi. Danke, ihr Krieger der Elfen. Hach, es ist wie ein Traum, noch einmal das Grün von Jötunheimr erblicken zu können ...«, wisperte sie uns mit süßer Stimme zu und winkte leicht mit ihrer graziösen Hand. Sofort prasselten vor unseren Augen Items und Yrd in rauen Mengen herunter und verschwanden in unser temporäres Inventar. Bei sieben Gruppenmitgliedern hätten wir eigentlich genug Platz haben sollen, aber so langsam sorgte ich mich, dass wir das Limit sprengen würden.

Da erhob sich zu Urds Linken ein kleiner Wirbelwind, und eine dritte Silhouette erschien.

Ganz anders als ihre Schwestern war sie in voller Rüstung. An den Seiten ihres Helmes und ihrer Stiefel waren lange Flügel befestigt. Die blonden Haare waren sorgfältig zusammengebunden und umrahmten ihr schönes, kühnes Gesicht.

Außerdem hatte diese dritte Schwester ein besonders hervorstechendes Merkmal. Sie hatte die Größe eines Menschen, besser gesagt, einer Elfe. Verglichen mit der ältesten Schwester Urd war sie nur halb so groß. Kleins Kehle machte ein lautes Schluckgeräusch.

»Mein Name ist Skuld! Ich danke euch, Krieger!«, rief sie knapp in würdevollem Ton, dann hob auch sie ihre Hand. Ein erneuter Sturzregen von Belohnungen folgte. Nun blinkte in dem Nachrichtenbereich am rechten Rand meines Blickfelds eine Warnung vor der sich verknappenden Lagerkapazität auf.

Die beiden jüngeren Schwestern zogen sich ein Stück zurück, und Urd schwebte noch einmal nach vorn. Wenn sie uns auch noch so viele Items zur Belohnung geben würde, würde unser Inventar fraglos überquellen. Was nicht mehr hineinpasste, würde sich in ein Objekt umwandeln und auf Tonkys Rücken auftürmen. Doch glücklicherweise, musste man vielleicht sagen, lächelte Urd mich nur an und sagte: »Von mir sollst du dieses Schwert erhalten. Aber wirf es niemals in Urds Quelle.«

»Äh, nein, werde ich nicht«, versicherte ich eifrig wie ein Kind.

Das legendäre »Heilige Schwert Excalibur«, das ich bis jetzt fest in meinen Händen gehalten hatte, verschwand mit einem Mal. Natürlich, weil es in mein Inventar gewandert war. Ich war nicht so kindisch, dass ich vor Freude losgeschrien hätte, aber ich erlaubte mir, kurz triumphierend die Faust zu ballen.

Die drei Jungfern schwebten ein Stück fort und riefen uns dann einstimmig zu: »Habt Dank, ihr Elfen. Auf ein baldiges Wiedersehen.«

Gleichzeitig erschien in meinem Blickfeld eine Systemnachricht in einem stilvollen Font. Als der Satz, dass wir die

Quest abgeschlossen hatten, verblasste, drehten sich die drei um und wollten fortfliegen.

»S... Skuld! Wie kann ich dich erreichen!?«

Und was ist mit Freyja?!

Ein NPC wird dir wohl kaum seine Mailadresse geben!

Da ich mich für keine der beiden Bemerkungen entscheiden konnte, blieb ich wie angewurzelt stehen.

Aber was war das?

Obwohl ihre beiden Schwestern einfach davonflogen, drehte sich die jüngste Schwester Skuld doch tatsächlich um und winkte uns mit einem irgendwie amüsierten Gesichtsausdruck noch einmal zu. Etwas Glitzerndes schwebte durch die Luft und landete in Kleins Hand.

Gleich darauf verschwand auch die Kriegsgöttin. Zurück blieben nur Stille und die leichte Brise.

Schließlich murmelte Lisbeth mit einem kleinen Kopfschütteln: »Klein, in diesem Moment hast du meinen vollsten Respekt.«

Das empfand ich auch so. Ganz genauso.

Wie dem auch sei ...

Unser großes Abenteuer, das wir spontan am Morgen des 28. Dezember 2025 begonnen hatten, war damit kurz nach Mittag beendet.

»Hört mal, habt ihr später Lust auf eine Questabschluss-und-Silvesterfeier?«

Asuna wirkte etwas erschöpft, aber sie lächelte mich sanft an und antwortete: »Ich bin dabei.«

»Ich auch!«, rief Yui auf ihrer Schulter und hob ihre Hand.

6

Ich war etwas unschlüssig, ob wir unsere spontane Silvesterparty in der Waldhütte auf der 22. Ebene von Neu-Aincrad abhalten oder ob wir uns in der Wirklichkeit treffen sollten.

In *ALO* konnte Yui voll dabei sein, die uns bei dieser Quest eine enorme Hilfe gewesen war. Aber Asuna würde vom 29. Dezember an für eine Woche im Haus ihrer Großeltern väterlicherseits in Kyoto sein, daher wäre es meine letzte Gelegenheit, sie in diesem Jahr noch zu sehen.

Unsere »Tochter« Yui hatte Verständnis für unsere Lage und schlug ein Treffen in der Wirklichkeit vor. Also setzten wir unsere Silvesterparty für drei Uhr im Dicey Café in Okachimachi an. Tonky brachte uns erneut zu der Treppe im Baum, wo wir ihm zum Abschied zuwinkten, bevor wir die vielen Stufen bis nach Alne hinaufrannten. Die Hauptstadt war noch immer genauso geschäftig wie vor unserer Quest – obwohl beim beginnenden Aufstieg von Thrymheimr anscheinend auch hier leichte Erschütterungen zu spüren gewesen waren. Dort loggten wir uns im Gasthaus aus.

Sobald ich in meinem Zimmer in der Realität erwachte, rief ich als Allererstes Agil an, um seine Bar für unsere Feier zu reservieren. Er brummte zwar, dass er auf die Schnelle nicht genug Essen für alle haben würde, trotzdem versprach er, so viele seiner berühmten Spare Ribs und Baked Beans für uns vorzubereiten, wie es die Zeit zuließ. Er war und blieb eben das Musterbeispiel eines Geschäftsmannes.

Der Wetterbericht sagte ab abends Schnee vorher, also fuhren Suguha und ich nicht mit dem Motorrad, sondern nahmen den Zug in die Stadt. Da wir diesmal recht viel Gepäck hatten, wäre es ohnehin schwierig geworden auf meinem alten Bike, das nur eine kleine Helmaufbewahrung hatte.

Tokyoter wie Klein behandelten Kawagoe in der Präfektur Saitama zwar oft wie das Ende der Welt, aber mit dem Schnellzug brauchten wir keine Stunde bis nach Okachimachi. Als wir kurz nach zwei Uhr die Tür zum Dicey Café öffneten, war nur Sinon bereits dort, die ganz in der Nähe wohnte.

Wir begrüßten den Ladeninhaber, der mit der Vorbereitung des Essens beschäftigt war, dann öffnete ich das mitgebrachte Hardcase. Darin waren vier Kameras mit beweglichen Linsen und ein Notebook für deren Steuerung verstaut.

»Was ist das denn …?«, fragte Sinon mit gerunzelter Stirn, als sie und Suguha mir halfen, die Kameras an vier Positionen in der Bar anzubringen. Es waren handelsübliche Web-Kameras mit eingebauten Mikros, die ich für den Batteriebetrieb und WLAN-Empfang umgebaut hatte. Somit konnten die Kameras überall platziert werden, um einen kleineren Raum wie diesen fast vollständig zu erfassen.

Ich koppelte die Kameras mit dem Notebook und überprüfte, ob sie funktionierten. Zuletzt verband ich das Notebook über das Internet mit meinem hochleistungsfähigen Computer zu Hause in Kawagoe. Dann setzte ich ein kleines Headset auf und sagte: »Wie sieht's aus, Yui?«

»Ich kann euch sehen. Ich kann alles sehen und hören, Papa!«, erklang Yuis niedliche Stimme aus meinem Kopfhörer und den Lautsprechern des Notebooks.

»Alles klar, dann versuch mal, dich langsam zu bewegen.«

»Okay!«

Daraufhin begann die Linse der nächstgelegenen Kamera sich zu bewegen.

Aus den Videobildern des Dicey Cafés wurde eine Pseudo-3-D-Version des Raumes erstellt, sodass Yui nun das Gefühl haben sollte, darin als kleine Fee umherzufliegen. Die Bildqualität war niedrig und die Reaktionszeit schlecht, aber verglichen mit der bisherigen passiven Sicht auf die reale Welt durch meine Handykamera erlaubte ihr diese Methode einen viel größeren Grad an Freiheit.

»Verstehe, also sind diese Kameras und Mikros sozusagen Yuis Endgeräte für Sinneswahrnehmungen, ja?«

Nicht ich, sondern Suguha antwortete auf Sinons Frage: »Genau. Mein Brüderchen hat in der Schule diesen Mecha… Mechaton…«

»Mechatronik«, warf ich ein.

»… diesen Irgendwas-nik-Kurs als Wahlfach belegt und das hier als Unterrichtsprojekt gebaut, aber eigentlich war das nur für Yui.«

»Und ich habe ständig neue Wünsche!«

Die drei lachten. Ich nippte an einem gewohnt scharfen Ginger Ale und protestierte: »Das ist nicht alles! Wenn ich die Kameras weiter verkleinere, sodass man sie auf der Schulter oder dem Kopf tragen kann, könnten wir sie überall hin mitnehmen …«

»Ja, und das wäre doch auch für Yui!«

Da konnte ich nicht widersprechen.

Aber dieses vorläufig als »Audiovisuelle Interaktive Kommunikationssonde« bezeichnete System war noch weit von seiner Vollendung entfernt. Damit Yui die reale Welt genauso wie die virtuelle Welt wahrnehmen konnte, waren Kameras und Mikros mit autonomer Fortbewegungsfunktion unerlässlich, und auch die Sensoren reichten bei Weitem noch nicht aus. Idealerweise sollte das selbstangetriebene Endgerät eine humanoide Form haben. Doch das war mit der Ausstattung einer Highschool unmöglich umzusetzen. Also hoffte ich darauf, dass irgendein dynamischer Hersteller bald einen hübschen weiblichen Roboter entwickeln würde …

Während ich meinen vollkommen aufrichtigen Fantasien nachhing, gesellten sich auch Asuna, Klein, Liz und Silica zu uns. Dann wurden das Essen und die Getränke auf die Festtafel aus zwei zusammengerückten Tischen gestellt. Zuletzt kam eine Platte mit herrlich glänzenden Spare Ribs, für die wir dem Ladeninhaber alle applaudierten. Agil zog seine Schürze aus, setzte sich zu uns und füllte unsere Gläser mit alkoholfreiem Sekt und echtem Champagner.

»Feiern wir, dass wir das heilige Schwert Excalibur und Mjölnir, den Donnerhammer, ergattert haben! Auf das Jahr 2025! Prost!«, sprach ich einen kurzen Trinkspruch, und die anderen stimmten lauthals ein.

»Aber sag mal …«, fing Sinon rechts neben mir an, als das Festessen auf dem Tisch anderthalb Stunden später größtenteils vertilgt war. »Das Schwert heißt ja doch ›Excalibur‹?«

»Hm? Wie meinst du das?«, fragte ich verwirrt zurück, weil ich nicht verstand, worauf sie hinauswollte.

Sinon ließ geschickt ihre Gabel um die Finger wirbeln und fügte erklärend hinzu: »Na ja … in den Fantasyromanen und Mangas heißt es auch ›Excalibur‹, aber mir kam's so vor, als hätten die NPCs im Spiel es ›Excaliber‹ ausgesprochen.«

»Ach ... echt?«

»Oh, Sinon, solche Romane liest du also?«, fragte Suguha von gegenüber, und Sinon lächelte etwas verlegen.

»In der Mittelschule hatte ich die Aufsicht in der Bibliothek. Ich habe viele Bücher über die Artussage und ›Excalibur‹ gelesen.«

»Hmm, vielleicht hat sich der Gamedesigner von *ALO* bei der Schreibweise des Items im System vertan ...«, erwiderte ich etwas desinteressiert, worauf Asuna zu meiner Linken grinste.

»Ich glaube, es hatte in der ursprünglichen Legende noch viele andere Namen. Auch Caliburn, was in der Quest vorhin als Fälschung galt, war einer der Namen, wenn ich mich richtig erinnere.«

Da kam Yuis Stimme klar und deutlich aus den Lautsprechern über dem Tisch: »Die gebräuchlichsten Variationen sind Caledfwlch, Caliburnus, Calesvol, Collbrande, Caliburn und Escalibor.«

»Uff, so viele gibt es?«, rief ich überrascht. Dagegen wirkte der Unterschied zwischen »calibur« und »caliber« nur wie eine kleine Abweichung.

»Na ja, es ist auch nicht so wichtig ... es hat mich nur interessiert, weil ich dachte, ›caliber‹ wäre eine Anspielung auf eine andere Bedeutung.«

»Oh, welche denn?«

»Es klingt für mich wie das ›Kaliber‹ einer Schusswaffe. Meine Hécate II hat zum Beispiel Kaliber 50, weil der Lauf einen Durchmesser von .50 inch hat.« Sie hielt kurz inne und warf mir einen Blick zu. »Es kann sich aber im übertragenen Sinne auch auf Persönlichkeit und Fähigkeiten beziehen. ›A man of high caliber‹ ist also ein Mann von Format.«

»Oh, das muss ich mir merken ...«, sagte Suguha bewundernd, worauf Sinon lachte und antwortete: »Das kommt in den Prüfungen bestimmt nicht dran.«

Lisbeth, die dem Gespräch gelauscht hatte, lehnte sich von der anderen Seite des Tisches plötzlich herüber und grinste. »Das heißt also, der Besitzer von Excalibur muss eine Person von Format sein, was? Übrigens hat mir jemand zugezwitschert, dass ein gewisser Jemand vor Kurzem bei einem schnellen Job ordentlich Kohle gescheffelt hat.«

»Urgs ...«

Erst einen Tag zuvor hatte mir der Staatsbeamte Kikuoka meinen Lohn für die Unterstützung im Fall »Death Gun« überwiesen. Allerdings hatte ich das Geld eigentlich schon fest eingeplant und bereits neue Bauteile für Yuis Desktop-PC – und ein Shinai aus Nanocarbon für Suguha – bestellt, sodass der Restbetrag ziemlich mickrig war.

Aber wenn ich jetzt einen Rückzieher machen würde, würde das mein Format infrage stellen. Also klopfte ich mir auf die Brust und verkündete: »Äh, na klar, ich hatte sowieso vor, euch heute alle einzuladen!«

Sofort ertönten Jubelrufe von allen Seiten, und Klein ließ einen Pfiff ertönen.

Als ich zur Erwiderung eine Hand hob, kam mir ein Gedanke.

Wenn ich durch meine Erfahrungen in den drei Welten von *SAO*, *ALO* und *GGO* etwas über Persönlichkeit und Fähigkeiten gelernt hatte, dann, dass ein Mensch nicht alles allein schultern konnte.

In jeder Welt hatte ich etliche Male den Mut verloren und nur dank der Unterstützung anderer Menschen weitergehen können. Selbst der Verlauf unseres spontanen Abenteuers heute war ein perfektes Beispiel dafür.

Ich war mir sicher, dass mein – unser – ›caliber‹ dieser eingeschworene Kreis war, den all meine Freunde und ich gemeinsam bildeten.

Ich würde dieses goldene Schwert niemals nur für meine Zwecke einsetzen.

Mit diesem Schwur im Herzen nahm ich mein Glas vom Tisch, um den anderen noch einmal zuzuprosten.

(Ende)

008-03

Der erste Tag

§ 1. Ebene von Aincrad
November 2022

Sword Art Online

Ein Spiel auf Leben und Tod.

Für diesen Ausdruck gab es keine präzise Definition. Legte man es als einen »Wettkampf mit physischem Risiko« aus, fielen auch solche Dinge wie Kampfsport, Klettern oder Motorsport darunter. Es gab vermutlich nur ein Kriterium, das diese gefährlichen Sportarten und ein Spiel auf Leben und Tod voneinander unterschied.

In Letzterem war ausdrücklich in den Regeln festgelegt, dass ein Versagen mit dem Tod bestraft wurde.

Nicht als Resultat eines unglücklichen Unfalls. Ein gewaltsamer Tod als Strafe für Fehler, Niederlagen oder auch Regelverstöße der Spieler. Kurzum, eine Hinrichtung.

Ausgehend von dieser Annahme war das weltweit erste VRMMORPG *Sword Art Online* gerade unbestreitbar zu einem Spiel auf Leben und Tod geworden. Keine zwanzig Minuten zuvor hatte der Entwickler und Herrscher des Spiels, Akihiko Kayaba, dies mit unmissverständlicher Deutlichkeit verkündet.

Wenn die HP auf null fielen – man also eine Niederlage erlitt –, wurde man getötet. Wenn man das NerveGear abnahm – also gegen die Regeln verstieß –, wurde man getötet.

Es fühlte sich nicht real an. Es konnte einfach nicht sein. In meinem Kopf wirbelten immer noch zahllose Fragen durcheinander.

Ist er dazu wirklich in der Lage? Kann man mit einer Heimkonsole wie dem NerveGear ein menschliches Gehirn zerstören?

Und warum tut er das überhaupt? Ich hätte es verstanden, wenn er die Spieler in der virtuellen Welt als Geiseln genommen hätte, um Lösegeld zu erpressen. Aber die Spieler zu zwingen, für das Durchspielen des Spiels ihr Leben zu riskieren, bringt Kayaba

doch keinerlei materiellen Profit. Im Gegenteil, er verliert dadurch
seinen guten Ruf als Gamedesigner und Quantenphysiker und ist
zum schlimmsten Verbrecher der Geschichte verkommen.

Ich verstand es nicht. Es war logisch betrachtet auch nicht
zu verstehen.

Doch gleichzeitig begriff ich es instinktiv.

Alles, was Kayaba in seiner Bekanntgabe gesagt hatte,
entsprach der Wahrheit. Die schwebende Festung Aincrad,
die *SAO* als Schauplatz diente, war von einer Alternativwelt
voller Emotionen und Spannung zu einer tödlichen Falle für
zehntausend Menschen geworden. Kayabas letzte Worte
in seinem Tutorial – »Diese Situation zu erreichen, war für
mich das ultimative Ziel.« – waren mit Sicherheit vollkommen ehrlich gewesen. Nur um dieses Spiel auf Leben und Tod
zu realisieren, hatte das gefährliche Genie *SAO* und auch das
NerveGear entwickelt.

Und weil ich seinen Worten glaubte, rannte ich – der Level-
1-Schwertkämpfer Kirito – gerade, so schnell ich konnte.

Rannte ganz allein mitten über eine weite Grasebene. Und
ließ den einzigen Freund im Stich, den ich in dieser Welt
hatte.

Um mein eigenes Überleben zu sichern.

Die schwebende Festung Aincrad war aus hundert flachen,
übereinanderliegenden Ebenen konstruiert.

Die Ebenen wurden von unten nach oben immer kleiner,
wodurch die Festung im Ganzen eine konische Form hatte.
Die erste Ebene war die größte und hatte einen Durchmesser
von zehn Kilometern. Die »Stadt der Anfänge«, Hauptstadt
und größte Niederlassung auf der ersten Ebene, breitete sich

am südlichen Rand der Ebene in einem Halbkreis mit einem Durchmesser von einem Kilometer aus.

Um die Stadt war eine hohe Mauer errichtet, sodass keine Monster hineingelangen konnten. Zudem wurde der Innenbereich der Stadt vom Antikriminalitätscode geschützt. Somit verloren die Spieler dort keinen einzelnen Punkt ihrer HP, die die verbleibende Menge ihres echten Lebens darstellten. Anders gesagt, solange man sich in der Stadt der Anfänge aufhielt, war man vollkommen sicher und würde auf keinen Fall sterben.

Trotzdem hatte ich mich dazu entschieden, die Stadt zu verlassen, sobald Akihiko Kayabas Starttutorial abgeschlossen war.

Dafür gab es mehrere Gründe. Zum einen war ich nicht davon überzeugt, dass der Schutz des Codes für immer bestehen würde. Außerdem wollte ich dem Unfrieden und Misstrauen aus dem Weg gehen, der ohne Zweifel zwischen den Spielern aufkommen würde. Und zudem war ich als waschechter MMO-Gamer darauf versessen, meinen Charakter hochzuleveln.

Wie durch eine Fügung des Schicksals hatte ich fiktive Geschichten über Spiele auf Leben und Tod immer gemocht und bis zu diesem Tag schon zahlreiche Romane, Comics und Filme aus allen Zeiten und Orten verschlungen. Die Themen der tödlichen Spiele variierten natürlich stark, dennoch schienen sie immer eine gewisse Theorie gemein zu haben.

Im Spiel auf Leben und Tod standen »Sicherheit« und »Befreiung« im Widerspruch zueinander. Wenn der Startpunkt eine sichere Zone war, bestand keine Lebensgefahr, solange man dort blieb. Wenn man jedoch nicht das Risiko einging, voranzugehen, wurde man auch nicht aus der Situation befreit.

Natürlich verspürte ich nicht unbedingt den heldenhaften Wunsch, jedes der hundert Bossmonster mit meinem eigenen Schwert zu erschlagen und das Spiel selbst abzuschließen. Doch sicher gab es unter den zehntausend gefangenen Spielern mindestens tausend, die diesen Gedanken hatten. Jeder von ihnen würde die Stadt verlassen, sei es solo oder in der Gruppe, und Jagd auf die schwächeren Monster in der Umgebung machen, um Erfahrungspunkte zu verdienen. Sie würden ihre Level erhöhen, ihre Ausrüstung verbessern und stärker werden.

An diesem Punkt kam die zweite Theorie ins Spiel.

In einem Spiel auf Leben und Tod waren die Regeln, Fallen und Monster nicht die einzigen Feinde des Spielers. Auch andere Spieler konnten zu Feinden werden. Ich kannte kein einziges Beispiel, in dem es nicht so gekommen war.

Hier in *SAO* war in den Gebieten außerhalb der Städte PK möglich. Sicherlich würde niemand einen anderen Spieler töten – da dies schließlich ein wahrhaftiger Mord gewesen wäre –, aber leider gab es keine Garantie, dass niemand einen anderen Spieler mit seiner Waffe bedrohen würde, um ihm dessen Items abzuknöpfen. Schon bei der Vorstellung, dass potenzielle Feinde Statuswerte haben könnten, die meinen weitaus überlegen waren, verursachten mir echte Sorge und einen bitteren Geschmack im Mund.

Aus diesen Gründen kam es für mich nicht infrage, zugunsten meiner Sicherheit darauf zu verzichten, stärker zu werden.

Und wenn ich denn hochleveln wollte, gab es keine Zeit zu verlieren. Die relativ sicheren Grasebenen um die Stadt herum würden bald überfüllt sein mit anderen Spielern, die sich ebenfalls dazu entschlossen hatten, die Initiative zu ergreifen. In *SAO* war die Spawnrate von Monstern auf eine bestimmte Anzahl innerhalb einer festgelegten Zeitspanne begrenzt. Sobald der erste Schub von Beute abgeerntet war, würden die Spieler fieberhaft nach dem nächsten Spawnpunkt suchen und manchmal sogar miteinander darum konkurrieren müssen.

Wollte man das vermeiden und effektiv hochleveln, musste man sich hinter den »relativ sicheren« in die »moderat gefährlichen« Gebiete wagen.

Befände ich mich in einem Spiel, das ich zum ersten Mal spielte und noch überhaupt nicht kannte, wäre das ein selbstmörderisches Unterfangen gewesen. Aus gewissen Gründen war ich jedoch zumindest auf den unteren Ebenen gut vertraut mit dem Gelände und den dort auftauchenden Monstern, obwohl das Spiel erst heute offiziell gestartet war.

Ich verließ die Stadt der Anfänge durch das Nordwesttor und durchquerte die weite Grasebene. Über labyrinthartige, schmale Pfade durch einen tiefen Wald gelangte man in das Dorf »Horunka«. Es war zwar nur klein, aber eine ordentliche sichere Zone mit einem Gasthaus, einem Waffenhändler und einem Itemshop und damit völlig ausreichend als Basislager für Jagden. In den Wäldern um das Dorf erschienen keine Monster, die über so gefährliche Skills wie Lähmungsgift oder Rüstungszerstörung verfügten, also sollte ich selbst als Solospieler nicht durch einen Unfall umkommen.

Mit dem Dorf Horunka als Basis würde ich heute meinen Level von 1 auf 5 bringen. Es war jetzt 18:15 Uhr. Die Abendsonne, die durch die Außenhülle von Aincrad hereinfiel, färbte die Felder um mich herum golden, und der Wald, der in der Ferne in Sicht kam, war in ein blassblaues Dämmerlicht getaucht. Glücklicherweise tauchten in der Umgebung von Horunka auch nachts keine starken Monster auf. Wenn ich bis nach Mitternacht eifrig jagte, sollte ich ausreichende Statuswerte und Ausrüstung haben, um zur nächsten Basis weiterzuziehen, bevor das Dorf von anderen Spielern überrannt wurde.

»Eigennutz ist die eine Sache ... aber ich bin echt der Inbegriff eines Solospielers ...«, murmelte ich das erste Mal seit Verlassen der Stadt zu mir selbst, während ich in voller Geschwindigkeit weiterrannte.

Ohne darüber zu witzeln, wäre ich den aufkommenden bitteren Geschmack in meinem Mund nicht losgeworden, der einen anderen Ursprung als Angst hatte – Selbsthass.

Wenn doch zumindest dieser sympathische Bandana-Typ mit dem Säbel mitgekommen wäre. Ihm beim Hochleveln und somit beim Überleben zu helfen, hätte mein schlechtes Gewissen wohl zumindest ein wenig beruhigt.

Und doch hatte ich meinen einzigen Freund in dieser Welt, Klein war sein Name, in der Stadt der Anfänge zurückgelassen. Zwar hatte ich ihm angeboten, zusammen nach Horunka zu gehen, aber Klein hatte geantwortet, er könne seine Gildenkameraden aus einem vorigen Spiel nicht im Stich lassen.

Natürlich hätte ich ihm vorschlagen können, dass sie einfach mitkommen sollten. Aber das hatte ich nicht getan. Anders als in der Grasebene, wo nur Wildschweine und Raupen auftauchten, die selbst ein Level-1-Spieler mühelos besiegen konnte, wimmelte es im Wald dahinter von gefährlicheren Hornissen und fleischfressenden Pflanzen. Wenn man beim Konter auf deren Spezialattacken einen Fehler machte, konnte man auf einen Schlag alle HP verlieren ... und sterben.

Ich hatte Angst, dass einer von Kleins Freunden sterben würde, und noch mehr Angst vor dem Blick, den Klein mir dann zuwerfen würde. Ich wollte keine bitteren Erfahrungen machen. Ich wollte nicht verletzt werden. Wegen dieses Bestrebens hatte ich dem Mann den Rücken zugekehrt, der mich als Erstes in dieser Welt angesprochen und in eine Gruppe eingeladen hatte ...

Auch mein masochistisches Selbstgespräch konnte nicht über die aufsteigende Abscheu in meiner Magengrube hinwegtäuschen. Ich biss die Zähne zusammen und griff blitzschnell nach dem Schwert auf meinem Rücken.

Im dichten Gras vor mir war ein blaues Wildschwein gespawnt. Da diese Monster hier nicht aggressiv waren, hatte ich sie eigentlich ignorieren wollen, bis ich die Grasebene durchquert hatte, aber aus einem spontanen Impuls heraus zog ich mein einfaches Erstausstattungs-Langschwert und aktivierte den 1-Hit-Sword-Skill »Slant«.

Das Wildschwein reagierte mit einem wütenden Blick und scharrte wild mit dem rechten Vorderhuf – die Startbewegung eines Sturmangriffs. Wenn ich jetzt zurückschreckte und den Skill abbräche, würde ich stattdessen großen Schaden erleiden. Mit einer Mischung aus Ärger auf mich selbst und Gelassenheit starrte ich das Monster an und zielte mit meinem Skill auf dessen Schwachpunkt hinter seinem Nacken.

Die Schwertklinge erstrahlte in einem hellblauen Licht, und mit einem scharfen Soundeffekt bewegte sich mein Avatar wie von selbst. Die Systemunterstützung der Sword Skills verbesserte die Kraft des Schwerthiebs. Ich gab acht, nicht den Bewegungsablauf zu behindern, und beschleunigte bewusst mein Sprungbein und den rechten Arm, um die Durchschlagskraft der Technik zu erhöhen. Um mir diese Technik anzueignen, hatte ich sie einst fast zehn Tage lang an einem Trainingsdummy in der Stadt geübt.

Natürlich waren meine Statuswerte und meine Startausrüstung auf Level 1 äußerst armselig, aber wenn mein »Slant« mit verbesserter Durchschlagskraft einen kritischen Treffer auf den Schwachpunkt erzielte, konnte ich die HP des blauen Wildschweins – dessen offizielle Bezeichnung »Frenzy Boar« lautete – gerade so mit einem Angriff eliminieren. Mit voller Wucht erfasste meine frontale Attacke das heranrasende Wildschwein an den Rückenborsten. Die 1,20 Meter lange Bestie wurde weit zurückgeschleudert.

»Skwiiiiek!«

Quiekend prallte das Wildschwein vom Boden ab und stoppte dann unnatürlich mitten in der Luft. Es gab einen laut klirrenden Soundeffekt und einen Lichteffekt. Inmitten blauen Lichts zerbarst das Wildschwein in unzählige Polygonsplitter.

Ohne der Anzeige der verdienten Erfahrungspunkte und gedroppten Materialien auch nur die geringste Beachtung zu schenken, stürmte ich ohne anzuhalten durch den in der Luft schwebenden Lichteffekt. Dabei verspürte ich keine Aufregung. Ich stieß mein Schwert zurück in die Scheide auf meinem Rücken und rannte, so schnell es mein Agilitätswert zuließ, weiter in Richtung des dunklen Walds, der endlich näher rückte.

Im Wald wich ich mit Bedacht der Aufmerksamkeitsreichweite der Monster aus und lief dabei schnellstmöglich über die kleinen Pfade. Kurz bevor die Abendsonne vollständig unterging, erreichte ich mein Ziel »Dorf Horunka«.

Vom Eingang aus sah ich mich hastig im Dorf um, das insgesamt aus nur zehn Gebäuden bestand, die Wohnhäuser und Läden zusammengezählt. Alle Farb-Cursors in meinem Blickfeld waren mit dem NPC-Symbol versehen. Allem Anschein nach war ich der erste Spieler hier, aber das war nicht weiter verwunderlich. Schließlich war ich direkt nach dem Ende von Kayabas Tutorial Hals über Kopf losgerannt, ohne wirklich mit jemandem zu reden.

Zunächst steuerte ich auf den Waffenshop zu, der an dem kleinen Dorfplatz lag. Vor dem Start des Tutorials – mit anderen Worten, als *SAO* noch ein normales Spiel gewesen war – hatte ich mit Klein zusammen einige Monster gejagt, deswegen hatten sich in meinem Inventar schon einige Materialien angesammelt. Ich hatte nicht vor, meinen Herstellungsskill zu verbessern, also verkaufte ich die Items samt und sonders an den NPC-Händler. Dann kaufte ich mir mit den verdienten Cor einen kurzen Mantel aus braunem Leder mit passabler Abwehrkraft.

Ohne zu zögern tippte ich auf den Button »Sofort ausrüsten«, der beim Kauf angezeigt wurde. Leuchtend materialisierte sich die robuste Ledermontur über meiner Startausrüstung aus weißem Leinenhemd und einer Weste aus dickem, grauem Stoff. Sogleich fühlte ich mich etwas sicherer und atmete erleichtert aus. Dann warf ich einen kurzen Blick in den Ankleidespiegel an der Wand des Waffenshops.

»Das ... bin ich ...«, murmelte ich unwillkürlich.

Der schon etwas ältere Ladeninhaber, der hinter dem Tresen gerade die Klinge eines Kurzschwerts schliff, hob eine Augenbraue und wandte sich dann gleich wieder seiner Arbeit zu.

Der Avatar im Spiegel war, abgesehen von Größe und Geschlecht, weit entfernt von dem »Kirito«, den ich mit so viel Mühe erstellt hatte.

Sein Körper war schmal gebaut, und seinen Gesichtszügen fehlte jede Männlichkeit. Lange, schwarze Ponyfransen hingen ihm ins Gesicht, und auch die Augen waren schwarz oder eher dunkel. Es war mein Aussehen in der Wirklichkeit, überraschend detailgenau nachgebildet.

Allein bei der Vorstellung, mit diesem Avatar eine glänzende Metallrüstung anzulegen, wie sie der alte Kirito getragen hatte, fuhr eine heftige Abwehrreaktion durch meinen gesamten Körper. Zum Glück boten in *SAO* auch leichte Lederausrüstungen für Schwertkämpfer mit Speed-Build genug Abwehrkraft. Natürlich konnte ich damit keinen Tank spielen, der alle Angriffe eines Monsters auf sich zog, aber im Solospiel war ein Tank-Build ohnehin sinnlos.

Solange es die Umstände zuließen, würde ich bei Lederausrüstungen bleiben. Und am liebsten so schlicht wie möglich.

Mit diesem Entschluss verließ ich den Waffenshop. Ich verpasste nur dem Ledermantel ein Upgrade, verschob die Anschaffung eines Schildes auf später und behielt auch noch mein Schwert aus der Erstausstattung. Dann lief ich in den Itemshop nebenan und kaufte so viele Heil- und Gegenmittel-Tränke, bis sich mein Vermögen wieder auf null belief.

Es gab einen Grund, warum ich mir keine neue Waffe kauf-te. Das einzige Einhandschwert, das hier verkauft wurde, war das »Bronze Sword«. Dieses war zwar stärker als das »Small Sword« aus der Erstausstattung, nutzte sich aber schneller ab und war schwach gegen die ätzenden Magensäfte, die die Pflanzenmonster hier ausspien. Um größere Zahlen von Monstern zu jagen, war das Small Sword besser geeignet. Aber ich würde nicht ewig mit meiner Erstausrüstung weiter-kommen. Nachdem ich den Itemshop verlassen hatte, sprin-tete ich zu einem Wohnhaus am hinteren Dorfrand.

Ein NPC, der aussah wie der Inbegriff einer Frau vom Dorf, rührte in der Küche in einem Topf und drehte sich zu mir um, als ich eintrat.

»Guten Abend, reisender Schwertkämpfer. Du musst erschöpft sein. Ich würde dir gern etwas zu essen anbieten, aber leider habe ich gerade nichts. Ich kann dir nur ein Glas Wasser geben.«

Sofort antwortete ich laut und deutlich, damit es vom Sys-tem erkannt wurde: »Das genügt mir völlig.«

Ich hätte auch einfach »Okay« oder »Ja« antworten kön-nen, aber das hier war eine Frage der Atmosphäre. Wenn ich stattdessen jedoch höflich »Bitte machen Sie sich keine Um-stände« erwidert hätte, hätte sie mich beim Wort genommen und mir tatsächlich nichts gegeben.

Die NPC-Frau goss Wasser in einen abgenutzten Becher und stellte ihn vor mich auf den Tisch. Ich setzte mich auf einen Stuhl und stürzte das Wasser in einem Zug hinunter.

Die Frau lächelte kaum merklich und wandte sich wieder ihrem Topf zu. Dass darin irgendetwas köchelte, obwohl sie behauptet hatte, kein Essen anbieten zu können, gab dem

Spieler schon einen kleinen Hinweis. Ich wartete ruhig, bis bald darauf hinter der Tür zum Nebenzimmer das Husten eines Kindes zu hören war. Die Frau ließ traurig die Schultern hängen.

Nach ein paar weiteren Sekunden leuchtete über ihrem Kopf endlich ein goldenes Fragezeichen auf. Das war das Zeichen einer Quest. Prompt fragte ich sie: »Stimmt etwas nicht?«

Es war eine der vielen Phrasen, um eine NPC-Quest anzunehmen. Sie drehte sich langsam zu mir um, während über ihrem Kopf das Fragezeichen blinkte.

»Reisender Schwertkämpfer, es ist meine Tochter ...«

Ihre Tochter war schwer krank, also hatte sie Heilkräuter vom Markt abgekocht (das köchelte im Topf), was jedoch nicht im Geringsten geholfen hatte; also blieb nur noch eine Medizin aus den Samen der fleischfressenden Monster, die im Westen des Waldes nisteten; doch diese Pflanzen waren nicht nur sehr gefährlich, es gab auch nur äußerst selten Exemplare mit Blüten, daher konnte sie selbst nicht darangelangen; wenn der werte Schwertkämpfer so gütig wäre, an ihrer Stelle etwas davon zu holen, würde sie ihm zum Dank das in ihrer Familie seit Generationen weitervererbte Langschwert vermachen.

Geduldig lauschte ich ihrem langen Monolog, der untermalt war von ausladenden Gesten. Wenn ich mir nicht alles bis zum Ende anhörte, würde die Quest nicht weitergehen. Und bei dem keuchenden Husten ihrer Tochter, der hin und wieder im Hintergrund zu hören war, brachte ich es auch nicht über mich, so herzlos zu sein.

Schließlich verstummte die Frau, und der Questlog links in meinem Blickfeld wurde aktualisiert.

Ich sprang auf, rief: »Überlassen Sie das mir!« – was unnötig, aber ebenfalls eine Frage der Atmosphäre war –, dann eilte ich aus dem Haus.

Gleich darauf erklang aus dem kleinen Turm auf dem Dorfplatz die Melodie der Stundenglocke, die in allen Orten gleich war. Es war 19 Uhr.

Was wohl gerade in der Wirklichkeit vor sich ging? Ohne Zweifel musste es einen großen Tumult geben. Neben dem Bett in meinem Zimmer, wo ich mit dem NerveGear auf dem Kopf lag, saßen sicher meine Mutter oder meine kleine Schwester, vielleicht auch beide.

Was sie wohl gerade fühlten? Entsetzen? Zweifel? Oder Kummer ...?

Doch dass ich hier in Aincrad immer noch am Leben war, bedeutete zumindest, dass keine von ihnen versucht hatte, mir gewaltsam das NerveGear abzunehmen. Was wiederum bedeutete, dass die beiden momentan daran glaubten. An Kayabas Warnung ... und meine wohlbehaltene Rückkehr.

Um lebendig aus diesem tödlichen Spiel zu entkommen, musste irgendjemand alle hundert Ebenen dieser Festung erobern, den Endboss besiegen, der sicher ein unvorstellbares Monster war, und das Spiel abschließen.

Natürlich zog ich nicht im Geringsten in Betracht, das alles selbst zu vollbringen. Was ich tun musste – was ich tun konnte –, war mit aller Macht ums Überleben zu kämpfen, nicht mehr und nicht weniger.

Zuerst würde ich stärker werden müssen. Zumindest so stark, dass ich mich gegen alle angreifenden Monster oder feindlichen Spieler verteidigen konnte. Alles Weitere konnte ich mir danach immer noch überlegen.

»Tut mir leid, dass ich dir Sorgen mache, Mutter ... Tut mir leid, Sugu. Du hast die VR-Spiele immer gehasst, und jetzt passiert so was ...«

Ich war selbst etwas überrascht über die Worte, die mir unbewusst über die Lippen kamen. Ich hatte meine kleine Schwester schon drei Jahre oder mehr nicht mehr mit diesem Spitznamen angesprochen.

Falls ich lebendig zurückkommen würde, wollte ich sie direkt ansehen und wieder »Sugu« nennen.

Ohne ersichtlichen Grund fasste ich diesen Entschluss. Ich ging durch das Dorftor und machte mich auf in den unheimlichen, nächtlichen Wald.

Innerhalb von Aincrad gab es keinen Himmel, nur der Boden der nächsten Ebene breitete sich hundert Meter weiter oben aus. Daher konnte man die Sonne nur während einer kurzen Zeitspanne morgens und abends direkt sehen. Für den Mond galt das Gleiche.

Das hieß jedoch nicht, dass tagsüber Dämmerlicht herrschte und nachts vollkommene Finsternis. Hier im VR-Raum konnte durch die virtuelle Beleuchtung stets ein ausreichender Helligkeitsgrad aufrechterhalten werden. Selbst im nächtlichen Wald schien ein blassblaues Licht bis zum Boden, sodass man problemlos seine Schritte setzen konnte, auch wenn es natürlich nicht so hell war wie mitten am Tag.

Doch meine seelische Beklommenheit stand auf einem ganz anderen Blatt geschrieben. So sehr ich auch die Umgebung im Auge behielt, kam doch immer wieder das ungute Gefühl auf, dass irgendetwas direkt hinter mir war. Das waren die einzigen Momente, in denen ich mich nach dem

Sicherheitsgefühl anderer Gruppenmitglieder sehnte, doch jetzt gab es kein Zurück mehr. Sowohl hinsichtlich der räumlichen Distanz als auch des Spielsystems.

Auf Level 1 hatten die Spieler nur zwei Skill-Slots zur Verfügung.

Einen davon hatte ich direkt nach Spielstart um ein Uhr nachmittags mit dem Skill für Einhandschwerter belegt. Eigentlich hatte ich mir in aller Ruhe überlegen wollen, was ich in den zweiten Slot einsetzen sollte. Aber als ich nach diesem albtraumhaften Tutorial die Stadt der Anfänge hinter mir gelassen hatte, war mir der Spaß am sorgfältigen Aussuchen der Skills vergangen.

Für einen Solospieler gab es einige notwendige Skills. Die wichtigsten waren »Aufspüren« und »Tarnen«. Beide erhöhten die Überlebenschancen als Solospieler, doch Ersterer verbesserte dazu auch noch die Effektivität beim Jagen, während Letzterer hier im dichten Wald aus bestimmten Gründen weniger effektiv war. Also wählte ich zuerst »Aufspüren« und entschied mich, »Tarnen« im nächsten freigeschalteten Slot hinzuzufügen.

Doch diese Skills hatten keine große Bedeutung beim Spielen in der Gruppe, die ohnehin einen hohen Grad an Sicherheit und einen weiten Aufspürradius durch die Augen der Mitglieder bot. Mit der Auswahl von »Aufspüren« blieb mir jetzt also gar nichts anderes mehr übrig, als den Solopfad zu verfolgen. Vielleicht würde ich diese Wahl eines Tages bereuen, doch zumindest war dieser Moment nicht jetzt …

Während ich mit diesen Gedanken im Hinterkopf weiterlief, tauchte ein kleiner Farb-Cursor in meinem Sichtfeld auf. Durch den Aufspür-Skill hatte sich die Reichweite meiner

Wahrnehmung erhöht, daher konnte ich den Besitzer des Farb-Cursors selbst noch nicht sehen. Der Cursor war rot, was auf ein Monster hindeutete, allerdings war der Farbton etwas dunkler und tendierte eher zum Magenta.

Diese rote Schattierung gab dem Spieler eine grobe Einschätzung der relativen Stärke des Feindes. Monster mit einem so hohen Levelunterschied, dass man keine Chance auf den Sieg hatte, hatten einen Cursor in einem kräftigen Karminrot, dunkler noch als Blut. Die Cursors der schwachen Monster, die selbst in größerer Zahl kaum Erfahrungspunkte brachten, hatten eine blasspinke, fast weiße Farbe. Monster im gleichen Levelbereich erschienen in einem reinen Rot.

Der Cursor in meinem Blickfeld hatte eine etwas dunklere Farbe als Reinrot. Der Name des Monsters war »Little Nepenthes«. Trotz des »little« im Namen war diese wandelnde, fleischfressende Pflanze ganze anderthalb Meter groß. Da das Monster auf Level 3 war, wurde sein Cursor mir auf Level 1 in einem Purpurrot angezeigt.

Dieser Gegner war nicht zu unterschätzen, aber ich durfte mich nicht einschüchtern lassen. Denn der Cursor hatte einen schmalen gelben Rand, der anzeigte, dass es sich um einen Quest-Mob handelte.

Ich blieb kurz stehen und vergewisserte mich, dass in der Umgebung keine anderen Monster waren. Dann wandte ich mich wieder dem Little Nepenthes zu und sprintete los. Bei Monstern ohne Augen wie diesem glückten Überraschungsangriffe von hinten fast nie.

Als ich den kleinen Pfad verließ und um einen alten Baum herumlief, kam es in Sicht.

Unter dem Rumpf, der an eine Nepenthes, also Kannen-pflanze, erinnerte, wanden sich unzählige Wurzeln zur Fort-bewegung. An beiden Seiten schlängelten sich Ranken mit scharfen Blättern, und der »Mund« am Kopfteil schnappte auf und zu, wobei Schleim heraustroff.

»Kein Treffer ...«, murmelte ich leise, sobald ich das Monster in seiner Gesamtheit erblickt hatte. Sehr selten erschien ein Nepenthes, der über dem Mund eine große Blüte trug. Das Key-Item für die Quest in Horunka, das »Ovulum vom Little Nepenthes«, droppte nur von diesen blühenden Nepenthes. Und deren Spawnrate lag vermutlich bei unter einem Prozent.

Die Wahrscheinlichkeit für deren Erscheinen stieg jedoch, wenn man kontinuierlich normale Nepenthes besiegte. Da-her war ein Kampf nicht vergebens, allerdings gab es eines dabei zu beachten.

In der gleichen Rate wie der Blüten-Typ erschienen auch Nepenthes mit runden Früchten. Diese waren aber eine Fal-le. Wenn man im Kampf aus Versehen die Frucht attackierte, explodierte sie mit einem lauten Knall und versprühte einen übel riechenden Nebel. Der Nebel war zwar nicht giftig oder ätzend, hatte jedoch die lästige Eigenschaft, aus einem wei-ten Umkreis weitere Nepenthes anzulocken. Wenn die ge-spawnten Monster in der Gegend bereits erjagt worden wa-ren, kam nur eine kleine Zahl, aber in der gegenwärtigen Lage würden so viele kommen, dass ich auf keinen Fall mit ihnen fertigwerden würde.

Ich sah noch einmal genau hin, um sicherzugehen, dass das Monster keine Frucht hatte, dann zog ich wieder das Schwert von meinem Rücken. Im gleichen Moment bemerkte mich der Nepenthes und reckte drohend seine Ranken in die Höhe.

Das Angriffsmuster dieses Mobs bestand aus Schlägen und Hieben mit seinen Ranken, deren Spitzen wie Dolche geformt waren, gefolgt von einem Schwall ätzender Flüssigkeit. Verglichen mit den blauen Wildschweinen, die einfach wild drauflos stürmten, war das weitaus komplexer, aber immer noch einfacher als die Attacken halb menschlicher Mobs wie Kobolde und Goblins, die lediglich keine Sword Skills benutzten.

»*Fschhhhh!*«, kam es zischend aus der Mundöffnung, als der Nepenthes mit der rechten Ranke zuschlug. Augenblicklich erkannte ich deren Flugbahn und wich mit einem Sprung nach links aus. Dann rannte ich um das Monster herum und rammte mein Schwert in den Verbindungspunkt zwischen der Kanne und dem dicken Stiel – sein Schwachpunkt.

Es gab einen spürbaren Widerstand. Die HP-Leiste des Nepenthes sank um zwanzig Prozent.

Das Pflanzenmonster brüllte wütend und blähte seine Kanne auf – die Vorbereitung auf eine Attacke mit Verdauungsflüssigkeit. Dieser Angriff hatte eine Reichweite von fünf Metern und konnte daher nicht umgangen werden, indem man einfach nur nach hinten auswich.

Bei einem Treffer würden nicht nur meine HP und die Haltbarkeit meiner Ausrüstung drastisch sinken, die Klebrigkeit der Flüssigkeit würde außerdem für eine Weile meine Bewegungen behindern. Doch die Attacke hatte nur einen schmalen Wirkungsbereich in einem 30-Grad-Winkel nach vorn. Ich wartete bis zum allerletzten Moment, und als sich die Kanne nicht mehr weiter aufblähte, sprang ich dieses Mal mit ganzer Kraft nach rechts.

Pschhh! Ein Sprühregen von blassgrüner Flüssigkeit wurde ausgespien, und weißer Dampf stieg von den Stellen auf, wo sie auf den Boden traf. Doch nicht ein einziger Tropfen davon traf mich. Sobald mein rechter Fuß auf dem Boden aufkam, holte ich mit dem Schwert aus und versetzte dem Schwachpunkt einen weiteren harten Schlag. Mit einem Aufschrei schwankte das Monster zurück, und um sein Kopfteil begannen gelbe Lichteffekte zu tanzen: der Lähmungseffekt. Eine paralysierte Pflanze war eine komische Vorstellung, aber ich durfte mir diese Gelegenheit nicht entgehen lassen.

Erneut holte ich mit dem Schwert weit nach rechts aus. Indem ich es für einen Moment in dieser Position hielt, wurde ein Sword Skill aktiviert, und ein blassblaues Licht umgab die Klinge.

»Raaah!«

Mit meinem ersten Kampfschrei in diesem Kampf – vielleicht sogar mein erster seit dem offiziellen Start von *SAO* überhaupt – sprang ich los. Es war der einfache horizontale Schwertangriff »Horizontal«. Der einzige Unterschied zwischen diesem Skill und »Slant« war, dass der Schlag hier nicht diagonal, sondern genau seitwärts ausgeführt wurde. Auf diese Weise war der Schwachpunkt des Little Nepenthes leichter zu treffen.

Durch meine zwei vorigen Attacken hatte der Pflanzen-Mob bereits fast die Hälfte seiner HP eingebüßt. Kurz bevor sich der Nepenthes von seiner Lähmung erholte, ließ ich den Sword Skill direkt auf den freiliegenden Stiel treffen. Selbstverständlich hatte ich der Durchschlagskraft der Attacke mithilfe der Bewegungen meines Sprungbeins und rechten Arms noch einen maximalen Boost gegeben. Die leuchtende Klinge grub sich in den harten Stiel, es gab einen kurzen Widerstand …

Mit einem trockenen *Krack!* wurde die Kanne vom Stiel getrennt und flog in die Luft. Die restliche HP-Leiste des Monsters färbte sich rot und schrumpfte von rechts nach links. Als sie auf null fiel, gefror der riesige Körper des Little Nepenthes. Gleich darauf zerbarst er.

Das Schwert nach vorn geschwungen, kam ich nach der Attacke zum Stillstand. In meinem Blickfeld tauchte die doppelte Menge an Erfahrungspunkten wie zuvor beim Wildschwein auf. Die Kampfdauer hatte etwa vierzig Sekunden betragen. Wenn ich dieses Tempo beibehielt, sollte ich gut vorankommen.

Mit dem gezückten Schwert in meiner rechten Hand sah ich mich um. Ganz am Rande meines Wahrnehmungsradius tauchten mehrere Farb-Cursors von Little Nepenthes auf. Spieler-Cursors waren immer noch nicht zu sehen.

Bis andere Spieler mich in diesem Jagdgebiet einholten, musste ich so viele Erfahrungspunkte wie möglich sammeln. Und dabei sollte ich so energisch vorgehen, dass ich die gespawnten Monster im Gebiet allein ausrotten würde. Das war selbst für mich erstaunlich egoistisch, aber schließlich gab es auch keinen größeren Widerspruch als einen selbstlosen Solospieler.

Emotionslos suchte ich mir mein nächstes Ziel aus und lief tiefer in den Wald hinein.

In den nächsten fünfzehn Minuten metzelte ich über zehn Little Nepenthes nieder.

Leider war immer noch kein Exemplar mit Blüte aufgetaucht. Im Gamer-Jargon nannte man solche Quests »glücksabhängig« – also beeinflusst vom Glück des Spielers selbst. Ich konnte mich nicht erinnern, in Quests dieser Art jemals von Glück gesegnet gewesen zu sein.

Zu meinem Verdruss gab es in der Welt auch richtige Glückspilze, die eine superrare Waffe mit verschwindend geringer Droprate nach der anderen erbeuteten, denen zehn Waffen-Upgrades hintereinander gelangen und die sich obendrein auch noch im Spiel mit Mädchen anfreundeten. Um mit diesen Spielern zu wetteifern, gab es keinen anderen Weg, als es einfach hartnäckig immer weiter zu versuchen. Das bezog sich natürlich nur auf die raren Items – ich hatte nicht vor, jedes Mädchen anzusprechen, das mir über den Weg lief.

Nachdem durch die Hand des gottgleichen Kayaba die Avatare im Spiel an das Aussehen in der Realität angepasst worden waren, sollte die Anzahl an weiblichen Spielern ohnehin drastisch gesunken sein. Es war hilfreich, dass man sich nun nicht mehr fragen musste, ob das Gegenüber nicht in Wirklichkeit ein Mann war, aber für diejenigen, die einen weiblichen Charakter spielen wollten und sich dementsprechend auch Namen und Erstausstattung ausgewählt hatten, musste es eine harte Probe sein. Für diese Spieler konnte man nur hoffen, dass Kayaba ein Item oder eine Quest zur Namensänderung bereitgestellt hatte ...

Offenbar hatte ich wieder genug Gemütsruhe, um mir derlei Gedanken zu machen, während ich das elfte Pflanzenmonster erledigte. Da drang eine fröhliche Fanfare an meine Ohren. Gleichzeitig umgab ein goldener Lichteffekt meinen Körper. Zusammen mit den Erfahrungspunkten von der Wildschweinjagd mit Klein hatte ich endlich die erforderliche Menge für ein Level-up gesammelt.

Wäre ich mit einer Gruppe unterwegs gewesen, hätten mich sicher sofort laute Jubelrufe beglückwünscht. Stattdessen hörte ich nur das Rascheln der Baumwipfel über mir, als ich das Schwert wieder in die Scheide auf meinem Rücken steckte. Ich wischte mit Zeigefinger und Mittelfinger nach unten, um das Hauptmenü aufzurufen. Dann wechselte ich in den Status-Tab und verteilte einen der drei verdienten, kostbaren Statuspunkte auf Stärke und die anderen zwei auf Agilität. Da es in *SAO* keine Magie gab, waren dies die einzigen sichtbaren Parameter, sodass man sich über die Verteilung der Punkte nicht lang den Kopf zerbrechen musste. Im Gegenzug gab es eine Vielzahl von möglichen Kombinationen aus den unterschiedlichen Kampf- und Herstellungsskills – wenn ich nach und nach mehr Skill-Slots bekam, würde ich vor schwierigen Entscheidungen stehen.

Doch jetzt konnte ich mich nur voll darauf konzentrieren, diesen einen Tag, diese eine Stunde zu überleben. Um die Zukunft konnte ich mir immer noch Gedanken machen, wenn ich genügend levelmäßigen »Sicherheitsabstand« aufgebaut hatte.

Ich beendete meine Statusupgrades und schloss gerade das Fenster, als es plötzlich hinter meinem Rücken zweimal hintereinander trocken knallte: *Pam! Pam!*

Ich machte einen großen Satz zur Seite und legte die Hand an den Schwertgriff. Mitten im Monstergebiet vollkommen versunken in die Bedienung des Menüs zu sein und es dabei so sträflich zu vernachlässigen, die Umgebung im Auge zu behalten, war selbst für einen Anfänger ein peinlicher Fehler.

Während ich mich in Gedanken selbst für meine Unachtsamkeit verfluchte, ging ich in Kampfstellung und erblickte ein humanoides Monster, das in diesem Wald eigentlich nicht vorkommen sollte. Nein, es war ein Mensch.

Und es war auch kein NPC. Ein Spieler.

Es war ein Mann, etwas größer als ich. Er war etwa im gleichen Alter. Er trug eine leichte Lederrüstung und einen Faustschild, die in Horunka verkauft wurden. Als Waffe trug er das gleiche Small Sword aus der Erstausstattung wie ich. Aber er hatte es nicht gezogen. Er hatte seine leeren Hände vor dem Körper zusammengeschlagen und stand mit offenem Mund da.

Die Soundeffekte vorhin waren also von diesem Mann oder eher Jungen gekommen, der mir zum Level-up applaudiert hatte.

Ich stieß einen kleinen Seufzer aus und ließ meine Hand sinken.

Der Junge grinste unbeholfen und verbeugte sich leicht. »E... Entschuldige, dass ich dich erschreckt habe. Ich hätte dich erst ansprechen sollen.«

»Nein, schon gut ... mir tut's leid, dass ich so übertrieben reagiert habe«, erwiderte ich murmelnd und steckte meine nutzlosen Hände in die Manteltaschen. Vor Erleichterung wurde das Grinsen des Jungen noch breiter, dessen Gesichtszüge einen ehrlichen Eindruck vermittelten. Aus irgendeinem Grund hob er die Finger seiner rechten Hand an sein rechtes Auge. Als er die Hand sofort peinlich berührt wieder herunternahm, wurde mir klar, dass er in der Wirklichkeit sicher eine Brille trug.

»Herzlichen Glückwunsch zum Level-up. Du bist echt schnell«, sagte er.

Ich zog unwillkürlich den Kopf ein. Es war ein unangenehmes Gefühl, als hätte er meine vorigen Gedanken durchschaut, was gewesen wäre, wenn ich in einer Gruppe spielen würde.

Hastig schüttelte ich den Kopf. »So schnell war das gar nicht ... Außerdem bist du selbst auch ziemlich schnell. Ich dachte, ich hätte noch zwei oder drei Stunden, bevor jemand in den Wald kommen würde.«

»Ha ha ha, ich dachte auch, ich sei der Erste. Man findet ja nicht so leicht hierher.«

Als ich das hörte, kam mir endlich eine späte Erkenntnis:

Er war *genau wie ich*.

Nicht, was Waffe und Geschlecht anging. Nicht, was unsere Situation als *SAO*-Spieler und Gefangene in diesem tödlichen Spiel anging.

Nein: Dieser Junge verfügte über das gleiche Wissen wie ich. Die Lage von Horunka. Den Grund, warum man das Bronze Sword nicht kaufen sollte. Und das Gebiet, in dem die meisten Little Nepenthes spawnten. Mit anderen Worten ...

Er war ein ehemaliger Betatester. So wie ich es war.

Der offizielle Betrieb des weltweit ersten VRMMOs *Sword Art Online* war heute, am 6. November 2022, mit zehntausend Spielern gestartet. Aber drei Monate zuvor waren tausend Spieler ausgelost worden, mit denen ein Betriebstest, also ein Betatest, durchgeführt worden war.

Aus den Hunderttausenden von Bewerbungen war ich durch unfassbares Glück (oder eher schreckliches Pech, wie ich jetzt feststellen musste) für den Test ausgewählt worden. Der Test war den gesamten August gelaufen. Dank der Sommerferien hatte ich von morgens bis abends – oder genauer gesagt von mittags bis in die frühen Morgenstunden – im Full Dive verbringen können. Ich war voller Begeisterung durch Aincrad gelaufen, bevor es zu diesem tödlichen Kerker geworden war, hatte mein Schwert geschwungen und war gestorben. Immer und immer wieder.

Durch die endlose Wiederholung von Versuch und Irrtum hatte ich eine gewaltige Menge an Wissen und Erfahrung angesammelt.

Kleine Pfade und Schleichwege, die nicht auf der Karte angezeigt wurden. Die Lage von Städten und Dörfern, das Sortiment der Läden. Die Preise und Eigenschaften der Waffen, die dort verkauft wurden. Die Startbedingungen und Lösungswege für Quests. Die Spawngebiete von Monstern, deren Stärken und auch Schwächen ...

Nur wegen dieses Wissens war ich jetzt lebendig hier – mitten in einem Wald weit entfernt von der Stadt der Anfänge. Wenn ich kein Betatester, sondern ein totaler Newbie gewesen wäre, hätte ich sicher nicht einmal daran gedacht, allein die Stadt zu verlassen.

Das Gleiche konnte man auch über den Jungen sagen, der ein paar Meter weiter stand.

Dieser Schwertkämpfer, sein Haar etwas länger als das meine, war zweifellos genau wie ich ein Betatester gewesen. Nicht nur, dass er sich auf diesen verworrenen Pfaden auskannte, allein die Art, wie er dort stand, verriet mir, dass er mit der VR-Engine von *SAO* vertraut war.

Nachdem ich innerhalb von ein paar Sekunden zu dieser Schlussfolgerung gekommen war, bestätigte er meine Annahme prompt mit der nächsten Frage.

»Du machst auch die Quest ›Wundermittel aus dem Wald‹, oder?«

Das war in der Tat genau die Quest, die ich vorhin in dem Haus im Dorf angenommen hatte. Es war sinnlos, es abzustreiten. Als ich nickte, legte er wieder die Hand an seine unsichtbare Brille und grinste.

»Jeder mit Einhandschwert muss diese Quest machen. Das ›Anneal Blade‹, das man als Belohnung bekommt, kann man bis zum Labyrinth auf der dritten Ebene benutzen.«

»Obwohl es ziemlich unscheinbar aussieht ...«, fügte ich hinzu, worauf der Junge in ein heiteres Lachen ausbrach.

Als er damit fertig war, machte er eine kurze Atempause. Dann sagte er etwas, das ich nicht erwartet hatte. »Wollen wir die Quest nicht zusammen erledigen, wo wir beide schon mal hier sind?«

»Äh ... aber ich dachte, es ist eine Soloquest«, antwortete ich reflexartig.

Es gab Quests, die nur in der Gruppe abgeschlossen werden konnten, und solche für Einzelspieler. »Das Wundermittel aus dem Wald« gehörte zu den Letzteren. Da das Key-Item, das »Ovulum vom Little Nepenthes«, nur einmal pro Mob droppte, musste man in der Gruppe auch mehrere Mobs töten, um genügend Items für alle Mitglieder zu sammeln.

Er lächelte, als hätte er meinen Einwand schon erwartet. »Stimmt schon, aber je mehr normale Nepenthes man jagt, desto wahrscheinlicher wird es doch, dass einer mit Blüte auftaucht. Da wäre es effektiver, wenn wir die Monster zu zweit niedermetzeln.«

Damit hatte er allerdings recht. Solo konnte man nur einzelne Monster angreifen, aber zusammen würden wir es mit zwei auf einmal aufnehmen können. Das würde die Zeit für die Auswahl des nächsten Ziels verkürzen, sodass man in der gleichen Zeit mehr Monster jagen konnte – und damit würde auch die Wahrscheinlichkeit eines blühenden Nepenthes steigen.

Schon wollte ich zustimmen, da ließ ein Gedanke meinen Avatar erstarren.

Erst vor einer guten Stunde hatte ich den gut gelaunten Klein, meinen ersten Freund hier, zurückgelassen. Ich fragte mich, ob ich überhaupt das Recht hatte, jetzt eine Gruppe zu bilden.

Aber der Junge deutete mein Zögern anders und schüttelte hastig den Kopf. »Na ja, wir müssen nicht unbedingt eine Gruppe bilden. Du warst zuerst hier, also steht dir natürlich das erste Key-Item zu. Wenn wir mit der erhöhten Spawnrate dann weiter jagen, taucht bestimmt schnell ein zweiter mit Blüte auf. Wenn du so lange dabei bleiben würdest ...«

»Oh ... ach so, klar ... wenn das für dich okay wäre ...«, antwortete ich undeutlich und nickte. Kämpfte man in einer Gruppe, gingen alle gedroppten Key-Items nicht in das persönliche, sondern in ein temporäres Gruppeninventar. Deswegen wäre es theoretisch möglich gewesen, dass er sich mit dem Key-Item der Quest davongemacht hätte. Wahrscheinlich dachte er, dass ich diese Befürchtung hatte. Tatsächlich hatte ich gar nicht so weit gedacht, aber es war unnötig, den Irrtum jetzt noch aufzuklären.

Auf meine Einwilligung grinste er wieder, dann kam er zu mir herüber und streckte mir seine rechte Hand entgegen. »Da bin ich aber froh. Dann auf gute Zusammenarbeit. Ich bin Coper.«

Es wäre nicht verwunderlich gewesen, wenn wir uns in unserer Zeit als Betatester schon einmal begegnet wären, aber sein Name kam mir nicht bekannt vor.

Natürlich benutzte er womöglich einen anderen Namen als in der Betaphase, und auf seinem Farb-Cursor wurde kein Name angezeigt, daher konnte ich nicht einmal beurteilen, ob es sein »echter« Name war. Gleichermaßen hätte auch ich einen Decknamen benutzen können. Aber ich war nicht gut darin, mir Namen auszudenken. In allen bisherigen Onlinespielen hatte ich immer den gleichen Charakternamen benutzt, der eine simple Abkürzung meines echten Namens war. Ich war nicht in der Lage, mir einfach aus dem Stegreif einen Decknamen auszudenken.

»Freut mich. Ich bin Kirito«, stellte ich mich vor.

Der Junge – Coper – legte fragend den Kopf schief. »Kirito... warte mal, den Namen hab ich doch schon mal irgendwo gehört ...«

Allem Anschein nach kannte er mich sehr wohl aus der Betaphase, wenn auch nicht direkt. Instinktiv witterte ich Gefahr und lenkte schnell ab. »Du musst mich verwechseln. Also, lass uns jagen. Wir müssen zwei Ovula bekommen, bevor die anderen Spieler hier auftauchen.«

»Okay, hast recht. Dann legen wir uns mal ins Zeug.«

Wir nickten uns zu, dann rannten Coper und ich los zu einem Paar Little Nepenthes ganz in der Nähe.

Wie von einem ehemaligen Betatester nicht anders zu erwarten, hatte Coper hervorragende Kampfinstinkte.

Er kannte die Reichweite seines Einhandschwertes, das Verhalten der Mobs und war natürlich auch vertraut mit dem Einsatz von Sword Skills. Für meinen Geschmack ging er etwas zu defensiv vor, aber das konnte ich ihm in Anbetracht der Situation nicht zum Vorwurf machen. Wie von selbst entstand dabei ein Zusammenspiel, bei dem er zuerst Aggro zog und ich dann mit ganzer Kraft den Schwachpunkt des Gegners attackierte. Zu zweit zerschmetterten wir ein Monster nach dem anderen in Polygonscherben.

Die Jagd verlief reibungslos, aber je länger ich darüber nachdachte, desto seltsamer kam mir die Situation vor.

Bis jetzt hatten Coper und ich kein einziges Wort über die gegenwärtige Lage von *SAO* gewechselt. Entsprach Kayabas Verkündigung der Wahrheit? Starb man wirklich, wenn man hier im Spiel starb? Was würde jetzt aus dieser Welt werden ...? Coper musste sich die gleichen Fragen stellen, aber wir hatten von Anfang an über nichts anderes als Items und Quests gesprochen. Trotzdem waren unsere Gespräche ganz natürlich.

Vielleicht war das letzten Endes ein Zeichen dafür, was für extreme MMO-Freaks wir beide waren. Selbst nachdem sich diese Welt in ein Spiel auf Leben und Tod verwandelt hatte und der Log-out-Button verschwunden war, dachte ich im Spiel als Erstes daran, Quests zu erledigen und Erfahrungspunkte zu verdienen. Man konnte mich sicherlich als hoffnungslosen Fall bezeichnen, aber da sich auch Coper für den Betatest beworben hatte, bestand kein Zweifel, dass auch er ein eingefleischter Onlinegamer war. Unser Drang, unsere Charaktere zu verbessern, überwog ganz einfach die Angst vor dem Tod ...

Nein.

Nein, das stimmte so nicht.

Vermutlich hatten weder Coper noch ich der Realität ins Auge geblickt.

Wir konnten die Effektivität beim Hochleveln oder Jagen kalkulieren, aber bei tiefgreifenderen Fragen war unser

Denken wie blockiert. Wir verschlossen die Augen vor der Tatsache, dass unsere Gehirne von leistungsstarken, elektromagnetischen Wellen geröstet werden würden, falls unsere HP auf null fielen. Und um vor der Realität zu fliehen, stürmten wir blindlings »vorwärts«. Man konnte durchaus sagen, dass die Spieler, die in der Stadt der Anfänge geblieben waren, rationaler auf die Situation reagierten als wir.

Aber wenn dem so war, konnte ich nur deswegen so gelassen gegen diese schrecklichen Monster kämpfen, weil ich die Realität nicht sah. Ich konnte den potenziell tödlichen, scharfen Ranken und der gefährlichen Säure nur deswegen mit minimalen Bewegungen ausweichen, weil ich die Furcht vor dem realen Tod nicht spürte.

Sobald mir das klar wurde, wusste ich intuitiv:

Ja ... ich würde mit Gewissheit schon bald sterben.

Den »wirklichen Tod«, kurzum die oberste Regel des tödlichen Spiels, nicht zu begreifen, bedeutete auch, die Grenze nicht zu sehen, die nicht übertreten werden durfte. Es war nichts anderes, als in der Dunkelheit an einem Abgrund entlangzugehen und blind darauf zu vertrauen, nicht hinunterzustürzen. Wenn ich es recht bedachte, war es schon eine extrem unbesonnene Handlung gewesen, die Stadt zu verlassen und sich in dieses Waldgebiet mit seiner schlechten Sicht zu stürzen ...

Ein heftiges Schaudern fuhr mir vom Rücken bis in die Finger- und Zehenspitzen und hemmte meine Bewegungen.

Gerade in diesem Moment hatte ich mit dem Schwert ausgeholt, um den Schwachpunkt des x-ten Little Nepenthes zu treffen. Wenn ich auch nur noch eine halbe Sekunde so verharrte, würde ich stattdessen eine harte Konterattacke erleiden.

Ich kam wieder zur Besinnung und startete den Sword Skill »Horizontal« erneut, der gerade noch rechtzeitig den Stiel der Pflanze durchtrennte. Ein klirrendes Geräusch ertönte, und substanzlose Glassplitter stoben durch mich hindurch.

Coper kämpfte mit dem Rücken zu mir gegen einen weiteren Nepenthes und hatte meinen Aussetzer glücklicherweise nicht bemerkt. Fünf Sekunden später hatte er den Gegner ohne den Einsatz von Skills erledigt und drehte sich aufatmend um.

»Es taucht keines auf ...«

In seiner Stimme schwang nun doch ein Anflug von Erschöpfung mit. Seitdem wir zusammen zu jagen begonnen hatten, war bereits eine Stunde vergangen. Zusammen mussten wir inzwischen an die 150 Nepenthes besiegt haben, aber noch immer tauchte keiner mit Blüte auf.

Um das Frösteln abzuschütteln, das mir immer noch im Nacken saß, zuckte ich in einer übertriebenen Geste mit den Schultern. »Vielleicht hat sich die Spawnrate seit der Beta verändert ... Bei anderen MMOs habe ich auch schon davon gehört, dass die Dropraten für rare Items im offiziellen Betrieb nach unten korrigiert wurden ...«

»Kann sein ... Und was jetzt? Wir haben ein paar Level gemacht, und unsere Waffen sind schon ziemlich abgenutzt. Sollen wir erst mal ins Dorf ...«, wollte Coper gerade vorschlagen, als unter einem Baum etwa zehn Meter von uns entfernt ein blasses, rotes Licht erschien.

Grobe Polygonblöcke formten sich und fügten sich zu einer großen Gestalt zusammen. Es war ein vertrauter Anblick – das Spawnen eines Monsters.

Wie Coper gesagt hatte, hatten wir durch unser »Gemetzel« eine große Menge Erfahrungspunkte verdient und beide Level 3 erreicht. Soweit ich mich noch aus der Beta erinnern konnte, war für den Abschluss der ersten Ebene etwa Level 10 empfehlenswert, daher war es noch zu früh, um weiterzuziehen. Zumindest war es jetzt aber nicht mehr notwendig, bei einzelnen Nepenthes den Kopf zu verlieren. Die gegnerischen Farb-Cursors hatten sich mittlerweile von Magenta zu Rot geändert.

Coper und ich standen still im Dickicht und sahen versunken zu, wie das Monster spawnte. Der hundertundsoundsovielte Nepenthes nahm eine detaillierte Gestalt an und begann, sich mit schlängelnden Ranken vorwärts zu bewegen. Das Monster hatte einen glänzenden, grünen Stiel und eine Kanne mit einem individuellen Tüpfelmuster – und darüber leuchtete selbst im Dämmerlicht das grelle Rot einer großen, tulpenähnlichen Blüte.

Wir starrten ihn noch ein paar weitere Sekunden geistesabwesend an, dann wechselten wir wortlos einen Blick.

Ich stieß einen Kampfschrei aus. Mit erhobenen Schwertern wollten wir uns gerade auf den Blüten-Nepenthes stürzen, wie Katzen auf eine Maus – als ich abrupt abbremste und gleichzeitig mit der linken Hand Coper zurückhielt.

Als er mich verwirrt ansah, deutete ich mit dem ausgestreckten Zeigefinger hinter den Blüten-Nepenthes.

Es war durch die vielen Bäume schwer zu erkennen, aber in dieser Richtung bewegte sich der Schatten eines weiteren Nepenthes. Ich hatte ihn nur dank meines Aufspür-Skills bemerkt, dessen Wert sich inzwischen auch etwas verbessert hatte. Coper hatte den Skill wohl noch nicht erlernt, denn er starrte angestrengt in den dunklen Wald, bis er *es* nach ein paar Sekunden endlich auch erkannte.

Hätte sich hinter dem mit der Blüte ein normaler Nepenthes versteckt, hätte es keinen Grund gegeben, mit dem Angriff zu zögern. Doch aller Wahrscheinlichkeit zum Trotz schwankte auch über der zweiten Kanne eine große Masse.

Wenn es eine zweite Blüte gewesen wäre, hätte ich mein Aushängeschild des ewigen Pechvogels abnehmen müssen. Was aber da von dem dünnen Stiel des zweiten Monsters hing, war ein zwanzig Zentimeter großer Ball – eine Frucht. Sie war so angeschwollen, dass sie jeden Moment zu platzen drohte. Wenn wir ihr auch nur den geringsten Schaden zufügen würden, würde sie sofort explodieren und ihren stinkenden Nebel verbreiten. Der Nebel würde eine wild gewordene Meute Nepenthes anlocken und uns in eine gefährliche Lage bringen, aus der wir trotz unseres nun höheren Levels vermutlich nicht würden entkommen können.

Was sollten wir tun?

Ich war unschlüssig. Hinsichtlich unserer Kampfkraft wären wir absolut in der Lage gewesen, den Frucht-Nepenthes zu besiegen, ohne die Frucht zu verletzen. Aber dafür gab es keine Garantie. Wenn auch nur das kleinste Risiko des Todes bestand, sollten wir lieber geduldig abwarten, bis sich beide Monster weit voneinander entfernt hatten.

Aber ein Gerücht aus der Betaphase verstärkte mein Zögern noch. Ich meinte, mich daran zu erinnern, dass sich die Little Nepenthes mit Blüte – das rare Monster, das das Key-Item für die Quest droppte – in äußerst gefährliche Exemplare mit Frucht verwandelten, wenn sie nach dem Spawnen nicht schnell genug erlegt wurden.

Es war nicht undenkbar, besser gesagt, es klang durchaus wahrscheinlich. Noch während wir hier aus dem Dickicht beobachteten, wie das Monster ein Dutzend Meter entfernt vorankroch, würden vielleicht die Blütenblätter eines nach dem anderen fallen, eine runde Frucht würde anschwellen, und dann hätten wir es mit zweien dieser Monster zu tun.

»Was nun ...?«, murmelte ich gedankenverloren.

Allein mein Zögern in diesem Augenblick war schon ein Beweis, dass ich für mich noch keine klare Grenze zwischen Gefahr und Sicherheit gezogen hatte. Wenn ich unsicher war, wäre es vermutlich die vernünftigste Entscheidung gewesen, den Rückzug anzutreten, aber in diesem Augenblick konnte ich nicht einmal meiner Vernunft vertrauen.

Wie von einer Attacke gelähmt stand ich regungslos da, als ich neben mir Coper leise flüstern hörte: »Gehen wir. Ich zieh die Aggro von dem mit der Frucht, und dann erledigst du den mit der Blüte schnell.«

Ohne auch nur meine Antwort abzuwarten, lief er in seinen Erstausstattungs-Stiefeln los.

»Alles klar ...«, antwortete ich und folgte ihm.

Meine Zweifel waren damit nicht beseitigt. Ich hatte sie nur beiseitegeschoben. Sobald die Dinge in Gang kamen, konnte ich mich nur noch auf die Kontrolle meines Schwertes und Avatars konzentrieren. Wenn mir nicht einmal das gelang, würde ich wirklich sterben.

Der blühende Nepenthes bemerkte zuerst, dass sich Coper näherte, und drehte sich um. Der Rand der Kanne, der einem menschlichen Mund ähnelte, erzitterte und zischte: »*Fschaaaah!*«

Coper machte einen Bogen nach rechts und rannte auf den Frucht-Nepenthes dahinter zu, aber der Mob mit der Blüte blieb ihm auf den Fersen. Ich nutzte die Gelegenheit, um mich dem Monster zu nähern, und holte ohne weiter zu grübeln mit dem Schwert aus.

Obwohl die blühenden Nepenthes rare Monster mit einer Erscheinungsrate von unter einem Prozent waren, unterschieden sich ihre Statuswerte nicht bedeutend von denen gewöhnlicher Nepenthes. Sie hatten eine etwas höhere Angriffs- und Abwehrkraft, aber auf Level 3, den ich nach über einer Stunde Jagd erreicht hatte, konnte ich diesen Unterschied vernachlässigen.

Mein Kopf war immer noch voller Zweifel, aber durch meine gesammelte Kampferfahrung aus der Betaphase bewegte sich mein Avatar fast wie von selbst, parierte die Rankenhiebe des Nepenthes, wich zur Seite aus und setzte zum Angriff an. Nach zehn Sekunden hatte sich seine HP-Leiste gelb gefärbt, und ich machte einen Satz zurück, um den finalen Sword Skill zu starten.

All die Kämpfe hatten auch meine Einhandschwert-Skills verbessert, was sich in einer schnelleren Aktivierung und einer höheren Reichweite äußerte. Der Nepenthes wollte gerade zu einer Säure-Attacke ansetzen, doch bevor er seine Kanne auch nur halb aufgebläht hatte, durchtrennte der blaue Bogen vom 1-Hit-Skill »Horizontal« mit einem trockenen Knacken den Stiel.

Das Monster stieß einen Schrei aus, der etwas anders klang als bei den gewöhnlichen Exemplaren. Noch bevor die abgetrennte Kanne auf den Boden prallte und in Polygonsplitter zerbarst, fiel die Blüte von seinem Kopfteil.

Eine schwach leuchtende Kugel in Faustgröße rollte heraus. Sie kullerte mir vor die Füße und stieß gegen meine Stiefelspitze, als im gleichen Moment der Rumpf und die Kanne explodierten.

Ich bückte mich und hob die leuchtende Kugel auf – das »Ovulum vom Little Nepenthes«. Um dieses eine Key-Item zu erlangen, hatten wir über 150 Monster getötet und waren dabei immer wieder in die Klemme geraten.

Bei dem Gedanken hätte ich mich am liebsten an Ort und Stelle ins Gras fallen lassen, aber es war noch zu früh, um sich zu entspannen. Ich musste Coper zur Hilfe eilen, der ein Stück entfernt den gefährlichen Frucht-Nepenthes ablenkte.

»Sorry, hat ein bisschen gedauert!«, rief ich ihm zu und steckte das Ovulum in meiner linken Hand in die Gürteltasche. Eigentlich wäre mir wohler gewesen, wenn ich ein Fenster geöffnet und das Item ins Inventar gelegt hätte, aber dafür fehlte mir jetzt die Zeit. Ich ergriff wieder mein Schwert und rannte los.

Doch nach ein paar Schritten stoppten meine Füße aus irgendeinem Grund.

Ich verstand selbst nicht, warum. Weiter vorn umging mein unverhoffter Kamerad Coper geschickt die Attacken des Nepenthes mit seinem Schwert und Schild. Vielleicht lag ihm die Defensive im Blut, jedenfalls hatte er die Gelassenheit, mir mitten im Kampf sein Gesicht zuzuwenden. Mit einem todernsten Blick aus leicht verengten Augen starrte er mich an – es war dieser Blick.

In diesem Blick lag etwas, das meine Füße zum Stillstand gebracht hatte.

Was war hier los? Warum sah mich Coper so an? Argwöhnisch, vielleicht auch mitleidig.

Er parierte einen Rankenhieb mit seinem Faustschild und unterbrach damit kurz den Kampf. Er sah mich an, wie ich einfach nur dastand, und sagte knapp: »Tut mir leid, Kirito.«

Damit wandte er sich wieder dem Monster zu und hob das Schwert hoch über seinen Kopf. Die Klinge leuchtete hellblau auf. Er hatte einen Sword Skill aktiviert. Diese Bewegung war die Vorbereitung für »Vertical«, ein einfacher, senkrechter Schwerthieb.

»Nein ... das funktioniert nicht ...«, murmelte ich unwillkürlich, während ich mich noch über seine Aussage wunderte.

Der schwache Stiel der Little Nepenthes war unter der wuchtigen Kanne verborgen, daher waren vertikale Angriffe wenig wirkungsvoll. Außerdem gab es einen ausdrücklichen Grund, warum Coper hier keine vertikalen Angriffe benutzen durfte. Das sollte er selbst nur zu gut wissen.

Doch der aktivierte Sword Skill war nicht mehr aufzuhalten. Von der Systemunterstützung halb automatisch gesteuert, sprang sein Avatar kräftig vom Boden ab und hieb mit der leuchtenden Klinge zu – direkt auf die über der Kanne des Nepenthes baumelnde, runde Frucht.

Paaamm!

Ein schrecklicher Knall erschütterte den Wald.

Es war das zweite Mal, dass ich dieses Geräusch hörte. Das erste Mal war natürlich während der Betaphase gewesen. Damals hatte eines meiner Gruppenmitglieder aus Unachtsamkeit die Frucht mit seinem Speer getroffen, worauf ein großer Schwarm von Nepenthes angelockt worden war. Wir *vier* Spieler auf Level 2 bis 3 waren gestorben, bevor wir hatten entkommen können.

Copers »Vertical« zerschlug die Frucht und zerteilte auch noch die Kanne des Nepenthes, wodurch dessen HP-Leiste ausgelöscht wurde. Das Monster explodierte prompt, aber der blassgrüne Nebel in der Luft und der stechende Gestank in meiner Nase blieben.

Als Coper einen großen Satz machte, um dem Nebel auszuweichen, stammelte ich fassungslos: »Wa... Warum ...?«

Es war kein Versehen. Das war ein geplanter Angriff gewesen. Coper hatte willentlich die Frucht zerschnitten und platzen lassen.

Der ehemalige Betatester, der die letzte Stunde an meiner Seite gekämpft hatte, sah mich nicht an und wiederholte nur noch einmal: »Tut mir leid ...«

Ich sah, wie hinter seinem Avatar zahlreiche Farb-Cursors auftauchten.

Auch rechts. Und links. Und hinter mir auch. Es waren Little Nepenthes, die vom Nebel angelockt wurden. Sicherlich versammelten sich um uns herum gerade sämtliche Exemplare, die in diesem Gebiet gespawnt waren. Es mussten über zwanzig ... nein, dreißig sein. Sobald ich zu dem Urteil gekommen war, dass ein Kampf aussichtslos war, wollten meine Beine losrennen, aber auch das war sinnlos. Selbst wenn ich ihren Kreis durchbrochen hätte, konnten sie sich wesentlich schneller fortbewegen, als man es bei ihrem Erscheinungsbild erwartet hätte, und bevor ich einen Vorsprung gewonnen hätte, würden mich schon andere Monster ins Visier nehmen. Eine Flucht war längst nicht mehr möglich ...

Also war das ein Selbstmord?

Er wollte hier sterben und mich mit in den Tod reißen? War Coper von der Furcht vor dem wirklichen Tod überwältigt worden und hatte sich deswegen entschieden, aus dem tödlichen Spiel auszusteigen?

In diesen Gedanken versunken stand ich wie erstarrt da.

Aber ich lag falsch mit meiner Vermutung.

Ohne mir in die Augen zu sehen, steckte Coper sein Schwert in die Scheide an seiner Hüfte, drehte sich um und rannte los zu einem Gebüsch in der Nähe. Seine Schritte waren nicht zögerlich. Er hatte das Leben noch nicht aufgegeben.

»Das ist zwecklos …«, presste ich tonlos hervor.

Der Schwarm von Little Nepenthes stürmte aus allen Richtungen auf uns zu. Es würde schwierig werden, zwischen ihnen hindurchzuschlüpfen oder sich mit dem Schwert durchzukämpfen, und selbst wenn es uns gelang, würden sich uns danach nur weitere Monster in den Weg stellen. Und warum hatte Coper überhaupt mit »Vertical« die Frucht zerschnitten, wenn er jetzt fliehen wollte? Hatte er vorgehabt zu sterben, doch dann hatte ihn angesichts der herannahenden Monsterscharen der Mut verlassen, und jetzt wollte er noch ein letztes Mal versuchen, ums Überleben zu kämpfen?

Während ich in einem Winkel meines halb gelähmten Bewusstseins darüber grübelte, sah ich Coper nach, der in ein kleines Gebüsch gesprungen war. Sein Avatar war unter den dichten Blättern nicht zu sehen, aber sein Farb-Cursor wurde …

… nicht mehr angezeigt. Obwohl er keine zwanzig Meter entfernt sein sollte, war Copers Farb-Cursor aus meinem Blickfeld verschwunden. Für einen Moment überlegte ich, ob er vielleicht mit einem Teleportkristall geflohen war, aber das konnte nicht sein. Diese Items waren entsetzlich teuer und in diesem frühen Stadium praktisch unerschwinglich, zudem wurden sie auf der ersten Ebene in keinem Laden verkauft und von keinem Monster gedroppt.

Demnach gab es nur eine mögliche Antwort. Es war der besondere Effekt des Tarn-Skills. Der Farb-Cursor verschwand aus dem Blickfeld anderer Spieler, und man zog nicht länger die Aufmerksamkeit von Monstern auf sich. Copers zweiter Skill-Slot war nicht frei, er hatte bereits den Tarn-Skill erworben. Deswegen hatte ich ihn also nicht bemerken können, als er sich mir bei unserer ersten Begegnung von hinten genähert hatte ...

Ich spürte das Donnern der näher rückenden Monster, als ich endlich und viel zu spät die Wahrheit erkannte.

Coper war nicht geflohen, weil ihn bei einem Selbstmordversuch der Mut verlassen hatte.

Er wollte mich töten.

Deswegen hatte er es gewagt, die Frucht zu zerschlagen und alle Nepenthes aus der Umgebung herzurufen. Er allein konnte sich daraufhin mit seinem Tarn-Skill vor ihnen verstecken. Somit konzentrierte sich die Aggro von über dreißig Monstern auf mich, der sich nicht verbergen konnte. Es war die klassische Methode des »Monster Player Kill«, bei dem man einen Spieler von einem Monster töten ließ.

Als ich das begriff, war mir auch sein Motiv klar. Er wollte mir das Key-Item »Ovulum vom Little Nepenthes« rauben, das ich gerade aufgehoben hatte. Sobald sich die Monsterschar wieder zerstreut haben würde, konnte Coper das »Ovulum« einfach aufheben, damit ins Dorf zurückkehren und die Quest abschließen.

»Verstehe ...«, murmelte ich, während ich den Monstern entgegenblickte, die inzwischen so nah waren, dass nicht nur die Farb-Cursors, sondern auch ihre Gestalten selbst zu sehen waren.

Coper. Du hast gar nicht die Augen vor der Realität verschlossen. Ganz im Gegenteil. Du hast die Gegebenheiten dieses tödlichen Spiels schnell erkannt und deine Rolle als Spieler eingenommen. Du hast dich entschieden, für dein eigenes Überleben andere Spieler zu täuschen, zu überlisten, zu bestehlen.

Seltsamerweise fühlte ich weder Zorn noch Hass.

Obwohl ich mitten in seine Falle getappt war und er mich töten wollte, war ich innerlich merkwürdig ruhig. Das lag vermutlich zum Teil auch daran, dass ich bereits eine Schwachstelle in Copers Plan bemerkt hatte.

»Coper ... das hast du wohl nicht gewusst«, sagte ich zu dem Gebüsch, ohne zu wissen, ob er mich überhaupt hören konnte. »Ich schätze, du hast den Tarn-Skill zum ersten Mal, oder? Es ist ein praktischer Skill, aber er ist nicht allmächtig. Bei Monstern, die sich *auf andere Sinne als das Sehen* stützen, hat er kaum einen Effekt. So wie bei den Little Nepenthes zum Beispiel.«

Ein Teil der fleischfressenden Pflanzen, die sich wie eine böse zischende Lawine auf uns stürzten, steuerte eindeutig auf das Gebüsch zu, in dem sich Coper versteckte. Mittlerweile musste auch er bemerkt haben, dass er trotz seines Tarn-Skills weiter im Visier der Monster war.

Immer noch ruhig, drehte ich mich um und richtete meinen Blick auf die Reihe der Nepenthes, die auf mich zustürmten. Da die Feinde hinter mir Coper angreifen würden, konnte ich sie fürs Erste außer acht lassen. Wenn ich die Feinde vor mir vernichten konnte, bevor der Kampf hinter mir beendet war, hatte ich vielleicht noch eine Chance, hier lebendig herauszukommen. Natürlich stand die Chance dafür bei eins zu zehntausend.

Trotz des herannahenden Todes konnte ich die Situation immer noch nicht als volle Realität wahrnehmen und packte mein Small Sword. Nach über hundert Kämpfen hatte dessen Haltbarkeit beträchtlich gelitten, und die Klinge hatte schon einige Scharten bekommen. Wenn ich zu grob damit umging, würde sie womöglich mitten im Kampf brechen.

Ich musste mich auf möglichst wenige Schwerthiebe beschränken. Wenn ich meiner Durchschlagskraft mit dem Schwung des Sprungbeins und Arms einen vollen Boost verlieh und mit »Horizontal« präzise den Schwachpunkt der Feinde direkt unter den Kannen traf, konnte ich mit jeder Attacke einen Feind ausschalten. Wenn mir nicht einmal das gelang, würde ich unweigerlich wegen des Verlusts meiner Waffe sterben, die schlimmste erdenkliche Todesart.

Hinter mir hörte ich das Brüllen der Monster, die Geräusche des Kampfes und Copers Stimme, die irgendetwas schrie.

Aber ich drehte mich nicht mehr um, sondern konzentrierte mich voll und ganz auf meine eigenen Gegner.

An die Einzelheiten der nächsten paar Minuten – vielleicht waren es auch zehn – konnte ich mich später nicht mehr vollständig erinnern.

Mein logisches Denken war praktisch ausgelöscht. Es gab nur noch den Feind vor meinen Augen, mein einfaches Schwert und meinen Körper, der es führte – genauer gesagt, die Bewegungsbefehle, die von meinem Gehirn ausgesandt wurden.

Von den Animationen der Monster schloss ich auf die Art und Richtung ihrer Angriffe, wich mit minimalen Bewegungen aus und konterte mit Sword Skills. Es war das gleiche Vorgehen wie in den bisherigen Kämpfen, nur wesentlich effizienter und präziser.

In *SAO* gab es keine Magieangriffe mit Treffergarantie. Daher konnte ein Spieler mit ausreichend Urteilsvermögen und Reaktionsfähigkeit theoretisch jeglichen Attacken ausweichen. Aber solche Skills hatte ich als Spieler nicht, und es waren einfach zu viele Gegner, also konnte ich nicht alle Treffer vermeiden. Ranken aus allen Richtungen streiften meine Gliedmaßen, und die Tropfen von einem Säureregen nach dem anderen ätzten Löcher in meinen Ledermantel. Jedes Mal verringerte sich meine HP-Leiste, und der virtuelle wie auch reale Tod rückte einen Schritt näher.

Doch immerhin wich ich allen direkten Treffern knapp aus und schwang mein Schwert weiter.

Wenn ich durch einen Volltreffer einen Delay von nur einer halben Sekunde erlitten hätte, wären sofort unaufhörlich weitere Schläge auf mich niedergegangen, bis ich gestorben wäre. Entweder würden sie meine HP allmählich auf null reduzieren, oder sie würden mich auf der Stelle töten, wenn ich bewegungsunfähig wurde.

Während des Betatests und auch in den verschiedenen anderen MMOs, die ich zuvor gespielt hatte, war ich schon unzählige Male in solche kritischen Situationen geraten. Dann hatte ich alles Mögliche versucht, um die Lage noch zu retten, und mich über den drohenden Punkteverlust geärgert, oder ich hatte meine HP einfach auf null fallen lassen und gehofft, dass ich zumindest nicht meine Waffe verlieren würde.

Wenn ich in dieser Welt ein Realitätsgefühl erlangen wollte, sollte ich das jetzt einmal ausprobieren. Wenigstens würde ich dann wissen, ob Kayabas Verkündigung der Wahrheit entsprach oder nur ein geschmackloser Streich war.

Mir schien es, als würde mir das eine Stimme in meinem Kopf zuflüstern. Doch ich ignorierte sie und spaltete weiter mit »Slant« oder »Horizontal« die Köpfe der schier endlosen Schar von Nepenthes.

Weil ich nicht sterben wollte? Natürlich wollte ich das nicht.

Aber noch ein anderer Beweggrund trieb mich zum Kämpfen. Etwas, das meinen Mund zu einer wilden Grimasse verzerrte – einem Grinsen nicht unähnlich.

Das ist es, dachte ich.

Das war *SAO*. Obwohl ich beim Betatest über zweihundert Stunden im Dive verbracht hatte, hatte ich die wahre Natur dieses Spiels noch nicht erfassen können. Ich hatte nicht im wahrsten Sinne des Wortes gekämpft.

Mein Schwert war nicht einfach nur ein Waffen-Item, und mein Körper war nicht einfach nur ein bewegliches Objekt. Es gab einen Zustand, den man nur erreichen konnte, wenn das Bewusstsein in Grenzsituationen mit diesen Dingen eins wurde. Bisher hatte ich nur einen kurzen Blick auf den Eingang zu dieser Welt erhaschen können.

»U...aaaaaaah!«, brüllte ich und sprang los.

Der entfesselte »Horizontal« ließ selbst die Lichteffekte hinter sich, als er die Kannen von zwei hintereinander stehenden Nepenthes in Folge in die Luft schleuderte.

Gleich darauf ertönte weit hinter mir ein besonders scharfes, kurzes Klirren.

Es klang deutlich anders als die Explosion eines Monsters. Es war der Todes-Effekt eines Spielers.

Von wenigstens einem Dutzend Monstern umzingelt war Coper schließlich ans Ende seiner Kräfte gelangt.

Aus Reflex wollte ich hinsehen, aber ich riss mich zusammen und erledigte nacheinander die letzten beiden Monster in meiner Nähe.

Dann drehte ich mich endlich um.

Die Nepenthes, die ihr erstes Ziel getötet hatten, richteten ihre blutrünstige Aufmerksamkeit auf mich. Es waren sieben. Coper war es also gelungen, in dieser Lage mindestens fünf von ihnen zu erledigen. Dass er im letzten Moment nicht geschrien hatte, lag nicht daran, dass er nicht mehr dazu gekommen war, sondern war seinem Stolz als ehemaliger Betatester geschuldet.

»Good Game ...«, murmelte ich die typischen Grußworte in Onlinespielen für ein gut gespieltes Match und hielt mein schartiges Schwert genau nach vorn. Vielleicht hätte ich an diesem Punkt auch fliehen können, aber diese Option kam mir nicht einmal in den Sinn.

Das Exemplar an der Spitze der sieben Nepenthes, die nun auf ihre neue Beute zustürmten, hatte eine blühende rote Blume über der Kanne. Was für eine Ironie.

Hätte Coper sich noch ein wenig angestrengt, statt zu versuchen, mich mit MPK zu töten, hätte er sein eigenes »Ovulum« erhalten. Doch das war jetzt nicht mehr zu ändern. Eine Entscheidung und deren Auswirkung. Das war alles.

Meine HP-Leiste war unter vierzig Prozent gesunken und würde bald in den roten Gefahrenbereich fallen, trotzdem hatte ich nicht länger das sichere Gefühl, hier zu sterben.

Ich bemerkte, dass die beiden rechten Nepenthes sich auf einen Säureangriff vorbereiteten. Mit voller Kraft sprintete ich auf sie zu und beseitigte sie, solange sie beim Aufladen der Attacke stillstanden.

In den nächsten zwanzig Sekunden tötete ich die verbliebenen fünf, und der Kampf war beendet.

Dort, wo Coper verschwunden war, lagen sein Small Sword und sein Faustschild. Beide waren ähnlich abgenutzt wie mein Schwert.

Er hatte in der schwebenden Festung Aincrad ein paar Stunden lang gekämpft und war dann gestorben. Genauer gesagt, seine HP waren auf null gefallen, und sein Avatar hatte sich aufgelöst. Doch ich hatte keine Möglichkeit, festzustellen, ob irgendein Unbekannter, der diesen Avatar gesteuert hatte, in seinem Bett in irgendeinem Haus in irgendeiner Stadt in Japan wirklich gestorben war. Ich konnte nur diesen Schwertkämpfer namens Coper verabschieden.

Ich überlegte kurz, dann hob ich das Schwert auf und steckte es am Fuß des größten Baumes der Umgebung in den Boden. Dann nahm ich das »Ovulum« vom zweiten blühenden Nepenthes und legte es daneben.

»Das gehört dir, Coper«, murmelte ich und erhob mich.

Die Haltbarkeit der zurückgelassenen Items würde allmählich ablaufen, bis sie schließlich verschwinden würden, aber zumindest für ein paar Stunden würden sie ihre Rolle als Grabmal erfüllen.

Ich machte auf dem Absatz kehrt und ging auf dem Pfad nach Osten, um zurück ins Dorf zu gelangen.

Ich war hintergangen worden, fast gestorben, hatte den Tod des Betrügers miterlebt und war selbst nur knapp mit dem Leben davongenommen. Dennoch war mein Gefühl für die Realität dieses tödlichen Spiels immer noch vage. Zumindest war durch dieses Erlebnis mein Wunsch gewachsen, stärker zu werden. Nicht um zu überleben, sondern wegen der unaussprechlichen Begierde, die Vollendung der Schwertkunst in *SAO* zu erfahren.

Durch unsere Jagd zu zweit hatten wir die Spawnrate offenbar tatsächlich weitestgehend erschöpft, denn ich erreichte das Dorf Horunka, ohne auf ein weiteres Monster zu treffen.

Es war 21 Uhr. Drei Stunden waren seit Kayabas Tutorial vergangen.

Wie zu erwarten, waren mittlerweile ein paar weitere Spieler auf dem Dorfplatz zu sehen. Vermutlich waren auch sie ehemalige Betatester. Wenn weiterhin nur die erfahrenen Betatester voranschreiten würden, würde früher oder später möglicherweise eine Kluft zwischen ihnen und der überwiegenden Mehrheit von Neulingen entstehen ... aber ich war sicher nicht in der Position, mir darüber Sorgen zu machen.

Da ich keine Lust hatte, mit jemandem zu reden, lief ich durch eine Seitengasse zum anderen Ende des Dorfes, bevor mich jemand bemerkte. Glücklicherweise hatten die NPCs noch nicht mit ihrer Nacht-Routine begonnen, und ein warmes Licht schien aus dem Fenster des Hauses, auf das ich zusteuerte.

Der Form halber betätigte ich einmal den Türklopfer, bevor ich die Tür öffnete. Die Frau kochte noch immer irgendetwas in ihrem Topf auf dem Herd. Sie drehte sich zu mir um, und über ihrem Kopf tauchte ein goldenes Ausrufezeichen auf, das den Questfortschritt anzeigte.

Ich ging zu ihr hinüber, holte das im Inneren schwach leuchtende, blassgrüne »Ovulum vom Little Nepenthes« aus meiner Gürteltasche und gab es ihr.

Die Frau strahlte übers ganze Gesicht, wodurch sie auf einmal zwanzig Jahre jünger aussah, und nahm das Ovulum entgegen. Während sie mich mit Worten des Dankes überschüttete, aktualisierte sich der Questlog links unten in meinem Sichtfeld.

Vorsichtig ließ die nun junge Frau das Ovulum in den Topf gleiten, dann ging sie zu einer großen Truhe am südlichen Ende des Zimmers und öffnete den Deckel. Ehrfürchtig nahm sie ein Langschwert in einer roten Scheide heraus, das zwar alt aussah, aber deutlich eindrucksvoller wirkte als das Basisschwert. Sie kam wieder zu mir zurückgelaufen, bedankte sich erneut und überreichte mir mit beiden Händen das Schwert.

»Danke«, murmelte ich und nahm die Waffe in Empfang. Ich fühlte deren Schwere in meiner rechten Hand. Sie hatte etwa das anderthalbfache Gewicht eines Small Swords. Dieses Schwert war mir schon in der Beta eine große Hilfe gewesen. Um das richtige Gespür für diese »Anneal Blade« wiederzuerlangen, würde ich wohl eine Weile trainieren müssen.

Eine Nachricht in der Mitte meines Blickfelds informierte mich darüber, dass die Quest abgeschlossen war. Die summierten Bonus-Erfahrungspunkte brachten mich auf Level 4.

Früher wäre ich an dieser Stelle wieder munter aus dem Dorf gestürmt und hätte mein neues Schwert an den »Large Nepenthes« ausprobiert, die tiefer im westlichen Wald vorkamen.

Doch jetzt hatte ich nicht mehr die Energie dazu. Ich verstaute das neue Schwert im Inventar und ließ mich auf den nächstbesten Stuhl fallen.

Da die Quest bereits beendet war, bot mir die Frau kein Glas Wasser mehr an. Sie hatte mir den Rücken zugewandt und rührte in dem blubbernden Topf auf dem Herd.

Während ich die Erschöpfung fühlte, die mich nun durchflutete, sah ich geistesabwesend dem NPC bei seinem Treiben zu. So vergingen einige Minuten. Unter meinen Blicken nahm die Frau einen Holzbecher aus dem Regal und füllte etwas von dem Topfinhalt mit einer Schöpfkelle hinein.

Noch weitaus vorsichtiger als das Schwert zuvor hob sie den dampfenden Becher hoch und trug ihn zur Zimmertür hinten im Raum.

Ohne besonderen Grund stand ich auf und folgte ihr. Der NPC öffnete die Tür und trat in ein nur spärlich beleuchtetes Zimmer. Wenn ich mich nicht irrte, war diese Tür in der Beta abgeschlossen gewesen, als ich versucht hatte, sie selbst zu öffnen. Etwas zögerlich trat auch ich über die Türschwelle.

Dahinter lag ein kleines Schlafzimmer. Die einzigen Einrichtungsgegenstände waren eine Kommode an der Wand, ein Bett am Fenster und ein Stuhl.

Und dort im Bett lag ein kleines Mädchen, vielleicht sieben oder acht Jahre alt.

Selbst im Mondlicht war deutlich zu erkennen, wie krank sie aussah. Ihr Hals war dünn, und unter der Bettdecke schauten knochige Schultern hervor.

Das Mädchen bemerkte seine Mutter und schlug die Augen auf – dann sah sie mich an. Als ich überrascht stehen blieb, zeigte sich der Anflug eines Lächelns auf ihren blassen Lippen.

Die Mutter stützte den Rücken des Mädchens mit einer Hand und half ihr, sich aufzurichten. Augenblicklich krümmte sie sich zusammen und bekam einen Hustenanfall. Ihre braunen, geflochtenen Zöpfe hingen lasch über dem Rücken ihres weißen Nachthemds.

Ich überprüfte noch einmal den Farb-Cursor, der neben dem Mädchen angezeigt wurde. Er war zweifellos mit einem NPC-Symbol versehen. Ihr Name war Agatha.

Agathas Mutter strich ihr sanft über den Rücken und setzte sich auf den Stuhl daneben.

»Agatha, sieh nur, dieser reisende Schwertkämpfer hat dir Medizin aus dem Wald gebracht. Wenn du die trinkst, wird es dir bald besser gehen.« Dann reichte sie dem Mädchen den Becher.

»Ja ...«, sagte Agatha mit einer niedlichen Stimme und nickte. Mit ihren zwei kleinen Händen hob sie den Becher und trank ihn mit lauten Schlucken aus.

Weder schien plötzlich ein goldenes Licht auf sie hinab noch wurde ihre Gesichtsfarbe schlagartig besser, und sie sprang auch nicht aus dem Bett und rannte herum. Doch als sie den Becher wieder absetzte, bildete ich mir ein, dass ihre Wangen etwas rosiger als zuvor waren.

Agatha gab ihrer Mutter den leeren Becher zurück, sah wieder zu mir, der immer noch still dastand, und strahlte mich an.

Ihre Lippen bewegten sich und formten ein paar holprige Worte, wie kleine Juwelen.

»Danke, Brüderchen.«

»Ah ...«, war alles, was ich zur Antwort mit weit aufgerissenen Augen hervorbrachte.

Früher ... vor langer, langer Zeit hatte ich etwas Ähnliches erlebt.

Meine kleine Schwester Suguha hatte mit einer Erkältung im Bett gelegen. Unser Vater war wie immer im Ausland gewesen, und unsere Mutter hatte einmal in die Firma gehen müssen, deswegen war ich zwei Stunden lang für die Krankenpflege zuständig gewesen. Damals war ich in der Grundschule gewesen ... ich konnte mich nicht mehr erinnern, in welcher Klasse. Ehrlich gesagt, war es mir schon etwas lästig gewesen, aber ich hatte sie auch nicht einfach allein dort liegen lassen können, um spielen zu gehen. Also hatte ich ihr den Schweiß abgewischt und die Kühlkompresse auf ihrer Stirn ausgewechselt.

Dann hatte sie auf einmal nach Ingwertee gefragt.

Notgedrungen hatte ich unsere Mutter angerufen und nach der Zubereitung gefragt. Dafür musste nur Ingwersaft und Honig in heißem Wasser gelöst werden, was eine simplere Prozedur war als jedes Rezept in Aincrad. Aber für mich, der damals noch nie gekocht hatte, hatte es sich als äußerst schwierig erwiesen. Obwohl ich mit dem Reibeisen fast meinen Finger abgehobelt hätte, war es mir mit viel Mühe gelungen, eine Tasse Ingwertee zuzubereiten, die ich ihr ans Bett gebracht hatte. Entgegen der üblichen frechen Bemerkungen zu jener Zeit hatte sie mich anerkennend angesehen und ...

»Uh...urg...«, entschlüpfte es mir plötzlich tief aus der Kehle.

Ich wollte sie sehen.

Suguha, Mutter und Vater, ich wollte sie sehen.

Ein heftiger Impuls fuhr durch meinen Avatar. Ich schwankte und stützte mich mit beiden Händen an Agathas Bett ab. Ich fiel auf die Knie und krallte mich in das weiße Laken, als mir erneut ein leiser Schluchzer entfloh.

Ich wollte sie sehen. Aber es war mir nicht gestattet. Das vom NerveGear erzeugte elektrische Feld separierte mein Bewusstsein vollständig von der wirklichen Welt und schloss es in dieser hier ein.

Mit aller Macht unterdrückte ich den nächsten Schluchzer, bevor er meinem Mund entweichen konnte. Mir wurde bewusst, dass ich nun endlich die Wahrheit dieser Welt begriffen hatte.

Es ging nicht darum, zu sterben oder zu leben. Ich hatte hier von vornherein unmöglich ein reales Gefühl für den »Tod« erlangen können. Denn auch in der wirklichen Welt, wo ein Tod ebenso endgültig war wie hier, hatte ich nie eine direkte Erfahrung damit gemacht.

Nein, es war der Fakt, dass das hier eine alternative Welt war. Dass wir die Menschen nicht sehen konnten, die wir vermissten. Das war die alleinige Wahrheit. Die Realität dieser Welt.

Das Gesicht tief ins Laken vergraben, biss ich die Zähne zusammen und zitterte am ganzen Körper. Es kamen keine Tränen. Vielleicht liefen sie über die Wangen meines echten Körpers, der auf dem Bett in meinem Zimmer in der Wirklichkeit lag. Vielleicht vor den Augen meiner kleinen Schwester Suguha, die daneben saß.

»Was hast du denn, Brüderchen?«, hörte ich eine Stimme sagen, und eine weiche Hand berührte schüchtern meinen Kopf.

Schließlich begann diese Hand unbeholfen mein Haar zu streicheln. Wieder und wieder.

Die kleine Hand hörte nicht auf, bis ich aufhörte zu weinen.

(Ende)

Nachwort

Reki Kawahara hier. Vielen Dank, dass du *Sword Art Online 8 – Early and Late* gelesen hast.

Das ist die erste Kurzgeschichtensammlung seit Band 2. Wie der Titel schon sagt, umfasst dieser Band die neuesten Ereignisse von *SAO* (eigentlich findet die Geschichte von Band 7 *Mother's Rosario* eine Woche später statt) bis hin zur ältesten Episode in der Welt von *SAO* (tatsächlich spielt das erste Kapitel von Band 1 *Aincrad* noch eine Stunde früher, ha ha).

Die Leser, die seit dem ersten Band (oder der Webversion) dabei sind, werden wissen, dass die Geschichte von *SAO* nach dem Start des tödlichen Spiels einen Sprung von zwei Jahren macht und zunächst nur die Ereignisse der letzten drei Wochen vor Spielabschluss erzählt wurden. Danach schrieb ich zur Ergänzung der vergangenen Ereignisse die vier Kurzgeschichten aus Band 2. Ehrlich gesagt war ich hin- und hergerissen, als Dengeki Bunko die Geschichten dann als Taschenbuch herausbringen wollte. Ich zerbrach mir den Kopf, ob ich, statt die Webversion in der ursprünglichen Fassung zu publizieren, besser die Manuskripte der ersten beiden Bände umstrukturieren sollte, um weitere Lücken zu schließen und das Spiel auf Leben und Tod vom Anfang bis zu dessen Abschluss ausführlich zu schildern.

Natürlich ging es nicht über diese Idee hinaus. (Und das vor allem, weil mich die vielen Seiten abschreckten, die ich hätte neu schreiben müssen, ha ha.) Aber lange Zeit schwelte in mir die Vorstellung von Kirito, nachdem er sich in der Stadt der Anfänge von Klein trennt. Was würde er denken, was würde er empfinden, wenn er als Beater den schnellsten Weg wählte, um stärker zu werden? Der Wunsch, ihn in diesem Moment zu begleiten, blieb bestehen.

Als feststand, dass für den achten Band die im Internet bereits veröffentlichten Kurzgeschichten »Ein Vorfall in der sicheren Zone« und »Calibur« zusammengestellt werden würden, entschied ich mich, dazu noch eine neue Geschichte darüber zu schreiben, was geschah, als Kirito an jenem Tag in die Wildnis rannte. So schrieb ich »Der erste Tag«. Wenn ich es recht bedenke, sind schon fast zehn Jahre vergangen, seitdem ich den ersten Teil von *SAO* geschrieben habe. Daher gibt es womöglich ein paar Ungereimtheiten hinsichtlich Kiritos Charakter, aber ich würde mich freuen, wenn du das als Teil des Vergnügens betrachten könntest.

Wenn ich in Zukunft noch einmal die Gelegenheit dazu haben sollte, würde ich auch gern noch darüber schreiben, wie sich Kirito nach der Erlangung seines treuen Schwertes an die Eroberung der ersten Ebene macht. Bitte hab Geduld mit mir!

Kommen wir zu den üblichen Entschuldigungen ... Wie es bei vielen nachträglich hinzugefügten Episoden der Fall ist, haben sich in »Ein Vorfall in der sicheren Zone« ein paar Widersprüche zu den Darstellungen im ersten Band ergeben. (Zum Beispiel erinnert sich Kirito in Band 1, dass er nie mit Asuna in einem NPC-Restaurant war, aber in dieser Geschichte macht er genau das ...) Für einen Moment habe ich überlegt, es behelfsmäßig so zu lösen, dass der Restaurantbesitzer ein Spieler ist. Aber da das keine Lösung für das grundlegende Problem gewesen wäre, habe ich es gelassen. Es gibt sicher noch ein paar andere Stellen, wo du irritiert sein wirst, aber ich hoffe, du kannst Nachsicht mit mir haben, da dieses Werk durch so viele komplizierte und sonderbare Prozesse entstanden ist.

Wenn ich schon einmal dabei bin, mache ich gleich mit den Entschuldigungen weiter. Bei der Enthüllung des Tricks und der Auflösung in »Ein Vorfall in der sicheren Zone«, das sich an Mystery-Romane anlehnt, haben die Mystery-Fans unter den Lesern sicher aufgebracht gedacht: »Das kann doch nicht sein!« Ich lese Mystery selbst sehr gern, daher wollte ich es aus einer Laune heraus einmal selbst damit versuchen. Bitte entschuldige meine Unzulänglichkeit! Ich würde es gern weiter üben und irgendwann noch einmal probieren.

Nun kommt keine Entschuldigung, sondern eher Werbung. Die Kurzgeschichte »Calibur« in diesem Band ist sozusagen die Version, wenn die Quest gelingt. Ich habe auch noch eine »Was wäre wenn«-Version über den Fehlschlag der Quest geschrieben, die 2011 in der Juni-Ausgabe vom Dengeki-Bunko-Magazin erschienen ist. Falls du die Gelegenheit haben solltest, auch die noch zu lesen, wirst du diese Geschichte sicher noch 1,2-mal mehr genießen!

Ich danke auch dieses Mal meinem Redakteur Miki, dem ich superviele Unannehmlichkeiten bereitet habe, weil ich dieses Nachwort vergessen habe einzureichen, während er megabeschäftigt mit dem Umzug der Redaktion war, und der Illustratorin abec, die sich wegen des Zeitplans im Juni und August richtig ins Zeug gelegt hat! Und euch alle hoffe ich im neunten Band beim bereits vierten Handlungsbogen wiederzusehen!

An einem Tag im Mai 2011 – Reki Kawahara

ソードアート・オンライン

Sword Art
Online
Early and Late

Reki Kawahara

Als Teil meiner Soloquests war ich an einer Fahrschule, um den Motorradführerschein zu machen. Es war eine aufregende Erfahrung, in meinem Alter noch einmal Ärger vom Lehrer zu bekommen. Dadurch ist zwar mein Sololevel gestiegen, aber ein wenig niedergeschlagen war ich schon. Und was genau ist noch mal eine Kupplung?

TOKYOPOP GmbH
Hamburg

TOKYOPOP
1. Auflage, 2019
Deutsche Ausgabe/German Edition
© TOKYOPOP GmbH, Hamburg 2019
Aus dem Japanischen von Miryll Ihrens

SWORD ART ONLINE 8 EARLY AND LATE
© REKI KAWAHARA 2011
First published in Japan in 2011 by
KADOKAWA CORPORATION, Tokyo.
German translation rights arranged with
KADOKAWA CORPORATION, Tokyo.

Redaktion: Markus Rohde
Lektorat: Kerstin Feuersänger
Lettering und Herstellung: Annika Meyer-Wülfing
Druck und buchbinderische Verarbeitung:
CPI–Clausen & Bosse GmbH, Leck
Printed in Germany

 Wir achten auf die Umwelt.
Dieses Produkt besteht aus FSC®-zertifizierten
und anderen kontrollierten Materialien.

ISBN 978-3-8420-1121-2

www.tokyopop.de

SWORD ART ONLINE – AINCRAD

Reki Kawahara / Tamako Nakamura

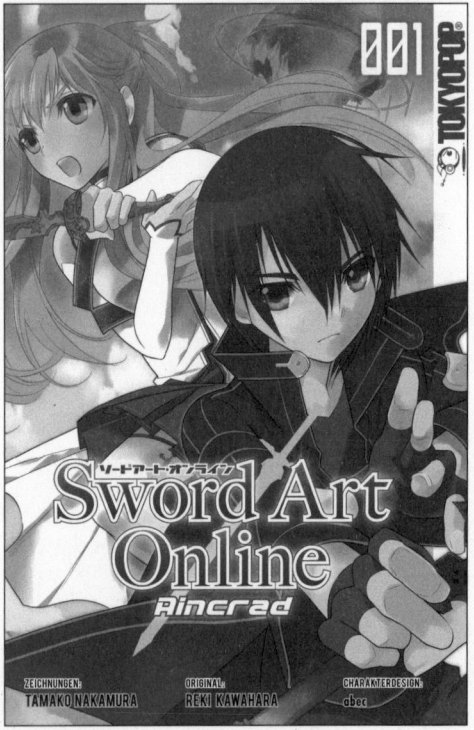

Dieses Game ist kein Spiel!

Videospiele waren gestern. Die Zukunft gehört der virtuellen Realität. Mit dem NerveGear können Spieler ganz und gar mit dem Spiel *Sword Art Online* verschmelzen. Doch ganz und gar bedeutet in diesem Fall auch, dass es nur einen Weg aus dem Spiel heraus gibt: Erst wenn alle 100 Ebenen der Welt komplett durchgespielt sind, können die Spieler sich wieder ausloggen. Und ein »Game Over« im Spiel bedeutet den sicheren Tod für den Spieler im wirklichen Leben!

SWORD ART ONLINE – FAIRY DANCE

Reki Kawahara / Tsubasa Haduki

Der zweite Zyklus der *Sword Art Online*-Reihe

Kazuto konnte die Welt von *Sword Art Online* verlassen und hat den Weg zurück in die Wirklichkeit gefunden. Doch Asuna war dieses Glück offensichtlich nicht vergönnt. Offenbar wird sie in einem neuen Game namens *ALfheim Online* festgehalten. Kazuto bricht auf, um seine große Liebe zu finden und zu befreien ...

www.tokyopop.de

SWORD ART ONLINE – PROGRESSIVE

Reki Kawahara / Kiseki Himura

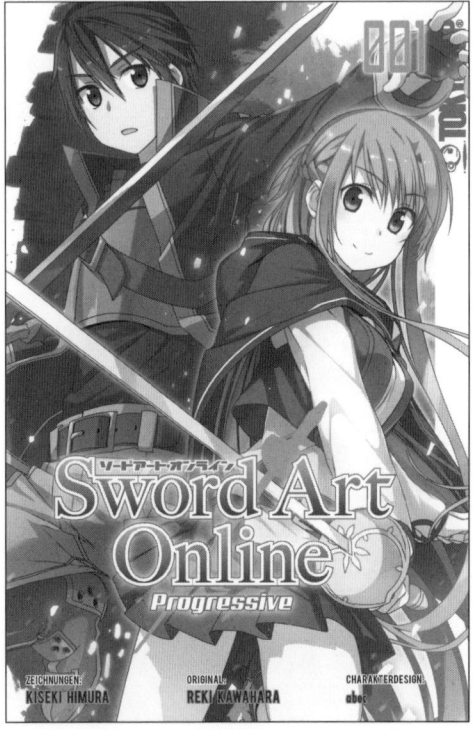

Flinke Fechterin

Musterschülerin Asuna kämpft sich ohne Rücksicht auf ihr eigenes Leben durch das Game *Sword Art Online*, um stärker zu werden und in ihr reales Zuhause zurückkehren zu können. Erst als sie den mysteriösen Schwertkämpfer Kirito trifft, lernt sie, ihr Dasein zu genießen. Können sie gemeinsam das Spiel auf Leben und Tod überstehen?

www.tokyopop.de

SWORD ART ONLINE – PHANTOM BULLET

Reki Kawahara / Koutarou Yamada

Ziel anvisiert!

Ein Jahr nach dem *SAO*-Drama wird der »Schwarze Schwertkämpfer« Kirito alias Kazuto Kirigaya zum Regierungsbeamten Seijirou Kikuoka gerufen. Der bittet Kirito um seine Unterstützung bei der Untersuchung eines VRMMO-Vorfalls mit dem mysteriösen Spieler »Death Gun«, der in dem neuen VRMMO *Gun Gale Online* Dinge geschehen lässt, die eigentlich unmöglich sein sollten. Währenddessen ist eine *Gun Gale Online*-Scharfschützin mit dem Finger am Abzug auf der Suche nach starken Gegnern. Ihr Name ist Sinon.

www.tokyopop.de

ACCEL WORLD MANGA
Reki Kawahara / Hiroyuki Aigamo / HIMA

Willst du noch etwas schneller werden?

Haruyuki ist das geborene Mobbing-Opfer: klein, dick und schüchtern. Sein Schulalltag ist die Hölle, bis ihn die charmante, atemberaubend schöne Kuroyukihime in die Welt des Online-Games *Brain Burst* einführt. In erbarmungslosen Kämpfen treten die Spieler gegeneinander an, um sich die Fähigkeit der »Beschleunigung« zu sichern. Diese fantastische Kraft krempelt Haruyukis Leben von Grund auf um!

ACCEL WORLD NOVEL
Reki Kawahara / HIMA

Welcome to the accelerated world!

Die Begegnung mit Kuroyukihime, dem schönsten Mädchen
der Schule, krempelt das Leben des dicken dreizehnjährigen
Haruyuki komplett um. Sie führt ihn in die »beschleunigte Welt«
des Online-Games *Brain Burst* ein. Von dem Moment an ist der
sonst stets verspottete Haruyuki ein »Burst Linker« und muss
ritterlich seine Prinzessin beschützen. Eine neue unterhaltsa-
me Scifi-Novel des talentierten japanischen *Sword Art Online*-
Autors Reki Kawahara, der mit diesem Debütwerk den großen
Newcomer-Preis des *Dengeki Bunko*-Magazins abräumte!

BLACK BULLET MANGA
Shiden Kanzaki / MORINOHON / Saki Ukai

Der Manga zur actiongeladenen Novel!

Fast ganz Japan wurde von mutierten Wesen, den Gastrea, ausgelöscht. Nur wenige kleine Bezirke ermöglichen den Menschen ein Weiterleben – meist in Armut, Hunger und Verzweiflung. Rentaro ist bei einem privaten Wachdienst und kämpft mit seiner Partnerin Enju gegen die Gastrea. Eines Tages erhalten sie von der Regierung die geheime Information, dass auch der Tokyo-Bezirk kurz vor der Zerstörung steht. Doch kommen sie gegen die unheimliche »Maske« an, die an allen Kampfschauplätzen auftaucht?

www.tokyopop.de

BLACK BULLET NOVEL
Saki Ukai / Shiden Kanzaki

Verbliebener Prozentsatz bis zur Gastrea-Verwandlung: 5 %!

2031, 1. Bezirk, Tokyo: Die Regierung ruft zum Kampf gegen die Gastrea auf – mutierte Wesen, die fast die gesamte Menschheit ausgerottet haben. Rentaro, Schüler und Promoter bei einem privaten Wachdienst, und seine Initiatorin Enju sind Teil einer geheimen Mission, die den Tokyo-Bezirk retten soll. Leider kreuzen nicht nur Gastrea ihren Weg – auch die unheimliche »Maske« beansprucht Ruhm und Ehre für sich und geht dafür gern mal über Leichen ...

www.tokyopop.de

ALL YOU NEED IS KILL MANGA

Takeshi Obata / yoshitoshi ABe / Hiroshi Sakurazaka / Ryosuke Takeuchi

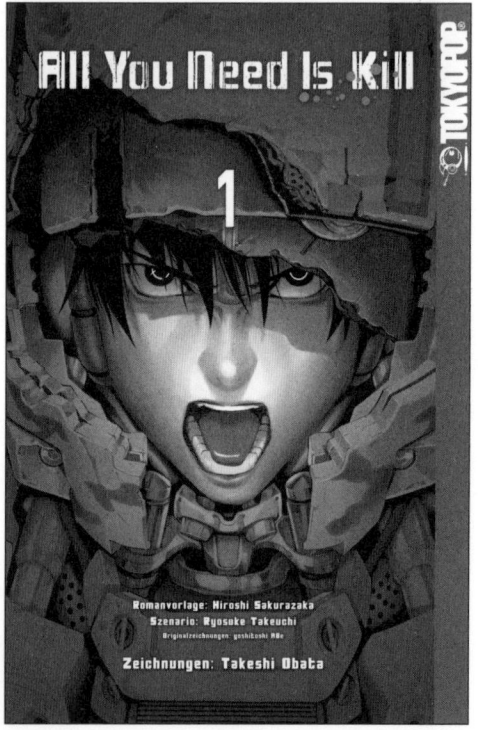

Live. Die. Repeat.

Kiriya ist Soldat und soll die Menschheit vor den außerirdischen Mimics schützen. Die Realität trifft ihn hart: Tote, Verwundete, fliehende Soldaten. Die Mimics verschonen ihn nicht und er stirbt. Er schlägt die Augen auf. Er lebt und liegt in seinem Bett. Seine Verletzung ist verschwunden. Doch der Tag wiederholt sich und er stirbt wieder. Was hat das zu bedeuten? Und wie soll er diesem Albtraum bloß entkommen?

www.tokyopop.de